ULLSTEIN

Das Buch

Mrs Malloy, Ellie Haskells Haushälterin mit der gefährlichen Zunge, hat einen interessanten Nebenjob: Sie putzt in einer Detektei – und stöbert mindestens so lange in den Akten, wie sie sie abstaubt. Als die beiden einen gemütlichen Abend in dem Detektivbüro verbringen, steht plötzlich eine Klientin in der Tür: Lady Krumley. Ellie und Mrs Malloy verzichten darauf, die Situation zu erklären, denn die Dame scheint all ihre Hilfe zu brauchen: Ein Familienmitglied nach dem anderen stirbt auf höchst mysteriöse Weise – und Lady Krumley vermutet, dass ein alter Fluch, der einst über die Familie gesprochen wurde, der Grund dafür ist. Nun sucht sie nach einer jungen Frau, Ernestine, denn sie allein kann den Fluch aufheben. Eine harte Nuss für das ungewöhnliche Detektivduo ...

Die Autorin

Dorothy Cannell wurde im englischen Nottingham geboren und lebt heute in Illinois, USA. Mit der Figur der schlagfertigen Ellie Haskell avancierte sie zur Topautorin der Frauenkrimiszene. Mit Witz und Phantasie bringt ihre Heldin nicht nur jeden Schurken zur Strecke, sondern zieht auch ein Millionenpublikum aus aller Welt in ihren Bann.

Von Dorothy Cannell sind in unserem Hause bereits erschienen:

In der Reihe um Ellie Haskell:
Seltsame Gelüste
Femmes Fatales/So töte ich den Mann meiner Träume
Nur eine tote Schwiegermutter ...
So töte ich den Mann meiner Träume
Immer Ärger mit Harriet
Der Club der alten Damen
Der Putzteufel geht um

Außerdem:
Der Tote ist immer der Butler

dorothy cannell

WISCH UND WEG

roman

Aus dem Englischen von
Gabriele Weber-Jaric

Ullstein

Besuchen Sie uns im Internet:
www.ullstein-taschenbuch.de

Umwelthinweis:
Dieses Buch wurde auf chlor- und säurefreiem Papier gedruckt.

Ullstein Verlag
Ullstein ist ein Verlag der Ullstein Buchverlage GmbH.
Juni 2004

Published by Arrangement with Cannell & Company
Titel der amerikanischen Originalausgabe: *The Importance of Being Ernestine*
(Viking Penguin, a member of Penguin Putnam Inc., New York)
Übersetzung: Gabriele Weber-Jaric
Redaktion: Dr. Friederike Elena Heitsch
Umschlaggestaltung: Sabine Wimmer, München
Titelabbildung: Getty Images/FoodPix
Druck und Bindearbeiten: Ebner & Spiegel, Ulm
Printed in Germany
ISBN 3-548-25930-8

Für Julian Ashley Moore und Trevor McNeil Cannell.
Zeit, sich zu verbeugen. Hier ist euer Buch.
Mit lieben Grüßen von Granna

1

Mata Hari und die anderen Heldinnen, die man so aus der Geschichte kennt, waren nichts im Vergleich zu mir. Ränkespiele, geheime Treffen und Telefonate im Flüsterton waren nämlich eindeutig mein Fall. Nur gestern wäre eine Sache um ein Haar schief gegangen, aber das war die Schuld von Kathleen Ambleforth, der Frau des Vikars: Wir wollten gerade die Beute wegschaffen und sie kam mit dem Lieferwagen ein paar Minuten zu spät. Es hat dann aber doch noch geklappt, und seitdem läuft alles wieder glatt.

Heute hatte ich wiederum einiges zu erledigen, aber ich war guter Laune und voller Tatendrang. Vormittags musste ich die Möbelpacker beaufsichtigen und ihnen erklären, wo sie das piekfeine Ledersofa absetzen sollten. Es galt, den Gobelinsessel zurechtzurücken, bis er genau so stand, wie er stehen sollte, und dafür zu sorgen, dass das antike Schränkchen, in dem sich der neue Computer verbarg, exakt mittig unter der Fensterbank zu stehen kam. Dazu muss man jedoch sagen, dass der Anblick von drei stämmigen Burschen, die den Tränen nahe sind, mich unweigerlich zur Hochform auflaufen lässt. Im Handumdrehen hatte ich drei Kannen Tee gezaubert, wurde Zeugin, wie ein kompletter Obstkuchen verschwand, und als einer der Möbelpacker eine Macke in die Wand schlug, hielt ich meinen Mund. Die Männer waren kaum um die Ecke, da hängte ich bereits die Gemälde mit den schottischen Landschaften und den goldgerahmten Spiegel auf, brachte die Lampen und Topfpflanzen unter und raffte die topasfarbenen Samtvorhänge mit Troddelschnüren zur Seite.

Mein Cousin Freddy, der im Gärtnerhäuschen unten an unserer Einfahrt wohnt, hütete an diesem Nachmittag die zweijährige Rose, so dass ich noch in Ruhe die Messingleuchter und die steinernen Kreuzblumen auf dem Kaminsims verteilen konnte und die Porzellanfigürchen im Glasschrank, der am Vortag eingetroffen war. Zum krönenden Abschluss rollte ich dann die neue Brücke auf dem Fußboden aus, und danach war es auch schon an der Zeit, die Zwillinge – meinen Sohn Tam und meine Tochter Abbey – aus der Vorschule abzuholen.

In wenigen Wochen, Anfang Dezember, würden die beiden fünf Jahre alt werden, und immer, wenn sie nach Hause kamen, waren sie außer Rand und Band. Sie liefen mir zwischen den Beinen herum, darum dauerte es ein wenig länger, die Bücher in die neuen Walnussregale einzuräumen. Doch auch das gelang mir, ohne dass ich meine sonnige Laune einbüßte. Verärgert war ohnehin nur unser Kater Tobias, den ich versehentlich im Wandschrank unter der Treppe eingeschlossen hatte; doch er reagierte sich später an meinem Mopp und am Staubsauger ab. Zum Abendbrot gab es für Tam, Abbey und Rose Würstchen und Reispudding und sie nahmen ihre Mahlzeit artig und ohne Widerworte ein.

Mit nur einem Minimum an Kissenschlachten und Gehopse auf den Matratzen ließen die Kinder sich anschließend baden und zu Bett bringen. Ein wenig schuldbewusst hetzte ich sie durch ihr abendliches Gebet und las ihnen nur ein Kapitel aus *Wilbur und Charlotte* vor, doch der Countdown hatte begonnen. Es wurde höchste Zeit, mich unter die Dusche zu begeben. Ich widerstand der Versuchung, die Haarwäsche auszulassen, weil es Ewigkeiten dauert, bis ich mein langes Haar geföhnt habe. Ich hielt mir vor Augen, dass sich gleich der Vorhang heben und der Mann, der die Hauptrolle in meinem Leben spielt, die Bühne betreten würde, und dann wollte ich unwiderstehlich aussehen.

Das Cordsamtkleid, in das ich schlüpfte, war tannengrün, eine meiner Lieblingsfarben. Ich drehte mich vor dem Spiegel und betrachtete mich von allen Seiten. Meine Augen leuchteten erwartungsfroh, und bis auf die Strähnchen, die ich absichtlich lose gelassen hatte, saß mein Haarknoten fest und ordentlich. Eine Schönheit wie meine berühmte Cousine Vanessa würde ich zwar nie werden, dazu war ich zu schlicht und unauffällig. Aber immerhin hatte man mich einmal als Frau mit gesunder und natürlicher Ausstrahlung bezeichnet, und an diesem Abend wurde ich dem zweifellos gerecht.

Tagsüber hatte es draußen gestürmt und jetzt trommelte Regen gegen die Fensterscheiben. Ich lief hinunter ins Arbeitszimmer, um die künstlichen Holzscheite im Kamin – eine weitere neue Errungenschaft – einzuschalten. Die Standuhr schlug halb acht, also konnte Ben jeden Moment eintreffen. Gerade als ich zwei Cognacschwenker neben der Karaffe auf dem Silbertablett abstellte, hörte ich die Vordertür gehen und vernahm Schritte in der Eingangshalle. Mein Ehemann war von seiner einwöchigen Werbetour für sein jüngst erschienenes Kochbuch zurück! Mein Held war da!

In der Halle schälte Ben sich aus seinem feuchten Sakko und ich fand, er hatte in seinem ganzen Leben noch nie besser ausgesehen. Sein dunkles Haar glänzte vom Regen und seine blau-grünen Augen strahlten vor Freude, weil er wieder da war, wo er hingehörte. Ich ging ihm entgegen, stolperte über seinen Koffer und verlor mich dann für etliche Augenblicke in dem wundervollen Gefühl, in seinen Armen zu liegen und seinen leidenschaftlichen Kuss zu erwidern. Wirklich erstaunlich, wie sehr eine kurze Trennung eine sechsjährige Ehe beleben kann! Ich wurde zu jenen ersten rauschhaften Tagen zurückgetragen, als Ben in mein Leben gestürmt kam und ich ihn für den unerträglichsten, arrogantesten, unleidlichsten … und wundervollsten Mann der Welt gehalten hatte. Doch es drehte sich nicht nur um die Wiedervereinigung zweier Menschen, sondern um den Moment, für den ich den ganzen Tag geprobt hatte. Ein übers andere Mal hatte ich meine Zeilen aufgesagt und die seinen ebenso, denn ich wusste genau, was er verkünden würde, sobald er das neue Bühnenbild erblickte.

»Komm mit in dein Arbeitszimmer!« Ich zog ihn am Arm. »Ich will dir etwas zeigen. Aber zuerst musst du die Augen schließen, versprich mir das! Und du darfst sie erst wieder aufmachen, wenn ich es dir erlaube. Hier … nimm meine Hand, ich führe dich.«

»Es gibt aber keine Überraschungsparty, oder?« Ben wich zurück, einen Ausdruck des Entsetzens in den Augen. »Sag bloß nicht, dass da drinnen eine Meute auf mich lauert! Ich möchte heute Abend nur dich und die Kinder sehen, sonst niemanden.«

Na bitte, hatte ich nicht gewusst, dass er das sagen würde?

»Die Kinder liegen im Bett. Und hier gibt es sonst nur Tobias, aber der ist viel zu sehr Gentleman, um sich aufzudrängen.« Ich stimmte ein helles Gelächter an und konnte es kaum erwarten, die Miene meines Liebsten zu erblicken, wenn ich ihn in die Mitte des Zimmers gerückt haben würde. Ich zog Ben über den Steinfußboden in der Halle, vorbei an den beiden Ritterrüstungen neben der Treppe … und öffnete die Tür zum Arbeitszimmer. Keine Frage, meine Mühe hatte sich gelohnt. Der Raum war einfach unvergleichlich. Die flackernden

Holzscheite verliehen der neuen Tapete einen aprikosenfarbenen Schimmer und spiegelten sich auf blank polierten Flächen, und der Brandy in der Karaffe schien Feuer gefangen zu haben. Ben würde nicht umhin können, ebenso überwältigt zu sein wie ich. »Jetzt darfst du die Augen öffnen.« Ich tat einen Schritt zurück, um ihm nur ja keinen Zentimeter zu verstellen.

»Mein Gott, Ellie!« Genau diesen Ausruf hatte ich erwartet.

»Gefällt es dir?«

»Du hast ja alles verändert!«

»Hinweg mit dem Alten. Hinein mit dem Neuen«, trillerte ich.

»Das war aber doch nicht nötig.«

Exakt der Wortlaut, den ich mir für ihn zurechtgelegt hatte! Allerdings hätte er noch ein Kosewort hinzufügen müssen, zum Beispiel ›mein Schatz‹ oder ›mein Liebling‹. Und dass seine Brauen sich wie ein Eisenbalken zusammenzogen, hatte ich mir auch nicht ausgemalt. Ebenso wenig, dass sich sein Mund zu einem geraden Strich verhärtete. Eine ganze Weile rührte er sich nicht vom Fleck, sondern verschränkte nur die Arme vor der Brust. Dann begann er, mit Sturmschritten auf und ab zu laufen.

»Wo ist meine Schreibmaschine?«

»Die alte Klapperkiste?« Ein Zittern schlich sich in meine Stimme.

»Und mein Aktenschrank?«

»Das angeschlagene, rostige Blechungeheuer?«

»El-lie!« In jeder Silbe schwang etwas Bedrohliches mit. »Was hast du mit meinen Möbeln angestellt? Wie um alles in der Welt soll ich in so einer Umgebung arbeiten? Ich muss meine eigenen Sachen um mich haben. Meinen ausgebeulten Ohrensessel, die alten Gasröhren im Kamin. Wozu diese Tapete? Wozu eine Porzellanvitrine mit Silber und Kristall?« Inzwischen hielt er sich den Schädel und blickte so leidend umher, als hätte ich seine eigene Mutter der Heilsarmee vermacht. »Wie soll ich denn hier schreiben? Etwa mit Tinte und Federkiel?«

»In dem Schränkchen steht ein Computer.« Ich deutete mit bebendem Finger Richtung Fensterbank. »Und deine Akten befinden sich in den Schubfächern daneben.«

»Ich will aber keinen Computer!«

»Ich dachte, du würdest dich freuen!«

»Dann hast du falsch gedacht! In Wahrheit konntest du es kaum erwarten, dich an meinem Zimmer zu vergreifen, dem einzigen Raum in diesem Haus, der mir allein gehörte. Er wurde nämlich deinen Ansprüchen als Innenarchitektin nicht gerecht.« Er fuchtelte mit dem Arm und rempelte gegen eine Vase.

»Ben, ich habe mich ziemlich abgeplagt, um das für dich so zu arrangieren.« Die unmäßige Summe Geld, die ich investiert hatte, ließ ich unerwähnt.

»O nein, Ellie.« So dermaßen kalt hatte seine Stimme noch nie geklungen. »Das hast du ausschließlich für dich getan.« Bevor ich etwas erwidern konnte, läutete das Telefon. Ich war froh, den Raum mit dieser plötzlich eisig gewordenen Atmosphäre verlassen und den Anruf in der Eingangshalle entgegennehmen zu können. Als ich zurückkam, stand Ben erneut mit vor der Brust verschränkten Armen da.

»Das war Mrs Malloy. Sie hat aus einem Detektivbüro angerufen.« Ben drehte sich um die eigene Achse und starrte stumm in die Runde. »Seit ein paar Wochen putzt sie dort abends. Sie hat sich erkundigt, ob ich ihr den Lippenstift vorbeibringen kann, den sie hier vergessen hat. Und da ich den Eindruck habe, dass du auf meine Gesellschaft derzeit keinen allzu großen Wert legst, ist es vielleicht besser, ich fahre gleich.«

»Muss ich ihren Auftraggeber bitten, nach den verschwundenen Gegenständen zu fahnden oder entdecke ich sie womöglich oben auf dem Speicher?« Er hob das, was man in Liebesromanen als finstere, teuflische Braue bezeichnete.

»Du hast keinen Grund, so gemein und ekelhaft zu werden.« Ich blinzelte meine Tränen fort und rannte hinaus aus dem Zimmer und dem Haus, den Regenmantel halb übergezogen und in einem Taumel der Verzweiflung. Würde es jemals einen geeigneten Augenblick geben, um Ben das gesamte Ausmaß meiner Tat zu beichten? Würde Mrs Malloy, die Frau, die einst so treu für mich geputzt hatte, mir mit gutem Rat zur Seite stehen? Immerhin war sie selbst verheiratet gewesen – und zwar öfter, als sie sich erinnern konnte, wie sie gern betonte. Oder würde sie mir gnadenlos verkünden, ich hätte alles restlos ruiniert? Es spielte keine Rolle. Kaum noch etwas spielte eine Rolle. Es war sinnlos, mich darauf zu besinnen, dass in diesem Augenblick irgendwo auf der Welt wahre Tragödien stattfanden, Ersparnisse eines gesamten Lebens verloren gingen, harmlose, ältere Menschen gequält und Morde ersonnen wurden. Ich konnte nur an Bens elende Undankbarkeit denken.

Auf dem Weg zur Cliff Road senkte sich der Bühnenvorhang in Form eines dichten Regenschleiers, hinter dem meine unglücklichen Gedanken umhergeisterten wie verlorene Seelen auf der Suche nach einem besseren Drehbuch.

2

An diesem Abend hätte man keinen Hund vor die Tür geschickt, geschweige denn ein unglückliches weibliches Wesen nach Mucklesby bestellt. Der Regen peitschte gegen die Fensterscheiben, während ich den Wagen parkte, und als ich hinaus auf den Bürgersteig trat, pfiff mir der Wind um die Ohren. Ich steckte mein Haar unter den Kragen meines Regenmantels, doch es war trotzdem im Handumdrehen durchnässt. Davon abgesehen war es ringsumher ziemlich dunkel, und der Mond linste hinter einem dicken Wolkenschal hervor. Ich musste bis zur nächsten Straßenlaterne laufen, um die Adresse auf meinem Zettel zu entziffern. Falcon Way Nummer 13 hatte ich aufgeschrieben. Nach den Anweisungen, die Mrs Malloy mir gegeben hatte, musste das die Straße sein. Nach dem zu urteilen, was ich erkennen konnte, war die Gegend ausgesprochen heruntergekommen, mit verbarrikadierten Schaufenstern, Mauern voller Grafitti und einer rostigen Absperrkette, die einen leeren Parkplatz säumte. Ein paar Jugendliche, die wenig Vertrauen erweckend wirkten, strichen an mir vorbei, gefolgt von einer Frau, deren Alkoholdunst zu mir heranwehte.

Als ich den schwach beleuchteten Eingang eines Restaurants entdeckte, eilte ich darauf zu und schlüpfte hinein. Drinnen fiel mein Blick auf ein halbes Dutzend Tische mit dunkelgrünen Wachstüchern, auf denen Flaschen mit Tomatenketchup und rosafarbene Salz- und Pfefferstreuer standen. Lediglich ein Tisch war mit einem Mann besetzt, dessen Haar so seltsam aussah, dass er den Hut, den er neben sich abgelegt hatte, besser aufbehalten hätte. Er sah kurz auf und versteckte sich dann hinter einer Speisekarte mit Eselsohren. Das verwunderte mich nicht, denn ich hatte bereits erkannt, dass man in Mucklesby Fremde nicht mit offenen Armen willkommen hieß. Vielleicht war das aber vorschnell geurteilt, denn nun schwang die Tür zur Küche auf, und die Frau, die hinter der Theke erschien, strahlte mich an, als wäre ich eine nach langer Zeit wiedergefundene Freundin.

Ich möchte behaupten, die Frau besaß mindestens ein dreifaches Kinn. Dazu trug sie eine toupierte Hochfrisur und einen rosafarbenen Overall, der zu den Salz- und Pfefferstreuern passte. Ich erklärte ihr, dass ich mich lediglich nach dem Weg erkundigen wollte, und sie nickte wohlwollend.

»Ich bringe dem Herrn dahinten nur rasch sein Essen. Danach bin ich wieder bei Ihnen.« Gleich darauf vernahm ich so etwas wie ein Grunzen, mit dem der Gast ihre Beflissenheit quittierte. Die Frau kehrte zurück und erklärte heiter: »Wie gut, dass er noch da sitzt, sonst hätte ich den Laden schon vor Stunden schließen müssen. Um diese Jahreszeit habe ich gewöhnlich nur bis halb sieben offen. Wenn es dunkel wird, kann man hier nämlich die Bürgersteige hochklappen, was man vielleicht sogar besser täte, denn dann gäbe es weniger Überfälle. Aber ich treibe meine Gäste nicht zur Eile.«

»Das finde ich lieb von Ihnen«, murmelte ich.

Sie schenkte mir einen besorgten Blick. Meine geschwollenen Lider verrieten bestimmt, dass ich geweint hatte. »Tja, manchmal sieht man nicht mal mehr einen Lichtstrahl am Horizont.« Sie seufzte und fügte hinzu: »Sie haben sich da einen besonders scheußlichen Abend ausgesucht, um durch die Dunkelheit zu irren. Wohin wollen Sie denn?« Ich nannte ihr die Adresse. »Dann sind Sie schon so gut wie da. Dies ist die Falcon Road. Wenn Sie rausgehen, wenden Sie sich nach links und laufen bis zur Ecke. Da beginnt der Falcon Way. Das Gebäude, das Sie suchen, war früher mal eine Eisenwarenhandlung. Unten hat man alles dicht gemacht, doch es existiert noch ein Seiteneingang. Den nehmen Sie und dann gehen Sie die Treppe hinauf bis zum Büro des Privatdetektivs. Dahin wollen Sie doch, oder nicht?«

»Ja«, bekannte ich. »Dahin will ich.«

»Oh weh, dann stecken Sie aber ganz schön in der Klemme …«

»Um so etwas geht es nicht«, fiel ich ihr hastig ins Wort. »Ich muss nur der Frau, die für ihn arbeitet, etwas vorbeibringen.«

»Na, dann bin ich ja beruhigt.« Das klang nicht sehr überzeugt. »Mr Krugg ist übrigens ein zuverlässiger Bursche«, ergänzte sie. »Wenn er zum Mittagessen kommt, bestellt er sich jedes Mal Fisch mit Bratkartoffeln. Ich glaube, er ist Fachmann für Scheidungsfälle und überführt Ehemänner, die ein Verhältnis haben … und manchmal sogar Ehefrauen.« Sie seufzte schwer. »Die Ehe ist ja auch nicht mehr das, was sie mal war, und meiner Meinung nach ist das Fernsehen daran schuld. Wer will denn bei solchen Sendungen noch zu Hause bleiben? Wissen Sie, mein Mann hält es auch nicht mehr im Wohnzimmersessel aus. Seit einer Weile trifft er sich mittwochs mit seinen Freunden, um Billard zu spielen … behauptet er jedenfalls.« Die Speckröllchen an ihrem Kinn wackelten betrübt. »Wie wär's denn mit einer schönen Tasse Tee, ehe Sie sich wieder hinaus in den Regen wagen?«

Ich lehnte dankend ab und erklärte ihr, dass ich bereits spät dran war. Offenbar ging sie davon aus, dass ich einen Termin bei Mr Krugg hatte, um ihn auf die Fährte eines treulosen Ehemannes und einer gefährlichen Blondine zu hetzen. Beim Verlassen des Restaurants fiel mir auf, dass der Mann noch immer hinter seiner Speisekarte steckte und seine Bohnen in Tomatensoße nicht angerührt hatte. Es tat mir gut, meine Aufmerksamkeit auf derlei Kleinigkeiten zu richten, denn auf diese Art konnte ich mich kurzfristig von meinem Kummer ablenken. Deshalb hielt ich mir anschließend auch krampfhaft vor Augen, wie dumm es gewesen war, bei meinem hastigen Aufbruch den Schirm zu vergessen. Es regnete noch immer in Strömen und der Bürgersteig war so schwarz und glänzend wie ein frisch gegossener Teermantel. Die Pfützen auf der Straße waren fast schon zu einem Teich angeschwollen, und das verhangene Laternenlicht verlieh ihnen einen gelblichen Stich. An der Ecke bog ich in den Falcon Way ein, den man in einer besseren Gegend vielleicht als Häuserschlucht bezeichnet hätte; hier jedoch konnte er allenfalls als finstere Gasse gelten. Rostende Mülleimer ragten neben bröckelnden Eingangsstufen auf. Pockennarbige Türen und verrottete Fensterbänke leisteten ihren Beitrag zu dem düsteren Aussehen der angrenzenden Lagerhäuser. Zudem war der Weg so eng, dass man kaum ein Fahrrad, geschweige denn ein Auto hätte abstellen können. Eine magere Katze strich um meine Beine und miaute kläglich in der Hoffnung, ich würde ein, zwei Heringe aus meiner Manteltasche ziehen. Ich ignorierte sie und kam mir dabei gemein vor, zumal mir einfiel, dass Tobias sich vermutlich gerade in unserer warmen Küche in seinem Lieblingssessel aalte. Also redete ich mir ein, dass diese Katze ebenfalls ein Zuhause besaß und jemandem gehörte. Dann entdeckte ich die Nummer 13. Über einen aufgeweichten Pfad näherte ich mich der Seitentür. Als ich sie aufdrückte, gab sie mit einem ächzenden Klagelaut nach. Im fahlen Licht der Glühbirne, die im Treppenschacht baumelte, erkannte ich schmuddelige Stufen. Ich folgte ihnen bis zu einem schmalen Absatz, wo ich mich einer Glastür gegenübersah. Sie ließ sich ohne Ächzen öffnen.

Nun befand ich mich in einem Raum, der den Büros aus alten Filmen glich, und zwar solchen, in denen trinkfeste, abgebrühte Privatdetektive die Hauptrolle spielen. An der Wand stand ein ramponierter Aktenschrank, in der Ecke ein Garderobenständer mit einsamem Schlapphut und in der Mitte ein abgestoßener Schreibtisch mit Whiskyflasche und überquellendem Aschenbecher. Bis auf ein paar Stühle war das alles.

Als Nächstes fiel mein Blick auf eine Seitentür, die sich gleich darauf öffnete. Über die Schwelle trat eine Frau, die mir fast so vertraut war wie ich selbst, denn bereits seit meiner Hochzeit bildete sie einen wichtigen Bestandteil meines Lebens. Allerdings hatte sich ihr Aussehen seit unserer letzten Begegnung drastisch verändert. Gewöhnlich trug sie nämlich schwarze Taftkleidchen, die eher zum Besuch eines Nachtclubs als zum Putzen geeignet waren. Doch jetzt steckte sie in Minirock und hautengem Angorapullover, und ihr vormals schwarz gefärbtes Haar erstrahlte in Platinblond. Lediglich ihr Make-up war noch das gleiche, doch der grelle Lidschatten mitsamt den falschen Wimpern, das dick aufgetragene Rouge und der feuerrote Lippenstift vermochten meinen Schock nur unwesentlich zu lindern.

»Na, wie finden Sie mich, Mrs H.?« Auf zwölf Zentimeter hohen Pfennigabsätzen drehte sie sich im Kreis.

Ich fand, das ich keine Worte für das fand, was ich fand. Mrs Malloy war kräftig gebaut und ich argwöhnte, dass sie unter ihrer Garderobe ein Eisenkorsett angelegt hatte.

»Sehr hübsch«, brachte ich hervor.

»Das klingt nicht gerade überwältigt.« Sie stemmte die

Hände in die Hüften und wölbte ihren eindrucksvollen Busen vor. »Macht aber nichts. Ich verzeihe Ihnen. Dass Sie ein wenig von der Rolle waren, habe ich ja schon am Telefon gemerkt. Für einen Moment dachte ich fast, das wären gar nicht Sie am Apparat.«

»Wer hätte das denn sonst sein sollen?«, fragte ich zaghaft.

»Ein Einbrecher, der das Silber mitgehen lässt, weil er nicht will, dass ich das Zeug andauernd putzen muss.«

»Aber Mrs Malloy! Seit Sie hier zu arbeiten begonnen haben, sind Sie doch kaum noch in Merlin's Court erschienen, um überhaupt etwas zu putzen.« Ich ließ meinen Blick über das dürftige Mobiliar schweifen. »Dabei kann ich beim besten Willen nicht erkennen, womit Sie sich hier abgeben.«

»Ich bin dabei, mich beruflich zu verbessern, damit gebe ich mich ab!« Mrs Malloy pflanzte sich auf den Schreibtischsessel, zog aus der Schublade ein zerknülltes Päckchen Lucky Strike hervor und steckte sich mit großartiger Geste eine Zigarette an. Ich war erschüttert. Mrs M. hatte zwar nichts gegen ein, zwei Gläschen Gin einzuwenden, doch ich hatte sie noch nie rauchen sehen. »Tja, Mrs H.«, fuhr sie zufrieden fort, »da sind Sie baff, nicht wahr? Ich beabsichtige, hier großen Eindruck zu machen und mich zu Mr Kruggs rechter Hand aufzuschwingen. Zu diesem Zweck habe ich mir sogar das Tippen beigebracht und bin schon bei vier Wörtern pro Minute.«

»Herzlichen Glückwunsch.« Hilflos tigerte ich zwischen Aktenschrank und Schreibtisch hin und her.

»Kein Wunder, dass Sie jetzt sauer sind.« Mrs Malloy blies Rauchringe in die Luft. »Schließlich war ich ja mal Ihre rechte Hand. Hat mir auch echt Spaß gemacht, mich für Sie abzurackern, da gibt es nichts. Allerdings kam die geistige Anregung dabei ein wenig zu kurz, wenn Sie wissen, was ich meine. Was aber nicht heißt, dass ich Ihnen kündige.« Sie drückte ihre Zigarette in dem abscheulichen Aschenbecher aus und schlug einen versöhnlicheren Ton an. »Sobald ich begriffen habe, wie die Sache hier läuft, kann ich Sie vielleicht mal wieder unterbringen.«

»Zu gütig.« Da man mir keinen Stuhl angeboten hatte, knöpfte ich ersatzweise meinen Regenmantel auf und zu.

»Sie könnten ruhig ein wenig unglücklicher aussehen, jetzt wo Sie keinen mehr zum Schikanieren haben.«

»Man muss das Leben nehmen, wie es kommt.«

»Nanu. Das hört sich aber nicht nach Ihnen an.« In ihre Stimme schlich sich ein Vorwurf. »Und Sie sehen tatsächlich furchtbar aus.«

»Natürlich!«, fuhr ich sie an. »Ihre Wegbeschreibung war nicht die beste, und ich bin auf der Suche hierher halb ertrunken.« Um meine Aussage zu untermauern, zog ich mein Haar, dessen Knoten sich aufgelöst hatte, unter dem Kragen meines Regenmantels hervor und wrang es aus.

Mrs Malloy wischte meinen Einwand fort. »Das meine ich nicht. Ich spreche von ihrer roten Nase und von Ihren geschwollenen Augen. Das bedeutet, dass Sie geweint haben. Außerdem tragen Sie einen schwarzen und einen braunen Schuh. Folglich ist Ihre Lage verzweifelt.«

»Bitte!«, zischte ich. »Hören Sie auf, so zu reden, als ob Sie sich bereits zu Mr Kruggs rechter Hand aufgeschwungen hätten.«

Meine frühere Verbündete stutzte einen Moment, legte die Stirn in Falten und schloss zum Nachdenken kurz die Augen. Dann schien ihr ein Licht aufzugehen. »Ach so, verstehe.« Sie kicherte. »Das Problem heißt Mr H. … Der Göttergatte hat die Fliege gemacht, und Sie sind am Ende. Stimmt's?«

»Die Wahrheit ist …« Zusammen mit dem Rauch von Mrs Malloys Zigarette würgte ich einen Schluchzer hinunter.

»Er hat sich eine neue Braut angelacht, wie?« Mrs Malloy versuchte vergebens, Mitleid zu verströmen. »Nun, ich kann nicht behaupten, dass ich deshalb aus allen Wolken falle. Ehemänner sind halt auch nur Männer. Und Ihrer ist ein ziemlich guter Typ, mit dem schwarzen Haar und den Du-kannst-mich-mal-blauen-Augen.«

»Sie sind eher grün als blau.« Ich sank auf dem Besucherstuhl nieder. Ein Gefühl von Mattigkeit überkam mich. Es würde nicht mehr lang dauern, und ich hätte die Rolle der aufgelösten Klientin eingenommen.

»Möchten Sie, dass wir ihn und die miese kleine Ehebrecherin unter Beschuss nehmen?« Mrs Malloy ergriff einen tödlich spitzen Bleistift. »Das ist das Hauptgeschäft der Detektei Krugg – das und vermisste Personen.«

»Es gibt keine andere Frau«, erwiderte ich und bemühte mich, die Schultern zu straffen. »Ben und ich hatten eine kleine Meinungsverschiedenheit, das ist alles. Ich weiß genau, dass er sich nicht absichtlich so widerwärtig und grauenhaft benommen hat. Und bis wir goldene Hochzeit feiern, haben wir den Zwischenfall mit Sicherheit vergessen.«

Mrs Malloys Augen verengten sich. »Es hat ihn wohl auf die Palme gebracht, dass Sie hinter seinem Rücken sein Arbeitszimmer umgemodelt haben.«

»Gefreut hat er sich jedenfalls nicht.«

»Ich hatte Ihnen ja gesagt, dass er nicht begeistert sein wird.« Sie warf mir eine Pistole zu, die auf dem Schreibtisch neben dem Aschenbecher gelegen hatte. In meiner Verwirrung schloss ich, sie wollte mir einen Ausweg aus meinem Elend weisen. Doch als sie mir eine Zigarette hinhielt, erkannte ich, dass das, was ich für eine Schusswaffe gehalten hatte, in Wirklichkeit eins jener witzig getarnten Feuerzeuge war. Ohne recht nachzudenken, nahm ich die Zigarette an und begann zu rauchen. Gleich wurde mir leichter. Wenn einen der eigene Ehemann schon wie ein Ungeheuer behandelte, konnte man sich auch wie ein solches benehmen. Um meine Einstellung zu bekräftigen, akzeptierte ich auch das Glas Bourbon, das Mrs Malloy mir reichte.

»Erlaubt Mr Krugg denn, dass wir seinen Whisky trinken?«

»Er hält ihn für seine Besucher parat. Er selbst trinkt auf der Arbeit nicht.« Ihr Ton wirkte entschuldigend, als hoffte sie, ich würde deshalb nicht geringer von ihm denken.

»Na, dann Prost.« Ich trank einen ordentlichen Schluck und spürte, wie meine Innereien zu glühendem Erz zerschmolzen.

»Wahrscheinlich macht er das jetzt in seinem Urlaub wett.« Mrs M. stand auf und ließ sich auf der Schreibtischkante nieder, woraufhin ihr schwarzer Minirock um weitere Zentimeter in die Höhe kletterte. Als sie ihre Beine übereinander schlug, registrierte ich zwischen hastigen Zigarettenzügen, dass ihre Strümpfe mit einer Naht versehen waren. Ihr Gesicht nahm einen träumerischen Ausdruck an. »Ich stelle mir vor, dass Mr Krugg ein Zimmer in einer wunderbaren Absteige gemietet hat und Tag und Nacht auf einer nackten Matratze liegt oder an der Bar hockt und an die Blondine in dem schwarzen Chanelkostüm denkt, die seinen Partner erschossen und sein Herz gestohlen hat, damit er nicht merkt, dass sie für die Bande arbeitet, die den grünäugigen Gott von Kattmannschuh geraubt hat. Er ist aber gerissen und hat sie durchschaut und dafür gesorgt, dass sie eingebuchtet wird.«

Wo Mr Krugg so ohne weiteres eine wunderbare Absteige finden sollte, die es mit seinem Büro aufnehmen konnte, war mir nicht recht ersichtlich. Ich akzeptierte eine zweite Zigarette und bemerkte, zum Trost würde Mr Krugg während der Arbeit ja wenigstens rauchen. Mrs Malloy reagierte mit bedauerndem Kopfschütteln. Erschrocken blickte ich auf den Kippenberg im Aschenbecher. »Die haben doch hoffentlich nicht Sie geraucht?«

»Das war Mr Kruggs Termin um halb drei. Der hat geraucht wie ein Schlot. Er verdächtigt seine Frau, ein Verhältnis mit dem Onkel der Cousine seiner Schwägerin zu haben. Ich war vorbeigekommen, um auf der Schreibmaschine zu üben. Der arme Kerl hat ewig hier rumgesessen. Na ja, so eine verzwickte Geschichte braucht ja auch ihre Zeit, aber ich habe gesehen, wie Mr Krugg immer wieder auf seine Uhr geschaut hat, weil er für sechs noch jemanden bestellt hatte und weil er seinen Zug nicht verpassen wollte. Doch dann ist der Termin für sechs Uhr gar nicht erschienen, und Mr Krugg kam noch rechtzeitig weg.«

»Ich sollte mich auch wieder auf die Beine machen.« Mit der Zigarette in der einen und dem Glas Bourbon in der anderen Hand kam ich mir vor wie eine Jongleuse.

»Heißt das, wir ziehen nicht mehr um die Ecken, um uns noch einen zu genehmigen?«

»Ich genehmige mir gerade einen.«

»Das ist zwar richtig, doch es ist nicht dasselbe, wie in Kneipen zu sitzen und sich unter die Leute zu mischen.« Mrs Malloy schenkte mir nach.

»Darauf möchte ich lieber verzichten.« Ich angelte mir die nächste Zigarette. »Mir ist zurzeit nicht nach Menschenmengen zumute. Deshalb müssen Sie aber nicht gleich schmollen. Ich bleibe ja noch ein wenig, mache es mir in meinem feuchten Regenmantel bequem und genieße meinen Ausflug ins Verruchte.«

»Ich hasse es, wenn Sie so geschwollen daherreden.« Mrs Malloys Stimme klang verzerrt, und überhaupt schien die Gestalt auf dem Tisch mal hierhin, mal dorthin zu schwanken. »Sie haben doch an meinen Lippenstift gedacht?«

»Soweit ich weiß, bin ich deswegen hergekommen. Es war ja nicht zu überhören, dass Sie es ohne ihn keine Minute länger aushalten, was ich ehrlich gesagt nicht ganz begreife.«

»Es geht nicht um den Lippenstift, obwohl die Farbe ideal zu meinem blassen Teint passt, und auch nicht um die hübsche schwarz-goldene Hülle. Der Lippenstift hat Erinnerungswert, denn an dem Tag, an dem ich ihn hinten in meinem Sofa fand, wusste ich, dass sich mein dritter – oder vierter? – Ehemann am Mittwochabend, wenn ich beim Bingospielen war, mit der Ethel von nebenan abgab. Kann sein, dass ich sonst noch immer mit dem Typ verheiratet wäre. Sie haben ja keine Ahnung, wie arglos ich mit vierzig noch war.«

»Nun, hier ist er.« Ich fischte ihn aus der Tasche meines Regenmantels.

»Mir fällt ein Stein vom Herzen.« Sie hatte ihr Glas aufgefüllt und stieß mit mir an.

»Un-glück-licher-wei-se«, mir war nie bewusst gewesen, wie lang das Wort sich hinzieht, »hat Rose ihn zuerst entdeckt und die Wände damit bemalt. Ich dachte schon, ich müsste frisch tapezieren, doch wenn ich es mir recht überlege, glaube ich, mit der Zeit werde ich mich an die purpurroten Klingel … Kringel gewöhnen. Rose hat ihn aber nicht aufgebraucht.« Das Schweigen, in das ich hineinsprach, dehnte sich aus. »Ein kleines Restchen ist noch übrig. Ich kaufe Ihnen ein anneren … ei-nen neu-en.«

»Die Farbe gibt es nicht mehr.«

»Oh, Sch… Schande.«

Während ich darauf wartete, dass Mrs M. in Schluchzer ausbrach, zündete ich mir eine weitere Zigarette an. Doch Mrs Malloy nahm sich großherzig zusammen.

»Einer Zweijährigen kann man keine Vorwürfe machen«, begann sie. »Obwohl ich ja immer sage, dass Sie die Kleine verwöhnen, weil sie das Baby ist und Sie so dankbar waren, als Ihre Cousine Vanessa die Papiere unterschrieben hat und Sie das Kind adoptieren konnten. Ich mache auch Ihnen keine Vorwürfe, Mrs H. Sie haben sich mit Mr H. verkracht, und in so einem Zustand hat man keinen Sinn für anderer Leute Hoffnungen und Träume. Dabei hatte ich mir so schön ausgemalt, wie Mr Krugg mich entdeckt. Ich wäre gerade dabei, den Aschenbecher zu leeren, und seine Augen würden wie magisch von meinem Lippenstift Marke Purpurleidenschaft angezogen. Und mit einem Schlag würde ihm bewusst, dass ich eine Frau bin.«

»Und dann würde er Sie bitten, ihn zu heiraten.«

»Nein«, fuhr Mrs Malloy versonnen fort. »Mit rauer Stimme würde er mir befehlen, mich hinzusetzen und ein Diktat aufzunehmen.« Sie machte eine Pause. »Können Sie sich etwas Aufregenderes vorstellen, Mrs H.?«

Ich erwiderte nichts, denn mit einem Mal kam ich mir ausgesprochen eigenartig vor. Das Zimmer drehte sich, und Mrs Malloys Gesicht schrumpfte immer mehr zusammen. Ihre Stimme schien von der Decke herabzusickern.

»Wie Männer so sind, wird Mr H. sich schon wieder einkriegen«, hörte ich diese Stimme sagen. »Was ihn wahrscheinlich am meisten aufgeregt hat, ist das ganze Geld, das Sie ausgegeben haben, um das Arbeitszimmer ihm zuliebe so herzurichten.«

»Das Geld sollte eigentlich aus ein paar Aufträgen kommen«, antwortete ich mit großer Anstrengung. »Doch meine Kundinnen sind im letzten Moment … abgesprungen. Eine hat sich auf eine … Kreuzfahrt begeben, und eine andere hat meine Ideen mit billigen Möbeln … um-ge-setzt. Und …« Ich verstummte, denn der Schreibtisch schwebte plötzlich mit Mrs Malloy an Bord durch den Raum.

»Mr H. geht zwar rasch an die Decke, aber vielleicht müssen Sie sein dichterisches Temperament berücksichtigen. Er schreibt schließlich Bücher. Und dann auch noch Kochbücher, wo er das meiste frei erfinden muss.«

»Was meinen Sie damit, frei erfinden?« Ich stellte mein Glas ab und drückte eine Hand gegen meine klebrig kalte Stirn.

Mrs Malloys Stimme drang pochend in meinen Schädel. »Na, haben Sie denn jemals erlebt, dass ein Essen so wird, wie man Ihnen das im Kochbuch verspricht? Da heißt es, der Lancashire-Auflauf reicht für acht Personen und zum Schluss ist nicht mal genug für einen selber und die Katze da. Und dass Kuchen groß und rund wie Hutschachteln werden, glaubt ja wohl auch keiner im Ernst. Aber Mr H. verdient sein Geld damit, Millionen Frauen einzureden, sie könnten ihr Eiweiß zum Mount Everest aufschlagen, das muss ihm der Neid lassen.«

»Ich fühle mich schrecklich.« Wacklig kam ich auf die Beine.

»Also, jetzt wo Sie es sagen, fällt mir auch auf, wie käsig Sie sind. Vielleicht haben Sie ja was Falsches gegessen, ehe Sie hierher kamen. Aber machen Sie sich nichts draus. Am besten, wir schaffen Sie erst mal zu einem gewissen Örtchen.« Noch im Sprechen begann Mrs Malloy, mich vorwärts zu dirigieren. »Wenn Sie sich übergeben müssen, dann bitte nicht auf den Fußboden, Mrs H. Schauen Sie mal, da ist auch schon das Klo. Ich mache Ihnen jetzt schön die Tür auf und knipse das Licht an. Und wenn Sie mich brauchen, bin ich hier draußen.«

Ich wünschte sie auf den Mond. Es gibt nämlich Momente, in denen man vollkommen allein sein möchte. Doch fünf Minuten später, nachdem ich mein Gesicht in kaltes Wasser getaucht und mir das Haar aus der Stirn gekämmt hatte, fühlte ich mich ein wenig besser. Was hatte mich bloß bewogen, wie ein Matrose zu rauchen und zu trinken? Gewiss nicht die feine Meergegend von Mucklesby.

Mrs Malloy spähte zu mir herein. »Ich habe gerade an das mit Milch gedacht«, verkündete sie, ohne mich zu fragen, wie ich mich fühlte.

Ich starrte sie verständnislos an.

»An Mr Krugg. Milch ist sein Spitzname. Den hat ihm seine Tante verpasst, als er noch klein war.«

»Sehr witzig.« Ich zockelte hinter ihr her, um mich an den Schreibtisch zu lehnen.

»Ich muss einen Weg finden, um ihm vor Augen zu führen, dass er ohne mich nicht auskommt. Dafür habe ich vierzehn Tage Zeit, also zwei ganze Wochen. Und ich habe beschlossen, dass Sie mir dabei helfen dürfen. Das wird Sie wenigstens von Ihren Sorgen ablenken, wenn Sie schon keinen Alkohol vertragen.«

»Ich Ihnen helfen? Wie denn?«

»Uns fällt schon was ein«, bemerkte sie ungeduldig. »Aber ich erwarte mehr von Ihnen, als dass Sie hier ein paar neue Topfpflanzen aufstellen und das Büro umräumen.«

Sie hatte kaum zu Ende gesprochen, als an der Tür ein Klopfen ertönte. Mrs Malloy rief: »Immer hereinspaziert!«, woraufhin eine ältere Dame im Türrahmen erschien, von dem Hut aus den vierziger Jahren über ihr fließendes Samtcape bis hin zu den Knöpfstiefeln in elegantes Schwarz gehüllt.

Der verspätete Sechsuhrtermin.

3

Das ist sie bestimmt, was meinen Sie?«, flüsterte Mrs Malloy mir für jeden gut hörbar ins Ohr. Die Dame in Schwarz nahm den Raum in Augenschein. »Um die Uhrzeit kommen ja wohl keine Zigeuner mehr, die Kleiderbügel verkaufen wollen. Die Dame heißt Lady Krumley. Und dass sie adlig ist, sieht man schon an ihrer langen Nase. Aber Hofknickse und Schmeicheleien können Sie sich sparen, Mrs H., dafür haben wir keine Zeit. Wir sind hier die zwei, die die Sache regeln, vergessen Sie das nicht!«

Ich war mir nicht sicher, ob mir das, was ich soeben vernommen hatte, passte. Mein Magen war noch reichlich in Aufruhr und mein Kopf schien sich irgendwie um sich selbst zu drehen. Zum Glück schien ihrer Ladyschaft nichts aufzufallen, was gewiss ihrem Alter – vermutlich war sie irgendwo in den Siebzigern – zuzuschreiben war. Wahrscheinlich war sie auch mit einem schlechten Gehör gesegnet und von ihrem Weg zu uns ein klein wenig geschwächt.

Wie um meine Vermutung zu bestätigen, ließ unsere Besucherin sich matt auf einen Stuhl sinken. Dabei setzte sie ihre koffergroße Handtasche auf den Knien ab und schob das schwarze Samtcape zur Seite. Knöpfe und Stehkragen eines altmodischen Oberteils kamen zum Vorschein. Falls sie sich mit ihrer Kleidung hatte tarnen wollen, erreichte sie das genaue Gegenteil. Meine Gedanken vermischten sich mit dem gekräuselten Tabakdunst, der durch den Raum schwebte. Ich stützte mich auf Milch Kruggs Schreibtisch und warf Mrs Malloy einen verschwommenen Blick zu, dem sie hoffentlich entnahm, dass mich Lady Krumleys Erscheinen nicht im Geringsten interessierte.

Mein Platz war zu Hause bei meinem Ehemann, auch wenn eben dieser, falls ich sein Arbeitszimmer nicht wieder in das umwandelte, was es gewesen war, vermutlich gerade unsere Scheidung plante. Im Augenblick wusste ich zwar kaum noch, wie Ben aussah; aber ich nahm mir fest vor, Kathleen Ambleforth anzurufen und sie zu bitten, mir die Sachen, die sie dankbar für die wohltätige Spendensammlung von St. Anselm's in Empfang genommen hatte, zurückzugeben. Über Kathleens Reaktion machte ich mir keine Illusionen. Unter ihrem mildtätigen Lächeln brodelte nämlich ein Vulkan, den sie nur mit großer Anstrengung beherrschte. Unwillkürlich umklammerte ich die Schreibtischkante. Tatsächlich konzentrierte ich mich lieber auf Lady Krumleys leeren Blick, als mir im Geist Kathleens Zorn auszumalen.

Bei näherem Hinsehen ähnelte Lady Krumley einem Habicht, um es einmal höflich auszudrücken. Ihre lange Nase war gebogen, ihr Kinn fliehend und die Augen unter den Schlupflidern fast schwarz. Aber vielleicht würde sie jemandem mit klarem Verstand besser gefallen. Allerdings war ihr Haar bewundernswert; es war üppig, dicht und mahagonirot, entweder von Natur aus oder dank der Chemie. Lediglich an den Schläfen ließ sich ein Anflug von Grau entdecken. Das Haar war zu einer schweren Rolle aufgetürmt, auf der das Hütchen aus den vierziger Jahren den krönenden Abschluss bildete.

Mir ging durch den Sinn, dass Kathleen Ambleforth dieses Hütchen gewiss gern ihrer Almosensammlung einverleibt hätte. Doch vorerst brauchte ich es noch als Orientierung, um mich vor den kreiselnden Wänden zu retten. Hoffentlich lenkte Mrs Malloy mich bei dieser Übung nicht ab. Es ist jedoch töricht, zu erwarten, dass ein Wunder geschieht. Mrs Malloy würde kaum unauffällig mit dem Hintergrund verschmelzen. Nicht, solange sie den rosaroten Angorapullover trug, der aussah wie aus dem Nachlass von Marilyn Monroe gestohlen, oder den Minirock, vermutlich einst das Hosenbein einer Jungenshorts. Abgesehen davon überschlug Mrs Malloy sich förmlich, um ihrer Ladyschaft zu versichern, es mache ihr nicht die Bohne aus, dass es schon neun Uhr sei und Mr Krugg das Büro bereits verlassen habe.

»Besser spät als nie.« Sie klimperte mit ihren falschen Wimpern. »Wenigstens sind Sie lebendig eingetroffen und haben nicht die Arme wie im Leichensack um sich selbst geschlungen.«

»In der Tat«, erwiderte Lady Krumley unsicher.

»Sie sollten sich deshalb keine Sorgen machen«, fuhr Mrs Malloy fort. »Nicht in Ihrem Alter. Es gibt keinen Grund, vor Angst so zu flattern. Ich und Mrs Haskell sind ja da, um Ihnen zu helfen.« Schauderhaft aufgekratzt erschallte das irgendwo zu meiner Linken.

»Mrs wer?« Ihre Ladyschaft hob die schweren Lider und taxierte mich mit leicht gerümpfter Nase. Ihr Tonfall klang vielleicht verwirrt, doch ihre Miene hätte mindestens drei Stubenmädchen in die Flucht geschlagen. Ganz offenkundig kam sie langsam, aber sicher wieder zu sich.

»Haskell«, zwitscherte Mrs Malloy, ehe ich meine Lippen auseinander bekam.

»Und sie ist …?« Aus dem Blick, der auf mir ruhte, sprach der Verdacht, dass es sich bei mir um den tragischen Fall einer Taubstummen handelte.

»… meine Chefin«, lautete Mrs Malloys inhaltlich zutreffende, aber dennoch gänzlich irreführende Antwort.

Lady Krumley richtete sich ein wenig auf und ihre Augen weiteten sich erschrocken. »Handelt es sich bei dieser Person«, sie wedelte mit behandschuhter Hand in meine Richtung, »etwa um Mr Kruggs Partnerin? Die werte Quelle, der ich den Rat, Sie um Beistand zu ersuchen, verdanke, versprach mir, dass Mr Krugg allein arbeitet.«

»Mrs Haskell ist erst seit kurzem an Bord.« Mrs Malloy, die sich nun zu meiner Rechten erhob, glich einem Ausbund an Ehrlichkeit und Rechtschaffenheit. Höchste Zeit für mich, Farbe zu bekennen. Entschlossen stieß ich mich von der Schreibtischkante ab, woraufhin der Fußboden jedoch zu schlingern begann und ich mir vorkam wie auf der *Titanic*. Ich war daher gezwungen, mich schleunigst nach einem Sitzplatz umzublicken und eine Hand auf meinen Mund zu pressen.

»Sieht trotz allem nach einer ordentlichen Person aus«, verkündete Lady Krumley. »Passabel gekleidet. Adrette Frisur. Nicht zu modern.« Im Sprechen entledigte sie sich ihrer Handschuhe und verstaute sie in ihrer Tasche. »Und wer sind Sie?«, wandte sie sich an Mrs Malloy. »Oder ist das ein Geheimnis?«

»Ich bin Roxie Malloy, Mr Kruggs rechte Hand.«

Ihre Ladyschaft musterte Mrs M. in all ihrer blonden Pracht. »Sehr erfreut. Allerdings ist Ihr Rock zu kurz, und Rosa sollte meiner Meinung nach Debütantinnen vorbehalten bleiben. Andererseits kann man mit einiger Berechtigung behaupten, dass ich nicht mehr auf dem Laufenden bin, was die heutige Generation angeht.«

Mrs Malloys Miene hatte sich zunächst verdüstert, hellte sich bei ihren letzten Worten aber auf.

»Außerdem bat mein verstorbener Gemahl, Sir Horace,

mich zuweilen, mich mit meinen Äußerungen zurückzuhalten.« Ihre Ladyschaft verfrachtete das Ungetüm von Handtasche von den schwarz verhüllten Knien auf den Fußboden. »Auf ihn werden wir später noch zu sprechen kommen. Dennoch hatte ich nicht vor, mich mehr als einem Ohrenpaar anzuvertrauen. Offen gesagt kam mir nie der Gedanke, Mr Krugg könne mit einer Sekretärin arbeiten oder als was man das heutigentags bezeichnet, geschweige denn mit einer Partnerin.« Lady Krumley ließ ihren Blick über die sparsame Möblierung, die nackten, nachtdunklen Fenster und die zusammengewürfelten Topfpflanzen schweifen. Selbst ich konnte erkennen, dass die Plastikblumen aussahen, als bräuchten sie dringend Wasser, wohingegen die echten Pflanzen tot und wie nachgemacht wirkten. Bestimmt besaß Lady Krumley auf ihrem Erbunwesen, wie mein Cousin Freddy dergleichen nannte, ein eigenes Treibhaus. Auf keinen Fall würde sie glauben, sie wäre zu Besuch in Kew Gardens.

»Die Person, die mich an Ihre Detektei verwies, erklärte, Mr Krugg entspräche dem Bild des Steppenwolfes«, fuhr Lady Krumley mit zunehmender Lautstärke fort. »Andererseits wissen wir nie alles, was es von einem Menschen zu wissen gibt, selbst wenn wir jemanden seit langem zu kennen glauben.«

Mrs M. wirkte aus mir unerfindlichen Gründen erneut verstimmt. Ihr Ton klang jedoch normal, als sie erwiderte: »Nun haben Sie mal keine Bange, Herzchen – will sagen, euer Ladyschaft! Sie können uns ruhig frei von der Leber weg erzählen, was Sie zu uns führt.« Sie beäugte die Kippen im Aschenbecher. Entweder fiel ihr plötzlich auf, dass sie ekelhaft aussahen und rochen, oder aber sie überlegte, ob es angebracht wäre, sich eine neue Zigarette anzustecken. »Diskretion ist bei uns Ehrensache«, erklärte sie ein wenig abgelenkt. »War immer so und wird immer so bleiben. Deshalb hat Milch sich auch so lang im Geschäft gehalten.«

»Milch?«, erkundigte sich ihre Ladyschaft mit gehobener Braue. »Geht Mr Krugg etwa noch einer Nebenbeschäftigung nach?«

»Milch ist sein Spitzname«, wagte ich flüsternd einzuwerfen.

»Wie bitte? Ach so.«

»Den aber nur die benutzen dürfen, die ihn gut kennen. Doch wie immer man diesen Mann nennt, er weiß, dass ein Wort ins falsche Ohr üble Konsequenzen hat.« Viel sagend fuhr Mrs Malloy sich mit dem Finger über die Kehle. Die Geste schien ihrer Ladyschaft nicht viel zu sagen; stattdessen wanderte ihr verhangener Blick besorgt zu mir.

»In dem Fall dürfte es hilfreich sein, dass seine Partnerin nicht mehr reden kann«, murmelte sie nachdenklich.

Das brachte mich um den Rest meiner Stimme. Ganz anders Mrs Malloy: Sie warf ihr blondes Haar zurück, klapperte mit ihren pechschwarzen Wimpern und kicherte wie eine Fünfzehnjährige. »Sie haben ja Sinn für Humor, Schätz... euer Ladyschaft. Klar kann Mrs Haskell reden. Sie steht nur gerade unter Schock. Hat gerade einen Ehekrieg durchgemacht, bei dem es um verschwundenes Eigentum ging. Familienangelegenheiten können ja manchmal ausarten. Sonst will ich dazu nichts verlauten lassen, denn den Rest können Sie sich sicherlich denken.«

Das konnte Lady Krumley. Ich glaube, im Geist sah sie Einschusslöcher in einer getäfelten Bibliothek, Blutflecke auf dem Perserteppich, einen Hund, der sich in die Ecke verkrümelte und seinen Kopf zwischen den Vorderpfoten barg, und eine Leiche, die vorübergehend in der Kommode verstaut worden war, damit man pünktlich mit der Bridgepartie beginnen konnte.

Mein Blick fiel auf den gefüllten Aschenbecher, und es war mir erneut unmöglich, etwas Sinnvolles anzumerken.

»Was glauben Sie, was für schreckliche Dinge wir in diesem Geschäft erleben!«, setzte Mrs M. unterdessen ihre Rede fort. »Trotzdem, und ohne Milch nahe treten zu wollen, sage ich immer, manche Sachen überlässt man besser uns Frauen. Von einem Mann kann man nicht erwarten, dass er die weibliche Sichtweise versteht, oder?«

»Da könnten Sie Recht haben.« Die Augen ihrer Ladyschaft wurden schmal. »Selbst mein lieber Horace reagierte nicht immer einfühlsam auf meine Art, die Dinge zu betrachten. Das ist einer der Gründe, weshalb ich so spät erschienen bin. Ich brauchte eine Weile, um mit mir zu Rate zu gehen. Womöglich teilt Mr Krugg meine Befürchtungen nicht und tut sie als weibliche Phantastereien ab.«

»Na, sehen Sie!«, triumphierte Mrs Malloy. »Dann trifft sich ja alles bestens. Was halten Sie davon, wenn ich Ihnen erst einmal einen ordentlichen Schluck einschenke? Danach legen wir los. Und wenn Sie eine rauchen wollen, nur zu. Mrs Haskell und ich hätten nichts dagegen. Wer im Glashaus sitzt, soll nicht mit Steinen werfen.«

Das war endgültig zu viel. Ich fuhr aus meinem Stuhl hoch und flüchtete blindlings in Richtung Toilette, wobei es mir gelang, Mrs Malloy hinter mir herzuziehen. Sie murmelte etwas über ihre Schulter nach hinten, und ich erhaschte noch einen Blick auf die verblüffte Miene ihrer Ladyschaft, ehe ich die Tür aufstieß und mich erneut über das Waschbecken warf. Oh, wie tröstlich und kühl sich das Porzellan unter meinen Händen anfühlte! Für einen Moment betete ich, die Guillotine möge niedersausen, meinen Hals durchtrennen und allem ein Ende machen. Doch mit einem Mal war ich – wie durch ein Wunder – gerettet und wiederhergestellt. Erstaunlich. Der

Fußboden schlingerte nicht mehr und der Raum hatte aufgehört, sich zu drehen. Selbst Mrs Malloys Gezeter führte nicht dazu, dass ich kopfüber in die Kloschüssel springen und mich für immer hinwegspülen wollte.

»Hoffentlich schämen Sie sich, Mrs H., dass Sie bei der kleinen armen alten Dame so mundfaul waren.«

»Mir war speiübel.«

»Unsinn. Sie sehen aus wie das blühende Leben. Bis auf die Knochen haben Sie mich blamiert! Und dabei hatte ich Sie befördert! Jede andere hätte Sie zur Sekretärin und sich selbst zu Mr Kruggs Partnerin gemacht. Ich bin einfach zu gutmütig, das war schon immer mein Problem. Na ja, Schwamm drüber.«

Ich fragte nicht nach, ob das eine Anspielung sein sollte, sondern entgegnete: »Lady Krumley ist nicht klein. Sie dürfte ohne Schuhe einen Meter fünfundsiebzig messen. Und in Anbetracht ihres Titels ist sie vermutlich auch nicht gerade arm.«

»Da schau einer an! Sie können ja schon wieder richtig stänkern und alles, was ich sage, zerpflücken wie einen Salatkopf. Nur leider ist dazu keine Zeit, Mrs H. Wir müssen nämlich schleunigst zurück ins Büro, ehe Lady K. sich besinnt und in die Nacht verschwindet.« Mrs Malloy ragte vor mir auf wie Justitia auf ihrem Podest, doch ich wandte mich ab, um in dem halbblinden Spiegelchen über dem Waschbecken mein Haar zu ordnen. Am ganzen Leib spürte ich, wie es mit mir aufwärts ging. Ich würde mich von Mrs Malloy nicht einschüchtern und in die Rolle einer Privatdetektivin drängen lassen. Dergleichen war mit Sicherheit verboten, und eine Kleinkriminelle in der Familie war für meinen Geschmack bereits vollkommen genug.

Tante Lulu, die Mutter meines Cousins Freddy, hatte nämlich vor Jahren, als ihre Freundinnen Hobbys wie Sticken,

Häkeln und Bridge frönten, mit Ladendiebstählen begonnen. Fehlte nur noch, dass sie gefasst wurde und ein Richter mit einer Perücke, die ihm die Gattin gehäkelt hatte, von Tante Lulus Beteuerungen, sie wolle ihre »Funde« zum großen Teil wohltätigen Einrichtungen spenden, ungerührt blieb.

»Na gut, von mir aus kann ihre Ladyschaft ein zäher alter Vogel sein, der in einem Haus mit vierhundert Zimmern wohnt. Übrigens habe ich ein bisschen in Mr Kruggs Kalender geblättert.« Das blonde Haar saß ihr wie ein verrutschter Heiligenschein auf dem Kopf. »Da stand, dass ihr Haus Moldy Towers heißt, Burg Schimmelturm.«

»Nie im Leben.«

»Ich habe keine Lust, mit Ihnen zu streiten, Mrs H.« Mrs Malloy log, ohne rot zu werden. »Worauf ich hinauswill ist, dass Lady Krumley nicht hier wäre, wenn sie sich nicht in fürchterlichen Schwierigkeiten befände. Oder sehen Sie das anders?«

»Es gibt viele Gründe, um sich an einen Privatdetektiv zu wenden. Vielleicht verdächtigt sie ihren Metzger, dass er zu hohe Preise verlangt.«

»Vielleicht steht aber auch ihr Leben auf dem Spiel. Sonst hätte sie wohl eher ihren Verwalter oder so jemanden hergeschickt«, zischelte Mrs Malloy. »Denken Sie mal nach! Diese Sorte Leute ist es nicht gewöhnt, selbst was zu erledigen. Es sei denn, sie wollen etwas vertuschen.«

Ich erwiderte nichts.

Mrs Malloy fuchtelte mir mit dem Finger unter der Nase herum. »Was ist, wenn sie sich verzieht, ohne dass wir herausfinden, was Sache ist? Wenn wir morgen in der Zeitung lesen, dass man sie in eine Truhe auf dem Speicher gestopft hat? Dass man ihr Arsen in die Suppe gestreut oder sie von den Türmen von Burg Schiefenturm gestoßen hat?« Mrs Malloy wehrte einen möglichen Einwand mit einer Geste ab. »Klar sind da vielleicht gar keine Türme. Weshalb sollte man die Burg auch sonst so genannt haben?«

»Meinen Sie wirklich?«

»Ist alles schon vorgekommen. Ich kannte mal eine Frau namens Doris, die in einem Haus namens Fichtenhorst wohnte, obwohl es da weit und breit keinen Weihnachtsbaum gab. Man findet immer Leute, die was vortäuschen wollen. Aber Doris konnte einem Leid tun. Sie hatte einen Neffen, der sie um ihre Ersparnisse gebracht hat, mit denen sie die Waschmaschine kaufen wollte, von der sie jahrelang geträumt hatte.«

»Ich bin sicher, dass Lady Krumley jede Menge Waschmaschinen besitzt. Einen Teil davon könnte sie vermutlich der Wohlfahrt stiften.« Unauffällig strebte ich der Tür entgegen.

»Und ich wette mit Ihnen um meinen zweitbesten Pelzmantel, dass sie außerdem einen schmierigen Neffen hat. Sie wissen doch, dass sich solche Typen in jedem Kriminalroman rumdrücken.«

»Jemand, der ganz versessen darauf ist, Haushaltsgeräte zu erben.« Ich nickte.

»Genau.« Höchst zufrieden nahm sie zur Kenntnis, dass ich langsam zu Verstand kam und begriff. Es war an uns, das Böse in der Welt zu bekämpfen. »Und dann ist da natürlich noch die tückische Stieftochter und der widerliche Chauffeur, der in Wirklichkeit ein unehelicher Cousin ist. Und der aalglatte Banker, der die Gelder veruntreut hat, die Lady Krumleys Mann bei seinem Tod hinterlassen hat und …«

» … noch eine ganze Schar anderer Unholde«, stimmte ich beflissen zu. »Und die gelüstet es alle danach, ihre Ladyschaft ins Jenseits zu befördern. Ich bin sicher, Mr Krugg wird sich königlich amüsieren, wenn er nach seiner Rückkehr alles aufklärt. Obwohl ihm nach Ihren Worten ja mehr daran liegt, das Böse in der Unterwelt auszurotten, statt in den feinen Salons. Aber eine Abwechslung hat noch niemandem geschadet.«

»Ich fasse es nicht, dass Sie so oberflächlich sein können!«, rief Mrs Malloy aufgebracht. »Was ist, wenn Sie zu spät erkennen, dass Lady Krumley in Todesgefahr geschwebt hat?«

Nun hatte sie mich am Wickel.

»Ich hätte Sie niemals zur Geschäftspartnerin ernennen sollen.« Mrs Malloy verschränkte die Arme unter ihrem umfangreichen Busen, der daraufhin steil in die Höhe ragte. »Es gibt nicht viele, die nach einer Viertelstunde, in der sie Firmenschnaps gekippt und massenweise Zigaretten weggepafft haben, schon befördert werden. Aber was soll's, warum soll ich mir wegen der armen Dame da draußen das Herz schwer machen? Ich habe mir ja zum Glück einen neuen Wintermantel gekauft, mit dem ich zur Beerdigung gehen kann, ohne dass ich mich oder Mr Krugg sich schämen müsste.«

»Das genügt.« Ich war bereit zu kapitulieren. »Seit der Sache mit Bens Arbeitszimmer komme ich mir ohnehin vor wie eine Verurteilte auf Bewährung. Vielleicht richten wir ja wirklich keinen Schaden an, wenn wir zurückgehen und uns einfach mal anhören, was Lady Krumley zu sagen hat.«

»Schönen Dank für die teilnahmsvollen Worte, Mrs H.«

»Keine Ursache.«

»Wussten Sie eigentlich schon, dass es sich als Blondine lustiger lebt?« Selbstgefällig betätschelte Mrs Malloy ihr Haar und drehte sich vor dem Spiegel hin und her, ehe sie mir voraus ins Büro segelte, wo unsere Stimmung jedoch von einem erschütternden Anblick gedämpft wurde: Lady Krumley saß eingesunken auf ihrem Stuhl. Zumindest vermutete ich, dass es sich um ihre Ladyschaft handelte. Beim ersten Anschein konnte man sich dessen nämlich nicht sehr sicher sein. Das Hütchen war ihr über die Nase gerutscht, die Milch Krugg, wäre er da gewesen, in seinen Akten vielleicht als Lady Krumleys besonderes Kennzeichen vermerkt hätte.

4

Du liebe Güte! Wie unhöflich von mir, einfach einzunicken.« Lady Krumley hob den Kopf und blinzelte in vornehmem Entsetzen in die Runde. Vermutlich wähnte sie sich in einem Albtraum, in dem ein Büro mit Plastikblumen und trostloser Möblierung vorkam. »Wie konnte mir das bloß passieren, einfach die Augen zu schließen? Ich würde das liebend gern mit meinem Herzinfarkt erklären, doch der liegt schon Wochen zurück. Und die Herfahrt dürfte auch nicht allzu anstrengend gewesen sein, denn ich wohne keine dreißig Meilen von hier entfernt in Biddlington am See. Allerdings muss ich gestehen, dass ich seit Jahren nicht mehr selbst am Steuer gesessen habe... und vielleicht hat die Aufregung mich doch ein wenig mitgenommen. Sie Ärmste«, schloss sie, während sie ihre Nase auf Mrs Malloy richtete, »erst komme ich zu spät und dann müssen Sie wegen mir auch noch Überstunden machen.«

»Das macht doch nichts, Schätz... euer Ladyschaft. Aber wo Sie gerade dabei sind: War da nicht noch ein Grund, weshalb Sie zu spät gekommen sind?« Mrs Malloy stieß mich in die Rippen und deutete auf Milchs Bürosessel. Sie selbst hob ihr miniberocktes Hinterteil neben dem ramponierten Aktenschrank auf einen Metallklappstuhl.

»Ganz recht. Irgendein scheußlicher Rohling hat nämlich

auf mich gezielt, als ich in Biddlington am See an der Polizeiwache vorbeifuhr.«

»Man hat auf Sie geschossen?« Der Bleistift, den ich ergriffen hatte, fiel mir aus der Hand.

»Auf mich geworfen!« Die Miene ihrer Ladyschaft wurde so spitz, dass sie nur noch aus Nase bestand. »Mit Blumentöpfen von beträchtlicher Größe und mit goldbraunen und gelben Chrysanthemen.« Ich glaubte, mich verhört zu haben. Seit wann verschwendete man denn auf die Weise schöne, teure Blumen? »Dadurch wurde nicht nur die Windschutzscheibe eingeschlagen«, fuhr Lady Krumley fort, »sondern es sah auch so aus, als hätte ich um Bestattung im eigenen Wagen gebeten.«

»Dabei wollten Sie für Mr Krugg doch gewiss tipptopp aussehen«, entgegnete Mrs Malloy voller weiblicher Anteilnahme.

»Wurden Sie verletzt, Lady Krumley?«, erkundigte ich mich.

»Ich fürchte, der Schock hat mich leicht aus der Fassung gebracht.«

»Glauben Sie, der Angreifer wusste, dass Sie sich auf dem Weg zu einem Privatdetektiv befanden, und wollte Sie davon abhalten?«

»Niemals. Keiner Menschenseele gegenüber habe ich davon etwas verlauten lassen. Mit Ausnahme von Mr Featherstone. Er wusste Bescheid. Aber er ist der Vikar und ein Freund von mir.«

»Wer könnte es denn dann gewesen sein?«

Mit sämtlicher Macht des Adels, die ihr zu Gebote stand, runzelte Lady Krumley ihre Stirn. »Ich fürchte, der Angreifer hat an meiner Weigerung, zum diesjährigen Polizeifonds beizutragen, Anstoß genommen. Aber heutzutage muss auch ich meine Scherflein hüten. Allerdings habe ich, nachdem ich mir die Blumenerde aus den Augen gerieben hatte, erkannt, wie sich ein stämmiger Mann um die Ecke davonmachte. Vermutlich war das Wachtmeister Thatcher ohne seinen Helm. Doch vielleicht tue ich dem Mann Unrecht. Immerhin haben er und seine Frau zur Beerdigung meiner Schwägerin einen Kranz geschickt, der allerdings ein wenig aufdringlich gehalten war.«

»Schrecklich, wenn man ein Familienmitglied verliert.« Mrs Malloy hätte ihr Gesicht auf Halbmast gesetzt, hätte sie nur gekonnt.

»Mildred war die jüngste Schwester meines verstorbenen Gatten und bis zu ihrem Tod mit ihren achtzig Jahren eine quicklebendige Dame. Sie verschied im Schlaf, was mich nicht weiter verwunderte. Schließlich hatte sie sich zwei Wochen in Liverpool aufgehalten. Nach einem solchen Ort kann niemand mehr längere Zeit überleben. Auch als die anderen Familienmitglieder dahingerafft wurden, kam es mir zunächst nicht in den Sinn, dahinter das Walten finsterer Mächte zu vermuten ...« Lady Krumley verstummte und starrte düster auf einen Punkt in der Ferne.

»Deshalb sind Sie also von oben bis unten in Schwarz.« Mrs Malloy konnte ihre Begeisterung nicht verhehlen. »Ihre Verwandten fallen der Reihe nach vom Stammbaum wie welke Blätter.« Sie stand auf, nicht ohne dabei ihre Beine zur Schau zu stellen, schenkte sich einen Schuss Bourbon ein und wedelte mit der Flasche. Ich schüttelte den Kopf, doch Lady Krumley nahm das Angebot an.

»Sir Horace hätte von mir erwartet, dass ich Trauer trage. Auch wenn derlei heute kaum noch üblich ist und er nur höchst oberflächlichen Kontakt zu den jüngst Verblichenen hielt, seine Schwester Mildred inbegriffen.«

»Wer waren denn die anderen?« Mrs Malloy strahlte.

Ihre Ladyschaft neigte pietätvoll das Haupt. »Cousin Clement lebte in Australien. Er wurde im Juni von einem Känguru zerfleischt. Onkel Dickie residierte auf einer der Kanalinseln. Ihm wurde gnädigerweise ein schnelleres Ende beschert. Er feierte nämlich seinen neunzigsten Geburtstag und übte sich im Bungeejumping oder wie man das nennt. Tante Theobalda wohnte im East End in einem neumodischen Loft und betrat einen nicht vorhandenen Aufzug.« Ihre Ladyschaft führte sich ihren Bourbon zu Gemüte. »Sie alle waren bereits uralt und ein wenig verwirrt, und Verwandte liegen einem gewiss auch nicht immer…, dennoch wäre man ein Unmensch, wollte man sich lediglich zurücklehnen und zuschauen, wie einer nach dem anderen von der Erdoberfläche verschwindet. Vor allem wenn man weiß, wer dafür verantwortlich ist.«

»Und wer ist das, Lady Krumley?«, fragte ich mit dem hoffentlich richtigen Maß an beruflichem Interesse. Ehrlich gesagt konnte ich nicht erkennen, wohin das Ganze führen sollte.

»Das bin ich, Mrs Haskell. Ich bin der Bösewicht!« Erregt erhob Lady Krumley sich von ihrem Stuhl und begann wie ein schwarzer Geist auf und ab zu wandern. Ihr Hütchen zitterte leicht und rutschte zur Seite, doch als sie erneut das Wort ergriff, klang sie gefasst. »Wissen Sie, ich muss zugeben, dass ich inzwischen fast erleichtert bin, Mr Krugg nicht angetroffen zu haben. Männer neigen doch allzu rasch dazu, die Ängste einer Frau als Hysterie zu verlachen. Sir Horace pflegte mit seinen Daumen zu spielen, wenn ihn etwas, das er als Ausbund meiner Fantasie bezeichnete, amüsierte. Zweifellos würde er auch unter den gegebenen Umständen nicht von seiner Meinung abrücken, dass ich die Situation dramatisiere.«

»Ehemänner können unsere strengsten Kritiker sein«, pflichtete ich ihr niedergeschlagen bei.

»Wie Recht Sie haben, Mrs Haskell.« Lady Krumley begab sich zurück zu ihrem Stuhl. »Sir Horace war zwanzig Jahre älter als ich. Andererseits war auch ich kein albernes kleines Ding mehr, als ich im Alter von fünfunddreißig Jahren in Burg Schimmelturm einzog.«

»Wusst ich's doch!«, entfuhr es Mrs Malloy.

»Mit Schimmel ist selbstredend das Pferd gemeint«, fuhr Lady Krumley fort. »Der Name hat nichts mit der Trockenfäule zu tun, die sich gelegentlich bemerkbar macht. Sir Horace bemühte sich hingebungsvoll, das Anwesen wieder so herzurichten wie vor der Zeit seines Vaters, der es leider hatte verfallen lassen. Es ist daher ein Skandal, dass ich diejenige war, die vor nunmehr fast vierzig Jahren Flossie Jones entlassen und den Wappenspruch der Familie – Diene deinen Dienern – entehrt hat.«

»Entschuldigung… Wie war das? Wer war die Dame?«, erkundigte ich mich und zückte über einer zerfledderten Kladde den Bleistift.

»Flossie Jones. Ein Hausmädchen.«

»Und warum haben Sie sich von dem Mädchen getrennt?«

»Sie hat etwas gestohlen. Eine Brosche aus Diamanten und Smaragden.«

»Na, das ist ja wirklich allerhand!« Als Präsidentin des Putzfrauenvereins von Chitterton Fells vertrat Mrs Malloy eiserne Grundsätze. »Und Sie sind der Ansicht, dieses Ereignis steht mit den kürzlich erfolgten Todesfällen in Zusammenhang?«

Mein Blick fiel auf das nackte Fenster; in seiner nächtlichen Schwärze sah es aus, als wäre es wegen eines Krieges abgedunkelt worden. Wie spät war es eigentlich? Wann würde ich mein Heim wiedersehen? Was sich vor vierzig Jahren ereignet hatte, würde kaum in ein paar Minuten zu erzählen sein. Ob Ben dachte, ich wäre von zu Hause weggelaufen, um andere Ehen zu zerstören, indem ich reihenweise Arbeitszimmer ummodelte?

»Natürlich steht es damit in Zusammenhang.« Ihre Ladyschaft warf Mrs Malloy einen ungeduldigen Blick zu. »Inzwischen weiß ich, dass Flossie Jones fälschlicherweise beschuldigt wurde und ihre Entlassung ungerecht war. Vor einer Woche hat Laureen Phillips, ein äußerst pflichtbewusstes Mädchen, das erst vor kurzem für mich eingestellt wurde, die Brosche hinter der Scheuerleiste meines Toilettentisches entdeckt. Von dort muss sie damals vor all den Jahren heruntergefallen sein.«

»Ähm, … ob Sie das vielleicht noch mal wiederholen könnten?« Mir fiel nichts Besseres ein, als abermals den Bleistift anzuspitzen.

»Meine Güte, das springt doch ins Auge wie die Nase ihrer Ladyschaft!« Mrs Malloy war dermaßen in Fahrt, dass sie Lady Krumley einen zweiten Bourbon einschenkte, ohne sich selbst etwas nachzugießen. »Diese Flossie rächt sich jetzt, indem sie die Familienmitglieder um die Ecke bringt. Dann dürfte es also kein Problem sein, ihre Spur zu verfolgen. Wir müssen nur jemanden finden, auf den ihre Beschreibung passt. Jemand, der angeblich Urlaub in Australien und so weiter gemacht hat. Klar ist sie inzwischen wie wir alle ein bisschen älter geworden, aber …«

»Wenn ihr nach Mord zumute war«, unterbrach ich sie, »warum hat sie dann so lang gezögert? Und, wenn Sie gestatten, Lady Krumley, warum hat sie nicht mit Ihnen angefangen?«

»Ich spreche nicht von Mord, Mrs Haskell, jedenfalls nicht von Mord im herkömmlichen Sinn.« Der Bourbon verschwand mit einem einzigen Schluck. »Flossie ist ein Jahr, nachdem sie Burg Schimmelturm verlassen hatte, gestorben. Nach meinem Dafürhalten richtet sie dieses Unheil aus dem

Grab heraus an. Flossie Jones hat die Familie Krumley mit ihrem letzten Atemzug verflucht.«

»Heiliger Strohsack«, hauchte Mrs Malloy entzückt.

»Sind Sie denn absolut sicher, dass die Brosche, die das neue Mädchen entdeckt hat, mit der alten identisch ist?« Der Nachtwind erwiderte mein Stöhnen, und irgendwo in dem Gebäude knarzte ein Dielenbrett. Ich stand aber nicht auf, um nachzusehen, ob jemand draußen im dunklen Treppenhaus lauerte. Noch hatte ich wegen Lady Krumleys Geschichte nicht unbedingt eine Gänsehaut.

»Ich hege nicht den geringsten Zweifel. Auf der Rückseite der Brosche waren die Initialen und das Geburtsdatum der Großmutter von Sir Horace eingraviert. Als die Brosche verschwand, war mein Mann äußerst aufgebracht und bezichtigte mich des nachlässigen Umgangs mit einem alten Erbstück. Ich hatte die Brosche nämlich auf dem Toilettentisch liegen gelassen, statt sie in meiner Schmuckschatulle zu verschließen.«

»War sie denn unersetzbar?«

»Ach was! Eher ein Stück Tand, das wir nicht einmal versichert hatten.« Lady Krumley führte mit ihrer knorrigen Hand eine wegwerfende Geste aus. »Die Steine waren weiß Gott nicht die besten, denn die Brosche wurde der Großmutter als junges Mädchen von einer Tante geschenkt, die in … nun ja, etwas beengten Verhältnissen lebte.«

»Wie schrecklich! Aber wie sagt man so schön: Einem geschenkten Gaul schaut man nicht ins Maul.« Mrs Malloy schüttelte resigniert den Kopf, als fielen ihr gerade die vielen zweit- und drittklassigen Smaragde und Diamanten ein, die sie in ihrem Leben mit gespielter Freude hatte annehmen müssen.

»Mein Mann sah sie gern an mir, doch wenn ich ehrlich sein soll, entsprach sie nicht meinem Geschmack. Sie wirkte zu mädchenhaft, und ich besaß nie das Verlangen, jünger zu wirken als ich war. Dabei gab es genug Menschen, die sich fragten, warum Sir Horace eine Frau wie mich geheiratet hatte, wo er doch seinerzeit unter den Schönsten und Jüngsten des Landes hätte wählen können. Sir Horace war bei unserer Hochzeit Mitte fünfzig und sah noch ausgesprochen gut aus …, und das sollte auch so bleiben. Selbst bei seinem Tod zehn Jahre später gab er eine wundervolle Leiche ab.« Lady Krumleys Blick wanderte abermals in die Ferne.

»Was war denn mit Flossie?«, half ich ihr sanft nach. Mit einem Mal erfasste mich eine Woge des Mitgefühls mit dieser selbstbewussten alten Dame.

»Als Flossie nach Schimmelturm kam, waren Sir Horace und ich seit etwa drei oder vier Jahren verheiratet. Getauft war sie auf den Namen Florence, doch das war auch der Vorname von Mrs Snow, unserer Wirtschafterin, und es störte das höhere Personal, dass ein Hausmädchen ebenso heißen sollte. Hopkins, der Butler, nahm die erforderliche Änderung vor, nachdem er sich mit mir beraten hatte. Damit hätte die Sache eigentlich ihr Bewenden haben sollen.« Ihre Ladyschaft kniff die Lippen zusammen. »Doch das Mädchen beklagte sich bei Sir Horace statt bei Mrs Snow oder Hopkins. Ich war entrüstet, und mein Mann war wie immer amüsiert. Er erklärte, Flossie Jones besäße Mumm und das spreche für sie. Zudem führte er mir vor Augen, dass es seit Kriegsbeginn schwerer geworden war, Personal zu halten, sei es nun gut, schlecht oder aufmüpfig.«

Mrs Malloy öffnete den Mund. Ich rechnete damit, dass sie nun mit der Hauptregel ihres Putzfrauenvereins ankommen würde, nach der es Auftraggeber gnadenlos in ihre Schranken zu verweisen galt. Stattdessen biss sie sich auf die Unterlippe. Vielleicht war ihr eingefallen, dass sie es sich als zukünftige rechte Hand von Milch Krugg nicht leisten konnte, einen Auftraggeber zu verärgern.

»Sie erlauben?« Lady Krumley griff nach dem halbleeren Zigarettenpäckchen. »Ich habe seit Monaten keine mehr angerührt. Auf Anraten meines Arztes.« Sie zündete die Zigarette an. »Doch was er nicht weiß, macht ihn nicht heiß.«

Ich wollte sie darauf hinweisen, dass es nicht der Arzt war, um den man sich Sorgen machen musste, doch nach meiner jüngsten Entgleisung auf diesem Gebiet war ich wohl kaum geeignet, einer Adligen über siebzig den Rat zu erteilen, besser ein Bonbon zu lutschen. Das war kleinmütig von mir, doch ich konnte schließlich nicht in die Zukunft blicken. Ich konnte nicht wissen, dass ich es noch bedauern würde, Lady Krumleys Herzbeschwerden nicht ernst genommen zu haben.

»Flossies Unverfrorenheit, wie Mrs Snow das nannte, hat meinen Mann zwar erheitert, aber zuletzt entschied er, sie müsse sich fügen oder sich nach einer neuen Stelle umsehen.« Ihre Ladyschaft schlug die Asche neben dem Aschenbecher ab. »In den folgenden Monaten hat Flossie ihre Arbeit offenbar zufrieden stellend ausgeführt, denn ich vernahm keine weiteren Klagen mehr. Bis Mrs Snow mir eines Morgens mitteilte, Flossie erwarte ein Kind von unserem Zweitgärtner, zeige aber deswegen kein Quäntchen Reue. Der Bursche sei zwar bereit, das Mädchen zu einer ehrbaren Frau zu machen, das Mädchen wiederum wisse aber nicht, ob es überhaupt zu heiraten gedenke.«

»Wahrscheinlich hat die Kleine sich auf einen gescheiten Verlobungsring gespitzt.« Mrs Malloy nickte mit ihrem blonden Schopf. »Mit einem ordentlichen Diamanten und nicht mit einem, den man nur mit Lupe entdecken kann. Vielleicht hätte sie aber auch Smaragde vorgezogen. Ich vermute mal, die

Brosche hatte es ihr angetan. Deshalb dachten Sie sicher auch, sie hätte sie gestohlen, was?«

Ihre Ladyschaft drückte die Zigarette aus und zündete sich die nächste an. »Am Tag, an dem die Brosche verschwand, unterrichtete mich Mrs Snow, dass sie Flossie aus meinem Schlafzimmer hatte schlüpfen sehen, einem Ort, an dem ein Hausmädchen nichts verloren hat. Zu dem Zeitpunkt hatte ich mit meinem eigenen Mädchen bereits mein Schlafzimmer, das Bad sowie das angrenzende Gemach von Sir Horace nach der Brosche abgesucht, allerdings ohne Erfolg.«

»Weil die Brosche ja hinter der Scheuerleiste steckte.« Ich schaute von dem Gekritzel auf, das ich auf der Kladde hinterlassen hatte. »Das heißt, die Brosche wurde nicht in Flossies Besitz entdeckt. Haben Sie sich denn ausschließlich auf Mrs Snow verlassen?«

»Nun, Sie werden zugeben, der Aufenthalt im Schlafzimmer warf ein schlechtes Licht auf die Kleine«, betonte Mrs Malloy, die es selbst als grobe Beleidigung empfunden hätte, wenn man ihr in Merlin's Court den Zutritt zu irgendeinem Zimmer untersagt hätte und die sich auf Lebenszeit in meinem Kleiderschrank eingenistet hätte, stünde ihr der Sinn danach.

Ihre Ladyschaft starrte trüb aus einer Rauchwolke hervor. »Das Mädchen wirkte keineswegs unschuldig, als ich es herbeizitierte, und sein selbstgefälliges Lächeln verdross mich im höchsten Maß. Ich gebe zu, auf gewisse Weise war Flossie Jones wohl als hübsch zu bezeichnen…, doch als ich ihr erklärte, meine Brosche würde vermisst und Mrs Snow hätte sie beim Verlassen meines Schlafzimmers gesehen, zog sie eine widerliche Grimasse, warf höhnisch den Kopf zurück und wurde … unverschämt, um es gelinde auszudrücken.«

»Was hat sie denn gesagt, Schätz… euer Ladyschaft?« Mrs

Malloy wäre fast von ihrem Klappstuhl gekippt, so weit hatte sie sich nach vorn gebeugt.

»Um den genauen Wortlaut zu wiederholen: Ich sei eine gehässige, dumme Ziege und neidisch, weil ich nicht schwanger wäre und es auch nie sein würde, weil ich nicht nur zu alt, sondern für einen Mann auch so langweilig sei wie ein Flanellnachthemd. Sie behauptete, ich würde die Brosche lediglich als Vorwand benutzen, um sie, Flossie, loszuwerden. Und wenn sie die Brosche gewollt hätte, sie hätte sie sich einfach genommen. Aber sie habe sie nicht gewollt. Und außerdem sei Mrs Snow eine falsche Schlange.«

»Kein Wunder, dass Sie das Mädchen entlassen haben«, murmelte ich, setzte jedoch nicht hinzu, dass Flossie in Bezug auf Mrs Snow womöglich Recht gehabt hatte.

»Ich teilte Flossie mit, die Stube, die sie sich mit dem Küchenmädchen teilte, würde während unserer Unterhaltung gerade durchsucht, doch das schien sie nicht im Geringsten anzufechten ..., sie grinste nur dreist.« Inzwischen war Lady Krumley bei ihrer dritten Zigarette angelangt. »Also nahm ich an, dass sie die Brosche woanders versteckt hatte. Dass sie schuld war, daran hegte ich keinerlei Zweifel. Und als sie erwiderte, sie würde sich an Sir Horace wenden, um zu hören, was er dazu zu sagen hätte, wurde ich zornig. Es war widerwärtig offenkundig, dass sie glaubte, ihn, der so weit über ihr stand, betören und so ihre Entlassung verhindern zu können. Zufällig befand Sir Horace sich an jenem Abend jedoch woanders und bei seiner Rückkehr war Flossie bereits von Hopkins, der inzwischen ebenfalls verschieden ist, aus dem Haus geführt worden.« Ihre Ladyschaft trank die letzten Tropfen Whisky und stippte ihre Zigarette im Aschenbecher aus.

»Sie sagten, Flossie wäre kurz darauf gestorben.« Ich spitzte gerade meinen Bleistift neu an, und Mrs Malloy sah mir dabei mit einer solchen Andacht zu, als handele es sich um eine seltene Fähigkeit, die auch sie sich eines Tages zu erwerben hoffte.

»Das vernahm ich von Mrs Snow, die ihrerseits von dem Küchenmädchen davon erfuhr. Zuvor hatte Flossie ein Mädchen zur Welt gebracht, das sie nach seinem Vater Ernestine nannte. Offenbar kämpfte sie einige Monate in einem elenden kleinen Quartier um ihre Existenz.«

»Und wie hieß der Vater?«, wollte Mrs Malloy wissen.

»Vermutlich Ernest«, bemerkte ich.

Lady Krumley neigte zustimmend ihr Haupt. Ihr schwarzes Hütchen verrutschte erneut, doch nun erblickte ich die Hutnadel, dank derer es niemals herunterfiel. »Nach den Worten von Mrs Snow erlag Flossie einer Lungenentzündung, und das Kind ...«

»Wurde in einem Koffer in einem Londoner Bahnhof ausgesetzt?«, entfuhr es mir.

» ... wurde von einem kinderlosen Ehepaar adoptiert. Mehr weiß ich leider nicht. Und nun bitte ich Sie, Ernestines Verbleib so rasch wie möglich zu ermitteln, trotz des großzügigen Tageshonorars, das ich zu bewilligen bereit bin.«

»Aha! Das ist es also, was Sie von uns wollen! Was verstehen Sie denn unter großzügig?« Mrs Malloy kam wacklig auf ihre Bleistiftabsätze und schwenkte die Bourbonflasche.

»Wir sollten hinterher abrechnen«, schaltete ich mich ein. »Immerhin ist es vermutlich kein Osterspaziergang, einen Säugling, der auf die vierzig zugeht, zu finden.« Vielleicht drückte ich mich nicht vollkommen klar aus, aber immerhin setzte ich die Ellbogen nachdrücklich auf der Schreibtischplatte auf und zwirbelte den Bleistift wie ein Profi zwischen den Fingern. Dabei wanderten meine Gedanken zu Rose und ich konnte nicht umhin, mich zu fragen, ob Ernestine und ihre Adoptiveltern wohl erfreut wären, falls sie tatsächlich aufgestöbert wurden.

Ihre Ladyschaft ergriff die monströse Handtasche. »Ich habe der Mutter Unrecht getan, und das muss ich wieder gutmachen, wenn ich verhindern will, dass auch die restlichen Mitglieder des Hauses Krumley in Kürze auf dem Friedhof landen. Nach wie vor bin ich der Überzeugung, dass Flossie Jones kein anständiges Mädchen war. Das ist ein Grund mehr für Sie, meine Damen«, – sie hatte sich zu ihrer stattlichen Größe erhoben – »nun schleunigst dafür Sorge zu tragen, dass dem Fluch Einhalt geboten wird.«

»In der Detektei Krugg sind Flüche gewissermaßen an der Tagesordnung.« Mrs Malloy legte Lady Krumley eine tröstende Hand auf den Arm. Und als hätte ich es nicht geahnt, fügte sie hinzu: »Aber sie kosten ein bisschen was extra.«

5

Mann, das reicht aber für die Arbeit eines Abends, finden Sie nicht?« Mrs Malloy hatte Lady Krumley zu ihrem Wagen begleitet und ließ sich nun gegen die Tür sinken. »Ich kann mich kaum noch auf den Beinen halten. Und Ihnen sind beim Mitschreiben sicherlich die Finger lahm geworden.«

»Ach, so schlimm war das gar nicht.« Ich stand auf und dehnte meine Glieder. »Ihre Ladyschaft hat sich ja eine Zigarette an der anderen angesteckt, und in der Zeit habe ich die Stellen ergänzt, bei denen ich vorher nicht mitgekommen war.«

»Das sind ja Geheimzeichen!« Voller Bewunderung beugte sich Mrs Malloy über meine Kladde. »Wie schlau von Ihnen, das alles zu verschlüsseln! Haben Sie sich diese Kringel eben erst ausgedacht?«

»Es handelt sich um eine offizielle Form der Stenographie«, beschied ich sie, indem ich die beschriebenen Seiten sortierte und zusammenklopfte. »Während der Wartezeit auf meinen Studienplatz habe ich einen Kursus gemacht.«

»Wie im Mittelalter«, murmelte Mrs Malloy beeindruckt. »Das kann bestimmt kein Mensch entziffern. Und jedenfalls tausendmal besser als die komischen Maschinen, die man heutzutage voll quasselt.«

»Sie meinen Diktiergeräte.«

»Ich meine, dass Ihre Stenographie nicht zu entziffern ist, falls die Notizen mal in die falschen Hände gelangen. Nicht dass Sie nicht aufpassen würden, Mrs H. Immerhin wollen Sie ja Ihre Chance nutzen und Mr Krugg etwas beweisen.«

»Ich will niemandem was beweisen.« Mutig starrte ich ihr in die Augen. »Ich kann lediglich Schreibmaschine schreiben und stenographieren. Aber nicht alles an einem Abend. Wenn es Ihnen nichts ausmacht, nehme ich die Notizen mit nach Hause und übertrage sie morgen früh auf Bens Schreibmaschine.« Ich befand mich bereits auf dem Weg zu meinem Mantel am Garderobenständer, als mir schlagartig die Erkenntnis kam. Ben besaß gar keine Schreibmaschine mehr. Inzwischen gehörte ihm ein Computer, ein technisches Wunderwerk, das ich nicht einmal einschalten, geschweige denn bedienen konnte. Mist. Da half alles nichts. Ich musste zum Schreibtisch zurückkehren und Milch Kruggs alte mechanische Maschine benutzen, die deutlich schlimmer aussah als diejenige, die ich Kathleen Ambleforth gestiftet hatte. Bei der Vorstellung, Kathleen am nächsten Tag anrufen und ihr erklären zu müssen, dass ich nicht nur Bens Möbel, sondern auch die Schreibmaschine zurückhaben wollte, hätte ich mich am liebsten für immer in Milch Kruggs Büro verkrochen.

»Na, da schau einer an!«, stichelte Mrs Malloy. »Da hat anscheinend jemand ruckzuck seine Meinung geändert, was?« Mit verschränkten Armen sah sie zu, wie ich erneut am Schreibtisch Platz nahm. »Ist wohl doch besser, alles sofort zu Papier zu bringen? Wenn es Ihnen nicht zu viel Mühe macht, nehmen Sie doch was von dem Kohlepapier, damit wir hinterher beide was zu lesen haben. Ich werde mir die Seiten zu Hause bei einer Tasse Kakao zu Gemüte führen und die Beine hochlegen …«

»Aber ich tippe das doch gar nicht für uns«, unterbrach ich

sie und begann, auf die Tasten einzuhämmern. »Das ist für Mr Krugg. Falls Sie nicht wissen, wie er zu erreichen ist, können Sie ihm ja alles vorlesen, wenn er mal von unterwegs anruft. Oder Sie heben es in der Schublade auf, bis er wiederkommt.«

»Habe ich Kakao gesagt?«, hörte ich Mrs Malloys verwundert fragen. »Ich meinte natürlich einen ordentlichen Schluck Bourbon. Milch jedenfalls würde mir zu Bourbon raten, und nach dem habe ich mich ja zu richten, wie Sie gerade so nett durchhören ließen. Wenn er anruft, werde ich ihm erklären, dass wir in einen Fall reingeschlittert sind, bei dem wir leider nicht kneifen konnten. Deshalb tippen Sie mal schön weiter, Mrs H., und vergessen Sie, dass es mich überhaupt gibt. Ich setze mich still in die Ecke und denke über das Mädchen und die Brosche nach. Möchte zu gern wissen, was für ein Mensch diese Flossie in Wirklichkeit war.«

»Das ist mir herzlich gleichgültig.« Ich spannte einen neuen Bogen ein. »Tut mir zwar Leid, dass man sie fälschlicherweise des Diebstahls bezichtigt hat, und tragisch, dieser frühe Tod. Aber was für ein Mensch sie war, interessiert mich wirklich nicht. Die Geschichte mit dem Fluch ist doch ein einziges Hirngespinst. Hochbetagte Verwandte pflegen nämlich ohne Einflussnahme von Außerirdischen zu sterben.«

»Und was ist mit dem Typ, der die Ballonfahrt unternommen hat?« Mrs Malloy zerknüllte das leere Zigarettenpäckchen und warf es in den Papierkorb.

Ich entdeckte den Namen in meinen Notizen. »Onkel Dickie von den Kanalinseln? Um genau zu sein, handelte es sich übrigens um Bungeejumping.«

»Herzlichen Dank für die Belehrung! Der Punkt ist aber, dass die meisten Leute mit neunzig oder wie alt er war, ihr Leben nicht auf so waghalsige Art riskieren.«

»In solchen Kreisen ist man eben gern exzentrisch. Klar,

sich in ein Baumhaus zu setzen und die Sterne zu betrachten, wäre sicherer gewesen. Aber jeder nach seinem Geschmack.«

»Und dann war da noch das Känguru.«

»Das sich in Australien den Cousin Clement geschnappt hat.« Ich hieb auf die Tasten ein. »Vielleicht hat er das Schild ›Tiere füttern und am Schwanz ziehen verboten‹ nicht gelesen. Und kommen Sie mir jetzt bitte nicht mit Tante Theobalda, die in den Aufzugsschacht gestürzt ist, Mrs Malloy, denn Unfälle geschehen alle Tage. Was schließlich die Schwägerin betrifft«, ich tippte gerade den Namen Mildred, »wird es gewiss niemanden verwundern, dass eine alte Dame im Schlaf von uns geht.«

»Was so viel heißt wie, dass Sie nicht das geringste Mitgefühl für die arme Lady Krumley besitzen und ihr Bedürfnis, an einem Kind wieder gutzumachen, was sie der Mutter angetan hat.« Mrs Malloy machte Anstalten, sich auf ihrem Klappstuhl niederzulassen, doch es muss wohl ihr böser Blick gewesen sein, der ihn veranlasste, wegzurutschen und bis zur Wand zu flüchten. »Ich bin schockiert, Mrs H., zutiefst schockiert! Ich glaube, so schrecklich habe ich mich nicht mehr gefühlt, seit mein Verflossener Leonard zu mir gesagt hat, ich sähe aus wie um zwanzig Jahre gealtert.«

»Das traf doch aber zu.« Ich fuhr den Wagen zum Anschlag zurück. »So lang hatte er Sie schließlich nicht mehr gesehen, seit er das Gehackte für den Auflauf kaufen sollte und das Nachhausekommen vergaß. Und wenn ich mich recht entsinne, waren Sie auch nicht gerade begeistert, als er wieder aufgetaucht ist.« Ich weißelte einen Tippfehler aus und schaute Mrs Malloy an, während ich darauf wartete, dass die Flüssigkeit trocknete. »Vielleicht ist auch Ernestine nicht begeistert, wenn jemand aus heiterem Himmel auftaucht, um sie an die Vergangenheit zu erinnern. Wahrscheinlich führt sie irgendwo ein erfülltes Leben und hat längst eigene Kinder. Warum sollte sie sich dafür interessieren, dass ihre Mutter irgendwann einmal unter Racheschwüren gegen die Krumleys verstorben ist?«

Mrs Malloy ging darüber hinweg. »Sie haben vergessen, Lady Krumley zu fragen, was mit Ernest geschah«, bemerkte sie vorwurfsvoll.

»Nun, offenbar war er nicht gewillt, das Kind bei sich aufzunehmen, sonst wäre es ja nicht bei irgendwelchen Pflegeeltern gelandet.«

»Wenn er und Flossie nicht verheiratet waren, wurde er vielleicht gar nicht gefragt. Das war damals so. Kann doch sein, dass er vor Kummer völlig hinüber war und inzwischen alles dafür geben würde, endlich mit seiner Tochter vereint zu sein.«

»Kann sein. Doch dass Flossie in einem Elendsquartier ums Überleben kämpfen musste, hört sich nicht gerade nach finanzieller Unterstützung durch den Vater an. Aber man muss auch davon ausgehen, dass ein Gärtner seinerzeit nicht mehr als einen Hungerlohn erhielt.« Ich lehnte mich zurück. Der Lärm, den ich auf der Schreibmaschine veranstaltet hatte, hatte das Trommeln des Regens auf den Fensterscheiben übertönt, und nun klang es mit einem Mal bedrohlich. Ich war nämlich keineswegs so gefühllos, wie Mrs Malloy behauptete.

Was Flossie erlebt hatte, war traurig. Vielleicht wäre Lady Krumleys Einschreiten für Ernestine ein Lichtschimmer. Ihre Ladyschaft hatte zwar nicht angeführt, in welcher Form sie sich die Wiedergutmachung vorstellte, doch ein Scheck mitsamt einer aufrichtigen Entschuldigung würde in solch einem Fall gewiss niemand verachten. Von besonderer Dringlichkeit war die Angelegenheit dennoch nicht. Mr Krugg würde irgendwann aus seinem Urlaub zurückkehren und das Problem mit seiner Erfahrung, seiner Geschicklichkeit lösen. Vielleicht könnte ich Lady Krumley stattdessen als Innenarchitektin zur Hand gehen. Ich würde die steinernen Faune und Nymphen von der Decke des großen Saales entfernen und das Verlies in einem freundlichen Karo-Muster tapezieren, was der Stimmung ihrer Ladyschaft gewiss zuträglich wäre. Schließlich war ich keine Detektivin. Ich setzte Mrs Malloy von meinen Überlegungen in Kenntnis und verbrachte die nächsten fünf Minuten damit, ihrer Tirade zu lauschen: Sie schilderte mir den Berg von Leichen, der sich auftürmen würde, wenn wir untätig und plaudernd in der Gegend herumsaßen.

»Außerdem ist es ja nicht so, als wären Sie gerade ausgebucht«, schloss sie wenig zartfühlend.

»Das stimmt.« Ich heftete meine getippten Seiten mit einer Büroklammer zusammen. »Aber ich muss mich um die Kinder kümmern. Zusätzlich zu der Hausarbeit, die ich allein verrichte, seit Sie die meiste Zeit hier verbringen.« Ich schraubte das Fläschchen mit der weißen Flüssigkeit zu. »Ich frage mich, warum ich die Sekretariatsarbeit erledigen und die Geschäftspartnerin mimen soll, wenn Sie diejenige sind, die Mr Kruggs rechte Hand werden will.«

Mrs Malloy stieß einen Seufzer aus, der ihren Busen bedenklich anschwellen ließ. »Ich drängele mich eben nicht gern vor. Sollen ruhig andere im Rampenlicht stehen. Das war schon immer meine Devise. Sie brauchen gar nicht so zu tun, als hätte ich hier nur stumm gesessen und Eindruck geschunden. Ich habe alles verfolgt. Jedes einzelne Wort.«

»Wenn ihre Ladyschaft nicht so erpicht darauf gewesen wäre, uns von den dunklen Mächten zu überzeugen, die vom Jenseits aus ihr Unheil anrichten, wären wir ihr bestimmt sehr verdächtig vorgekommen. Das mit den Mächten übrigens bezweifle ich persönlich zutiefst. Aber das soll Sie nicht von Ihrem Glauben abbringen.«

»Glauben? Ich glaube lediglich, dass wir uns dringend auf die Suche nach Ernestine machen müssen, weil Lady Krumley sonst einen zweiten Herzinfarkt erleidet«, entgegnete Mrs Malloy tugendhaft. »Das ist nicht nur unsere Christenpflicht, sondern auch meine Chance, die nächste Sprosse auf der Karriereleiter zu erklimmen. Und ich sage Ihnen noch was, Mrs H.: Selbst wenn ich wüsste, wo ich Milch erreichen kann, würde ich ihn nicht anrufen. Er hat ein Recht auf seinen Urlaub und die Absteige mit dem Schnaps und seine Erinnerungen an die Mieze, die er einbuchten musste. Das wäre doch toll, wenn er so triefäugig und unrasiert, wie ich mir meinen Traummann vorstelle, zurückkäme, und ich ihm seinen Lebensmut zurückgeben könnte, indem ich einfach nur sage: ›Wegen Lady Krumley brauchen Sie Ihren Brummschädel nicht zu kurieren, Milch. Der Fall ist gelöst. War ein Klacks.‹«

Ich schwieg. Weil es nämlich keinen Sinn hat, mit einer entflammten Sechzigjährigen zu diskutieren.

»Aber ich hätte nie geglaubt, dass Sie mich dermaßen im Stich lassen würden, Mrs H.« Mrs Malloy tupfte sich eine vermeintliche Träne aus den falschen Wimpern. »Trotz Ihrer seltsamen Launen, die Sie so oft an den Tag legen. Aber von mir aus regele ich die Sache auch allein. Morgen fahre ich mit dem Bus nach Schimmelturm. Mit dem Wagen wäre es zwar bequemer, doch Gott sei Dank weiß ich, wo Biddlington am See liegt. Ein Loch, in dem der Mensch lebendig begraben ist. Vor Jahren war ich mal da, um Bingo zu spielen. Niemand im ganzen Saal besaß noch eigene Zähne und die meisten waren zu taub, um den Ansager zu verstehen. Den Abend hätte ich mir echt sparen können! Ich erinnere mich noch an den alten Trottel neben mir, der andauernd sagte, Glückspiele wären Sünde, und wenn seine Frau oder seine Tochter, das weiß ich jetzt nicht mehr, davon wüsste, würde es ihr das Herz brechen. Manche Leute sind nun mal erst glücklich, wenn sie unglücklich sind, aber das interessiert Sie bestimmt genauso wenig, was?«

»Was versprechen Sie sich eigentlich von Ihrem Besuch in Schimmelturm, außer einem weiteren Plauderstündchen mit ihrer Ladyschaft?« Ich war aufgestanden, um in meinen Mantel zu schlüpfen. Auch Mrs Malloy legte den ihren um und begann ihn zuzuknöpfen.

»Ich werde mit den Leuten reden, die Flossie Jones gekannt haben, falls noch welche übrig sind. Beispielsweise das Küchenmädchen. Vielleicht erinnert sich noch jemand an irgendwas … an die Familie oder so … und gibt mir einen Anhaltspunkt.«

Die Idee war eigentlich gar nicht so schlecht, und in einem Anflug von Schwäche war ich fast geneigt, mich Mrs Malloy anzuschließen. Namen und Adressen aufzuspüren und kümmerlichen Hinweisen zu folgen, wäre sicherlich angenehmer, als sich Kathleens Ambleforths Vorwürfen zu stellen. Und was noch schlimmer war, auch Ben würde mir gewiss noch eine Weile böse sein. So wie heute Abend hatte ich ihn noch nie erlebt, so schmallippig und kalt. Sonst drückte sich seine Wut in kurzen, heftigen Anfällen aus, wobei er auf und ab stampfte, sich die Haare raufte und ein Löwengebrüll ausstieß, das die Vorhänge aufwehte und ein paar Bilder an den Wänden verrutschen ließ. Anschließend jedoch pflegte er die Hände in die Luft zu werfen und resigniert vorzuschlagen, erst einmal in Ruhe eine Tasse Tee zu trinken. Aber vorhin war es anders gewesen. Deshalb sehnte ich mich nach Ben. Und im gleichen Atemzug hatte ich Angst vor seiner Reaktion, wenn er mich im Türrahmen erblickte.

»Was war das?« Mrs Malloys Stimme holte mich abrupt in die Gegenwart zurück.

»Ich habe nichts gesagt.«

»Das weiß ich selber! Ich bin ja nicht taub!«, kam es barsch zurück, woraus ich beklommen schloss, dass auch sie mir nicht verziehen hatte. »Ich dachte, ich hätte was gehört.« Mrs Malloy streifte sich die Handschuhe über. »Ein Knarren.«

»Ich habe vor längerer Zeit auch was gehört«, bemerkte ich kleinlaut. »Alte Gebäude geben aber gern seltsame Laute von sich. Wahrscheinlich eine streunende Katze, die sich bei dem Wetter im Haus verkrochen hat …, vielleicht sogar diejenige, die mir auf dem Weg hierher begegnet ist.« Die Worte waren kaum von meinen Lippen, als ich draußen eindeutig schwere Schritte vernahm.

»Klar, Mrs H., logisch ist das eine Katze!« Mrs M. rückte die Toque mit dem Leopardenmuster zurecht, die zu ihrem Pelzmantel passte. »Vielleicht hat die von vorhin sich ja feste Schuhe angezogen. Ist aber kein Grund, in Panik zu geraten. Vermutlich ist Lady Krumley zurückgekommen, weil ihr noch was eingefallen ist. Oder Milch«, fügte sie bewegt hinzu. »Er kommt die Treppe heraufgestolpert, um mit Kippe im Mund und Bourbonflasche in der Hand an seinem Schreibtisch zu verenden. Einer der Verbrecher, hinter denen er her war, hat ihn in den Rücken geschossen, und …«

Sie kam nicht dazu auszuschmücken, wie aufopfernd sie Mr Krugg pflegen würde, bis er wieder zum Leben erwacht wäre. Denn die Bürotür flog auf, und im Türrahmen erschien ein Mann. Dem Wetter entsprechend war er mit Regenmantel und Hut bekleidet. Nur die Sonnenbrille hätte er sich eigentlich sparen können. Darüber hinaus hielt er eine Waffe in der Hand, mit der er meiner Meinung nach ziemlich wild umherfuchtelte, und trat dazu von einem Bein auf das andere, als hätte er es an der Blase.

»Na, hören Sie mal! Seit wann wird denn nicht mehr angeklopft?« Mrs Malloy starrte ihn giftig an.

»Wo ist der Chef?«, knurrte er.

»Schon nach Hause gegangen.« Ich schielte zum Schreibtisch hinüber und hoffte, von irgendwoher würde ein schwerer Gegenstand in meine Hand geschwebt kommen.

»Und wer seid ihr beide?«

»Wir sind Wachsfiguren«, erwiderte Mrs Malloy patzig.

Ich stieß sie in die Seite. »Sie dürfen ihn nicht ärgern.«

»Richtig!« Er fuchtelte noch ein bisschen wilder mit der Waffe herum. »Ich bin nicht zu Scherzen aufgelegt. Wenn ich will, kann ich Ihnen das Licht ausblasen.«

»Nur zu«, forderte ihn die Komikerin in unserer Mitte auf. »Sind ja nicht unsere Glühbirnen. Wenn Sie hinter Ihrer albernen Sonnenbrille Augen im Kopf haben, werden Sie mit einem Blick in die Runde erkennen, dass ich und Mrs H... Hodgkins die Wahrheit sagen. Mr Krugg versteckt sich weder unterm Schreibtisch noch hinterm Garderobenständer, sondern ist verreist. Wohin er gefahren ist und wann er zurückkommt, weiß ich nicht.«

»Rühren Sie sich nicht vom Fleck!« Er bewegte sich auf die Tür zu, die zur Toilette führte, schaute dort hinein und öffnete dann einen Besenschrank. Ich schätzte ihn auf Mitte bis Ende dreißig. Er hatte den Hut tief in die Stirn gedrückt und die Schultern hochgezogen. Und irgendwie kam er mir bekannt vor. Deshalb blieb ich vermutlich auch so ruhig und gelassen. Der Typ erinnerte mich nämlich an einen schlechten Schauspieler in einem schlechten Film. Doch dann überlegte ich, ob ich ihn nicht woanders schon einmal gesehen hatte, und zwar vor nicht allzu langer Zeit ... genau genommen an diesem Abend. Die Erleuchtung kam mir, noch ehe er sich wieder zu uns umwandte.

»Sie sind der Mann aus dem Restaurant«, erklärte ich. »Sie haben an dem Tisch am Fenster gesessen und die Speisekarte studiert oder zumindest so getan.«

»Ja, und?«

»Nichts und«, entgegnete Mrs Malloy. »Mrs H. plaudert nur höflich, das ist so ihre Art.« Freundschaftlich legte sie mir den Arm um die Schultern.

»Sie halten jetzt die Klappe, Tigerlady, sonst stopfe ich Ihnen das Maul und nagele Sie an die Wand.« Der Mann hatte aufgehört herumzuzappeln und hielt die Waffe nun auf uns gerichtet. »Jetzt hört ihr zwei mir mal gut zu. Ihr schnappt euch euren Boss und richtet ihm aus, er soll der alten Lady Krümelkuchen sagen, wenn sie weiter Geschichten verbreitet, wird jemand dafür sorgen, dass sie den Rest ihres Lebens in der Klapse verbringt. Und wenn euer Boss das nicht schafft, gibt es vielleicht bald einen Schnüffler weniger auf der Welt.«

»Hätten Sie vielleicht eine Visitenkarte, die Sie uns dalassen könnten?« Ich hatte begriffen, dass er uns lediglich als Boten benutzen wollte, und wagte mich nun ebenfalls mit einem Witzchen hervor. Erschießen würde der uns gewiss nur, wenn wir so töricht wären, ihm hinterherzulaufen, um sein Autokennzeichen zu notieren, falls er überhaupt mit dem Wagen vorgefahren war. Ein anständiger Verbrecher würde wahrscheinlich lieber spurlos in die Nacht abtauchen und später in ein öffentliches Verkehrsmittel steigen oder allenfalls in eine finstere Seitenstraße verschwinden, in der ein Fahrzeug mit ausgeschaltetem Licht und laufendem Motor auf ihn wartete. Während ich noch darüber nachsann, hatte sich die Tür hinter dem Mann bereits geschlossen und seine Schritte verhallten auf der Treppe. Mrs Malloy hatte gerade erst Luft geholt, aber ich wusste bereits, was sie sagen würde.

»Das rückt den Fall natürlich in ein anderes Licht. Denn es wird ja wohl kaum Flossie Jones sein, die da eine krumme Tour plant. Dagegen muss etwas unternommen werden. Jetzt können Sie sich nicht mehr drücken, Mrs H.«

6

Der Mond hatte sich hinter einer löchrigen Wolkendecke verkrochen. Es regnete nicht mehr, doch der Wind rüttelte an den Baumkronen, als wollte er ihren kahlen Häuptern Verstand einbläuen. Es war weit nach Mitternacht, als ich Mrs Malloy unweit des Zentrums von Chitterton Fells an ihrem Haus in der Herring Street absetzte. Ich versprach ihr nichts. Es war schon genug, dass ich eingewilligt hatte, den Mann, den wir Humphrey Bogart getauft hatten, nicht der Polizei zu melden. Mrs Malloy hatte das mit Mr Kruggs Abneigung gegen behördliche Einmischungen begründet. Als Mrs M. sich zur ihrer Haustür begab, drückte ihre Haltung ganz unmissverständlich aus, was sie von meiner Erklärung, dass ich über Lady Krumleys Geschichte erst einmal in Ruhe schlafen wollte, hielt. Der Wind warf die Haustür mit solcher Wucht hinter ihr ins Schloss, dass der Forsythienstrauch sich Schutz suchend gegen die Hausmauer drückte.

Ich war müde und gleichzeitig überdreht. Als ich über den Marktplatz mit der Turmuhr und den dicht aneinander gereihten Tudor-Gebäuden nach Hause fuhr, kam ich an der Ecke von Market Street und Spittle Lane am Abigail's vorbei. Das war das Restaurant, das Ben kurz nach unserer Hochzeit eröffnet und in dem er wundervolle französische Gerichte angeboten hatte. Bis er dann vor etwa einem Jahr beschloss, mehr Zeit mit dem Verfassen seiner Kochbücher zu verbringen. Daraufhin wurde das Erdgeschoss des Abigail's zu einem Lokal umgewandelt und die darüber liegende Etage an einen älteren Herrn vermietet, der sich nach der Mode des neunzehnten Jahrhunderts kleidete, einen verstaubten Schnurrbart trug und auf den Verkauf von Vogel- und Pflanzendrucken spezialisiert war. Beide Geschäfte ergänzten sich prächtig.

Auf dem Weg über die Clifford Road ließ ich mir Lady Krumleys Aussage durch den Kopf gehen. Ob es ein wichtiges Puzzleteil gab, das ihre Ladyschaft Mrs Malloy und mir vorenthalten hatte? Etwas, das den Auftritt von Humphrey Bogart erklärte? Ich dachte an die Blumentöpfe, mit denen man den Wagen ihrer Ladyschaft torpediert hatte, und nahm die nächste Kurve vorsichtiger als sonst. Man durfte wohl tatsächlich davon ausgehen, dass jemand versucht hatte, Lady Krumley von ihrer Verabredung mit Milch Krugg abzuhalten. Doch ihre Ladyschaft hatte den Wagen nicht gewendet und war nicht nach Schimmelturm zurückgefahren. Stattdessen hatte sie vermutlich ihre Windschutzscheibe reparieren lassen und war lediglich mit Verspätung in Mucklesby eingetroffen. Ob Humphrey B. den Angriff ausgeführt hatte? Oder hatte sich jemand anders mit ihm ins Benehmen gesetzt, nach dem Motto Plan A hat versagt, jetzt tritt Plan B in Kraft?

Die Straße wurde beim Anstieg zu den Klippen dunkler. Der Regen brach erneut los und prasselte gegen die Fensterscheiben. Das eintönige Geräusch der Scheibenwischer machte mich schläfrig und mit einem Mal wurde mir bewusst, wie sehr meine Knochen vom Möbelrücken und Kistenheben schmerzten.

Zum Glück war ich so gut wie zu Hause. Zu meiner Linken zeichnete sich bereits die Kirche von St. Anselm ab. Daneben ragte das Haus des Vikars auf, das irgendwie kalt und verkniffen schien. Der verhangene Mond tauchte den angrenzenden Friedhof in ein geisterhaftes Licht. Es sah aus, als wären die Grabsteine zum Leben erwacht und kämen nun herangewankt. Außerdem strich der Wind in Wellen über das Gras, was den Eindruck erweckte, dass sich unter dem Boden die Gebeine regten und dürre Skeletthände sich nach oben krallten, um sich einen Weg ins Freie zu bahnen. Mir fiel ein, dass ich Lady Krumley vergessen hatte zu fragen, ob sie wusste, wo Flossie Jones begraben lag.

Gleich darauf bog ich in die Toreinfahrt von Merlin's Court ein und parkte den Wagen in den ehemaligen Ställen. Ich betrat das Haus durch den Hintereingang. In der Halle nahm ich meinen Regenmantel ab und legte ihn zusammen mit der Handtasche auf den Tisch. Dann stand ich da und überlegte, ob Ben bereits zu Bett gegangen war und längst schlief. In diesem Fall würde ich nämlich die ganze Nacht wachliegen und zum Schluss vor Schuldgefühlen krank werden. So gesehen war es besser, wenn wir unsere Auseinandersetzung gleich hinter uns brachten. Falls sie sich überhaupt hinter sich bringen ließ. Die Miene, die Ben beim Anblick des neuen Computers aufgesetzt hatte, stimmte mich da nicht gerade optimistisch. Ob Kathleen Ambleforth mir den Kopf abreißen würde, wenn ich sie zu so später Stunde noch anrief, ihr mein Dilemma schilderte und erklärte, ich müsse die alte Schreibmaschine sofort zurückhaben, der Rest könne zur Not noch bis zum andern Tag warten?

Meine Hand wollte bereits zum Telefonhörer greifen, doch von den beiden leeren, dunklen Visieren der Ritterrüstungen im Treppenhaus kam eindeutig der Hinweis, dass es ein Fehler wäre, Kathleen jetzt von ihrer Wärmflasche loszueisen. Womöglich würde sogar der Vikar den Hörer abnehmen, was noch schlimmer wäre, denn diese liebe, verwirrte Seele von

Mann würde nur alles durcheinander bringen. Gewiss würde anschließend ein Lieferwagen mit Kirchenbänken und Orgel auftauchen, am Ende mitsamt der Organistin in Flanellnachthemd und Lockenwicklern. Und Ben würde mich daraufhin beschuldigen, noch mehr Unheil angerichtet zu haben.

In der Küche hatte Licht gebrannt, als ich das Haus betrat. Der Lichtschein fiel in die Halle und tauchte sie in Dämmerlicht. Durch die Türritzen von Esszimmer und Salon drangen ebenfalls dünne Streifen Licht. Einen Blick zum Arbeitszimmer hinüber wagte ich nicht. Andererseits wiesen mehrere brennende Lampen nicht zwingend darauf hin, dass Ben noch wach war. Er neigte nämlich zur Nachlässigkeit, was das Lichtausschalten betrifft. Vorsichtig öffnete ich die Tür zum Salon, und ein kurzer Rundblick genügte, um mich zu überzeugen, dass sich dort keine Menschenseele befand. Als ich mich umdrehte, entdeckte ich dafür plötzlich einen Mann in der Halle, der die Standuhr in der Nische aufzog. Er hatte mir den Rücken zugekehrt, doch bei einem Verrückten, der nachts in anderer Leute Häuser eindrang, um sicherzugehen, dass ihre Uhren nicht stehen geblieben waren, konnte es sich nur um meinen Cousin Freddy handeln. Der dürftige Pferdeschwanz und der Totenkopfohrring mit den gekreuzten Gebeinen waren ebenfalls unleugbare Beweise.

»Meine Güte, Ellie.« Freddy hatte seinen langen, schlaksigen Körper zu mir umgekehrt. »Woher kommst du denn um diese Zeit?«

»Ich habe den Abend mit Mrs Malloy verbracht. Wo ist Ben?«

»Im Arbeitszimmer.« Freddy knabberte an seinem Bart. »Ich glaube, dieses Mal hast du's echt übertrieben.«

»Was soll das heißen?«, begann ich mit unsteter Stimme. »Etwa, dass er noch immer da drinnen sitzt und … sich suhlt?«

»Nein, eher befindet er sich in einer Art Trance, wie jemand, der ein traumatisches Erlebnis hinter sich hat. Ich will ja nicht unken«, fuhr Freddy kopfschüttelnd und mit wackelndem Ohrring fort, »aber meiner Meinung nach dürfte es ein Weilchen dauern, bis er da wieder rausfindet. Ich habe ungefähr eine Stunde bei ihm gesessen, doch ich bezweifle, dass er meine Anwesenheit überhaupt bemerkt hat. Er hat einfach nur ins Leere gestarrt.«

»Oh, Freddy!«

»Vielleicht kommt er ja wieder zu sich«, tröstete er mich, doch in seiner Stimme lag nicht die geringste Überzeugung. »Wie wär's, wenn du ein paar weibliche Tricks anwendest …, du könntest leise Musik auflegen und die Rolle des hilflosen kleinen Frauchens spielen oder so …« Freddy trat auf mich zu und schlang mir den Arm um die Schultern. »Schade, dass du nicht mit einer Katastrophe aufwarten kannst. Dann würde er begreifen, dass ihr in Fällen der Not zusammenhalten müsst.«

»Glaubst du, ich sollte den Mann erwähnen, der seine Waffe auf Mrs Malloy und mich gerichtet hat?«, fragte ich kläglich. »Oder meinst du, das genügt nicht? Schließlich hat er uns ja nicht erschossen, und ich taumele nicht mit einer Kugel im Kopf durch die Gegend und habe nur noch fünf Minuten zu leben.«

»Ein Mann mit einer Waffe?« Freddy schaute drein wie früher, als wir Kinder waren. Damals, wenn ich Ausschlag bekam und erst wieder zur Schule gehen durfte, nachdem man dafür eine medizinische Bezeichnung gefunden hatte, warf er mir vor, ich wollte immer alles haben.

»Pscht, sei still«, murmelte ich. Ben hatte sein Arbeitszimmer verlassen und war in der Halle erschienen. Plötzlich war ich mir nicht mehr sicher, ob ich von dem Vorfall überhaupt etwas verlauten lassen wollte. Ben würde sich schrecklich aufregen und sich trotz allem um mein Wohlergehen sorgen. Dann wäre die Sache mit dem neuen Arbeitszimmer in den Hintergrund gedrängt und würde vor sich hin schwären. Und vielleicht würde sie danach nie mehr richtig zur Sprache kommen und für immer eine eiternde Wunde bleiben. Um ehrlich zu sein, gab es allerdings noch einen weiteren Grund für meine Zurückhaltung. Denn wenn Ben alles erführe, würde er mir verbieten, meine Nase in anderer Leute Angelegenheiten zu stecken. Und ob mir das möglich sein würde, wusste ich nicht. Nicht weil ich mich vor Mrs Malloys Vorwürfen über meine Fahnenflucht fürchtete, sondern weil ich mich inzwischen für ihre Ladyschaft doch ein wenig verantwortlich fühlte. Eigentlich wünschte ich, ich hätte auch Freddy gegenüber den Mund gehalten. Mehr als alles andere auf der Welt wünschte ich allerdings, Ben sähe so aus, als brächte mein Anblick ihn vor Glück fast um den Verstand.

»Da bist du ja wieder.« Er lächelte. Das Lächeln wirkte nicht unfreundlich, doch es erinnerte mich an die milde Verwunderung des Vikars, wenn er jemanden wiedertraf, mit dem er gerade erst gesprochen hatte.

Ein Abgrund der Verzweiflung tat sich auf, in dem ich bis zur Taille versank. Freddy stieß bei seinem selten taktvollen Versuch, sich unauffällig zurückzuziehen, mit einer scheppernden Ritterrüstung zusammen. Ben zuckte nicht einmal mit der Wimper, geschweige denn, dass er sich nach der Ursache des Lärmes umsah. Auch das eigenartige Lächeln veränderte sich nicht. Daraufhin ergriff ich das Wort und erklärte, ich sei leider länger als erwartet aufgehalten worden und müsse nun geschwind nach den Kindern sehen.

»Das brauchst du nicht, Ellie. Ich habe mehrmals nach ihnen geschaut.«

Immerhin hatte er mich nicht so weit verdrängt, dass ihm mein Name entfallen war.

»Nein, Ben«, erklärte Freddy. »Du hattest lediglich vor, nach ihnen zu schauen …, aber du hast es nicht getan. Ich habe das übernommen.«

»Oh, richtig …«

»Nun, ganz gleich, wer die Kontrollen durchgeführt hat«, bemerkte ich munter, »Hauptsache, die Kinder stecken wohl behütet in ihren Betten.«

»Wie wär's, wenn ich uns eine Tasse Kakao zubereiten würde?« Die Nächstenliebe meines Cousins war wirklich herzerwärmend. Doch ich hätte es vorgezogen, er hätte sich in sein Häuschen verkrümelt, um mich die Sache mit Ben ausfechten zu lassen. Meine Hoffnung war allerdings vergebens, denn selbst nachdem wir seinen Schlummertrunk abgelehnt hatten, folgte Freddy uns getreulich bis in den Salon und richtete sich mit einer gewissen Endgültigkeit in einem der Sessel ein. Fast sah es so aus, als wolle er dort verharren, bis ein Lieferwagen vorbeikäme und ihn für eine von Kathleens Sammelaktionen abholte.

Der Salon war ein wunderschöner Raum mit unterteilten Fenstern, Parkettboden, einem rosenrot und türkis gemusterten Teppich und zwei Sofas mit dazu passenden Sesseln um den Kamin, mit elfenbeinfarbenem Damast bezogen. Über dem Kaminsims hing ein Bildnis von Abigail, die vor fast einem Jahrhundert einmal die Hausherrin von Merlin's Court gewesen war. Ihre Haltung strahlte eine heitere Gelassenheit aus, die sich harmonisch zu der beruhigenden Wirkung sanfter Farbgebung fügte. Selbst wenn die Kinder hier nach einem Ball jagten, der vom Sekretär abprallte und gegen die Glasscheibe des Bücherschrankes schlug, oder unter den Beistelltischen und hinter den Brokatvorhängen Verstecken spielten, empfand ich diesen Raum wie einen Anker, der die Geschichte des Hauses mit meinem Leben verband. An diesem Abend kam er mir indes anders vor. Es war, als triebe ich umher und würde von Wellen der Mutlosigkeit erfasst, bis ich schließlich in einem Strudel der Verzweiflung unterging. Ben lief vor dem Kamin auf und ab. Ein- oder zweimal warf er mir, die ich auf der Kante meines Sessel hockte, einen Blick zu, doch bisher hatte er noch nicht nachgefragt, wie mein Abend mit Mrs Malloy verlaufen war. Auch in Bezug auf das Arbeitszimmer hatte er keinen Ton geäußert.

Freddy brachte seine Füße auf einem Fußschemel unter, gähnte ausgiebig, kratzte sich den Bart und schloss die Augen. Ich wartete, bis er leise zu schnarchen begonnen hatte. Dann setzte ich zu einer Entschuldigung an, die dermaßen verworren klang, dass der Ehemann in einem Liebesroman sogleich auf die Knie gesunken wäre und eine Rose aus der nächstbesten Vase gerissen hätte, um sie mir mit glühenden Blicken zu überreichen.

»Es tut mir so Leid, Ben. Es war äußerst unangebracht, die neuen Möbel anzuschaffen und deine alten Sachen auszurangieren. Du hattest Recht, als du vorhin sagtest, ich hätte nur an mich gedacht. Das war mir nicht klar, aber es hätte mir klar werden müssen, wenn ich nur nachgedacht und mir überlegt hätte, wie sehr du an der alten Schreibmaschine und dem Sessel und dem …«

»Mach dir keine Gedanken mehr, Liebling!« Ben unterbrach seine Wanderschaft und legte eine Hand auf meine Schulter. Etliche Zentimeter über meinem Kopf küsste er die Luft. »Ich bin unter die Decke gegangen, ohne die Zeit und die Mühe anzuerkennen, die du in deine Überraschung investiert hast. Es ist schrecklich, wie ich mich aufgeführt habe. Ich weiß nicht, wie du es mit mir aushältst.«

»Meinst du das im Ernst?« Ben hatte aufrichtig geklungen, was mich kolossal erleichterte, wie übrigens auch die Tatsache, dass er noch einen Moment bei mir stehen blieb und sogar kurz meine Hand ergriff, ehe er abermals auf- und abzuschreiten begann.

»Voll und ganz.« Er lächelte erneut. »Wie geht es Mrs Malloy?«

»Sie hat vor, Privatdetektivin zu werden.«

»In dem Laden, in dem sie putzt?«

»Ja. Zudem ist ihr Chef heute Abend in Urlaub gefahren, und danach ist verspätet eine Klientin aufgetaucht, um sich mit ihm zu treffen … und du weißt ja, Mrs Malloy neigt dazu, die Dinge an sich zu reißen. Zumal der Gedanke, Milch zu beeindrucken, sie anfeuert …«

»Wen?«

»Mr Krugg. Und weil er nicht da war, ich aber schon … na ja, du kannst dir vorstellen, wie das abgelaufen ist. Ehe ich mich versah, gab die Klientin – eine gewisse Lady Krumley – ihre Geschichte zum Besten und ich musste alles notieren.« Ich holte Luft und beschloss, ihm den Rest ebenfalls mitzuteilen, den Auftritt von Humphrey Bogart inbegriffen. Zwischen uns durfte es keine Geheimnisse mehr geben, und falls Ben mich dann aufforderte, mich aus allem herauszuhalten, würde ich das tun. Befreit und mit dem Gefühl großer Tugendhaftigkeit machte ich mich daran, Ben den Fortgang des Geschehens zu erzählen. Mittendrin blieb er wie angewurzelt stehen, tat einen Satz und raufte sich die Haare, als wollte er sich jede schwarze Locke einzeln ausreißen.

»Was ist los?« Ich schnellte aus meinem Sessel empor.

»Ich habe vergessen, den Computer auszuschalten.« Ben war bereits halb durch die Tür. »Du ahnst nicht, wie lang ich gebraucht habe, um herauszufinden, wie man ihn anstellt.

Was ist, wenn er inzwischen ausgebrannt ist? Dann müsste er repariert werden, und ich hätte nicht einmal mehr die Schreibmaschine. Erzähl mir die Fortsetzung später, Ellie, ich muss noch einen Blick in mein Handbuch werfen.« Hinter ihm fiel die Tür ins Schloss. Freddy schlug die Augen auf.

»Männer und Computer«, murmelte er.

Ich sank in den Sessel zurück. »Deshalb hat Ben den ganzen Abend im Arbeitszimmer gehockt! Er hat nicht ins Leere gestarrt, sondern auf den Bildschirm. Er wollte ihn mit seinen Blicken zum Leben erwecken. Ich muss unbedingt dafür sorgen, dass er seine alte Schreibmaschine zurückbekommt.«

»Aber nicht sofort!« Freddy drohte mir mit dem Zeigefinger. Als ich Anstalten machte, mich zu erheben, setzte er hinzu: »Und genauso unpassend wäre es jetzt, in sein Arbeitszimmer zu stürmen, um ihm unerwünschte Ratschläge zu erteilen.« Er faltete seine Hände hinterm Kopf, schob sich mit seinen langen Beinen erneut den Fußschemel zurecht und lehnte sich gemütlich zurück. »Erzähl mir lieber, was heute Abend vorgefallen ist, bis zu der Sache mit dem bewaffneten Mann.«

»Du hast Recht«, seufzte ich. »Wir sollten ein harmloses Thema anschlagen, um mich von meinen Sorgen abzulenken.« Freddy würde nicht plötzlich einfallen, dass er das Bügeleisen angelassen hatte oder dem Milchmann noch einen Zettel schreiben musste, das konnte ich mir aus dem Kopf schlagen. Freddy würde sich erst von der Stelle rühren, wenn ich ihm alles erzählt hatte. Als ich gerade dabei war, die Sache mit Flossie Jones' Fluch auf dem Sterbebett darzulegen, tauchte wie aus dem Nichts Tobias auf und landete auf meinem Schoß. Freddy ließ mich bis auf ein, zwei unhöfliche Zwischenlacher ungestört reden. Erst als ich sagte, ich hätte den Mann mit der Waffe zuvor im Restaurant entdeckt, runzelte er die Stirn.

»Er war nur für kurze Zeit in Mr Kruggs Büro«, fuhr ich fort, »obwohl es mir gar nicht so kurz vorkam. Und es war auch nicht so witzig, wie es sich jetzt anhört. Immerhin hat er wirklich mit der Waffe herumgefuchtelt und Sätze von sich gegeben, die klangen wie …«

» … aus einem schlechten Film.« Freddy machte eine plötzliche Bewegung. Tobias sprang mit wütendem Fauchen von meinem Schoß auf und verschwand unter dem Bücherschrank.

»Das fand ich anfangs auch«, räumte ich ein. »Mit der Zeit schien er allerdings selbstsicherer zu werden.«

»Er ist in seine Rolle hineingewachsen.«

»So könnte man es sagen.« Für den Moment hatte ich Ben vergessen.

»Was für eine Waffe war es denn?«, fragte Freddy.

»Das weiß ich nicht. Bei so was kenne ich mich nicht aus. Doch jetzt, wo du sie erwähnst, sah sie eigentlich wie diejenige aus, mit der wir früher Räuber und Gendarm gespielt haben. Sie hätte aber auch echt sein können. Eigentlich muss sie echt gewesen sein …« Ich nagte an meiner Unterlippe. Mir fiel ein, dass ich mich auch in dem Feuerzeug, das Mrs Malloy mir zugeworfen hatte, getäuscht hatte. Es war halt insgesamt ein ziemlich seltsamer Abend gewesen.

»Eins musst du mir noch erklären.« Freddy kniff die Augen zusammen, so wie damals als Zehnjähriger, wenn er wie Wyatt Earp mit der Hand am Colt auf mich zugekommen war. »Warum sollte der Typ mit der Sonnenbrille euch von einem Fall abbringen wollen, um den sich sonst kein Mensch von klarem Verstand gekümmert hätte?«

»Gar keine so dumme Frage.«

Und genau die Frage, die mir auf der Heimfahrt die ganze Zeit über durch den Hinterkopf gespukt war.

7

Ehe ich vollkommen wach wurde, dämmerte ich noch ein wenig vor mich hin und überlegte, was wohl aus Ernest, dem Zweitgärtner, geworden war. Lady Krumley hatte ihn mit keinem Wort mehr erwähnt. War er vielleicht ein Halunke, der sich lieber verdrückt als sich seiner Verantwortung stellt? Oder hatte Flossie ihm tatsächlich den Laufpass gegeben? Wusste er überhaupt, dass sein Kind adoptiert worden war?

Im nächsten Augenblick verlor ich allerdings das Interesse an derlei Spekulationen – denn ich stellte fest, dass Ben nicht an meiner Seite lag. Die Gongschläge der Standuhr in der Halle verkündeten, dass es acht Uhr war. Demnach hatte ich um eine Stunde verschlafen. Das war noch kein Grund zur Aufregung. Bestimmt hatte Ben die Kinder ohne mich aus den Betten geholt und angekleidet. Mittlerweile waren wir drauf gekommen, wie man derartige Abläufe durchführt, ohne dass Chaos entsteht…, trotzdem, eigentlich taten wir das immer gemeinsam. Andererseits ließ Ben mich meistens weiterschlafen, wenn ich ausnahmsweise einmal den Wecker überhörte. Dann weckte er mich mit einer Tasse Tee, bevor er Tam und Abbey in die Vorschule und Rose zu ihrer Spielgruppe brachte. Deshalb befiel mich mit einem Mal der Verdacht, dass Ben mich verlassen hatte. Ich sprang aus dem Bett, warf mir den Morgenmantel über, eilte barfüßig zur Treppe und fasste im

Geiste zusammen, was sich nachts nach meiner Rückkehr zugetragen hatte. Ich war mitten im Gespräch mit Freddy eingenickt und gegen drei Uhr aufgewacht. Freddy war nicht mehr da gewesen. Ich hatte mich ins Schlafzimmer begeben und war unter die Decke gekrochen. Ben hatte sich im Bett befunden und geschlafen.

Ich nahm die Treppe wie im Flug. Gewiss konnte ich mich auf Bens Worte verlassen und davon ausgehen, dass er mir verziehen hatte. Aber gänzlich überzeugt war ich nicht. Stattdessen schoss mir eine verrückte Idee durch den Kopf: dass ich im Arbeitszimmer auf dem Kaminsims einen Brief vorfinden würde, worin Ben mir mitteilte, er müsse eine Weile verreisen, um Zeit zum Nachdenken zu gewinnen. Das war doch der klassische Text, mit dem man eine Beziehung beendete, oder? Ich stieß die Tür zum Arbeitszimmer auf, hielt mir krampfhaft vor Augen, dass Ben mich liebte, dass unsere Ehe stabil war und dass Ben seine Kinder niemals im Stich lassen würde, schon gar nicht wegen solch einer Bagatelle …, und sah mich um. Das Arbeitszimmer war leer und noch genau wie am Abend vorher, mit Ausnahme einer erkalteten Tasse Tee einsam neben dem Computer. Meine Güte, schalt ich mich, jetzt lern endlich, deine Fantasie im Zaum zu halten, statt immer gleich das Schlimmste heraufzubeschwören! Gerechterweise sollte man aber bedenken, dass die meisten Frauen aus dem Lot geraten wären, hätte man sie mit einer Waffe bedroht, egal ob echt oder nicht. Trotzdem schüttelte ich über mich dermaßen den Kopf, dass meine Haare flogen. Danach betrat ich die Küche, die allerdings keineswegs so gemütlich wirkte wie insgeheim von mir erhofft.

An kalten grauen Vormittagen wie diesem pflegten wir nämlich in dem roten Backsteinkamin ein kleines Feuer zu entfachen. Doch das hatte Ben eindeutig vergessen und anwesend war er auch nicht. Statt seiner umkreiste Freddy den Tisch und hielt die Kinder dazu an, schön brav ihre Cornflakes zu essen.

»Ich will aber keine Cornflakes. Ich will Haferbrei!« Tam hatte trotzig seine Ellbogen auf die grün-weiß gewürfelte Tischdecke gesetzt und blies durch ein Röhrchen in sein Glas, um den Saft sprudeln zu lassen.

»Daddy kocht uns immer Haferbrei«, fügte Abbey bekümmert hinzu.

»Daddy lieb.« Rose ließ ihren Löffel in die Cornflakes platschen und quietschte entzückt, als die Milch in alle Richtungen spritzte. Tobias kam herangeschlichen, leckte die Milch vom Fußboden auf und fuhr sich genüsslich mit der Zunge über seinen Bart. Wohingegen Freddy offenbar kurz davor stand, sich den seinigen auszureißen.

»Wir alle haben Daddy lieb«, erklärte ich und trat an den Tisch. »Es sieht aber so aus, als müssten wir heute Morgen mal ohne ihn auskommen.«

»Mami, Mami!«, quietschte Rose.

»Du hast so schöne Haare.« Abbey streckte ihre Hand aus, um über mein wirres Haar zu streicheln. »Muss ich erst so groß werden wie du, bis meins auch so lang herunterhängt?«

»Kann ich ein verlorenes Ei haben?«, fragte Tam. »Und dazu eine Truppe?«

»Er möchte seinen Toast in Reiterchen geschnitten haben«, teilte ich Freddy mit und nahm eine Pfanne aus dem Hängeregal überm Herd. »Wo ist Ben?«

»Ins Abigail's gefahren. Er hat gesagt, wenn er hier bliebe, würde er den ganzen Vormittag mit dem Computer verplempern. Natürlich hätte er auf dich gewartet, wenn meine verwandtschaftlichen Gefühle mich nicht dazu verleitet hätten, vorbeizukommen, um euren Kühlschrank zu inspizieren. In meinem befindet sich nämlich nur noch eine Flasche Ketchup.«

»Schon mal was von Supermärkten gehört?«, erkundigte ich mich, während ich Eier aufschlug und ins kochende Wasser gleiten ließ.

»Es heißt, man verlangt dort Geld.« Freddy war dabei, trockene Cornflakes aus der Packung zu essen. »Und Habgier darf man nicht unterstützen. Vielleicht bin ich ein Idealist, doch irgendjemand muss sich ja schließlich auflehnen und gegen die Unmoral der Welt einschreiten.« Er zwängte sich an mir vorbei und begann, die Scheibe Toast zu essen, die ich für Tam mit Butter bestrichen hatte.

»Dieses Prinzip vertritt offenbar auch deine Mutter«, entgegnete ich, ohne nachzudenken. »Alle Sachen umsonst zu bekommen, meine ich.«

»Du meinst klauen.«

»Oh, entschuldige! Das hätte ich nicht sagen sollen.«

»Ein Mädchen aus der Schule hat mich auch gehauen.« Abbeys Lippen bebten.

»Dafür kommt sie in die Hölle.« Tam schlang sein Ei hinunter, und Rose blickte sich erwartungsvoll nach dem ihren um. Abbey aß keine Eier. Sie behauptete, sie lägen ihr hinterher im Magen. Das hatte sie von Mrs Malloy übernommen. Die Kinder hingen unglaublich an Mrs Malloy und hielten sie für eine gute Fee, die in ihrer Handtasche Zaubermittel barg und heimlich auf dem Staubsauger durchs Haus ritt, um es in hellem Glanz erstrahlen zu lassen.

»Deine Mutter ist ein Schatz«, beteuerte ich und reichte Freddy eine Tasse Tee. »Wir alle haben unsere kleinen Schwächen. Ich weiß, dass du dir wegen ihr Gedanken machst. Aber sieh's doch mal positiv und sag dir, dass sie weder trinkt noch raucht …«

»Leute, die rauchen, kommen in die Hölle.« Tam leckte sich Ei aus dem Mundwinkel.

»Wer behauptet das?«

»Ein Junge aus meiner Klasse. Sein Vater sagt, die sollen alle braten und am eigenen Rauch ersticken.«

»Hast du schon mal geraucht, Mami?« Mit schreckensweiten blauen Augen umklammerte Abbey meine Hand.

Freddy ersparte mir die Antwort. »Dieser Vater ist wohl nicht bei Trost!« Er wandte sich zu mir um. »Dagegen ist meine Mutter ja wirklich Gold. Trotzdem, Ellie.« Freddy senkte die Stimme. »Manchmal habe ich Angst, dass sie geschnappt wird und am Ende doch noch hinter Gittern landet.« Ein schwerer Seufzer entrang sich seiner Brust. »Das würde bedeuten, dass mein Vater an Weihnachten kocht, und die Vorstellung halte ich im Kopf nicht aus. Gestern Abend habe ich mit ihm telefoniert. Mein lieber Mann! Er war gerade dabei, sich ein verlorenes Ei zuzubereiten und seine Laune war dementsprechend. Man hätte glauben können, meine Mutter wäre desertiert und er müsste allein die Schlacht von Waterloo schlagen.«

»Wo war denn deine Mutter?« Ich sammelte die Teller ein und stellte sie im Spülbecken ab.

»In einer Kneipe.«

»Was? … Na ja, gut, sie wird sich ja noch ab und zu ein wenig amüsieren dürfen.«

»Mein Vater behauptet, sie ist bereits seit drei Tagen fort.«

»Wie bitte? Also, dafür, dass sie nichts trinkt, ist das in der Tat ein wenig lang.« Ich versuchte das leichthin zu sagen. Freddy sollte nicht merken, dass seine Mitteilung mich erschreckte. Ich mochte Tante Lulu und konnte nicht fassen, dass Onkel Maurice sich nicht auf die Suche nach ihr machte. Vielleicht hatte sie bei einem Kneipenkrawall eins gegen den Kopf bekommen und irrte nun ziellos durch die Londoner Straßen.

Oder sie war mit dem Fahrer einer Brauerei durchgebrannt. Aber ihr konnte auch etwas Schlimmes zugestoßen sein, etwas, das man sich freiwillig gar nicht ausmalen wollte. »Was genau hat dein Vater gesagt, Freddy?«

»Nicht viel. Er war damit beschäftigt, sich etwas zu essen zu machen und nach seinem verlorenen Ei zu suchen, das immer wieder ins Wasser fiel. Du kannst dir gar nicht vorstellen, wie er sich aufgeführt hat. Schließlich habe ich ihn gebeten, sich zu beruhigen, woraufhin er mir drohte, den Hörer aufzulegen, falls ich noch mehr alberne Vorschläge hätte. Weißt du, meine Mutter ist zwar auch nicht gerade die beste Köchin, aber sie hat wenigstens begriffen, wie man den Pizzaservice bestellt. Wahrscheinlich hat mein Vater sich ihre Abwesenheit mehr zu Herzen genommen, als er zugeben wollte. Doch außer dem Namen der Kneipe war ihm keine Auskunft zu entlocken.«

»Und wie lautet dieser Name?« Ich wischte Rose das Gesicht und die Hände sauber.

»Das ist ja das Problem.« Freddy hämmerte mit der Faust gegen seine Stirn. Der Totenkopfohrring schwang wild hin und her. »Ich weiß es nicht mehr. Aus irgendeinem Grund muss ich immer an Longfellow denken ..., aber so hieß der Laden nicht.«

»Dann ruf deinen Vater noch mal an und erkundige dich.«

»Das habe ich heute Morgen versucht, auf die Gefahr hin, wegen zweimaligen Störens als Rabenkind, wie er das nennt, bezeichnet zu werden. Es hat sich aber niemand gemeldet.«

»Versuch es in seinem Büro.«

»Da ist er nicht. Er hat mir gestern schon erklärt, dass er sich ein, zwei Tage frei nehmen muss, weil seine Hemden gewaschen und gebügelt werden. Ihm fehlen die frischen Hemden, die meine Mutter sonst für ihn anschleppt. Kein Wunder, dass er aufgebracht ist.«

»Wahrscheinlich ist sie es leid, deinen Vater zu bedienen, und hält sich irgendwo zur Erholung auf«, erwiderte ich und fand das sehr einleuchtend. Außerdem hatte Tante Lulu schon in der Vergangenheit bewiesen, dass sie ganz gut auf sich selbst aufpassen konnte.

»Mami, wir kommen zu spät.« Tam warf mir einen tadelnden Blick zu.

»Ach herrje!« Ich schaute auf die Uhr auf dem Kaminsims. »Du hast Recht … oh Gott, und ich stecke noch im Morgenmantel. Gut, dass dafür niemand in der Hölle landet, dass er zwei Minuten zu spät zur Schule kommt.«

»Ich bringe sie hin, wenn du mir deinen Wagen leihst«, bot Freddy an, dessen einziges Fahrzeug ein Motorrad war.

»Fühlst du dich denn dazu in der Lage angesichts der … verschwundenen Mutter?« Freddy grinste schräg. »Die taucht schon wieder auf. Ist ja nicht das erste Mal, dass sie sich aus dem Staub macht. Meine Mutter ist eine temperamentvolle Frau, und mit meinem Vater ist nicht immer gut Kirschen essen. Weißt du noch, wie ich fortgelaufen bin? Damals, als er mir kein Taschengeld mehr geben wollte, weil ich mit dem Nachbarsmädchen … ähm … was angefangen hatte?«

»Freddy! Du warst fünfundzwanzig, und das Nachbarsmädchen war verheiratet.«

»Sei doch nicht so pingelig! Los, Leute, setzt euch in Trab!« Freddy dirigierte die Kinder zu der Nische, in der ihre Mäntel und Taschen hingen, und noch ehe ich meine zweite Runde Küsschen abgeschlossen hatte, hatte er sie durch die Tür bugsiert. »In einer halben Stunde bin ich wieder da«, rief er zurück.

Im Allgemeinen freue ich mich, wenn ich ein wenig Zeit für mich allein habe. Doch jetzt, wo plötzlich alle verschwunden waren, fand ich das Haus einsam und leer. Fast kam es mir vor, als hätte es für Ben Partei ergriffen und würde mich mit eisigem Schweigen strafen. Auch Tobias, der bei solchen Gelegenheiten gewöhnlich aus einem seiner Verstecke auftauchte, glänzte durch Abwesenheit. Und als ich die Halle durchquerte, schien es mir, als würden auch die beiden Ritterrüstungen versuchen, meinem Blick auszuweichen. Ich befahl mir, diese alberne Stimmung abzuschütteln, und begab mich ins Bad, stellte mich unter die heiße Dusche und wusch mir die Haare. Nachdem ich mich abgetrocknet und geföhnt hatte, schlüpfte ich in eine braune Cordsamthose und einen olivgrünen Pullover. Danach ging es mir besser. Weil ich keine Zeit darauf verschwenden wollte, mein Haar zu einem Knoten aufzustecken, fasste ich es lediglich mit einem Gummiband zu einem Pferdeschwanz zusammen. Anschließend fuhr ich mir mit einem Lippenstift über den Mund, tuschte mir die Wimpern … und fühlte mich ausreichend gewappnet, um Kathleen Ambleforth gegenüberzutreten.

Als ich Merlin's Court verließ, war Freddy noch nicht zurück, doch trotz des strömenden Regens hatte ich gegen einen Fußmarsch nichts einzuwenden. Nicht einmal, als mein Schirm sich am Ende der Einfahrt als undicht erwies. Das war mir sogar recht. Ich würde durchnässt und kläglich bei Kathleen auftauchen und sie würde nicht umhin können, mich mit Mitleid zu betrachten. Als ich am Haus des Vikars auf die Klingel drückte, versuchte ich mir zudem einzureden, dass unter Kathleens rauer Schale in Wahrheit ein weicher Kern steckte.

Es dauerte eine Weile, bis Kathleen die Tür öffnete und mich in die dunkle Eingangshalle bat. In dieser Halle türmte sich eine solche Vielzahl an Schränken, Truhen und Anrichten, dass man meinen konnte, die Ambleforths wollten ab sofort verfolgte Geistliche vor ihren Häschern schützen. Da ich aber hoffte, die Möbelstücke wären Spenden für Kathleens Almosensammlung, spähte ich in alle Ecken. Gegenstände aus

Bens Arbeitszimmer entdeckte ich nicht. Vielleicht hatte Kathleen ja erkannt, dass man derlei Raritäten selbst den Ärmsten der Armen nicht zumuten konnte. Vielleicht befand sich bereits alles, mit einem kurzen entschuldigenden Schreiben versehen, auf dem Rückweg nach Merlin's Court.

»Tut mir Leid, dass ich dich so überfalle, ohne vorher anzurufen«, bemerkte ich, während Kathleen meinen Schirm ergriff, ihn vor der Tür ausschüttelte und dann an einen Stuhl mit drei Beinen lehnte.

»Das macht doch nichts, meine Liebe. Ich hatte zwar etwas vor und wollte gerade aufbrechen, aber du weißt ja, dass du mir jederzeit willkommen bist.«

»Oh. Du wolltest fort?« Angesichts von Regenhut, Mantel und Wollschal, die Kathleen trug, eigentlich eine dumme Frage. Doch Kathleen besaß nun einmal eine Art, die mich unweigerlich aus dem Gleichgewicht brachte. Vielleicht lag das an ihrer imposanten Erscheinung, dem gebieterischem Tonfall und den aufmerksamen braunen Augen, denen so leicht nichts entging. Freddy behauptete, eine gut gelaunte Kathleen sei noch weitaus schrecklicher. Aber ich hätte was darum gegeben, auf ihrem Gesicht auch nur den leisesten Anflug eines Lächelns wahrzunehmen. »Ich verspreche dir, dich nicht lang aufzuhalten«, beteuerte ich verzagt. »Es geht nur um ein kleines Problem, das mir zu schaffen macht.«

»Ach herrje!« Kathleens Augen begannen zu leuchten, denn für sie gab es nichts Schöneres, als anderer Leute Leben in Ordnung zu bringen. Das Einzige, was sie als Gegenleistung verlangte, war, dass man ihre Ratschläge genauestens befolgte und seine Zeit nicht damit verplemperte, andere um Rat zu fragen.

»Am besten setzen wir uns dazu ins Wohnzimmer.« Kathleen bahnte sich einen Weg zu der Tür, die irgendwo zu unserer Rechten lag. Als ich hinter ihr über eine Truhe kletterte, schrammte ich mir die Schienbeine auf.

»Kathleen, ich will dich wirklich nicht aufhalten«, begann ich im Wohnzimmer noch einmal. »Wenn du etwas anderes vor...«

»Immer schön der Reihe nach, Ellie«, schnitt sie mir das Wort ab und bedeutete mir mit einer Handbewegung, auf einem altersschwachen Sofa Platz zu nehmen. Ich schob ein paar Kissen zur Seite, die aussahen wie von einer Sechsjährigen bestickt. Meine Blicke wanderten von der beige-braunen Tapete und den verblichenen roten Vorhängen zu den Büchern und Zeitschriften, die verstreut umherlagen, und danach zu der verschlissenen Strickjacke, der geblümten Schürze auf einer Sessellehne und dem halbblinden Spiegel über dem Kamin. Ich wusste, dass Kathleen keinen Wert auf Äußerlichkeiten legte. Es mangelte ihr entweder an Zeit oder an Interesse. Doch ich wusste auch, dass ich so nicht würde leben können, auch wenn ich Kathleen um die Fassung beneidete, mit der sie ihre Umgebung ertrug. Vorsichtig zog ich meine Füße näher an mich, um die Tasse und die Untertasse auf dem Fußboden nicht umzustoßen.

Kathleen ließ sich mir gegenüber in einem Sessel nieder, auf dessen Armstützen zwei unterschiedliche Schonbezüge lagen. »Du kannst dich mir ruhig anvertrauen«, ermunterte sie mich. »Ich werde den armen Menschen, die ich besuchen wollte, nachher erklären, dass es einen guten Grund für meine Verspätung gab.«

»Das ist sehr liebenswürdig von dir«, antwortete ich und verstummte.

»Ellie! Heraus mit der Sprache! Wo drückt der Schuh?«

Bevor ich zu einer Antwort ansetzen konnte, trat Dudley Ambleforth, der Vikar, durch die Terrassentür. Sein weißes

Haar, das ihm sonst wie eine Pusteblume um den Kopf stand, war vom Regen nass und klebte an seinem Schädel. Er trug weder ein Sakko noch einen Mantel, sondern hatte lediglich eine dünne Strickjacke übergestreift. Ungeachtet seines aufgeweichten Zustands war er in ein Buch vertieft, und zwar in eins, das er selbst verfasst hatte. Ein Buch über den heiligen Ethelwort, den Begründer des Klosters, dessen Ruinen unweit von uns entfernt an der Küste standen. Der Vikar war sein eigener Lieblingsschriftsteller, was bei der dreizehnbändigen Reihe für ihn ein Glück war. Die meisten anderen scheiterten bereits am ersten Band.

»Dudley!« Kathleen sprang auf und stemmte ihre Hände in die Hüften. »Bei dem Wetter spazieren zu gehen, ist wirklich der Gipfel! Soll ich mir bei all meiner Arbeit auch noch Sorgen machen, dass du dir eine Erkältung holst? Weißt du nicht, dass deine Taschentücher allesamt im Wäschekorb liegen? Es ist wirklich schrecklich mit dir!« Mit dem Schal wischte sie ihrem Mann die Regentropfen von Nase und Kinn. »Wenn ich dich nicht so lieb hätte, müsste ich jetzt mit dir schimpfen.«

»Verzeih, mein Herz.« Der Vikar löste seine sanften blauen Augen mit Mühe von seinem Text. »Ich weiß, ich bin eine Plage. Wusstest du aber, dass auch der heilige Ethelwort nicht immer gehorsam war? Der Bischof musste ihn wiederholt ermahnen, die Mönche nicht nackt am Strand sonnenbaden zu lassen, wenn die Nonnen nebenan ihr Picknick veranstalteten. Aber ich sage ja stets, der heilige Ethelwort war seiner Zeit voraus und seine …«

»Schon gut, schon gut.«

»Guten Morgen, Herr Vikar«, bemerkte ich vom Sofa her, woraufhin er kurz blinzelte und dann ein paar unsicher tastende Schritte auf mich zu ging. Offenbar hatte auch er begriffen, dass sich auf dem Fußboden Tretminen in Form von Tassen und Untertassen befanden.

»Oh, du bist bereits eingetroffen!« Der Vikar bot mir eine Hand dar, die das Buch gewiss nur schweren Herzens losließ. »Wir haben deinen Brief erhalten und freuen uns sehr über deinen Besuch.« Er wandte sich zu seiner Frau um. »Und ich hätte geschworen, dass sie erst am nächsten Dienstag kommt«, murmelte er.

»Liebster Dudley«, begann Kathleen, sichtlich um Fassung ringend. »Das ist nicht Cousine Alice. Alice hat vier Tage hier verbracht und ist heute früh abgereist.«

»Was du nicht sagst.« Der Vikar schüttelte den Kopf, woraufhin sein Haar sich wieder ein wenig aufplusterte. »Und wer ist diese Dame?«

»Ellie Haskell.«

»Ach.«

»Sie wohnt in Merlin's Court.«

»Das ist die Anstalt, nicht wahr?«, flüsterte der Vikar Kathleen ins Ohr. »Hat man sie freigelassen oder ist sie entlaufen?«

Einige Bekannte von mir argwöhnten zuweilen, der Vikar sei selbst mithilfe aneinander geknoteter Bettlaken aus einer solchen Institution entflohen. Da es jedoch für kleine Gemeinden nicht einfach war, an einen eigenen Geistlichen zu gelangen, behielten sie ihre Meinung in den meisten Fällen für sich.

»Immer zu einem kleinen Scherz aufgelegt, der gute Dudley, nicht wahr?« Kathleen lachte gekünstelt. »Du sprichst vermutlich von dem Haus in Melton Kings. Dort bringt man Menschen unter, die ihrer Triebe nicht Herr sind – in der Regel Diebe und Voyeure.«

Ich dachte an Tante Lulu. Wie furchtbar es wäre, wenn sie an einem solchen Ort enden würde!

»Merlin's Court?« Dudley klappte sein Buch zu und verstaute es fürsorglich in der Jackentasche. »Nun fällt es mir wieder ein. Das Haus, das wie eine Burg aussieht und sich gleich hinter der Bushaltestelle befindet.« Selbst die Kritiker des Vikars gaben zu, dass er gelegentlich lichte Momente hatte, und einen davon hatte ich gerade miterleben dürfen. »Natürlich,… und verheiratet ist diese Dame mit …«, er zögerte und runzelte die Stirn. »Mit ihrem Mann selbstredend. Kathleen, du merkst, es ist nicht erforderlich, mir auf die Sprünge zu helfen. Ich bin ganz allein darauf gekommen.«

»Siehst du, Dudley, du hast dich bereits erkältet«, schalt Kathleen, indem sie ihren Mann in einen Sessel packte. »Das schlägt dir immer als Erstes auf den Kopf.«

»Ich habe ihn sogar deutlich vor Augen«, fuhr der Vikar unbeirrt fort. »Ein dunkelhaariger, gut aussehender Mann. Mit Namen Jones. So hat er sich wenigstens vorgestellt. Jones oder Smith. Es war ein herkömmlicher Name, das weiß ich noch. Heute früh war er hier und erkundigte sich nach Texten zum Thema Ehescheidung. Er suchte diejenigen, die von der Kirche empfohlen werden, und sagte, sein Freund … oder ein Verwandter trage sich mit dem Gedanken, seine Frau zu verlassen. Eine äußerst herrschsüchtige Dame, wie mir schien.« Der Blick des Vikars trübte sich erneut. »Wir leben in traurigen Zeiten«, ergänzte er zusammenhanglos.

»Das war doch nie und nimmer Ben Haskell!« Kathleen warf resigniert die Hände in die Luft. »Warum um alles in der Welt sollte Ben bei uns auftauchen und vorgeben, ein anderer zu sein?«

»Nein, das würde er niemals tun«, stimmte ich ihr zu und lächelte krampfhaft, damit meine Gesichtsmuskel etwas zu tun hatten. Der Vikar erhob sich, klopfte seine Jacke ab, zog sein Buch hervor und verließ wortlos den Raum. Gleich darauf vernahmen wir von draußen Gepolter. Bis auf das Ticken der Uhr auf dem Kaminsims herrschte anschließend Stille.

»So benimmt Dudley sich immer, wenn er sich mit dem heiligen Ethelwort befasst.« Kathleen setzte sich in ihrem Sessel zurecht. »Wenn hier heute früh ein Mann aufgetaucht ist, dann war er wahrscheinlich blond und hat weder einen Ton von einem Freund noch von einer Scheidung gesagt. Insofern hast du wirklich keinen Grund, so betreten aus der Wäsche zu gucken.« Sie beäugte mich kritisch. »Es sei denn, das kleine Problem, das dir zu schaffen macht, hat etwas mit deiner Ehe zu tun.«

»Ben und ich haben uns gestern Abend gestritten.« Ich starrte auf meine Hände. »Er hat sich furchtbar aufgeregt, weil ich die Sachen aus seinem Arbeitszimmer verschenkt habe. Ich hatte ihn nicht gefragt, weißt du, und inzwischen ist mir klar geworden, dass das ein unverzeihlicher Übergriff war. Deshalb bin ich hier. ... oh, nicht dass Ben eine Scheidung in Erwägung zieht – so schlimm ist es nicht.« Ich lachte kurz und schrill. »Aber ich hoffe, du kannst mir die Sachen zurückgeben. Ich kann verstehen, dass du nun verärgert bist, aber andererseits befinde ich mich wirklich in einer ausweglosen Lage.«

»Ich nehme an, du hast Ben erklärt, dass die Spenden einem wohltätigen Zweck dienen«, entgegnete Kathleen steif.

Obgleich ich innerlich vor Furcht bebte, antwortete ich fest: »Ja, das habe ich. Aber ohne seine Möbel ist Ben zutiefst unglücklich, und ich möchte nicht, dass er leidet. Das Arbeitszimmer ist sein persönlicher Bereich und die Atmosphäre, in der er kreativ wird. Er wird nichts mehr zustande bringen, wenn alles so bleibt, wie es ist. Und den Computer hasst er besonders. Ich hätte mir sagen müssen, dass sein Kram eben ... mehr als nur Kram ist. Die alte Schreibmaschine war ... sein Freund, sein Partner, sein ...« Ich verstummte.

»Ich verstehe, was du meinst«, erwiderte Kathleen ein wenig versöhnlicher. »Immerhin bin ich mit Dudley verheiratet und kenne seine Besessenheit, wenn es um den heiligen Ethelwort geht. Ich werde tun, was ich kann, Ellie. Aber ich habe den Ein- und Ausgang der Spenden nicht allein beaufsichtigt. Das war zu viel für eine Person. Meine Cousine Alice musste kommen, um mit Hand anzulegen. Du ahnst ja nicht, wie vielen Institutionen wir mit unseren milden Gaben dienen …, ich könnte sie dir aus dem Kopf gar nicht alle aufzählen. Insofern müsste ich Alice' Listen überprüfen … zum Glück ist Alice äußerst umsichtig und zuverlässig.«

»Dann ist es ja gut.« Ich atmete auf.

»Freu dich nicht zu früh, Ellie. Es ist durchaus möglich, dass Alice deine Sachen weitergeleitet hat, ohne sie in eine Liste einzutragen. Wir erhalten zuweilen recht präzise Wunschlisten, und wenn deine Spende den Erfordernissen entsprach …, du begreifst, worauf ich hinauswill, nicht wahr?«

»Könntest du mir denn bald Bescheid geben?« Trübsinnig starrte ich vor mich hin. »Wenn ich eine Adresse bekäme, könnte ich mich vielleicht selbst darum kümmern und nachfragen, ob ich die Sachen wieder … zurückkaufen kann.«

»Lass uns das Beste hoffen.« Kathleen wurde offenbar ungeduldig, denn sie sprang unvermittelt auf. Ich tat es ihr nach und wurde eilig aus dem Zimmer geschoben. Im Flur stiegen wir im Schnelldurchlauf über die Möbelhindernisse, und in der Diele drückte sie mir meinen Schirm in die Hand. »Es ist auch denkbar, dass deine Sachen noch in der Kirche stehen«, erklärte sie abschließend. »Hier befindet sich lediglich das, was wir dort nicht mehr unterbringen konnten. Nun aber los mit dir.« Kathleen öffnete die Tür. »Und hör auf, dir Sorgen zu machen. Sprich lieber ein kleines Gebet. Aber nicht zum heiligen Ethelwort, wenn du meinen Rat wissen willst. Der

Gute ist nämlich ein wenig weitschweifig, wenn er Antwort gibt.«

Nach diesen Worten sperrte Kathleen die Tür hinter mir zu. Sie war bestimmt froh, mich los zu sein und sich nun den vielen armen Menschen widmen zu können. Mein Unglück war für sie zu gering und zählte nicht. Tapfer marschierte ich durch den Regen nach Hause. Als ich in der Eingangshalle meinen Mantel ablegte, tauchte Freddy wie ein Geist neben mir auf und verkündete, Mrs Malloy sei am Telefon und verlange nach mir und höre sich seiner Meinung nach so an, als wäre jemand gestorben.

8

Was ist passiert?« Ich hielt den Hörer in der einen Hand, während ich mit der anderen versuchte, mich aus meinem Regenmantel zu befreien. Dass ich bis auf die Knochen durchgefroren war, schien niemanden zu kümmern, außer vielleicht die beiden Ritterrüstungen. Allerdings erweckten sie nicht den Eindruck, als wollten sie sich klappernd in Gang setzen, um mir einen heißen Tee zuzubereiten. Freddy hatte sich einfach in die Küche verzogen. Als ein erfahrener Lauscher, der er war, hatte er es nicht nötig, an meiner Seite zu verharren, um zu hören, was Mrs Malloy mir mitzuteilen hatte. Weder pfeifende Wasserkessel noch angelehnte Türen hielten ihn davon ab, das, was er wissen wollte, Wort für Wort zu erhorchen. Aber vielleicht stand ihm wegen der Sorge um seine Mutter gar nicht der Sinn danach, sich obendrein noch mit meinen Nöten zu befassen.

»Ha! Ich denke, das interessiert Sie alles gar nicht?«, drang Mrs Malloys Stimme an mein Ohr. »Wo haben Sie überhaupt gesteckt? Sagen Sie bloß, Humphrey Bogart hat Ihre Adresse ausfindig gemacht! Steht er etwa neben Ihnen? Warum sagen Sie denn nichts? Droht er gerade, Sie mit seiner Kanone zu durchsieben, falls Sie den Mund aufmachen? Na gut«, fuhr sie nach ihrer Fehlinterpretation meines Schweigens fort, »Sie können offenbar nicht reden. Auch gut. Wie wär's, wenn Sie stattdessen einfach schreien? Einmal für ›ja‹ und zweimal für ›nein‹. Wir können auch …«

»Mrs Malloy«, unterbrach ich sie. »Ich glaube, wir sollten den gestrigen Abend nicht so ernst nehmen. Ich habe mit Freddy darüber gesprochen und wir vermuten, dass sich unser Besucher lediglich ein Späßchen erlaubt hat.«

»Ach, und womit hat er uns dann vor der Nase herumgefuchtelt?« Mrs Malloy lachte abfällig. »Was war das denn Ihrer Meinung nach? Eine Banane vielleicht?«

»Sie war nicht echt.«

»Die Banane?«

»Nein, die Waffe!« Ich schleuderte meinen Regenmantel auf den Fußboden und konnte mich gerade noch davon abhalten, ihn mit einem Tritt durch die Eingangshalle zu befördern. »Die Waffe war nicht echt.«

»Da fällt mir aber ein Stein vom Herzen! Gut, dass wir Freddy haben, der uns erklärt, was gestern passiert ist. Dem schließe ich mich natürlich an. Vielleicht sollte ich Sie aber noch mal darauf hinweisen, dass er nicht dabei war. Wäre für mich auch schön zu wissen, dass Sie und ich zusammenhalten, jetzt, wo die Sache brenzlig geworden ist. Aber für meine Gefühle interessiert sich ja keiner. Ich bin ja nur die Frau, die sich jahrelang für Sie krumm und bucklig gearbeitet hat. Auf den Knien habe ich gelegen, um Ihre Fußböden zu schrubben, oder haben Sie das auch nicht ernst genommen?«

Ich erinnerte sie nicht daran, dass sie sich stets streng an das Gesetzbuch des Putzfrauenvereins von Chitterton Fells, kurz PGB genannt, gehalten hatte, wonach es Mitgliedern untersagt war, Arbeiten unterhalb der Augenhöhe zu verrichten. Es war einfach nicht der richtige Moment für Haarspaltereien. »Was meinen Sie damit, brenzlig geworden?«, erkundigte ich mich stattdessen.

»Na ja, Folgendes«, sagte Mrs Malloy anklagend. »Ich bin ins Büro gekommen, um die Blumen zu gießen und auf der Schreibmaschine zu üben und war gerade erst durch die Tür, als das Telefon ging. Sie können sich ja vorstellen, wie aufgeregt ich war. Ich dachte, das ist sicher Milch, der mir erzählt, wie jemand auf ihn eingestochen hat, als er aus der Bar gewankt ist und dass …«

» … der Mann nur ein Bein hatte, aber blitzschnell weglief und außerdem seine Brieftasche mitgehen ließ?«

»Sehr witzig, Mrs H. Sie haben wohl wieder einen schlechten Tag und die Sache mit dem Göttergatten ist noch nicht ausgestanden. Sie werden sich aber gleich schämen, das verspreche ich Ihnen.«

»Warum?«

»Der Anruf kam aus dem alten Cottage Hospital in Mucklesby. Letzte Nacht wurde nämlich Lady Krumley dort eingeliefert«, setzte sie genüsslich hinzu. »Nach einem Autounfall. Ich habe nicht ganz begriffen, wie schlimm es um sie steht, denn die Schwester oder wer immer das war, hat am Telefon ziemlich große Töne gespuckt und wie Shakespeare rumpalavert.«

»Was für ein Autounfall?«, fragte ich.

»Wie, was für ein Autounfall?«

»Ich meine, ist ihre Ladyschaft mit einem anderen Auto zusammengestoßen oder ist sie gegen einen Laternenpfahl geprallt? Wurde sie von einem Wagen von der Straße gedrängt? Ich meine …, war es tatsächlich ein Unfall oder hat Humphrey Bogart versucht, sie … umzubringen?«

»Da schau einer an. Sie geben also zu, dass der Typ letzte Nacht keine Späßchen gemacht hat. Ihre Meinung ändert sich wie der Wind, Mrs H., wissen Sie das? Ich kann aber nicht den ganzen Tag hier stehen und mit Ihnen diskutieren. Wir müssen ins Krankenhaus, und zwar pronto. Oder hätten Sie gern, dass die alte Dame ins Koma sinkt, ehe wir erscheinen?«

»Will sie uns denn überhaupt sehen?« Ich klaubte meinen Regenmantel auf und hangelte mich wieder hinein.

»Nein, die Schwester hat nur angerufen, um mir den Wetterbericht durchzugeben.« Mrs Malloy triefte vor Sarkasmus. »Ihre Ladyschaft hat ihr aufgetragen, sich mit der Detektei Krugg in Verbindung zu setzen und das Telefon läuten zu lassen, bis jemand drangeht. Die arme Seele! Sie muss einen furchtbaren Aufstand gemacht haben, denn eigentlich dürfen nur die nächsten Angehörigen sie besuchen.«

»Ausgerechnet die.«

»Na, endlich fällt der Groschen. Und ich fresse einen Besen, wenn hinter der ganzen Geschichte nicht doch ein elender Neffe oder eine giftige Schwägerin steckt. Roxie Malloy täuscht sich nämlich nicht. Also was ist? Kommen Sie mit oder nicht?« Die Frau konnte wirklich unerträglich selbstgefällig sein. Aber wie die Sache stand, sah ich ein, dass wir Lady Krumley schleunigst beistehen mussten.

»Ich ändere meine Meinung übrigens nicht wie der Wind«, hielt ich noch dagegen. »Ich bin lediglich flexibel. Und den Rest können Sie mir erzählen, wenn ich Sie abholen komme.« Ich hatte nicht nur meinen Regenmantel wieder übergezogen, sondern trug auch Tobias als Schal um den Hals. In seiner Eifersucht auf das Telefon war der Kater wirklich schlimmer als die Kinder. Entweder ließ er sich von einem Schrank auf mich herunterfallen oder aber er sprang, wie jetzt, vom Tisch in meine Arme und legte die letzte Strecke mit Stahlklauen zurück, als gelte es einen alpinen Gletscher zu bezwingen. Es dauerte eine Weile, bis ich mich von ihm losgekettet hatte. In der Zwischenzeit war Freddy erschienen, um mitzuteilen, er habe eine Kanne Tee gekocht, und wenn ich Lust hätte, ein paar Sandwiches zuzubereiten, könnten wir ein frühes Mittagessen zu uns nehmen. Ich schüttelte den Kopf. Es tat mir in der Seele weh, den Glanz in seinen Augen erlöschen zu sehen. Doch für eine Hausfrau, die vorgab, Privatdetektivin zu sein, gab es kein Erbarmen. In der Küche leerte ich eine halbe Tasse Tee und teilte Freddy mit, er müsse Salatkopf, Schinkenscheiben und Tomaten leider ohne mein Zutun aufeinander schichten, weil Mrs Malloy mich dringend erwartete.

Ein spöttisches Funkeln schlich sich in seinen Blick. »Aha! Wohl eine heiße Spur im berühmten Fall Krumley.«

»Mach's nicht so dramatisch«, erwiderte ich und setzte meinen Regenhut auf.

»Was? Bin ich etwa derjenige, der aus einer Mücke einen Elefanten macht?« Freddy tat einen Schritt zurück und stieß gegen das Spülbecken. »Immerhin hat ihre Ladyschaft fast einen tödlichen Autounfall erlitten, und wer weiß, ob es dabei mit rechten Dingen zuging? Und nun liegt sie vermutlich im Cottage Hospital von Mucklesby, klammert sich mit letzter Kraft an die Sauerstoffmaske und wartet auf dich und Mrs Malloy, um euch noch schnell was zuzuflüstern, ehe sie ihr Leben aushaucht.«

»Da hat aber jemand prima aufgepasst.«

»Ich brauche kein Lob«, bemerkte Freddy bescheiden. »Ich gebe nur auf dich Acht, wenn Ben nicht da ist.«

»Ach … weißt du, Ben ist bestimmt noch im Abigail's und hat alle Hände voll zu tun«, gab ich mit vorbildlicher Gelassenheit zurück. »Du kennst ihn ja. Wenn er von einer Reise zurückkommt, bringt er sich immer gern auf den neusten Stand … Er hat nicht zufällig angerufen, als ich bei Kathleen Ambleforth war?«

»Zufällig doch. Ich soll dir ausrichten, dass er Rose um eins aus der Spielgruppe und die Kinder um halb vier aus der Schule abholt.«

»Na also!«

Ich war erleichtert. Nun konnte ich mich Lady Krumley widmen, ohne alle fünf Minuten auf die Uhr zu schauen. Als ich die Cliff Road entlangfuhr, verbannte ich Ben sogar tapfer für ein, zwei Atemzüge aus meinen Gedanken, und als ich am Abigail's vorbeikam, konzentrierte ich mich eisern auf Lady Krumley…, aber warum stand Bens Wagen nicht vor der Tür des Restaurants? Auch auf dem Parkplatz war er nicht! Gut, das hatte noch nichts zu bedeuten, wenngleich er kaum schon aufgebrochen sein dürfte, um Rose abzuholen. Es gab allerdings jede Menge andere Orte, an denen er sich aufhalten konnte. Dass mir im Moment kein einziger einfiel, hing bestimmt mit der Autoheizung zusammen. Ich hatte sie zu hoch eingestellt und fühlte mich benommen. Es dauerte auch nicht lang, bis ich des Rätsels Lösung erhielt, denn als ich mich auf der Höhe der Bücherei von Chitterton Fells befand, entdeckte ich einen Mann, der eindeutig mein Ehemann war. Er trat aus einem Seiteneingang des Gebäudes und trug einen riesigen Bücherstapel vor sich her, den er mit dem Kinn abstützen musste. Ihn anzuhupen, wäre rücksichtslos gewesen, denn dann wären ihm vor Schreck die Bücher aus den Händen gefallen. Also setzte ich meine Fahrt zügig fort. Überdies befand sich vor mir ein Lastwagen und hinter mir eine Frau, die ihr Fahrrad etwas unstet lenkte. Allmählich beruhigte ich mich. Klar, Ben war eine Leseratte. Ebenso wie ich. Wir sahen nicht fern. In den Wintermonaten verbrachten wir die Abende vorrangig mit unserer Lektüre – jeder in seine Welt versunken und doch durch ein besonderes Schweigen miteinander verbunden, ein Schweigen, das schöner war als tausend Worte. Was lag daher näher, als dass Ben sich mit neuem Lesestoff versorgte?

Der Regen hatte aufgehört, aber die Straßen glänzten

nachtschwarz und Wolkenfetzen trieben wie Wäsche umher, die sich von der Leine losgerissen hatte. Die Gegend mit den Einfamilienhäusern blieb hinter mir zurück und wich dunklen Gassen mit abweisenden Fassaden und Läden, in deren Schaufenster eigentlich der Hinweis gehörte, das Betreten erfolge auf eigene Gefahr. Vor einem Kramladen schnüffelte ein Hund an Kisten mit Obst und Gemüse. Als er meinen Blick gewahrte, hob er sein Bein und verschwand dann um die Ecke. Mucklesby bei Tag war ebenso unattraktiv wie bei Nacht. Ein Urteil, dem Mrs Malloy sich anschloss, als sie an der Detektei Krugg in meinen Wagen stieg.

»Der Ort ist das letzte Rattenloch!«, erklärte sie, während sie sich anschnallte. Als Nächstes streifte sie ihre Regenhaube ab und zupfte sich den blonden Haarschopf zurecht. »Zu Milch passt das natürlich wie angegossen, und da wir nun ebenfalls in der Branche tätig sind, passt es auch zu uns. Aber wohnen wollte ich hier nicht mal umsonst. Auf der Straße tritt man in Taubendreck und die ganze Gegend riecht nach Katzenklo. Nun fahren Sie doch los!« Mrs Malloy versetzte mir einen Stoß in die Seite. »Sonst holen wir uns hier die Seuche und können uns gleich zu Lady Krumley ins Krankenhaus legen.«

Ich wollte ihr gerade mitteilen, dass ich in keiner anderen Branche als der von Hausfrau, Mutter und freiberuflicher Innenarchitektin tätig sei. Doch ein Blick auf ihr eisern entschlossenes Profil belehrte mich eines Besseren und ich beschloss, beim Thema zu bleiben.

»Wie kritisch ist denn nun ihr Zustand?«

»Mein Gott, Sie wissen doch, wie Krankenschwestern sind. ›Dem Patienten geht es den Umständen entsprechend‹, wiederholen die zehn Minuten lang und freuen sich dann, wenn man immer kribbeliger wird.« Sie entnahm ihrer Handtasche eine Puderdose und wedelte damit ungeduldig durch die Luft.

Dann bestäubte sie sich hingebungsvoll, woraufhin ich zu keuchen und nach Atem zu ringen begann.

»Könnten Sie das bitte wieder einstecken?«, bat ich Mrs Malloy gereizt. »Das ist ja mindestens so schädlich wie Zigarettenrauch.«

»Na, das sagt die Richtige!«, höhnte sie. »Aber bitte, weiß ja jeder, wie kleinlich ehemalige Süchtige sind.«

Ich entschied, auch darauf nicht einzugehen und fragte: »Liegt Lady Krumley auf der Intensivstation?«

»Woher soll ich das wissen?«

»Nun, vielleicht, weil die Krankenschwester es Ihnen gesagt hat.«

»Hat sie aber nicht. Passen Sie auf, wo Sie hinfahren. Da vorn ist ein Lieferwagen, und ... mein Gott, steigen Sie doch nicht so hart auf die Bremse! Da, jetzt ist mein Lippenstift verschmiert!« Mrs Malloy beäugte sich kritisch im Spiegel ihrer Puderdose, ehe sie das Ding abrupt zusammenklappte und wütend in ihrer Handtasche verschwinden ließ. »Gleich werden wir einer Menge bildschöner, junger Ärzte begegnen. Was glauben Sie, wie ich da aussehen will? Vielleicht haben Sie ja noch keine Krankenhausfilme gesehen, ich dafür aber eine ganze Reihe. Wollen Sie mir etwa alles verderben, jetzt wo der Film Wirklichkeit wird?«

»Das war kein Lieferwagen.«

»Was war kein Lieferwagen?« Mrs Malloy betupfte sich ihre purpurroten Lippen mit dem kleinen Finger.

»Der Wagen, hinter dem ich abgebremst habe.« Ich bog um eine Ecke und tauchte in eine Unterführung ein, die sich zu einem Parkplatz öffnete. »Das war ein Krankenwagen. Wir sind da.«

»Das brauchen Sie mir nicht zu sagen. Da vorn an der Tür steht ja dick und breit ›Ambulanz‹. Da müssen wir rein.«

Vermutlich hatte sie damit Recht. Doch nachdem wir eine Viertelstunde lang durch grünliche Flure, die seit Ewigkeiten keiner mehr gestrichen hatte, gewandert waren, und nicht einen einzigen bildschönen, jungen Arzt mit weißem Kittel und Stethoskop entdeckt hatten, war es dann plötzlich meine Schuld, dass wir uns verlaufen hatten.

»Sie sind echt prima, Mrs H.!«, zischte Mrs Malloy. »Ich kann gleich keinen Schritt mehr tun. In der Zeit, in der wir hier herumgestolpert sind, hätte man mir alles zweimal raus und wieder rein operieren können. Fällt Ihnen auf, dass wir hier schon fünfmal vorbeigekommen sind? Ich habe genau mitgezählt. Selbst die Bilder an den Wänden schauen uns schon komisch an.«

Womit sie abermals Recht hatte, denn die Gesichter der Würdenträger, die dem Krankenhaus in den vergangenen hundert Jahren treu gedient hatten, wirkten auch auf mich zusehends strenger. Dabei war die Auskunft, die wir zwischendurch am Empfang eingeholt hatten, eigentlich ganz eindeutig gewesen. Wir hatten wie befohlen den Aufzug zum zweiten Stock genommen und waren vor der Entbindungsstation links abgebogen. Nur danach war irgendwie alles durcheinander geraten. Dennoch war es nicht mein Fehler, dass Mrs M. ihre Stöckelschuhe trug, noch dass ihr puderrosafarbener, minikurzer Regenmantel mittlerweile nach Desinfektionsmittel roch, wie sie steif und fest behauptete. Ich wollte ihr gerade erklären, dass es mir ebenfalls keinen Spaß machte, endlos durch ein Labyrinth von Fluren zu irren, als vor uns ein Mann in Krankenhausuniform auftauchte, der eine leere Bahre schob. Der Mann sah nicht schlecht aus, und Mrs Malloys Miene hellte sich auf. Ehe ich mich versah, stellte sie sich ihm in den Weg, formte ihren Schmetterlingsmund zu einem verführerischen Lächeln und streckte den Daumen heraus. Offenbar hatte ihre Mutter ihr nie erklärt, dass man im Leichenschauhaus enden konnte, wenn man sich von fremden Männern auf der Bahre mitnehmen ließ.

Dagegen war der Mann offenbar von seiner Mutter davor gewarnt worden, fremde Frauen mitzunehmen. Oder er hatte einen schlimmen Rücken und durfte Mrs Malloy nicht auf die Bahre heben, um mit ihr in den OP zu verschwinden. Mrs M. hatte mir mittlerweile nämlich verraten, welch wichtige Rolle der OP in Krankenhausfilmen spielt. Jedenfalls gluckste der Mann lediglich amüsiert und begleitete uns ein kurzes Stück zu einem großen, offenen Büro, in dem andere Krankenhausangestellte saßen, mit Klemmbrettern umherhasteten oder Anweisungen erteilten. Wie ein Löwe in einem Wildrudel sein Opfer anpeilt, suchte ich mir darunter eine Frau in einer geblümten Jacke aus und versuchte sie mit meinen Blicken anzulocken. Als sie sich uns näherte, war Mrs Malloy noch immer mit dem Mann und der Bahre beschäftigt.

»Ich wäre schon nicht mit einem wildfremden Kerl durchgebrannt«, raunte sie mir ins Ohr. »Obwohl …, immerhin kannte ich ja seinen Namen. Er hieß Joe. Stand jedenfalls auf seiner Brusttasche. Bestimmt hätte der was drum gegeben, mal für einen Moment mit mir allein zu sein und mir seine … Hühneraugen zu zeigen.« Mrs Malloy kicherte albern. »Ich habe es an seinem Blick erkannt … darin lag das tiefe, stille Wissen eines Mannes, der wusste, dass er die Frau seiner Träume gefunden hat. Aber Sie haben uns alles verdorben, weil Sie nicht mal kurz und höflich zurückgeblieben sind. Dabei hätten Sie ja wenigstens so tun können, als wollten Sie dringend aus dem Fenster schauen.«

Außer Krankenhausfilmen hatte Mrs Malloy sich offenbar eine stattliche Anzahl von Ärzteromanen zu Gemüte geführt. Ich war mir sicher, dass aus Joe über kurz oder lang ein muskulöser, reicher Oberarzt werden würde, vermutlich mit Adelstitel, der Mrs Malloy statt von Hühneraugen zu reden seine drei Häuser und einen silbergrauen Rolls Royce versprach. Um dem zu entgehen, wandte ich mich der Frau in der geblümten Jacke zu und erklärte, wir seien auf einen Anruf hin erschienen, um Lady Krumley zu besuchen.

»Warten Sie einen Moment, ich muss mich erst erkundigen«, antwortete sie und schenkte uns ein aufmunterndes Lächeln. Dann tat sie sich erneut mit den anderen Kitteln und Jacken zusammen und beriet sich für eine Weile. Anschließend kehrte sie zurück und führte Mrs Malloy und mich den Flur entlang. »Sie dürfen nicht länger als zehn Minuten bleiben«, beschied sie uns. »Ihre Ladyschaft wird in Kürze noch einmal untersucht. Und ich muss Sie ermahnen, die Patientin nicht aufzuregen. Beschränken Sie die Unterhaltung auf alltägliche Dinge und erwähnen Sie nichts, was sie auch nur im Entferntesten beunruhigt.« Gleich darauf ertönte ein Piepsen aus der geblümten Jackentasche, woraufhin sich unsere Begleiterin entschuldigte und verkündete, sie würde andernorts gebraucht. Sie deutete noch nach links und verschwand im Eiltempo.

»Nach Ihnen«, bemerkte Mrs Malloy und stieß mich an. »Ich folge Ihnen unauffällig.«

»Na gut.« Ich öffnete die nächstliegende Tür und trat auf Zehenspitzen in ein kleines, quadratisches Zimmer mit einem Landschaftsgemälde an der Wand. Ansonsten war der Raum einheitlich in Beige gehalten. Im Bett erkannte ich eine Gestalt, die sich nicht bewegte. Ihre gefalteten Hände sahen aus, als wären sie Teil der Bettdecke, und eine Sauerstoffmaske bedeckte den Großteil ihres Gesichtes. Ringsumher befanden sich Schläuche, die an Geräte angeschlossen waren. Letztere blitzten und summten, als müssten sie sich Rede und Antwort stehen.

»Große Güte, die Ärmste!« Mrs Malloy linste über meine Schulter. »Sie sieht nicht mal aus wie sie selbst.«

»Sie ist es auch nicht.«

»Wie?«

»Das ist nicht Lady Krumley. Wir sind im falschen Zimmer.«

Wir stoben rückwärts aus dem Raum. Hoffentlich lösten die Geräte keinen Alarm aus und holten große, kräftige Männer herbei, die uns in Zwangsjacken stecken und abführen würden. Plötzlich prallten wir mit jemandem zusammen. Mrs Malloy und ich fuhren herum und erblickten einen Mann mittlerer Größe und mittleren Alters, mit beginnendem Kahlkopf und Augen, die über der langen, dünnen Nase eng beieinander standen.

»Verzeihung«, sagte ich. »Wir suchen das Zimmer, in dem Lady Krumley liegt.« Der Mann starrte uns an, als ob wir ihm wie Schäferhunde an die Gurgel springen würden, sobald er nur einen Schritt von der Stelle tat. Vielleicht war das aber sein normaler Gesichtsausdruck, denn als er das Wort ergriff, klang auch seine Stimme ängstlich.

»Entschuldigen Sie, wenn ich danach frage, aber sind Sie vielleicht die Sozialarbeiterinnen?«

»Was geht Sie das denn an?«, herrschte Mrs Malloy ihn an.

Ich glaube, wenn in dem Augenblick jemand an uns vorbeigekommen wäre, hätte der Mann sich in dessen Arme geflüchtet. »Oh, ich habe angenommen, dass man ... unter den Umständen ..., dass man jemanden vorbeischickt ..., wo die arme Tante Maude doch so viel an ... Entbehrung durchgemacht hat.«

»Tante wer?«

»Entschuldigung, ich drücke mich nie richtig aus.« Er schien keine Widerrede zu erwarten. »Ich spreche von

Lady Krumley. Mein Name ist Niles Edmonds. Ich bin ihr Neffe.«

»Sieh mal einer an.« Mrs Malloy stieß hochzufrieden einen Seufzer aus. »Wusste ich's doch, dass Sie früher oder später aufkreuzen würden. Und genau so hatte ich Sie mir vorgestellt. Jetzt müssen Sie uns eigentlich nur noch erklären, gewissermaßen für die Akten, dass Ihr liebes, gutes Tantchen Ihnen laut Testament eine schöne Stange Geld vererbt.«

9

Worauf meine Kollegin hinauswill«, warf ich ein, ehe Mrs Malloy einen weiteren Ton von sich geben konnte, »ist, dass Lady Krumleys Zustand Sie finanziell doch gewiss nicht in Bedrängnis bringt. Dafür gibt es ja schließlich Sozialarbeiter.« Ich rang mir ein Lachen ab.

»Gewiss doch.« Mr Edmonds sah aus, als würde er am liebsten mit der Wand verschmelzen.

»Prima!« Ich strahlte. »Über alles Weitere können wir uns gern später unterhalten. Zuvor müssen wir jedoch Ihrer Tante unseren Besuch abstatten.« Ich zupfte Mrs Malloy am Arm. »Gleich beginnt nämlich die Arztvisite.«

»Selbstredend.« Mr Edmonds versuchte, seine Finger ineinander zu flechten. »Zuerst ist Tante Maude an der Reihe. Sie befindet sich übrigens im Nebenzimmer. Bitte richten Sie ihr aus, dass ich gerade eingetroffen bin und nach Ihnen zu ihr komme. Oder sobald es passt. Cynthia – das ist meine Frau – ist ebenfalls hier oder wird hier sein, sobald sie unseren Wagen geparkt hat. Ich selbst fahre nicht. Leider habe ich nie begriffen, wie das geht.«

»Man kann nicht alles begreifen«, erwiderte Mrs Malloy mit ihrem neuen albernen Kichern, passend zum puderrosafarbenen Regenmantel und den falschen Wimpern, von denen sich eine etwas gelöst hatte.

»Ganz genau. Kommen Sie, wir müssen los!« Ich zog Mrs Malloy mit mir fort.

»Richten Sie Tante Maude meine besten Grüße aus. Und sagen Sie ihr, sie soll sich wegen Vincent nicht aufregen, sondern sich einfach sagen, dass er zu seinem nächsten Abenteuer aufgebrochen ist.«

»Wer? Was?«, erkundigte ich mich, doch Mr Edmonds befand sich unwiderruflich auf der Flucht. Meine Güte, dachte ich voller Unbehagen, das Leben wird immer komplizierter. Jetzt war es schon so weit gekommen, dass ich mich als Privatdetektivin ausgab, die sich als Sozialarbeiterin ausgab. Dabei hatte ich eigentlich nichts anderes im Sinn, als mich mit meinem Mann auszusöhnen. Die Dinge begannen mir zweifellos über den Kopf zu wachsen, und das, obwohl ich noch nichts zu Mittag gegessen hatte. Aber ich wusste auch, wem ich das alles zu verdanken hatte, und wenn ich ein niederträchtiger Mensch gewesen wäre, hätte ich etwas wirklich Gemeines zu Mrs Malloy gesagt.

»Sie brauchen gar nicht so eklig in meinem Nacken herumzuschnauben«, beschwerte sich Mrs Malloy. »Klar sind Sie neidisch, weil ich von Anfang an wusste, dass es einen Neffen gab. Aber beruhigen Sie sich. Sie sind immer noch Milchs Partnerin und dürfen weiter meine Chefin spielen.«

»Dafür darf ich mich ganz herzlich bedanken.«

»Das gehört sich auch so. Und Sie dürfen jetzt auch als Erste das Zimmer betreten und nachsehen, ob ihre Ladyschaft entstellt ist, und mir danach Bescheid geben. Ich bin nämlich vom Anblick der Kranken, die wir gerade gesehen haben, noch bedient.«

»Gut. Dann bleiben Sie draußen stehen und passen auf, dass Mr Edmonds nicht zurückgeschlichen kommt, um an der Tür zu lauschen.«

»Ha! Das könnte Ihnen so passen«, erwiderte Mrs Malloy und folgte mir auf den Fersen in das Zimmer, das diesmal eindeutig das richtige war. Zu behaupten, Lady Krumleys Aussehen könnte mich schockieren, wäre noch milde ausgedrückt. Niemand sieht vorteilhaft aus, wenn er im Krankenhaus liegt, bei einer Beleuchtung, die schlimmer als die in den Umkleidekabinen von Kaufhäusern ist. Insofern war ich gewappnet und hatte mich auf den Anblick einer Frau vorbereitet, die sich mit letzter Kraft an der Fähre festhielt, mit der sie unweigerlich zum Ufer des Todes übergesetzt wurde ..., doch die Dame vor mir wirkte putzmunter. Sie lag auch nicht matt in den Kissen, sondern saß kerzengerade im Bett, mit einer gehäkelten Stola um ihre Schultern, und das mahagonifarbene Haar klebte ihr nicht an den Schläfen, sondern türmte sich zu einer adretten Rolle auf. Allenfalls ihr Blick aus den schwarzen Augen unter den Schlupflidern war etwas weniger stechend.

»Da sind Sie ja.« Lady Krumley winkte Mrs Malloy und mich zu sich und deutete auf die beiden unbequem aussehenden Stühle an ihrem Bett. »Allerdings hatte ich mir die Umstände unseres Wiedersehens ein wenig anders vorgestellt. Haben Sie die Tür auch richtig zugemacht? Es muss ja nicht jeder mithören, was wir zu bereden haben, selbst wenn dadurch bewiesen würde, dass Flossie Jones sich an den Krumleys rächt – wie Sie an der jüngsten Tragödie sehen.«

»Tja, mit Autounfällen ist nicht zu spaßen.« Mrs Malloy wählte sich den besseren der beiden Stühle aus, ließ sich darauf nieder und schlug ihre Beine so übereinander, dass ihre Netzstrümpfe zur Geltung kamen. »Besonders mitgenommen sehen Sie aber eigentlich nicht aus.«

»Du liebe Güte, ich spreche doch nicht von mir! Mir wäre überhaupt nichts zugestoßen, wenn ich mich nicht gegen meine Gewohnheit ein wenig erregt hätte. Aber gänzlich kaltherzig bin ich ja schließlich auch nicht. Dabei hatte ich Vincent, ehe er vorgestern in Schimmelturm eintraf, seit zwanzig Jahren nicht mehr gesehen. Und da Blut nun einmal dicker ist als Wasser, blieb mir nichts anderes übrig, als ihn aufzunehmen. Zumindest für ein paar Tage. Allerdings hatte er bereits nach zwei Minuten Watkins, den Butler, verstimmt, weil er vertraulich mit ihm tat.« Ihre Ladyschaft zog ihre Stola enger um sich. »Watkins ist nicht wie Hopkins, und Dienstboten legen nun einmal keinen Wert auf Intimitäten. Auch Sir Horace hat nie viel von Vincent gehalten. Sie haben gemeinsam Eton besucht und Sir Horace empfand ihn immer als einen Schmutzfleck auf seiner Schulkrawatte, obwohl er sein Cousin ersten Grades war, und nun ist er Flossie Jones' nächstes Opfer geworden.«

»Wollen Sie damit sagen, dass er …«, begann ich.

»… vom Stammbaum gefallen ist?«, ergänzte Mrs Malloy.

Lady Krumley faltete ihre Hände. »Gestern Abend auf der Heimfahrt klingelte es im Wagen. Ich hatte ganz vergessen, dass es dort ein Telefon gibt, denn wann benutze ich das Auto schon? Es steht entweder in der Garage oder Watkins fährt damit ins Dorf und erledigt die Aufträge, die ich ihm erteile. Zuerst erschrak ich also und wäre fast von der Straße abgekommen, doch dann erinnerte ich mich an das Gerät und fahndete danach. Als ich schließlich den Hörer entdeckte, meldete sich mein Neffe, Niles Edmonds, und teilte mir bekümmert mit, Vincent wäre tödlich verunglückt.«

»Schrecklich!« Mrs Malloy klapperte teilnahmsvoll mit ihren Wimpern. »Wie konnte denn das geschehen?«

»Er ist in einen Brunnen gestürzt …«

»Oh! Etwa in einen Ziehbrunnen? Mit einem putzigen kleinen Dach und einer Seilwinde mit Eimer?«, fragte Mrs M. eifrig. »An so einem habe ich meinen ersten Mann kennen gelernt. Wissen Sie, ich beugte mich gerade vor, um einen Penny hineinzuwerfen, und er schaute unter meinen Rock und ...« Sie fing meinen Blick auf und schloss mit einem: »Na gut, war ja gewissermaßen bloß für die Akten.«

»Der Brunnen ist ungefähr so, wie Sie ihn beschreiben«, erklärte Lady Krumley. »Allerdings ist er der Öffentlichkeit nicht zugänglich.« Trotz der Hitze im Raum konnte ihre Ladyschaft sich eines Schauderns nicht erwehren. »Er gehört zum Cottage von Schimmelturm. Das Häuschen steht alten, treuen Dienstboten zur Verfügung und wird zurzeit von Mrs Hasty bewohnt, dem Küchenmädchen aus Flossies Zeiten. Wenn sie rechtzeitig zu Watkins' Pensionierung stirbt, werden wir ihm das Häuschen anbieten. Wie gesagt, die Krumleys betrachten es als ihre Pflicht, den Wappenspruch ihres Hauses zu ehren.«

»Ich habe meine Notizen nicht dabei«, entschuldigte ich mich. »Wie lautete der Wappenspruch doch gleich?«

»Diene deinen Dienern.« Ihre Ladyschaft ließ sich in die Kissen zurücksinken und wirkte plötzlich so angegriffen, als bräuchte sie vielleicht doch eine kräftigende Spritze. »Der Spruch stammt aus dem frühen dreizehnten Jahrhundert, als Hugh de Krumley in einem Scharmützel mit König John einen Schlag auf den Schädel erhielt. Danach irrte er mit seinem Diener ein Jahr durchs Land und glaubte, sie wären Bauern. Nach einer Weile wurde es seinem Diener jedoch zu bunt, und er ohrfeigte seinen Herrn, woraufhin Hugh wieder zu sich kam. Aus Dankbarkeit verzichtete er darauf, seinem Diener die Hand abhacken zu lassen, und nachdem er zu seinem Familiensitz zurückgekehrt war – und dort hoffentlich ein ordentliches Bad genommen hatte –, schwor Hugh bei seinem Schwert und dem Bart seines Vaters oder seiner Mutter, denn die Krumleys neigen allgemein zur Behaarung, er würde mit seinen Dienern fortan gnädig verfahren. Darüber hinaus verdammte er das Haus Krumley zum Untergang, sollte sein Schwur von ihm oder nachfolgenden Generationen gebrochen werden. Das Gelübde wurde danach von jedem eingehalten, bis …«, die schwarzen Augen ihrer Ladyschaft trübten sich zunehmend, »… bis ich Flossie Jones Unrecht tat.«

»Wie kam es denn dazu, dass Mr Krumley in den Brunnen stürzte?«, griff ich Mrs Malloys Frage auf.

»Als ich gestern Abend bei Ihnen war, lief Vincent draußen in Schimmelturm umher, um seinen Hund zu suchen, einen Malteser, an dem er furchtbar hing. Der Hund wurde vermisst, und ich frage mich, warum, denn der kleine Köter bellt von morgens bis abends. Doch angeblich half er Vincent dabei, seine Trunksucht zu bekämpfen, und drohte, ihn zu verlassen, falls er noch einmal einen Tropfen anrührt. Das jedenfalls behauptete Vincent. Doch bei ihm wusste man nie, ob es ihm ernst war oder nicht, und diesmal kam er mir besonders durcheinander vor.«

»War er denn schon älter?«, fragte ich.

»In den Neunzigern, fast so alt wie Hugh geworden ist.« Ihre Ladyschaft zupfte an der Stola. »Vielleicht sollte ich das als Entschuldigung gelten lassen. Er verkündete ja auch, Niles' Frau sähe aus wie eine bestimmte Nachtclubtänzerin, und Daisy Meeks, eine andere Verwandte, besäße einen Zwilling. Im Übrigen kicherte er fortwährend, was ich als äußerst störend empfand. Ja, ich glaube, ich war fast froh, das Haus am Nachmittag verlassen zu können.«

»Familie!« Mrs Malloy blickte Lady Krumley schwermütig an. »Sie ist nie so, wie man sie sich wünscht, Schätz… euer Ladyschaft. Und dennoch sind Sie nicht vor Freude in die Luft gesprungen, als Sie hörten, Mr Vincent wäre in die Grube oder vielmehr in den Brunnen gefahren?«

»Ich glaube, ich bekam einen Schock, als Niles mir davon berichtete. Die Tatsache, dass Flossie Jones' Fluch abermals gewirkt hatte, und das durch meine Schuld, war zu viel für mein Gemüt. Die Ärzte gehen natürlich davon aus, dass ich einen zweiten Herzanfall erlitt, doch das ist Unfug. Ich wurde lediglich ohnmächtig – zum ersten Mal in meinem Leben – und dadurch wurde der Unfall ausgelöst.«

»Das war alles?« Mrs M. sah kolossal enttäuscht aus. »Niemand hatte sich an Ihren Bremsen zu schaffen gemacht oder Sie von der Fahrbahn gedrängt?«

»Ich habe lediglich für kurze Zeit das Bewusstsein verloren.« Ihre Ladyschaft setzte sich abrupt auf. »Man sollte mich nach Hause gehen lassen, statt mich in diesem unbequemen Bett festzuhalten und mich nachts aufzuwecken, um mich mit Schlaftabletten zu versorgen. Heute früh war sogar die Rede davon, dass man einen Kardiologen aus London kommen lassen will. Blühender Unsinn! Es ist schrecklich, dass der arme Niles …«

»Wir sind Ihrem Neffen begegnet«, warf ich ein und versuchte Mrs Malloy mit einem warnenden Blick an einem ihrer Kommentare zu hindern. »Gerade eben auf dem Flur. Er hat uns mit Sozialarbeiterinnen verwechselt. Gleich wird er Sie besuchen, zusammen mit seiner Frau, die noch dabei ist, den Wagen zu parken. Übrigens haben Sie uns gestern nicht erzählt, dass die beiden mit Ihnen in Schimmelturm leben.«

Die schwarzen Augen funkelten in meine Richtung. »Ich würde sagen, das ist verständlich, oder? Immerhin ging in meinem Kopf alles drunter und drüber. Ich war zu spät, man hatte mich mit Blumentöpfen beworfen, Mr Krugg war nicht zugegen … und ich war mir anfänglich nicht sicher, ob es ratsam wäre, sich mit seiner Vertretung zufrieden zu geben.«

»Es ist nur allzu verständlich, dass Sie aus dem Gleichgewicht geraten waren«, räumte ich ein. »Deshalb haben Sie auch so viel geraucht, nicht wahr?« Mir wurde erneut übel. Lady Krumley hatte von ihrem Herzinfarkt gesprochen, und ich hatte sie ungehindert rauchen lassen. Und wenn sie danach doch einen zweiten Anfall erlitten hatte? Allein wegen meiner Schuldgefühle musste ich mich ihres Falles, und mochte er noch so abwegig sein, annehmen und Lady Krumley bis zum hoffentlich nicht bitteren Ende beistehen. Mrs Malloy und ich würden Ernestine ausfindig machen … und den Mörder entlarven, selbst wenn er nicht existierte. Klar konnte Humphrey Bogart ein Witzbold gewesen sein, der sich ein Späßchen erlaubt hatte, doch ich würde unbeirrt zu Lady Krumley halten und ein, zwei Tage investieren, um der alten, kranken Dame, die sich in Nöten befand, zu helfen.

Lady Krumley strampelte unter ihrer Decke ungeduldig mit den Beinen. Nur mit äußerster Willenskraft schien sie es fertig zu bringen, nicht aus dem Bett zu springen und im Zimmer auf und ab zu laufen. Schläuche, die sie festhielten, gab es nicht. Eine Schwester in gestärkter Uniform, die ihr auftrug, still zu liegen und ein braves Mädchen zu sein, ebenso wenig.

Also erhob ich mich rasch und schenkte ihrer Ladyschaft zur Beruhigung ein Glas Wasser ein. »Hat Ihr Neffe den Titel geerbt?«, fragte ich angelegentlich.

»Ein Brandy wäre mir lieber«, entgegnete Lady Krumley, wobei ihre schwarzen Augen abermals glänzten.

»Wie der Zufall so spielt …« Mrs Malloy griff in ihre Handtasche, hielt jedoch inne, als sie meinen drohenden Blick gewahrte. »Ich wollte Lady Krumley lediglich ein Zitronenbonbon anbieten«, verteidigte sie sich.

»Niles ist der Sohn von Horace' jüngstem Bruder«, hub ihre Ladyschaft schließlich an. »Der Titel ist an Alfonse Krumley gegangen. Sein Vater war nach meinem Mann der nächste in der Linie.« Lady Krumley strich ihre Decke glatt und trank ein paar Schlückchen Wasser. »Niles kam als Zehnjähriger zu uns. Damals waren Sir Horace und ich gerade frisch verheiratet, und Niles wurde fast wie ein Sohn für mich.«

Mrs Malloy und ich gaben einige angemessene Laute von uns. »Seine Eltern starben während der Explosion von Niles' elektrischer Eisenbahn. Sie hatten das Kinderzimmer betreten, um mit dem Kleinen zu Abend zu beten.«

»Und dem armen Kleinen ist nichts passiert?« Mrs Malloys Grinsen war kaum zu ertragen.

»Niles hatte zuvor einen Asthma-Anfall erlitten und naschte ein Eis in der Küche, um sich darüber hinwegzutrösten. Das Ereignis hat in dem Jungen tiefe Spuren hinterlassen. Sein ganzes Leben lang hatte er Angst, allein zu schlafen. Zuweilen denke ich, er hat Cynthia lediglich geheiratet, um nachts jemanden bei sich zu haben.«

»So was hört man in der Tat selten«, kam es von Mrs Malloy, die offenbar Schwierigkeiten hatte, ernst zu bleiben.

»Er fürchtet sich vor dem Butzemann und davor, dass der ihn holen kommt.« In Lady Krumleys Augen schimmerte es verdächtig. »Und Cynthia hat vor nichts und niemandem Angst, das muss man ihr lassen. Mein Mann hatte für Niles nicht viel übrig. Seiner Meinung nach nutzte Niles seine Asthmaanfälle aus, um sich von mir verwöhnen zu lassen..., dabei ist er einfach nur ein kleiner Junge geblieben, auch wenn er inzwischen fünfzig ist. Als ich ihm gestern erklärte, ich würde mit dem Wagen fortfahren und erst in einigen Stunden wiederkommen, begann er sogleich nach Luft zu ringen und zu keuchen. Cynthia war ausgeritten, und gern habe ich Niles beileibe nicht zurückgelassen, zumal nur Daisy Meeks bei ihm war, die wirklich jeden aus der Fassung bringt. Sie ist eine dumme Schwatzbase aus der Familie meines Mannes und wohnt im Dorf. Wenn sie spricht, klingt es, als würde Vincents Hund leise jaulen.«

»Hat man den Hund eigentlich gefunden?«, fragte ich.

»Pipsie? Oder Wipsie, was weiß ich, wie das Tier heißt. Davon hat Niles nichts erwähnt, und mir ist es nicht in den Sinn gekommen, danach zu fragen. Ich vermute, Vincent hat im Garten des Cottage nach ihm gesucht und in seiner Panik vermutet, das Tier sei in den Brunnen gefallen. Und als er hineinspähte, ist er selbst abgestürzt.«

»Und wer hat Vincent gefunden?«

»Auch dazu hat Niles sich nicht geäußert.«

»Und alles nur, weil ein Hund nach draußen gelaufen ist«, wunderte sich Mrs Malloy. »Weil vermutlich irrtümlich eine Tür offen gelassen wurde. Wie es alle Tage passiert.« Mrs Malloy konnte mir nichts vormachen. Ich wusste, zu welchem Schluss sie gelangt war: dass man den Hund aus dem Haus gelockt hatte, damit Vincent ihn suchen würde und in den Brunnen gestoßen werden konnte.

»Lady Krumley«, setzte ich an. »Ich gebe zu, seit gestern Abend haben die Dinge eine dramatische Wendung genommen, und ich verstehe, dass Sie uns auf dem Laufenden halten wollen. Aber gibt es darüber hinaus noch einen Grund, weshalb Sie uns so dringend zu sich gebeten haben? Sind Ihnen Dinge eingefallen, die Sie gestern vergessen haben?« Da Lady Krumley nichts erwiderte, setzte ich hinzu: »Zum Beispiel habe ich mich heute früh gefragt, ob Sie wissen, was aus Ernestines Vater geworden ist.«

»Ernestines Vater?«

»Ja. Ich spreche von Ernest, dem Zweitgärtner. War er noch da, als das Kind zur Welt kam, oder hatte er Flossie im Stich gelassen? So wie Sie Flossies Situation beschrieben haben, klang es nicht danach, als ob ihr jemand finanziell zur Seite gestanden hätte.« Da Lady Krumley abermals schwieg, ergänzte ich: »Selbst wenn ein Gärtnerbursche damals nicht viel verdient haben dürfte.«

Lady Krumleys Adlernase senkte sich.

»Oder wurde er entlassen, weil er der Vater des Kindes war? Schließlich geschah das alles vor vierzig Jahren, und das waren andere Zeiten.« Während ich auf Lady Krumleys Antwort wartete, ging mir durch den Kopf, dass unsere Gesellschaft barmherziger geworden war und man Kinder unverheirateter Eltern zumindest nicht mehr als Bastarde bezeichnete. Mrs Malloy schien zu diesem Thema gerade ihre Meinung verkünden zu wollen, doch da ergriff Lady Krumley das Wort. Sie tat es indes mit gepresster Stimme, so dass ich ihren Worten nur mit Mühe folgen konnte.

»Sie dürfen nicht glauben, dass ich Sie gestern angelogen habe«, flüsterte sie. »Dem Gerücht nach erwartete Flossie ein Kind von Ernest dem Zweitgärtner, und Mrs Snow verriet mir, dass Ernest mit allerlei Ausflüchten das Haus betrat, um seine Freundin aufzusuchen, oder dass er Flossie im Garten abpasste. Gewiss liebte er das Mädchen, denn er wollte es ja heiraten …, doch der Vater des Kindes war er nicht.«

»Wer denn dann?«, wollte ich wissen, wenngleich ich die Antwort bereits erahnte.

Lady Krumley räusperte sich. »Mein Mann, Sir Horace.«

»So ein Lump!« Mrs M. kramte entschlossen in ihrer Tasche und bot Lady Krumley ein Zitronenbonbon an, was ich unter den gegebenen Umständen nicht ganz passend fand. »Jetzt sagen Sie bloß noch, Ihr Mann wollte die kleine Schlampe ebenfalls heiraten.«

»Das hätte er nicht getan, selbst wenn Flossie unseren Kreisen angehört hätte«, entgegnete ihre Ladyschaft mit bitterem Lächeln. »Sir Horace mochte mich durchaus. Daran hegte ich keinerlei Zweifel. Allerdings handelte es sich um eine Form der Zuneigung, die auf unserer Herkunft und unseren gemeinsamen Interessen basierte ... und nicht auf stürmischer Leidenschaft. Wie denn auch? Ich war seit jeher eine Frau ohne Reize, bar jeglicher Verführungskünste. Was ich besaß, war das geerbte Vermögen, das Sir Horace so dringend benötigte. Deshalb warb er um mich. Ohne meine Mitgift hätte er Schimmelturm aufgeben müssen, und das Anwesen bedeutete ihm alles.«

»Bis Fräulein Flossie auf den Plan trat.« Mrs Malloy, die selbst treulose Ehemänner gehabt hatte, setzte eine finstere Miene auf.

»Ich sagte Ihnen ja, dass Flossie ein hübsches Ding war, zudem gerissen und berechnend, wie Mrs Snow mir erklärt hat.«

»Diese Dame scheint eine reich sprudelnde Informationsquelle gewesen zu sein«, bemerkte ich.

»Sie war eine treue Bedienstete, die ihrer Auffassung von Pflicht nachkam. Doch selbst ohne ihr Einwirken hätte ich meinen Mann verdächtigt. Immerhin hatte ich zweimal beobachtet, wie Sir Horace Flossie im Wintergarten geküsst hat.«

»Haben Sie Sir Horace deshalb zur Rede gestellt?«

»Nein. Das fiel mir zwar schwer, aber ich beschloss, die Sache zu ignorieren. Außerdem ging ich davon aus, die Dummheiten würden mit Beginn der Jagdsaison enden. Sir Horace war Ende fünfzig und wollte sich als Mann beweisen. Da kamen ihm die Koketterien und Schmeicheleien eines jungen Mädchens gerade recht. Ich lenkte mich ab, indem ich mich auf Niles konzentrierte, was, wie ich inzwischen weiß, ein Fehler war, denn auch das hat unserer Ehe letztlich nur geschadet. Als ich erfuhr, dass Flossie schwanger war, hoffte ich, sie würde den Gärtnerburschen heiraten und sich woanders mit ihm niederlassen. Erst an dem Tag, an dem die Smaragdbrosche verschwand, kam es zu einer Konfrontation zwischen meinem Mann und mir. Als Mrs Snow mir nämlich mitteilte, Flossie sei morgens aus meinem Schlafzimmer geschlüpft, wusste ich, dass das Mädchen Sir Horace in seinen Räumen besucht hatte. Und Mrs Snows teilnahmsvolle Blicke waren nur schwer zu ertragen. Als ich dann die Brosche vermisste, verlor ich die Beherrschung und drohte meinem Mann damit, ihn zu verlassen. Daraufhin unterstellte er mir, ich würde nur vorgeben, die Brosche verloren zu haben, um Flossie mutwillig zu belasten. Doch das glaubte er selber nicht, das sah ich an seinem Blick. Er wusste, dass ich keine Lügnerin war.« Lady Krumleys Miene wurde hochmütig. »Sie mögen das zwar bezweifeln, weil ich Ihnen gestern einen Teil der Geschichte vorenthalten habe, doch zu einer Lüge lasse ich mich niemals herab. Als Nächstes warf Sir Horace mir vor, ich hätte die Brosche verlegt und würde Flossie irrtümlich dafür verantwortlich machen. Und zuletzt schwor er mir, das Mädchen würde nie und nimmer etwas tun, das ihm, Sir Horace, Unannehmlichkeiten bereiten könnte, denn es erwarte schließlich sein Kind.« Ihre Ladyschaft sank in die Kissen zurück. »In dem Augenblick wusste ich, dass mein Mann Flossie liebte, und zwar auf die traurige, hoffnungslose Weise, wie ein alternder Mann eine junge Frau begehrt.«

Ich rückte näher an ihr Bett, widerstand jedoch der Versuchung, tröstend ihre Hand zu ergreifen. Vielleicht würde sie ja jemandem den Befehl erteilen, mir zur Strafe die Hände abzuhacken, und dann müsste ich davon Abstand nehmen, ihr weiter zu helfen. »Hätte es nicht doch Ernests Kind sein können?«, fragte ich.

»Mehr wollte mein Mann zu der Angelegenheit nicht sagen, und meiner Meinung nach kam das einem Schuldbekenntnis gleich.«

»Ist Ihnen nie der Gedanke gekommen, Flossie könnte gelogen und die beiden Männer gegeneinander ausgespielt haben?«

»Schon. Doch hätte Sir Horace an seiner Vaterschaft gezweifelt, hätte er mir das gewiss anvertraut. Nein, ich bin sicher, er ging davon aus, dass er der Vater war, und darüber hinaus beabsichtigte er, für das Kind zu sorgen. Ich erkannte zwar, dass dieser Schritt ehrenhaft war, aber der Hass war in meine Seele gedrungen, Mrs …«

»Haskell«, soufflierte ich, woraufhin sie ihrerseits den Arm ausstreckte, um meine Hand zu ergreifen.

»Zuletzt habe ich verfügt, Flossie Jones wegen Diebstahls zu entlassen, und meinem Mann erklärt, ich würde, falls er sich noch einmal mit ihr in Verbindung setzte, die Scheidung einreichen und ihm somit mein Vermögen entziehen. Das hat ihn tief getroffen, doch so hatte ich gesiegt.« Ihre Ladyschaft umklammerte meine Hand. »Flossie musste ihre Habseligkeiten packen, und ich bin zu ihrer Mörderin geworden. Durch meine Schuld siechte sie dahin und starb. Verstehen Sie nun, weshalb ich Ernestine derart verzweifelt suche? Sie ist die Tochter meines Mannes, und nur wenn ich mein Unrecht wieder gutmache, kann ich verhindern, dass ihre Mutter die Krumleys vernichtet.«

»Wie stellen Sie sich denn die Wiedergutmachung vor?« Mrs Malloy kam leicht wacklig auf ihre Stöckelschuhe.

»Ich hinterlasse ihr den größten Teil meines Vermögens.«

Donnerwetter! Ich musste zugeben, das verlieh der Sache eine interessante Wendung. Am Leuchten ihrer Augen erkannte ich, dass Mrs Malloy das Gleiche dachte. Oder aber sie überlegte, wie viel ihre Ladyschaft sich unsere Dienste kosten lassen würde.

Als Nächstes nannte Lady Krumley die Summe, die sie für

uns erwog, woraufhin Mrs Malloy scharf die Luft einsog, was sie in vornehmes Hüsteln übergehen ließ, als ein feiner Herr mit silbergrauen Schläfen das Zimmer betrat. Ein Arzt war er allerdings nicht. Lady Krumley stellte ihn als Mr Featherstone vor, ihren Freund und Vikar – der einzige Mensch, mit dem sie über ihren Termin bei Mr Krugg gesprochen hatte. Mrs Malloy beobachtete argwöhnisch, wie Mr Featherstone Lady Krumleys knorrige Hände umfasste und stumm auf sie herniederblickte. Worte wären überflüssig gewesen, denn der Ausdruck, der in seinen Augen lag, sprach Bände. Ihre Ladyschaft betrachtete ihn dagegen mit jener milden Rührung, die man für langjährige Freunde aufbewahrt, deren Zuneigung man als selbstverständlich hinnimmt.

»Setz dich doch, Cyril. Die beiden Damen sind im Begriff aufzubrechen. Insofern bist du der Einzige, der dafür Sorge tragen kann, dass sich kein Arzt in meine Nähe wagt. Ich bin noch nicht so weit, um Horace im Himmel zu begegnen. Überdies käme mein Tod im Augenblick einer Flucht gleich, und was immer meine Fehler sein mögen, ein Feigling war ich noch nie.«

»Meine liebe Maude«, erwiderte Mr Featherstone. »Was soll ich mit dir nur machen?«

10

Fünftausend Pfund!« Mrs Malloy verschränkte die Arme unterm Busen und blickte mit verzücktem Augenaufschlag zur Decke. Wir saßen in einem Restaurant, das sich auf halbem Weg zwischen Mucklesby und Chitterton Fells befand. Auf den Tischen standen Flaschen mit Tomatenketchup und die Speisekarte war mit Kreide auf eine Tafel hinter der Theke geschrieben. Nicht, dass Gemälde der Sixtinischen Kapelle die Decke schmückten; aber weshalb Mrs Malloy den Himmel trotzdem als greifbar nah empfand, konnte ich gut verstehen.

»Vorausgesetzt, wir finden Ernestine innerhalb einer Woche«, erinnerte ich sie. Die Kellnerin trat mit zwei überbackenen Bohnentoasts und einem Kännchen Tee an unseren Tisch.

»Warum sollten wir sie nicht finden? Wir müssen uns eben ranhalten. Übrigens hätte ihre Ladyschaft uns nicht mal ein Zehntel der Summe angeboten, wenn dieser Vincent nicht in den Brunnen gehechtet wäre, so viel steht fest. Das war sein Pech und unser Glück, so grausam das klingt. Die arme Lady ist inzwischen in Panik geraten. Wahrscheinlich befürchtet sie, als Nächste an der Reihe zu sein. So sehe ich das jedenfalls.«

»Meinen Sie wirklich?« Ich ließ mir eine Gabel voll Bohnen schmecken.

»Was soll das denn nun wieder bedeuten?« Mrs Malloy stierte mich an, als wäre ich ein Geist, der gerade der Ketchupflasche entstiegen war. »Und was soll der komische Ausdruck auf Ihrem Gesicht?«

»Ich habe lediglich nachgedacht.«

»Und über was, wenn man fragen darf?« Sie schnappte sich das Teekännchen.

»Über Mr Featherstone.«

»Und?«

»Er macht einen netten Eindruck.«

»Wenn er Vikar ist, bleibt ihm wohl nichts anderes übrig.« Entnervt wischte Mrs Malloy einen Teetropfen von ihrem puderrosafarbenen Regenmantel.

»Ich frage mich, ob er nur in seiner Rolle als Seelsorger erschienen ist.«

»Worauf wollen Sie hinaus? Dass er mit den Ganoven unter einer Decke steckt? Dass wir uns eben wie die letzten Trottel verabschiedet haben und er jetzt in aller Ruhe unsere liebe, alte Lady erwürgt? Warum haben Sie ihr dann nicht wenigstens die Bettpfanne in die Hände gespielt, damit sie was hat, um ihm eins überzubraten? Auf Sie ist wirklich kein Verlass, Mrs H.!« Offenkundig lösten sich vor ihrem geistigen Auge die fünftausend Pfund in Luft auf.

Ich legte das Besteck auf meinem leeren Teller ab. »Ich will nur darauf hinaus, dass Mr Featherstone Lady Krumley vielleicht tief ins Herz geschlossen hat. Ist nur so ein Eindruck.«

»Tief ins Herz?«

»Meine Güte, jetzt tun Sie doch nicht so! Ist Ihnen denn nicht aufgefallen, wie er sie angeschmachtet hat, als er ihre Hände ergriffen hat? Ist Ihnen das Beben in seiner Stimme entgangen? Wenn Sie mich fragen, musste dieser Mann sich mit aller Macht bezwingen, um seine Gefühle zu verbergen.«

»Hm … da könnten Sie Recht haben. Aber so auf Anhieb wäre ich da nicht drauf gekommen. Für ihr Aussehen kann ihre Ladyschaft ja nun mal nichts«, räumte sie tugendhaft ein, »aber unter Schönheit verstehe ich wirklich was anderes. Außerdem ist sie auch um einiges älter als er …«

»Für so groß halte ich den Altersunterschied nicht«, erwiderte ich. »Und wenn er nur halb so alt wie ihre Ladyschaft wäre, würde das auch keinen Unterschied machen. Denn sie scheint ihn lediglich als Freund zu betrachten. Jedenfalls hatte ich nicht den Eindruck, dass ihr Puls bei seinem Anblick zu rasen begann. Außerdem ist Mr Featherstone vielleicht verheiratet und Lady Krumley gehört zu den Frauen, für die es nur einen Mann im Leben gibt.«

»Fantasieren Sie ruhig weiter«, spottete Mrs Malloy. »Wenn Sie damit auf ihren Ehemann anspielen, müsste Lady K. schön blöd sein. Sie hat doch mehr oder weniger zugegeben, dass er sie nur wegen ihres Geldes geheiratet hat. Und dann schwängert er eine andere, sozusagen vor ihren Augen. Denken Sie mal an die Schmach. Ich kann mir vorstellen, wie gern diese geschwätzige Mrs Snow noch Salz in die Wunde gestreut hat. Die werden sich alle die Mäuler zerrissen haben. Wenn ich Sir Horace gewesen wäre, hätte ich schleunigst das Weite gesucht.«

»Insbesondere, wenn Lady Krumley … nachtragend ist.« Ich schenkte mir noch eine Tasse Tee ein und betrachtete sehnsüchtig die Scheiben getoasteten Sandkuchen, die einer Frau am Nebentisch serviert wurden.

»Nun spucken Sie's schon aus, Mrs H.! Ich sehe doch, dass Ihnen irgendwas durchs Köpfchen geht.«

»Ich versuche die Angelegenheit lediglich aus einem anderen Blickwinkel zu betrachten.«

»Und was erkennen Sie von da?«

»Nun, vielleicht sind wir ein wenig voreilig, wenn wir Lady Krumley beim Wort nehmen. Denn wer weiß, ob sie Ernestine tatsächlich nur finden will, um ihr Unrecht wieder gutzumachen? Es könnte auch einen anderen Grund geben. Eine böse Absicht, die aus altem Hass entstanden ist; und um jemanden zu schützen – jemanden, der ihr lieb und teuer ist.« Als die Kellnerin an uns vorbeieilen wollte, hielt ich sie an und bestellte eine Portion getoasteten Sandkuchen.

»Wie wär's, wenn Sie ein bisschen deutlicher würden, Mrs H.?«

»Wie wär's, wenn ihre Ladyschaft die Fakten verdreht, Mrs M.? Was, wenn Sir Horace doch ein eigenes Vermögen besaß? Was, wenn er verfügt hat, dass ihn nach dem Tod seiner Frau seine Tochter Ernestine beerbt? Was, wenn das ihrer Ladyschaft nicht gepasst hat?«

»Alles? Mitsamt dem Haus?«

»Allmächtiger! Das weiß ich nicht. Vielleicht ist das für den anderen Neffen, Sir Alfonse, bestimmt. Das wäre kein großer Verlust. Ein Haus von solcher Größe erfordert eine Menge Geld, um es zu unterhalten, und besonders bequem lebt es sich darin nicht. Wenn Niles an Asthma leidet, zieht er vermutlich ohnehin eine moderne Wohnung vor, ohne Plüschsofas und schwere Vorhänge, in denen sich seit Ewigkeiten der Staub ansammelt. Außerdem, falls mein Verdacht zutrifft, ist es ganz gleich, ob Sir Alfonse Schimmelturm erbt. Weil er über kurz oder lang Cousin Vincent ins Jenseits folgen und das Opfer des nächsten tragischen Unfalls sein wird.«

»Den Lady Krumley einfädelt, wenn ich Sie recht verstehe.« Mein getoasteter Sandkuchen wurde gebracht, und Mrs Malloy nahm den Teller an. »Sie hat also auch die anderen um die Ecke gebracht – den Tattergreis in Australien, die Frau, die im Aufzugschacht verschwunden ist?«

»Ich bezichtige Lady Krumley keineswegs des Serienmordes«, hielt ich Mrs Malloy entgegen. »Ich gebe lediglich zu bedenken, dass die Serie von Todesfällen Lady Krumley möglicherweise auf einen Gedanken gebracht haben.«

»Das ist mein Stichwort.« Mrs Malloy machte sich über meinen Sandkuchen her.

»Vielleicht nimmt sie die Unfälle zum Anlass, um sich ab sofort der restlichen Familienmitglieder zu entledigen, damit ihr lieber, kleiner Niles das gesamte Vermögen erbt.«

»Ja, aber wie viele muss sie dann noch aus dem Weg räumen? Wir sprechen schließlich von einer alten Dame, die vermutlich die meiste Zeit im Lehnstuhl sitzt. Leute zu ermorden erfordert Zeit und Energie. Vielleicht sollten wir uns mal erkundigen, ob sich Lady Krumley seit einiger Zeit in auffälligem Maß mit Eisen- und Vitaminpillen eindeckt.«

»Kann doch sein, dass nur noch Alfonse und diese Daisy irgendwas zwischen Niles und dem Vermögen stehen. Und Ernestine.«

»Da bin ich ja erleichtert! Ich will nämlich nicht, dass die gute Lady sich übernimmt.« Inzwischen war zu den überbackenen Bohnen und dem Sandkuchen noch ein Augenzwinkern von einem Mann auf seinem Weg nach draußen hinzugekommen, und Mrs Malloy lehnte sich zufrieden zurück. »Sie gehen vermutlich davon aus, dass Lady Krumley noch rasch Vincent in den Brunnen geschubst hat, ehe sie sich nach Mucklesby aufgemacht hat. Und dass sie nur vorgibt krank zu sein, weil der Krankenhausaufenthalt ihr als Alibi dienen soll. Wenn ich Ihnen folgen kann, gab es auch gar keinen Autounfall. Lady K. wurde nicht mit Blumentöpfen beworfen und den Fluch von Flossie Jones hat sie sich ausgedacht. Jetzt müssen Sie mir eigentlich nur noch erklären, wer uns den Typen mit der Knarre geschickt hat; um uns von dem Fall abzuhalten?«

»Oder um uns auf den Fall zu hetzen.«

Mrs Malloy lächelte herablassend. »Wenn ich mal von meinem Blickwinkel aus was sagen darf, warum sollte ihre Ladyschaft sich das mit dem Fluch und so weiter ausdenken, wenn sie in Wahrheit Ernestine sucht, um sie umzubringen. Ich selber glaube zwar an die Wirkung von Flüchen und dergleichen, aber die meisten anderen Leute nicht, Sie übrigens eingeschlossen. Weshalb sich also so was Abwegiges ausdenken? Lady Krumley hätte uns doch nur erzählen müssen, dass Sir Horace was mit Flossie Jones hatte und dass sie ihm verboten hat, das Mädchen zu unterstützen. Dass sie deswegen ein schlechtes Gewissen hat und Ernestine entschädigen will.«

»Da haben Sie ausnahmsweise Recht«, pflichtete ich ihr widerwillig bei.

»Sie ziehen einen Flunsch, Mrs H.«

»Da habe ich auch Grund zu. Immerhin haben Sie meinen Sandkuchen verputzt.«

»Ach, du liebe Zeit! Hier bitte, da sind Ihre Krümel.« Gnädig schob Mrs Malloy mir den Teller hin. »Ich habe ja auch nicht gesagt, dass Sie ein Schafskopf sind. Schließlich haben Sie mit dem Job gerade erst angefangen. Ich dagegen arbeite schon seit drei Wochen für Milch und habe Ihnen einiges voraus. Außerdem habe ich nichts gegen vornehme Leute, jedenfalls nicht, solange sie wissen, wo sie hingehören und da auch bleiben. Aber Ihren Argwohn, was ihre Ladyschaft betrifft, verstehe ich. Klar dürfen wir nicht nach Ernestine suchen, damit sie ermordet wird. Ich wette, es gibt Gesetze für Detektive, die so was verbieten. Und was sollen wir jetzt tun?« Es war offenkundig, dass ihre Frage dazu diente, mich moralisch aufzurichten, weshalb ich ihr das mit dem Sandkuchen beinahe verzieh.

»Tja, am besten begeben wir uns nach Burg Schimmelturm und versuchen, dort etwas herauszufinden«, erwiderte ich.

»Vielleicht stoßen wir auf jemanden, der Flossie Jones von früher kennt und erfahren den Namen von Ernestines Adoptiveltern.«

»Das wollte ich auch gerade vorschlagen. Da wäre zum Beispiel diese Frau, die in dem Cottage mit dem Brunnen wohnt. Der Name fällt mir gleich wieder ein … Mrs Hastig oder so.«

»Mrs Hasty.«

»Sag ich doch. Die Frage ist nur, ob sie oder sonst jemand bereit ist, sich mit zwei Privatdetektivinnen zu unterhalten. Selbst Menschen, die nichts zu verbergen haben, machen dicht wie Läden am Samstagmittag, wenn man sie ausfragt.«

»Außerdem wünscht Lady Krumley gewiss, dass wir diskret vorgehen. Das heißt, wir müssen uns tarnen.«

»Sie sind echt auf Zack, Mrs H.« Mrs Malloy nickte wohlwollend. »Was schlagen Sie vor? Als was sollen wir uns verkleiden? Als Elektriker? Hm. Ich glaube, Blaumann und Käppi könnten mir stehen …«

»Wir könnten doch so tun, als wären wir Innenarchitektinnen und behaupten, wir hätten den Auftrag, Burg Schimmelturm zu renovieren.«

Mrs Malloys Wohlwollen schwand dahin. »Das könnte Ihnen so passen! Damit Sie sich aufspielen können, was? Und was tue ich, während Sie Eindruck schinden? Dastehen und Ihren Zollstock halten?«

»Wir sind Partner. Malloy und Haskell. Ihre Expertise sind Wände und Fenster.«

»Meine was?«

»Expertise. Das ist so ein Modewort. Sie müssten auch die Integrität der Strukturen erwähnen.«

»Malloy und Haskell, wie?«

»Oder andersherum, ganz wie Sie wünschen.«

Mrs Malloy langte nach der Rechnung, die die Kellnerin

auf unseren Tisch gelegt hatte, und machte sich an ihrer Handtasche zu schaffen. »Halten Sie mich eigentlich für dämlich? Glauben Sie, ich merke nicht, wenn Sie mir um den Bart gehen, um mich zu überreden? Was ist, wenn jemand misstrauisch wird und unsere Firma im Telefonbuch nachschlägt? Oder bei irgendeinem Verein nachfragt?«

»Na, deshalb ist meine Idee doch so genial! Ich bin überall eingetragen und müsste lediglich erklären, dass Sie erst seit kurzem meine Partnerin sind und dass Lady Krumley uns erst gestern mit der Planung beauftragt hat. Und falls Niles uns mit den Sozialarbeiterinnen kommt, sagen wir, Lady Krumley hätte uns nicht erlaubt, über ihre Renovierungspläne zu sprechen.«

»Sie haben echt keine Hemmungen, Mrs H. Aber bei fünftausend Pfund darf man auch nicht mehr zimperlich sein.«

»Stellen Sie sich vor, wie dankbar Mr Krugg sein wird, wenn er aus dem Urlaub zurückkehrt und feststellt, wie erfolgreich wir waren.«

»Heiliger Strohsack! Den hatte ich fast vergessen.« Mrs Malloy schaute beschämt zu Boden. »Er wird vor Dankbarkeit ganz außer sich sein und mich umgehend zu seiner rechten Hand ernennen. Sonst kriege ich nämlich schwarze Haare, so wahr ich Roxie Malloy heiße!« Die Vorstellung nahm sie dermaßen mit, dass sie ganze zwanzig Pence als Trinkgeld hinterließ und mir auftrug, den Rest zu begleichen.

Als wir in den grauen kalten Nachmittag hinaustraten, blickte Mrs Malloy links und rechts die Straße entlang und verkündete, sie suche eine Telefonzelle, um Lady Krumley von unserem Plan in Kenntnis zu setzen.

»Jetzt können wir nicht mehr nach Schimmelturm aufbrechen«, erwiderte ich. »Ich habe meinen Block und meinen Zollstock nicht im Wagen. Außerdem ist es für heute zu spät.

Wir wollen doch nicht, dass man uns vor die Tür setzt, ehe wir überhaupt losgelegt haben. Am besten brechen wir morgen früh zeitig auf.«

Unter einem stürmischen Wolkenhimmel fuhren wir zurück. Mrs Malloy blickte verdrossen vor sich hin. Ich setzte sie an ihrem Haus in der Herring Street ab und versprach ihr hoch und heilig, sie am folgenden Morgen um halb neun abzuholen. Anschließend stieß ich einen Seufzer der Erleichterung aus. Ich wollte dringend nach Hause. Inzwischen hatte Ben vermutlich die Kinder aufgelesen und mit den Vorbereitungen für das Abendessen begonnen. Vielleicht konnten wir uns vorher noch zu einer Tasse Tee zusammensetzen, uns aussprechen und die Spannungen beseitigen.

Auf der Höhe von St. Anselm entdeckte ich Kathleen Ambleforth. Sie lief über den Kiesweg, der von ihrem Haus zur Kirche führte. Ich hupte. Kathleen schaute sich um. Dann winkte sie mich herbei. Als ich neben ihr anhielt, kurbelte ich das Fenster herunter und streckte meinen Kopf hinaus, woraufhin der Wind mir die Haarspitzen in die Augen blies.

»Ich kann mich nicht lange aufhalten«, erklärte Kathleen, drückte sich den Hut tiefer in die Stirn und zog ihren Mantel enger um die Beine. »Sieht aus, als würde es jeden Moment zu schütten beginnen. Was deine Möbel angeht, habe ich noch keine besonderen Fortschritte zu melden. Die Liste von Alice habe ich gefunden. Aber etliche Gegenstände kommen mehrfach vor. Ich kann nicht erkennen, welche davon dir gehören und ob sie alle zum selben Ort gebracht wurden oder nicht. Wir können nur hoffen, dass Alice sich noch an Einzelheiten erinnert. Leider ist sie schwer zu erreichen, sie ist ständig zu irgendwelchen Bridgepartien unterwegs. Ich habe noch nie verstanden, was die Leute am Kartenspiel finden, aber bitte, jeder nach seiner Fasson.«

»Lassen sich die Möglichkeiten denn nicht eingrenzen? Vielleicht auf ein oder zwei Institutionen, …« – der Wind riss mir die Worte förmlich aus dem Mund – »… bei denen alles untergebracht wurde?«

»Es gibt mehr als ein halbes Dutzend Möglichkeiten, Ellie.«

»Kathleen, hör zu. Ich zahle … mehr als das Zeug wert ist … ich kaufe die Sachen zurück. Glaubst du nicht, das könnte als Anreiz dienen? Warum überlässt du mir nicht einfach die Listen? Ich rufe die Empfänger dann der Reihe nach an.«

»Damit würdest du einer Menge Leute eine Menge unnötiger Arbeit aufhalsen, meine Liebe.« Kathleen redete einen gern mit »meine Liebe« an, wenn sie ungeduldig wurde. »Du musst dich in Geduld üben«, fügte sie hinzu. »Vielleicht kann ich dir morgen mehr sagen.« Anschließend bedeutete sie mir mit einer herrischen Handbewegung loszufahren und machte auf dem Absatz kehrt. Ich sah ihr nach, wie sie sich durch den Wind zu ihrem Haus kämpfte, lenkte den Wagen rückwärts auf die Cliff Road und fuhr das restliche Stück nach Merlin's Court.

Ich betrat das Haus durch die Hintertür. Ben befand sich nicht in der Küche. Die Kinder oder Freddy ebenso wenig. Immerhin konnten sie sich ja auch in einem anderen Zimmer aufhalten. Nicht der leiseste Dufthauch nach Abendessen hing in der Luft. Vielleicht war es übertrieben, das als schlechtes Zeichen zu werten, doch während ich meinen Mantel in der Nische neben der Tür aufhängte, gönnte ich mir ein kleines bisschen Selbstmitleid. Im Lauf des Tages war ich nacheinander Ehefrau, Mutter, Innenarchitektin, Privatdetektivin und Sozialarbeiterin gewesen, und nun musste ich mich auch noch allein zurechtfinden. Es wäre schön gewesen, einen Herrn Gemahl zu besitzen, der mich nach meinem Tagewerk erwartete und die Minuten bis zu meiner Rückkehr zählte. Oder war das zu viel verlangt?

Ben betrat die Küche, als ich mitten in der Vorbereitung eines ellenlangen Vortrags war, in dem ich ihm genau darlegte, was ich von seinem nachtragenden Wesen hielt. Da sich alles in meinem Kopf abspielte, bekam er davon leider nichts mit, doch seine betretene Miene tröstete mich.

»Liebling«, setzte er an und fuhr sich durch seine dunklen Locken. »Bist du schon zurück? Freddy hat davon gesprochen, dass du erst am Nachmittag wiederkommst. Die Kinder sind bei den Thompsons, um mit Trevor und Julian zu spielen.« Seine blau-grünen Augen – seine stärkste Waffe, die mich stets nachgiebig machte – glitten zur Wanduhr. »Du lieber Himmel, es ist ja schon nach fünf! Wo ist denn nur die Zeit geblieben?« Wie ein aufgewühlter Liebhaber eilte er auf mich zu und zog mich in seine Arme. Seine raue Wange kratzte. Offenbar hatte er sich am Morgen nur flüchtig rasiert. Wir küssten uns lang und hingebungsvoll, und die Tasse Tee, die mir gerade noch so lebensnotwendig erschienen war, geriet in Vergessenheit. Auch meine Gedanken verschwammen.

»Oh, Schatz!«, hauchte ich und tauchte mit liebevollem Blick hinab in seine Augen. »Du hast mir verziehen.«

»Was denn?«, fragte er verdutzt.

»Das Arbeitszimmer. Meine Rücksichtslosigkeit gegenüber deinen Gefühlen. Mein krankhaftes Verlangen, das Haus nach meinen Vorstellungen umzumodeln. Mein unbedachtes Vorgehen in Bezug auf deinen abgewetzten Sessel und die klapprige Schreibmaschine.«

»Schweig!« Er küsste mich wieder. »Habe ich mich daneben benommen, Liebling? Habe ich dich unglücklich gemacht? Große Güte, ich werde wie mein Vater! Jähzornig und verbissen. Hast du dir darüber etwa den ganzen Tag lang Sorgen gemacht?«

»Das war dumm von mir, nicht wahr?«, erwiderte ich und

schmiegte mich enger an ihn. »Ich habe mir sogar eingebildet, unsere Ehe wäre ruiniert.«

»Wegen ein paar Möbelstücken?«

»Schrecklich albern, ich weiß. Aber als ich heute Morgen bei Kathleen Ambleforth war, um über … ähm … das nächste Treffen der Salongesellschaft zu sprechen, gesellte sich der Vikar zu uns und erzählte, dass du ihn aufgesucht und dich nach Büchern zum Thema Scheidung erkundigt hast …, angeblich für einen Freund, der mit einer Nervensäge verheiratet ist. Jemand namens Smith oder Jones … irgendein Allerweltsname. Vielleicht hat er sich deinen Besuch aber nur eingebildet. Ich hätte begreifen müssen, dass er sich geirrt hat. Wir wissen doch, dass er alles durcheinander bringt, sobald er sich mit dem heiligen Ethelwort befasst.«

»Ich war tatsächlich bei ihm.«

»Du warst bei unserem Vikar Ambleforth?«

»Bei dem nämlichen.«

»Aber nicht, um dich über Scheidungen zu informieren, oder?«

Ben hob mein Kinn, so dass sein zärtliches Lächeln dicht vor meinen Lippen schwebte. »Ich fürchte doch.«

Mein Herz schlug dumpf und schwer gegen meine Rippen. »Was willst du damit sagen?«

»Willst du das wirklich wissen?«

Ich vermochte keinen Laut von mir zu geben.

»Nimm es dir nicht so zu Herzen, mein Liebling.« Seine Stimme drang wie ein tiefes Raunen an mein Ohr. »So etwas kommt doch so oft vor. Selbst bei Menschen, die sich einmal sehr geliebt haben, und fast möchte ich behaupten, dass Ralph Brown seine Frau sogar jetzt noch liebt … Er stört sich lediglich an ihrer Angewohnheit, ihn an seinen Mantel zu erinnern, wenn er das Haus verlässt, oder nachzufragen, ob er den Lunch gegessen hat, den sie ihm mitgegeben hat, oder …«

»Ralph Brown?«, unterbrach ich ihn. Wenn ich ein Nudelholz zur Hand gehabt hätte, wäre ich damit über diesen Mann hergefallen, der hier vor mir stand und mich verführerisch angrinste. Ersatzweise bereitete ich Tee und ein Roastbeefsandwich zu, das ich dick mit Meerrettich bestrich. »Der Mann, der die obere Etage vom Abigail's gemietet hat? Der vorsintflutliche Kleidung trägt und mit Kunstdrucken von Pflanzen und Vögeln handelt?«

»Vielleicht ist seine Frau deshalb so geworden. Vielleicht machen die Bilder mit den scheußlichen Eulen sie verrückt. Manche Menschen fürchten sich vor Gesichtern mit eng zusammenstehenden Augen.«

Während ich in mein Sandwich biss, dachte ich über Bens Äußerungen nach. Dann erklärte ich: »Hoffentlich weiß Mr Brown die Mühe, die du dir seinetwegen machst, zu schätzen. Waren denn die Bücher, die du heute aus der Bücherei getragen hast, auch für ihn?«

»Nein. Die waren für mich.«

Es gab keinen Grund zur Beunruhigung. Bens Antwort klang vollkommen einleuchtend. Nur hätte ich gern noch erfahren, weshalb er so schuldbewusst dreinblickte. Doch in dem Augenblick kam Freddy durch die Hintertür und betrat mit den Kindern im Schlepptau die Küche.

11

Nachdem ich Abbey und Tam in der Schule und Rose in ihrer Spielgruppe abgesetzt hatte, las ich Mrs Malloy eine Minute nach halb neun vor ihrem Haus auf. Anschließend schlugen wir den Weg nach Biddlington am See ein. Mrs Malloy erwähnte mehrmals, dass man dort lebendig begraben ist.

»Warum sind Sie dann zum Bingospielen hingefahren?«, erkundigte ich mich schließlich.

»Warum nicht?«, gab sie zurück. Sie glich der Hollywoodversion einer Innenarchitektin: schwarzer Samthut, passend zum Mantel mit Krempe aus falschem Leopardenfell, außerdem türknaufgroße Klipse an den Ohren. »Wie ich schon seit ewigen Zeiten sage, findet man beim Bingospielen einen Mikro... die Menschheit im Kleinen vor.«

»Haben Sie eigentlich Lady Krumley angerufen und in unsere Pläne eingeweiht?«

»Ja, klar. Und ihr ist es egal, als was wir uns tarnen, Hauptsache wir erfahren, wo Ernestine steckt. Die arme Seele. Bestimmt nicht leicht, im Krankenhaus zu liegen und zu beten, dass man den Tag noch erleben darf, an dem man an einem unehelichen Kind des eigenen Mannes was wieder gutmachen kann.« Sie seufzte gefühlvoll und erklärte dann, ich führe im Kreis.

»Wir befinden uns im Kreisverkehr.«

»Ja, aber Sie sind schon dreimal rundrum gefahren.«

Das stimmte. Ich hatte nämlich Probleme, die richtige Ausfahrt zu entdecken. Doch ehe Mrs Malloy mir einen weiteren Hieb in die Seite versetzen konnte, entschloss ich mich, dem Schild in Richtung Swayford zu folgen, denn das kam mir immerhin bekannt vor. Danach entspannte ich mich und lehnte mich locker zurück. Wir hatten schließlich keinen Termin, zu dem wir pünktlich erscheinen mussten. Gewiss hatte ihre Ladyschaft unseren Besuch Niles Edmonds und seiner Frau nur vage für den Vormittag angekündigt.

»Lady K. wollte ihren Neffen gleich nach unserem Gespräch verständigen. Vermutlich erwartet er uns schon.« Mrs Malloy öffnete ihre Handtasche und steckte sich ein Zitronenbonbon in den Mund. »Wir müssen uns auch mal darüber klar werden, was wir in Schimmelturm eigentlich erreichen wollen. Geht es uns nur um Ernestine oder schauen wir uns allgemein mal ein wenig um? Eigentlich könnten wir uns doch in einem Aufwasch um die ganzen Todesfälle kümmern, oder nicht? Insbesondere um den Typen, den man gerade in den Brunnen geschubst hat. Wie hieß der noch?«

»Vincent Krumley. Und soviel wir wissen, handelte es sich dabei lediglich um einen Unfall.«

»Das glauben Sie doch selber nicht.«

»Na gut«, gestand ich. »Wir hegen einen gewissen Verdacht. Aber wir sind keine Polizistinnen. Genau genommen sind wir nicht einmal Privatdetektivinnen. Und ich habe keine Lust, über irgendwelche Klippen gestoßen zu werden, nur weil ich meine Nase in Dinge stecke, die mich nichts angehen.«

»In Biddlington am See gibt es keine Klippen.« Wenn sie wollte, konnte Mrs Malloy wahnsinnig pingelig sein. »Es liegt nicht am Meer. Der Ort besitzt keinerlei Attraktionen, das sagte ich bereits.«

Nachdem wir die Hauptstraße von Biddlington am See erreicht hatten, musste ich ihr Recht geben. Der Ort wirkte ausgesprochen reizlos. Die Mehrzahl der Gebäude schien aus den fünfziger Jahren zu stammen. Etliche Banken, ein Kino, ein Kaufhaus und eine Bäckerei mit lieblos aufgetürmten Kuchenbergen. An einer Ecke standen sich ein Pizza Hut und ein McDonald's gegenüber, die den Eindruck erweckten, sie seien in einer Nacht, in der keiner so genau hingeschaut hatte, aus dem Boden gestampft worden.

»Da!« Mrs Malloy deutete auf einen Betonklotz, in dessen Mitte eine Tür angebracht war. »In der Halle haben wir damals Bingo gespielt. Wenn ich mich recht entsinne, hat Lady Krumley gesagt, an der nächsten Ampel müssten wir links ab, dann weiter bis zum Postamt und danach rechts. Wir kommen dann zu einer Straße, die nach einer halben Meile in einen Feldweg mündet. Danach zu einem Feld mit einem Schild ›Eier frei laufender Hühner‹, und in der nächsten Kurve müssten wir dann Schimmelturm erblicken. Entweder zu unserer Linken oder zu unserer Rechten.« Während der folgenden zwei bis drei Meilen pendelte sie zwischen diesen beiden Möglichkeiten hin und her, bis wir das mächtige Gebäude entdeckten. Vermutlich gab es in der näheren Umgebung kein zweites Anwesen dieser Größenordnung.

»Scheint ideal für einen Mord.« Mrs Malloy hatte ihre Nase an die Windschutzscheibe gedrückt.

»Mein Gott, ist das scheußlich!« Ich war aufrichtig entsetzt. »Sehen Sie sich bloß mal diese Türme an! Die sitzen ja auf dem Dach wie Kanonenrohre. Das Ganze erinnert an eine Erziehungsanstalt für Kinder aus einem Schwarzweißfilm. Mag sein, dass das irgendwann mal ein hübscher Herrensitz war. Bis sich dann irgendein Blödmann entschlossen hat, das Ding zu modernisieren. Nachher hat derjenige sich dann anders besonnen, Türme draufgesetzt und dicke Eisennägel ins Eingangstor gehämmert.«

»Ist ja gut.« Mrs Malloy kletterte aus dem Wagen und ich folgte ihrem Beispiel. »Ich kann selber sehen, dass man die Bude abreißen muss, um den Schaden zu beheben.« Sie wandte sich zu mir um und wirkte selten nervös. »Was soll ich noch mal sagen, um zu zeigen, dass ich weiß, wovon ich rede?«

»Sie könnten zum Beispiel erwähnen, dass auch ein Kamin eine Wertaussage darstellt.«

»Heißt das, sie sollen ihn verkaufen?«

»Nein.« Ich hob den Koffer mit den Katalogen und Stoffproben aus dem Wagen. »Eher dass er ein klares Design besitzen sollte. Am besten schließen Sie sich einfach dem an, was ich sage, dann klappt das schon.«

»Typisch. Sie geben die Queen, und ich laufe wie Prinz Philip drei Schritte hinter Ihnen her!« Mrs Malloy murrte noch immer, als wir schon die breite Freitreppe erklommen. Wenn die Vordertür nicht sogleich aufgeschwungen wäre, hätte sie vermutlich noch eine ganze Weile keine Ruhe gegeben. Doch nun stand vor uns ein Mann mit dunklem Jackett und unauffälliger Krawatte. Er war von kleinem Wuchs, beinah kahlköpfig und vermutlich in den Sechzigern. Und er wirkte leicht überrascht.

»Guten Morgen.« Eine seiner Brauen hob sich fast unmerklich.

»Haskell und Malloy, die Innenarchitektinnen.« Ich klopfte auf meinen Koffer und strahlte ihn an. »Lady Krumley hat unseren Besuch angekündigt.«

»Davon weiß ich leider nichts, Madam.« Der Mann trat zur Seite, um uns einzulassen, und schloss die Tür. »Wenn Sie hier warten möchten?« Er deutete in eine riesengroße, düstere Eingangshalle. »Ich werde Mr Edmonds von Ihrer Ankunft unterrichten.« Sein Gesicht war von der Sorte, wie man sie dutzendweise in Bussen sieht, weder hässlich noch schön, und das man nach fünf Minuten bereits vergessen hat. Mrs Malloy musterte ihn verstohlen.

»Sind wir uns nicht schon einmal begegnet?«

»Nicht dass ich wüsste, Madam.«

Sie kicherte. »Jetzt sind Sie mit der nächsten Frage an der Reihe. Kommen Sie öfter hierher?«

»Regelmäßig. Mein Name ist Watkins. Ich bin der Butler ihrer Ladyschaft.« Er wandte sich ab und verschwand durch eine Tür zu unserer Linken. Mit träumerischem Blick und einem halb unterdrückten Seufzer schaute Mrs Malloy ihm hinterher. »Er sieht aus wie Cary Grant. Ich glaube, deshalb kommt er mir so bekannt vor.«

»Ich glaube, Sie sollten sich bald noch mal die Augen untersuchen lassen.«

»Es ist die Stimme.« Mrs Malloy bewunderte sich in einem Spiegel, der von großen hölzernen Früchten eingerahmt wurde. Er hing über einem Tisch, dessen Marmorplatte einen gallenartigen Grünton besaß. »Liebenswürdig, zurückhaltend, darunter aber bodenständig ... geheimnisvoll und interessant ... hoffentlich findet er Bingo zu spielen nicht unter seiner Würde.«

»Stecken Sie ihm ein Zettelchen zu, ehe wir abfahren. Verabreden Sie sich mit ihm im Mondschein. Schlagen Sie aber nicht den alten Ziehbrunnen als Treffpunkt vor. Sie wissen ja, der Täter ist meistens der Butler.«

»Stimmt.« Sie erstarrte. »Wie konnte ich ihm bloß so rasch auf den Leim gehen? Jetzt wo Sie es sagen, fällt mir ein, dass etwas ... Unstetes in seinem Blick lag und dass er einen grausamen Zug um den Mund trägt. Ich sehne mich nach Milch, das ist mein Problem. Das ist ein Mann nach meinem Geschmack.«

»Haben Sie noch nichts von ihm gehört?«

»Keinen Pieps.«

Ich begutachtete gerade die schwarze Eichentreppe, die zusammen mit dem Kamin, in dem man einen Ochsen hätte braten können, das andere Ende der Eingangshalle beherrschte, als Watkins wieder auftauchte.

»Wenn Sie mir bitte folgen würden. Mr Edmonds ist bereit, Sie zu empfangen. Mrs Edmonds ist ausgegangen. Sie wird jedoch in Kürze zurückerwartet.«

»Dürften wir unsere Mäntel ablegen?«

»Selbstverständlich.« Watkins wartete geduldig, bis wir unsere Mäntel aufgeknöpft hatten, legte sie über einen Stuhl, dem gleichermaßen Holzfrüchte entsprangen, und führte uns in den Raum, aus dem er gerade gekommen war. »Die Innenarchitektinnen«, verkündete er Niles Edmonds, der sich aus einem Sessel erhob und aussah wie jemand, der sich in die Damentoilette verirrt hatte und jeden Moment damit rechnete, dass man ihn ausschimpft und mit Klorollen bewirft.

»Besten Dank, Watkins.«

»Falls Sie mich brauchen, um Möbel und Fußböden abzudecken, Sir, lassen Sie es mich wissen. Gewiss wäre auch Mrs Hasty bereit, mit Hand anzulegen. Sie befindet sich in ihrem Cottage.«

»Oh, ja. Selbstredend, ausgezeichnet.« Niles Edmonds wich vor Mrs Malloys finsterem Blick zurück.

Mrs Malloy drehte sich um. »Na, hören Sie mal! Wir sind doch keine Dekorateure, die mit Farbeimer und Pinsel anrücken!«, rief sie dem entschwindenden Watkins hinterher. Dann wandte sie sich an Niles Edmonds. »Ich und meine Partnerin, Mrs Haskell, wir bewegen uns in der oberen Preisklasse, was man eigentlich schon meinem Hut ansehen dürfte. Ein Modell aus einer Boutique, in der nur feine Leute verkehren. Natürlich kann nicht jede Frau Hüte tragen, bei manch einer sieht es dann aus wie übergestülpt. Das ist wie bei Männern und großen Häusern, wenn Sie wollen. Der eine passt hinein, der andere wirkt darin wie ein Wicht.«

»Ganz recht. Äußerst zutreffend. Vorzüglich.« Es hätte mich nicht gewundert, wenn Niles Edmonds versucht hätte, sich unter dem Teppich zu verkriechen, der übrigens schon bessere Tage gesehen hatte – vermutlich zuzeiten Heinrich VIII. Was nicht bedeutete, dass wir uns in einem Tudorsalon befanden. Eher war es ein typisches Herrenzimmer. Nicht die Sorte, die mit Billard- und Schachtischen ausgestattet ist, sondern diejenige, die tote Tiere beherbergt. Wo immer ich hinschaute, stieß ich auf anklagende Blicke aus gläsernen Augen. Unwillkürlich kam mir die Melodie von »Es hängt ein Pferdehalfter an der Wand«, in den Sinn, und ehe ich mich versah, summte ich »er war mein Freund …« und stand kurz davor, laut loszuschmettern. Mrs Malloy jedoch trat mir mahnend mit ihrem Bleistiftabsatz auf die Zehen, woraufhin ich abrupt verstummte und Niles Edmonds tonlos ansah.

»Sind wir uns nicht schon im Krankenhaus begegnet?«, erkundigte er sich und rückte seine Brille zurecht. Seine Stirnfalten reichten ihm bis an den zurückweichenden Haaransatz. Vermutlich die Sorte Mensch, der sich in einem Zustand permanenter Verwunderung befindet. Ihn noch für eine Sekunde länger im Unklaren zu lassen, wäre unzumutbare seelische Grausamkeit gewesen. Es schien an mir zu sein, ihn aus seiner Verblüffung zu erlösen. Mrs Malloy hatte sich nämlich auf einen Erkundungsgang durch den Raum begeben und inspizierte gerade die Kissen auf dem halben Dutzend Sesseln, die neben zwei Sofas den Kamin umstanden, über dem wiederum ein fast drei Meter hoher, zerschlissener Wandteppich hing.

»Ganz recht, Mr Edmonds«, begann ich. »Wir haben uns

auf dem Flur vor Lady Krumleys Zimmer getroffen. Fälschlicherweise hielten Sie uns für Sozialarbeiterinnen, doch weder Mrs Malloy noch mir war es möglich, Sie zu korrigieren, da ihre Ladyschaft Sie und Ihre Frau Gemahlin mit unseren Renovierungsplänen überraschen wollte.«

»In der Tat eine schwierige Situation.« Er hob matt eine Hand. »Bitte nehmen Sie doch Platz.«

»Wie überaus reizend!« Mrs Malloy ließ sich behutsam auf einem Holzstuhl nieder, der aussah, als würde sich darunter ein Nachtgeschirr verbergen. Ich hockte mich auf eine Sofakante.

»Es leuchtet mir ein, dass Tante Maude ihre Pläne bis zur letzten Minute geheim halten wollte«, murmelte Niles mit einem Ausdruck trübseliger Resignation.

»Sie hat wohl gern eine kleine Überraschung parat, wie?« Mrs Malloy hob eine nachgezogene Braue.

»Die liebe Tante Maude! Sie nimmt stets Rücksicht auf meine Gefühle, denn sie weiß, wie leicht Veränderungen bei mir einen Asthmaanfall auslösen.« Zum Beweis begann er zu keuchen und bezwang sich dann, indem er sich auf die Brust klopfte, sich setzte und anschließend die Stützen seines Sessels umklammerte. »Gewiss hielt sie es für ratsam zu schweigen, bis Sie als Fachkräfte für das Projekt gewonnen waren. Natürlich ist auch mir bewusst, dass Verschiedenes im Haus verändert werden sollte. Ich fürchte, seit dem Tod von Onkel Horace sind uns die Dinge ein wenig entglitten. Und Watkins ist nicht wie Hopkins, sein Vorgänger«, fügte er unter neuerlichem herzerweichenden Keuchen hinzu. »Aber er gibt seit fünf Jahren sein Bestes, trotz des reduzierten Personals. Eine Wirtschafterin haben wir nicht mehr, was für meine Frau eine arge Belastung ist. Ich fürchte, Cynthia hatte sich etwas Besseres vorgestellt, als sie mich geheiratet hat.«

»Nun ja«, bemerkte ich teilnahmsvoll.

»Sie dachte auch, ich würde selten zu Hause sein, doch ich war leider gezwungen, meine Stelle als Buchhalter frühzeitig aufzugeben.«

Mrs Malloy gab mitfühlende Laute von sich, die mich an eine Glucke kurz vor dem Eierlegen erinnerten.

»Allerdings verwalte ich Tante Maudes geschäftliche Angelegenheiten. Mit Ausnahme der Hausbuchhaltung. Um die kümmert sich Watkins. Ein- bis zweimal in der Woche unternimmt er einen kleinen Ausflug und begibt sich zur Bank ... Oh, hat Tante Maude mit Ihnen über die Bezahlung gesprochen?« Seine Augen huschten zwischen Mrs Malloy und mir hin und her. »Mit welchen Ausgaben müssen wir denn rechnen? Geht es um ein paar Tische und Stühle oder ...« Seine Augen hinter den Brillengläsern blinzelten verlegen. »Oder handelt es sich um drastischere Maßnahmen? Sie werden doch hoffentlich keine Wände einreißen?«

»Lady Krumley lässt uns gänzlich freie Hand.« Ich klappte meinen Koffer auf und entnahm meine Musterkollektion. »Wir werden mehrere Male vorbeikommen müssen, um uns umzuschauen. Erst im Anschluss daran legen wir uns fest. Das wird Sie jedoch in Ihrem Tagesablauf nicht beeinträchtigen. Wir verhalten uns so unauffällig wie möglich. Natürlich hoffen wir, dass Lady Krumley bald aus dem Krankenhaus entlassen wird, um hier vor Ort mit zu entscheiden.«

»Ich darf gar nicht daran denken, dass Sie wochenlang dort liegt und Krankenschwestern ausgeliefert ist, die ihr Spritzen verpassen, bis ihr Hinterteil wie ein Nadelkissen aussieht«, kam es voller Mitgefühl von Mrs M. »Die Nachricht von dem plötzlichen Tod ihres Verwandten muss ein entsetzlicher Schock gewesen sein.«

»Vincent?«, keuchte Niles asthmatisch hervor. »Cynthia hat

es als eine Unverschämtheit empfunden, dass er so aus heiterem Himmel erschienen ist. Wir hatten seit Jahren nichts mehr von ihm gehört.«

»Und dann bedient er sich so mir nichts, dir nichts des Brunnens, um zu sterben.« Mrs Malloy rückte ihren Hut gerade. »So was nenne ich sich Freiheiten herausnehmen! Andererseits sollte man über jüngst Verstorbene nicht schlecht reden, nicht wahr? Nach dem zu urteilen, was Lady Krumley angedeutet hat, gingen Mrs H. und ich davon aus, dass er vielleicht ein wenig verwirrt war. Denn wieso hätte er sonst behauptet, Ihre Frau hätte einmal in einem Nachtclub getanzt? Oder dass eine andere Verwandte einen Zwilling besaß? Lady Krumley war nichts dergleichen bekannt.«

»Oh, was die Zwillingsgeschichte betrifft, so war von Daisy Meeks die Rede. Sie war an dem Abend, als Vincent eintraf, bei uns. Auch am Abend darauf. Sie ist eine etwas lästige Person, und so gesehen zweifellos ein Einzelkind.« Niles begann unruhig in seinem Sessel herumzurutschen. »Der Alkohol war Vincents Problem, das muss man offen bekennen. Allerdings behauptete er, er hätte seit Jahren nichts mehr getrunken und eine Kur gemacht. An einem frommen Ort, wenn ich mich recht entsinne. Er hat Watkins mit seinem Bericht darüber so lange in den Ohren gelegen, dass dieser das Abendessen zu spät aufgetragen hat. Und wenn es etwas gibt, das Tante Maude nicht leiden kann, dann ist es ein verspätetes Essen. Ich weiß noch, dass es eine Art Rindergulasch gab.« Niles schüttelte den Kopf. »Unsere Köchin, Mrs Beetle, hat es zwar als Ragout bezeichnet, doch für derlei Firlefanz habe ich nichts übrig. Für mich ist ein Gulasch noch immer ein Gulasch.«

Es war schrecklich, das mitanhören zu müssen. Ich verspürte nämlich Appetit und hätte nichts gegen ein paar Häppchen einzuwenden gehabt. Ich hegte jedoch nicht die leiseste

Hoffnung, dass Watkins den Raum mit Silbertablett, Teekanne, Tassen, Unterteller und einer großen Platte mit gebutterten Kuchenbrötchen betreten würde. Vielleicht weil das Haus insgesamt so unerquicklich wirkte.

»Wie dem auch sei«, fuhr Niles fort. »Vincents Tod war ausgesprochen ärgerlich.«

»Aber wenigstens hat er nicht lang gelitten«, ließ Mrs Malloy sich vernehmen. »Es sei denn, er hätte erst noch mit den Armen in der Luft gerudert, um sich zu fangen, während sein Leben vor ihm ablief, und klagend nach seinem kleinen Hund gerufen, um ihn ein letztes Mal zu küssen, ehe …«

»Mrs Malloy!« Ich gebot ihr Einhalt, indem ich auf die Kataloge auf meinen Knien tippte. »Wir sind wegen eines Auftrags hergekommen und nicht, um Mr Edmonds die Zeit zu stehlen, indem wir unser Beileid bekunden.«

»Aber nicht doch«, wehrte Niles ab. »Es tut mir gut, mich auszusprechen. Und ich darf meine Gefühle nicht unterdrücken, sagt Tante Maude. Wissen Sie, dass ich bereits mit zehn Jahren Vollwaise wurde?« Er nahm seine Brille ab und säuberte sie mit dem Hemdsärmel. »Auch meine Eltern sind einem Unfall zum Opfer gefallen. Meine Frau behauptet, dass ich mich davon nie gänzlich erholt habe.«

»Sie armer Tropf!« Mrs Malloy betupfte ihre Augen. Kleine Bröckchen Wimperntusche rieselten auf ihre Wangen. »Gewiss haben Sie Ihre Eltern furchtbar lieb gehabt.«

Niles setzte seine Brille auf. »Zuweilen. An dem Tag aber nicht. Mami war nämlich böse, weil ich in der Schule beim Diktat abgeschrieben hatte, und Papi hat sich auf ihre Seite geschlagen. Zur Strafe sollte ich eine Woche lang kein Eis essen.« Flüsternd fuhr er fort: »Danach ist meine elektrische Eisenbahn explodiert, was tödliche Folgen hatte.«

»Sie waren bestimmt am Boden zerstört.« Mrs Malloy

bemühte sich, mitfühlend auszusehen, was ihr jedoch zur Grimasse geriet.

»Ich nicht. Aber Mami und Papi.«

»Wirklich sehr tragisch«, bemerkte ich.

»Anschließend wurde ich hierher gebracht, und alles hätte wunderbar sein können, wenn Onkel Horace mich nur gemocht hätte. Die einzige Person, die mich jemals gern hatte, war Tante Maude. Doch selbst die scheint seit einiger Zeit jemand anderen vorzuziehen. Eine Frau namens Ernestine.«

Die Stille, die sich anschließend ausbreitete, verlieh der Gravität des Raumes noch zusätzliches Gewicht. Allerdings nicht für lang. Kurz darauf flog nämlich die Tür auf und eine schlanke, hoch gewachsene Frau kam hereingestürmt. Sie hatte schulterlanges blondes Haar, blaue Augen und trug eine schwarze Lederhose zu einem Kaschmirpullover, dessen Ausschnitt mit Federn besetzt war.

»Das ist Cynthia, meine Frau«, erklärte Niles und rappelte sich aus seinem Sessel auf. »Frisch von ihrem Frisörtermin.«

»Wer sind diese Leute?« Cynthia Edmonds maß Mrs Malloy und mich mit Blicken, die uns fast zu Boden gestreckt hätten. »Sagen Sie bloß, Sie kommen vom Beerdigungsinstitut! Sollen das etwa Kataloge mit Särgen sein?« Sie riss mir eine Musterseite aus den Händen. »Niles! Du bist doch hoffentlich nicht so töricht gewesen, den teuersten auszuwählen! Hatten wir nicht beschlossen, in diesem Monat zu sparen? Weißt du, wie teuer Charlies neues Geschirr sein wird?«

»Charlie ist das Pferd meiner Frau«, bemerkte Niles.

»Wir sind die Innenarchitektinnen, die von Lady Krumley mit der Renovierung des Hauses beauftragt wurden.« Ich setzte Cynthia Edmonds' verächtlicher Miene mein heiterstes Lächeln entgegen.

»Schwebt Ihnen eine bestimmte Farbe vor?«, zwitscherte Mrs Malloy.

»Oh, und ob!« Der blauäugige Drachen warf sein Haar zurück und lief zum Fenster, um sich in den Scheiben zu begutachten. »Nämlich Platinnerz! Da erkläre ich diesem Idioten, ich will Platinnerz haben, und dann kommt das dabei heraus. Dass ich nicht lache!« Meine Musterseite segelte durch den Raum. »Champagnerfarbe.«

»Wie lautet denn der Name Ihres Frisörs? Gewissermaßen nur für die Akten.« Offenbar war Mrs Malloy entfallen, dass wir uns nicht mehr als Privatdetektivinnen ausgaben. Cynthia Edmonds war jedoch dermaßen in Rage, dass ihr nichts auffiel. Ihre Antwort kam wie aus der Pistole geschossen.

»Jorge!« Zur Sicherheit buchstabierte sie den Namen sogar. »Sechzehn Jahre meines Lebens habe ich diesem Mann gewidmet! Das muss man sich mal vor Augen halten! Sechzehn kostbare Jahre! Doch jetzt ist Schluss, ich werde mich rächen! Dieser Mensch hat mich heute zum letzten Mal gesehen! Und Sie«, fuhr Cynthia Edmonds fort und stieß einen scharlachroten Fingernagel in meine Richtung, »Sie können hier ruhig nach Herzenslust renovieren. Von mir aus können Sie Vincent sogar unter den Dielenbrettern begraben. Ich werde ohnehin nicht mehr lang hier verweilen. Ich bin nämlich bald weg, wenn alles nach Plan läuft.«

12

Also, eins muss man Ihnen lassen«, tuschelte Mrs Malloy mir in der Eingangshalle ins Ohr. »Sie sind nicht zu überbieten. Milch wird sehr angetan sein, wenn ich ihm Bericht erstatte. Trotzdem dürfen Sie nicht damit rechnen, dass er Ihnen gleich um den Hals fällt, Mrs H., dafür ist er nicht der Typ. Er weiß, wie man seine Gefühle bezwingt. Das hängt mit der Blondine zusammen, die er einbuchten lassen musste. Über so eine Enttäuschung kommt man nicht so ohne weiteres hinweg.«

»Könnte eigentlich nicht Cynthia diese Blondine gewesen sein? Wäre doch denkbar, dass ein schwachsinniger Gefängniswärter sie wieder auf freien Fuß gesetzt hat.« Mrs Edmonds war mir alles andere als ans Herz gewachsen, und ich hatte unsere Unterhaltung mithilfe einer Lüge abgekürzt.

»Echt klasse!«, lobte Mrs Malloy mich flüsternd. »Wie Sie den beiden Turteltäubchen da drinnen klar gemacht haben, Lady Krumley hätte Sie gebeten, im Haus nach brauchbaren Möbelstücken zu fahnden …, das war einsame Spitze. Jetzt können wir ungehindert alles durchwühlen. Vom Keller bis zum Dachboden.«

»Ja, und es fällt nicht einmal auf, wenn wir uns mit Mrs Hasty, der Frau aus dem Cottage, unterhalten. Was meinen Sie, ob sie sich noch an etwas erinnert? Aber vielleicht sollten wir uns die für später aufheben. Als Erstes möchte ich nämlich mal einen Blick hinter die Scheuerleiste in Lady Krumleys Schlafzimmer werfen. Ist doch ein bisschen merkwürdig, dass die Brosche dort plötzlich wieder aufgetaucht ist, oder?«

»Wirklich scharfsinnig, Mrs H.«, entgegnete Mrs Malloy dermaßen unterwürfig, dass ich ihr einen argwöhnischen Blick zuwarf. Hinter ihr, auf einem Sockel vorm Treppenhaus, stand ein ausgestopfter Vogel unter einer Glasglocke und schien uns zu beobachten. Danach entdeckte ich Watkins, der mit einem silbernen Leuchter und einem Poliertuch bewaffnet näher kam.

»Kann ich Ihnen behilflich sein?« Seine Schritte hallten von den Wänden wider. Als er bei uns war, beäugte er meinen Koffer, als verdächtige er mich, darin das Familiensilber verstaut zu haben.

»Immer da, wenn man Sie braucht«, lobte ihn Mrs Malloy, befeuchtete ihre Lippen und schob eine Hüfte vor. »Dabei haben wir nicht einmal nach Ihnen geläutet.«

»Der Ort, an dem Sie sich frisch machen können, befindet sich zu Ihrer Linken.«

Darauf reagierte Mrs Malloy mit einem so quirligen Gelächter, dass ich mich innerlich krümmte. Doch Watkins verzog keine Miene. »Wahrscheinlich ruft man Sie aber gar nicht mit einem Glöckchen«, fuhr Mrs Malloy fort. »Hier hat alles größeren Maßstab, also benutzt man vermutlich einen Gong. Ist ja immerhin ein feiner Herrensitz auf dem Land, mit Park und Cottage und so weiter. Wetten, der hält Sie von morgens bis abends auf Trab?«

»Nicht unbedingt«, gab Watkins ihr zur Antwort. »Vorhin, als ich Sie beide flüstern hörte, verrichtete ich meine Arbeit gerade im Sitzen. Ich dachte mir, Sie bedürfen vielleicht eines Hinweises, um eine gewisse Örtlichkeit aufzusuchen.«

»Da dachten Sie sogar richtig«, erwiderte ich. »Wir suchen

nämlich das Schlafzimmer ihrer Ladyschaft. Als wir Lady Krumley berieten, kamen wir überein, diesen Raum zum Ausgangspunkt für unsere Überlegungen zu nehmen.«

»Das Haus soll nämlich von einer intimen Note beherrscht werden«, ergänzte Mrs Malloy. Abermals erklang ihr glockenhelles Gelächter. »Im Moment strahlt es eine gewisse Schwermut aus. Lady Krumley befürchtet, Mr Vincent könnte dieser Schwermut zum Opfer gefallen sein. Deshalb würden wir auch gern einen Blick in sein Gästezimmer werfen. Vielleicht sollten wir dort etwas Aufmunterndes unterbringen, helle Vorhänge und bunte Wärmflaschenbezüge zum Beispiel.«

»Dann bitte ich Sie, die Treppe nach oben zu nehmen«, erklärte Watkins. »Mr Vincents Zimmer ist das zweite links. Die Räumlichkeit ihrer Ladyschaft finden Sie hinter der zweiten Tür zur Rechten. Wenn Sie wünschen, begleite ich Sie.«

»Bitte, bemühen Sie sich nicht«, bat ich.

»Ganz meine Meinung«, strahlte Mrs Malloy. »Putzen Sie mal in Ruhe Ihren Silberleuchter sauber.«

»Das ist bereits geschehen, Madam.«

»Oh, dann liegt es an der Beleuchtung«, bemerkte ich. »Man sieht ja auch so gut wie nichts.« Ich ergriff Mrs Malloys Arm. »Am besten notieren wir auch gleich eine neue Lichtquelle für die Halle.« Nachdem Watkins auf dem Absatz kehrtgemacht hatte, führte ich den Weg über die Treppe an. Nach etwa einer halben Meile blieb ich stehen, um auf einem Absatz zu verschnaufen. Glücklicherweise befand sich dort ein Bänkchen, auf dem man sich niederlassen konnte, um sich in der Höhe zu akklimatisieren oder um die Aussicht zu genießen.

»Ich glaube, wir sind gerade in ein Fettnäpfchen getreten.« Mrs Malloy keuchte und stützte sich schwer atmend auf das Holzgeländer. »Aber wie hätte man das ahnen können? Mir kam der Leuchter jedenfalls noch reichlich angelaufen vor.«

»Lady Krumley hat doch erwähnt, dass Watkins nicht dem Standard des früheren Butlers entspricht.«

»Das war mir entfallen.«

»Womöglich hätten Sie daran gedacht, wenn Sie ihm nicht schon wieder schöne Augen gemacht hätten.« Ich nahm meinen Musterkoffer in die andere Hand und stolperte weiter aufwärts. »Andererseits haben Sie erfahren, wo Vincent geschlafen hat. Das muss man Ihnen zugute halten. Nun können Sie nach Herzenslust in seinen Koffern und Schränken wühlen und Hinweise auf denjenigen entdecken, der ihn aus dem Weg geräumt hat. Das gelingt Ihnen zwar wahrscheinlich nicht, aber es soll ja gelegentlich Wunder geben.« Inzwischen hatten wir den letzten Absatz erreicht und lehnten uns beide erschöpft ans Geländer. Ringsumher waren schemenhaft Konturen vor dunkelbraunem Hintergrund zu erkennen. Aus einem Buntglasfenster in der letzten Kehre der Treppe drang trübes Licht.

»Mit anderen Worten, ich soll mich sozusagen um Vincents letzte Ruhestätte kümmern, während Sie sich in Lady Krumleys Schlafzimmer umtun.« Mrs Malloy schien sich nicht sicher zu sein, ob ihr der Vorschlag gefiel.

»Sie waren schon mehr als einmal verheiratet«, gab ich zu bedenken. »Sie wissen, wo Männer Dinge verstecken, von denen sie nicht wollen, dass man sie findet. Sie eignen sich dafür besser als ich.«

»Also macht sich meine Erfahrung bezahlt.« Jetzt war Mrs Malloy beruhigt. »Dann nichts wie los! Ich nach links und Sie nach rechts. Und dass Sie mir nicht ins Träumen kommen! Wir haben noch eine Menge Arbeit vor uns …, liebe Güte, hoffentlich gibt es in den Zimmern nicht nur Kerzen, sondern auch Glühbirnen. Lady Krumley scheint wirklich nichts von modernen Errungenschaften zu halten.«

»Es ist doch helllichter Tag.«

»Was Sie nicht sagen!«

»Und Zimmer haben gewöhnlich Fenster.«

»Ihr Wort in Gottes Ohr, Mrs H.«

In Lady Krumleys Schlafzimmer befanden sich auch tatsächlich Fenster. Allerdings wurden sie von schweren Vorhängen unbestimmter Farbe verdeckt, durch die sich lediglich ein dünner Streifen Licht stahl. Er traf auf ein gewaltiges Himmelbett, das ringsum mit einer Art Gobelin verhüllt war. Ich fühlte mich wie Pip, der sich zum Lager von Miss Haversham vortastet. Deshalb hätte es mich auch nicht gewundert, wenn mir eine Schar Mäuse über die Füße gehuscht wäre und meine Hände sich in Spinnweben verfangen hätten. Stattdessen geriet ich an einen Lichtschalter und betätigte ihn, woraufhin das Zimmer deutlich zu erkennen war. Mäuse und Spinnweben gab es nicht. Um dem Raum eine heitere Note zu verleihen, hätte man indes das gesamte Mobiliar herausschaffen müssen. Für einen Moment vergaß ich, dass ich keineswegs gekommen war, um die Räume neu zu gestalten. Ich klappte meinen Koffer auf und schaute nachdenklich in die Runde. Über einer Kommode erblickte ich das Gemälde einer Frau, die aussah, als sei sie bei den Porträtsitzungen bereits tot gewesen. Ein paar Mal lief ich das Zimmer der Länge nach ab. Der Raum war groß und gut geschnitten. Es würde ihm bereits zum Vorteil gereichen, wenn man den scheußlichen Marmor vom Kamin durch hellen Backstein oder freundliche Kacheln ersetzte. Im Geiste sah ich an den Wänden eine Tapete mit pfirsichfarbenem Schimmer und Wandleuchten mit Kupferschirmen neben dem Bett, die einen wundervollen Blickfang abgeben würden. Vorausgesetzt, man würde den grässlichen Baldachin und die Vorhänge entfernen. Versonnen malte ich mir die weitere Ausstattung aus – einen Traum aus irischem Leinen und Tüll und Decken in sanften Cremetönen. Chintz käme nicht in Frage, denn Chintz passte nicht zu Lady Krumley, an deren Toilettentisch ich gerade angelangt war. Oh, richtig, deswegen war ich ja gekommen! Dort hatte sie ihrer Meinung nach die Brosche abgelegt, ehe das Ding verschwunden war. Auf der Tischplatte standen gerahmte Fotografien, vorrangig von Niles, außerdem eine Kollektion von zierlichen Porzellandosen und -vasen, wahrscheinlich Geschenke, die sie aus Pflichtgefühl dort aufgestellt hatte. Der Spiegel hatte blinde Stellen und warf ein verzerrtes Bild zurück. Ich erkannte eine schiefe Nase und schwarze Augenhöhlen. Hinter mir drängten sich Schränke und Kommoden. Sie schienen eine Mauer zu bilden, die mich vom Rest der Welt trennte. Mein Herz begann plötzlich zu hämmern, ich suchte Halt und griff nach dem Toilettentisch. Als Nächstes vernahm ich ein Geräusch. Etwas wurde verschoben … etwas kratzte … knarrte. Ich riss mich zusammen und zwang mich, klar zu denken. Dabei fiel mir auf, dass das Bett ungeschickt platziert war. Als ich noch überlegte, ob es sich gegenüber dem Kamin nicht besser machen würde, erfasste mich ein Taumel, und es kam mir vor, als würde ich von einer dunklen, flatternden Wolke eingekesselt. Dazu muss man sagen, dass ich Gefiedertes nicht mag, und in geschlossenen Räumen erst recht nicht. Nicht einmal kleine Spatzen. Und nun war mir, als wäre ich von einer ganzen Vogelschar umgeben. Schwarze Schattengespenster wirbelten mir um den Kopf, stießen die unterschiedlichsten Laute aus und prallten gegen Fenster, Wände und Möbel. Ich kniff die Augen zusammen, kauerte mich auf den Fußboden und presste mir die Hände auf die Ohren. Doch das Schwirren, Kreischen und Krächzen ließ nicht nach. Mir schoss durch den Kopf, dass ich versuchen sollte, das Bett zu erreichen, um mich darunter zu verkriechen. Offenbar errieten die Vögel meine Absicht, denn als ich loskrabbelte, stießen sie mit den Schnäbeln gegen meine Sohlen, landeten auf meinem Rücken, pickten an meinem Haar. Als meine Panik ihren Höhepunkt erreichte, spürte ich zudem eine Hand, die sich um meine Kehle schloss. Ich vermochte zwar nicht zu schreien, denn meine Stimme gehorchte mir nicht, doch ich schaffte es, mich hinzuknien und blindlings um mich zu schlagen. Der Angreifer ließ los, und für einen kurzen Moment begriff ich, was geschehen war. Bei den Vögeln handelte es sich nämlich keineswegs um schaurig gefiederte Hirngespinste einer Schwindligen, sondern um lebende Tiere, die der Mörder als Waffe gegen mich eingesetzt hatte. Als ich mich hochrappelte, schienen sie jedoch von mir abzulassen … der Schwarm löste sich auf, das Gekreisch wurde schwächer, und zuletzt war nur noch vereinzelt Flügelgeflatter zu hören. Ich blinzelte, um einen zaghaften Blick zu wagen. Leider gab es nichts zu sehen, denn der Mörder hatte die Lampe ausgeschaltet. Ich suchte nach dem Lichtstrahl, der durch die Vorhänge gekrochen war, und erkannte ein schwarzes Rechteck, das ich für den Kleiderschrank hielt. Daneben hatte sich die Tür befunden. Mit ausgestreckten Armen rannte ich darauf zu, tastete nach dem Rahmen, nach dem Griff, schaffte es, sie aufzudrücken … und wurde im nächsten Augenblick ins Zimmer zurückgestoßen, wo ich auf meinem Gesäß landete. Ich richtete mich auf und krabbelte erneut Richtung Tür. Da war die Wand, da musste der Lichtschalter sein. Gerade als ich ihn unter meinen Fingerkuppen spürte, schlangen sich fremde Arme um meine Beine … wie der Blitz warf ich mich herum und krallte meine Hände in fremdes Haar.

»Sie sind gefasst!«, keuchte ich.

»Aua!« Die Stimme klang sehr vertraut, und meine Hände fielen hilflos herab.

In der nun folgenden Stille war nur ein letztes Flügelschlagen zu hören. Und dann knipste eine von uns – ich weiß nicht mehr, welche – den Lichtschalter an. Mrs Malloy und ich standen uns gegenüber. Ihr Hut war weg, und ihre Wimpern waren verrutscht. Davon abgesehen wirkte sie jedoch wie immer.

»Sie haben Federn im Haar«, erklärte sie vorwurfsvoll und betrachtete mich, als hätte ich auf empörende Weise gegen Anstand und Sitte verstoßen. »Aber Sie sind es wenigstens. Obwohl ich nicht weiß, ob mir das ein Trost ist. Wenn Sie Vincent Krumleys Mörder wären, wären die fünftausend Pfund uns vielleicht schon sicher.«

»Woher sind Sie denn mit einem Mal gekommen?« Ich sah mich um. Der Raum war mit Federn übersät und auf den Möbeln befanden sich dicke, weiße Kleckse. Doch von einem Vogel war weit und breit nichts zu sehen.

»Ich war dabei, meine nächsten Schritte zu planen.«

»Sehr löblich.« Plötzlich fühlte ich mich äußerst erschöpft und ließ mich in einen Sessel sinken.

»Was ist eigentlich passiert, Mrs H.?«

»Vögel«, murmelte ich.

»Das weiß ich selbst.« Mrs Malloy erhob sich und betrachtete mich ungeduldig. »Die kamen mir ja schon entgegen, als ich die Tür aufgemacht habe. Ich habe das Licht ausgeschaltet, um sie in den Flur zu locken. Irgendwie haben sie mir das übel genommen, denn sie sind wie die Wilden über mich hergefallen. Fast auf dem Bauch bin ich durch die Gegend gerobbt, bis ich auf Sie geprallt bin. Hätten Sie vor Angst geschrien, wie ein vernünftiger Mensch das tut, hätte ich gewusst, dass Sie es sind, und wir wären uns nicht in die Wolle geraten.«

»Tut mir Leid«, murmelte ich.

»Mann, das ist Ihnen wohl echt an die Nieren gegangen, wie? Ist ja auch kein Wunder. Hätte ich jetzt bloß meine

Brandyflasche dabei! Sie müssen nicht mehr flattrig sein, Mrs H. Die Vögel sind ja weg, und Roxie Malloy ist da.« Und dann tat sie etwas, das sie noch nie in ihrem Leben getan hatte: Sie bückte sich und drückte mir einen Kuss auf die Wange. »Was glauben Sie, sind die durchs Fenster gekommen? Auf diesem Weg haben sie sich jedenfalls wieder verdrückt. Den letzten habe ich mit eigenen Augen verschwinden sehen.«

»Ich wusste nicht, dass ein Fenster offen stand. Wegen der vielen Vorhänge ist mir das nicht aufgefallen.« Ich erhob mich. »Trotzdem glaube ich nicht, dass sie auf die Weise hereingekommen sind. Das waren ja keine Wespen oder Bienen. Diese Vögel hat jemand aus einem Käfig freigelassen. Jemand, der uns beweisen wollte, das mit Flossies Fluch nicht zu spaßen ist.«

»Und um uns aus Schimmelturm zu verjagen.« Mrs Malloy nahm ihren Hut vom Boden und setzte ihn auf.

»Wir werden Lady Krumley davon berichten. Sie soll vor Furcht außer sich geraten. Vielleicht war der Angriff ursprünglich sogar für sie gedacht. Nachts zum Beispiel. Dann wäre sie aus dem Schlaf gerissen worden …«

»… und vor Entsetzen hätte ihr Herz versagt.«

»Ganz recht. Aber der Plan wurde geändert, und jetzt sollen wir als Zeugen fungieren und ihr bestätigen, dass hier etwas Schreckliches geschieht.«

»Ich frage mich trotzdem, wie die Vögel hier hereingeraten konnten. Indem man die Tür einen Spalt geöffnet hat?«

»Zu riskant.« Ich war aufgestanden und ein paar Mal sinnierend im Kreis gewandert. Nun blieb ich stehen und schaute Mrs Malloy an. »Ich glaube, ich weiß es. Vorhin ist mir nämlich der Gedanke gekommen, dass das Bett irgendwie nicht richtig steht … und noch etwas: Das Gemach von Sir Horace befindet sich angeblich nebenan. Aber wo ist die Tür?

Vielleicht wollte Lady Krumley sie nach seinem Tod nicht mehr sehen und hat ihr Bett mit den Vorhängen davorrücken lassen. Schauen Sie mal, von der dahinter liegenden Wand sieht man kaum etwas. Es wäre also ein Leichtes gewesen, das Zimmer von Sir Horace mit den Volieren zu betreten, die Verbindungstür zu öffnen und die Vögel hinter den Vorhängen freizulassen.«

»Momentchen, das haben wir gleich.« Mrs Malloy stieg auf das Bett und krabbelte zur Wand, woraufhin eindeutig ihr Hinterteil zum Blickfang des Zimmers wurde. »Wär doch gelacht«, hörte ich sie noch sagen, ehe sie in den Gobelinfalten verschwand und aussah wie guillotiniert. Kurz darauf tauchte sie jedoch unversehrt wieder auf und erklärte triumphierend: »Hundertprozentig wie Sie gesagt haben.« Anschließend sprang sie mit einem Satz rückwärts auf den Fußboden, was mit Stöckelschuhen eine enorme Leistung war. »Jetzt müssen wir nur noch rausknobeln, wie die verflixten Biester eingefangen wurden. Und vor allem von wem.«

»Keine Ahnung.« Ich stellte mich vor den Spiegel und zupfte mir schwarze Federn und Flaum aus dem Haar.

»Am einfachsten wäre es gewesen, wenn sich die Vögel im Haus befunden haben. Die Frage ist nur, wie sie dort hineingelangt sind. Bestimmt hat das Dach ein Loch. Und unter dem Dach befindet sich gewöhnlich der Speicher. Eigentlich müsste man da nur Vogelfutter in ein paar offene Käfige streuen und abwarten, bis sich eine ordentliche Schar versammelt hat. Dazu bräuchte man lediglich Zeit und Geduld. Ob wir mal einen Blick auf den Speicher werfen?«

»Das wäre gut. Vorher schaue ich mir allerdings noch die Scheuerleiste an, hinter der Lady Krumleys Mädchen die Brosche gefunden hat. Schließlich bin ich deshalb hierher gekommen.« In meinem Haar befanden sich noch immer Vogelfedern. »Hatten Sie denn in Vincents Zimmer mehr Glück bei Ihrer Suche?«

»Eigentlich nicht. Vincents kleiner Hund, dieser Malteser, lag auf dem Bett und sah irgendwie kummervoll aus. Es war ein bisschen peinlich, denn er dachte bestimmt, ich wäre gekommen, um sein totes Herrchen zu bestehlen. Aber ich habe mich entschuldigt und ihm die Sache erklärt. Auf einem Stuhl stand ein Koffer, doch der war nicht ergiebig – nur eine Hose, ein paar Hemden und eine Strickjacke. Vincents Brieftasche habe ich in dem Schuh entdeckt, auf den das Hündchen seinen Kopf gebettet hat. Tat mir echt in der Seele weh. Das arme Tierchen hat aber nicht geknurrt, nur ein bisschen gewinselt, als ich nach der Brieftasche griff. Da drin steckten lediglich fünf Pfund, ein abgelaufener Führerschein und die Visitenkarte von einem Laden namens Evangeline. Wahrscheinlich eine Kneipe. Wir wissen ja, dass Vincent Krumley ein Schluckspecht war.«

»Hm.« Ich hatte ihr nicht richtig zugehört. Beim Absuchen der Scheuerleiste war ich auf etwas Kleines, Flaches, Rundes gestoßen. Ich hob es hoch, um es genauer zu betrachten: eine Brosche mit Smaragden und Diamanten. Hatte sie vorhin unter den Fotografien und den Gegenständen aus Porzellan auf dem Toilettentisch gelegen? War sie meinen Blicken entgangen? Hatten die Vögel sie zu Boden gefegt und sie war abermals hinter der Scheuerleiste gelandet?

Mrs Malloy war näher getreten, um das, was ich in der Hand hielt, in Augenschein zu nehmen. »Ja, woher kommt die denn?«, fragte sie, als sie die Brosche erkannte. Wir stellten uns unter die Deckenleuchte, um die Einzelheiten zu studieren. »Sie ist hübsch«, bemerkte ich, während ich die Brosche hin und her drehte. »Aber sehr wertvoll sieht sie nicht aus.«

»Sie müsste nur mal ordentlich gereinigt werden, dann wäre sie ganz brauchbar.« Mrs Malloy hatte die Brosche ergriffen und umgedreht. Mein Blick fiel auf Initialen und ein Datum. »Jetzt sehen Sie sich bloß den Dreck in der Fassung an!«, murmelte Mrs M. »Wirklich eine Schande!« Anklagend reckte sie einen schmutzigen Finger in die Luft. »Sieht fast aus, als ob jemand sie draußen verbuddelt hätte. So was hat meine Cousine mal mit dem Verlobungsring ihrer Mutter getan. Sie wissen ja, wie Kinder Piraten spielen und Schätze vergraben. Mein lieber Mann, da hat es damals echt Senge gegeben …« Sie verstummte. Ihre Augen weiteten sich und reichten fast bis zu den nachgemalten Brauen. »Denken Sie dasselbe wie ich, Mrs H.?«

»Dass Flossie Jones die Brosche womöglich doch gestohlen hat?« Die Erinnerung an den Angriff der Vögel verblasste.

»Und sie draußen vergraben hat, damit niemand sie findet, während ihr Zimmer durchsucht wird. Ha!« Mrs Malloy sah aus, als würde sie gleich aus ihren Stöckelschuhen springen. »Und Jahre später hat jemand die Brosche ausgegraben … die Geschichte von Flossies Fluch erfunden und in die Tat umgesetzt.«

»Und wir müssen nur noch herausfinden, wer und warum.« Ich legte die Brosche mitten auf den Toilettentisch, so dass sie nicht noch einmal versehentlich hinuntergefegt werden konnte. Gleich darauf wurde die Zimmertür so jäh aufgerissen, dass Mrs Malloy tatsächlich in die Höhe sprang. Eine untersetzte Frau mit schlechter Dauerwelle betrat den Raum.

»Sie müssen die Innenausstatter sein«, bemerkte sie und starrte uns an. »Mein Name ist Daisy Meeks. Ich bin vorbeigekommen, um Niles und Cynthia Gesellschaft zu leisten und sie in Anbetracht der traurigen Umstände ein wenig aufzuheitern. Wir haben ein paar Mal seltsame Geräusche vernommen. Niles vermutete, Sie wären dabei, die Möbel herumzurücken. Eine Weile war auch der Vikar zu Besuch, doch er hat sich kurz nach meiner Ankunft verabschiedet. Er ist ja ohnehin nicht sehr unterhaltsam. Es sei denn, Maude ist da, also Lady Krumley. Der Vikar verehrt sie sehr.« Lady Krumley hatte mit ihrem Vergleich, die Stimme von Daisy Meeks erinnere sie an das leise Jaulen eines Hundes, nicht übertrieben.

»Mögen Sie Vögel?«, erkundigte sich Mrs Malloy mit listigem, magentafarbenem Lächeln.

Daiys Meeks zuckte mit keiner Wimper. »Ich liebe Vögel«, erklärte sie. »Gibt es etwas Schöneres, als an warmen Sommertagen von fröhlichem Gezwitscher und sanftem Geflatter umgeben zu sein?«

Das klang wie aus einem Schulaufsatz vorgelesen. Ich musste mich zusammennehmen, um sie nicht zu erwürgen. Die Vorstellung, so jemand könnte noch einen Zwilling besitzen, war mehr, als ich ertragen konnte.

13

Aus unserem Plan, als Nächstes den Speicher zu inspizieren, wurde nichts. Denn als wir Lady Krumleys Schlafzimmer verließen, verkündete Daisy Meeks, sie wäre auf dem Weg dahin, um für Vincents Beerdigung nach einem schwarzen Hut zu fahnden, den sie dort vor Jahren in einer Truhe entdeckt hatte.

»Wahrscheinlich schafft sie jetzt die Vogelkäfige wieder fort«, murmelte Mrs Malloy, während wir die Treppe hinunter in die Halle stiegen. Inzwischen lechzte ich förmlich nach einer Tasse Tee, und schon ein noch so winziger Kekskrümel hätte mich glücklich gemacht. In der Halle entdeckten wir eine mit Flanell bezogene Wandtür, die uns bislang nicht aufgefallen war. Ohne lang zu fackeln, öffnete ich sie und fand mich, mit Mrs Malloy auf den Fersen, in einer überraschend freundlich gehaltenen, ländlichen Küche wieder. Als Nächstes fiel mir auf, dass sie trotz einer gewissen altmodischen Atmosphäre mit einem modernen Herd und Kühlschrank ausgestattet war. Dann sah ich den Sessel vor dem Kamin, auf dem eine getigerte Katze schlief, und danach die füllige Frau in weißer Kittelschürze, die an dem Holztisch in der Mitte hantierte. Vom Alter her rangierte sie irgendwo zwischen fünfunddreißig und fünfzig. An ihrem Kinn wackelten mehrere Speckröllchen, und aus ihrem aufgesteckten Haar fielen Strähnen in ihr rotes Gesicht, während sie einen runden Teigfladen in eine Auflaufform knetete.

»Kommen Sie ruhig rein.« Ihr Ellbogen wackelte in unsere Richtung. »Sie brauchen da nicht zu stehen, als würden Sie warten, bis der Beichtstuhl frei wird.«

»Vielen Dank«, erwiderten Mrs Malloy und ich im Chor.

»Nach dem, was Watkins mir erzählt hat, sind Sie vermutlich die Innenarchitektinnen. Wird auch höchste Zeit, dass mal jemand kommt, um das Haus auf Vordermann zu bringen. Die Küche können Sie sich allerdings sparen. Ich habe auf neuen Geräten bestanden, als ich hier als Köchin anfing. Hatte nämlich keine Lust, Aschenputtel zu spielen.«

»Verständlich.« Mrs Malloy warf mir einen bedeutsamen Blick zu.

»Lady Krumley ist in Ordnung«, fuhr die Frau unaufgefordert fort. »Sie lässt mir völlig freie Hand. Nur pünktlich muss man mit dem Essen sein, doch dagegen habe ich nichts. Warum setzen Sie sich nicht? Ich mache gerade noch meine Steak-und-Nieren-Pastete fertig und tue sie in den Dampfkochtopf.« Sie ergriff ein Nudelholz und begann einen zweiten Teigfladen auszurollen. »Und anschließend bereite ich uns eine schöne Tasse Tee.«

»Das hört sich wundervoll an.« Ich stellte meinen Koffer ab und hockte mich auf einen Stuhl. Mrs Malloy folgte meinem Beispiel. »Arbeiten Sie hier schon lange?«

»Seit gut vier Jahren. Ich habe etwa ein Jahr nach Watkins angefangen. Mit dem kommt man aber auch klar, er spielt nicht den Chef. Eher habe ich ihm noch was beibringen müssen, wie man richtig aufdeckt und so. Mrs Edmonds kann ziemlich zickig werden, wenn die Gläser nicht in Reih und Glied stehen. Die Dame war nämlich nichts Besonderes, bevor sie sich Niles Nieswurz geangelt hat, und was sie von feinen

Manieren weiß, hat sie aus Büchern. Ist für solche Kletterranken ja auch typisch, falls Sie wissen, was ich meine. Ich bin übrigens Mrs Beetle ..., so, die Pastete hätten wir unter Dach und Fach.« Sie las die Teigreste auf und wischte die Tischplatte sauber. Dann trat sie zur Spüle, füllte den Wasserkessel und nahm Tassen und Unterteller aus dem Hängeschrank.

»Meine Partnerin ist mit einem Koch verheiratet«, kam es von Mrs Malloy. Dabei reckte sie ihre Nase fast bis zur Hutkrempe. »Vielleicht haben Sie schon von ihm gehört. Er schreibt Kochbücher.«

»Nicht dass ich wüsste.« Mrs Beetle stand keineswegs im Begriff, vor Ehrfurcht umzusinken. »Wie heißt er denn?«

»Ben Haskell«, teilte ich ihr mit.

»Doch nicht etwa ... Bentley T. Haskell?« Nun musste sie sich doch an die Brust fassen. Und als ich bestätigend nickte, wurden ihre Augen so groß wie die Unterteller, die sie auf den Tisch gestellt hatte. »Mein Gott ... ich besitze all seine Bücher! Ohne die könnte ich gar nicht existieren! Alle meine Lieblingsrezepte stammen aus – nein, ich weiß gar nicht, wie mir zumute wird! Wer hätte das gedacht! Und nun stehe ich seiner Frau gegenüber? Das muss ich heute Abend meinem Mann erzählen.«

Inzwischen blickte Mrs Malloy unter ihrem flotten Hut leicht säuerlich. »Ich bin zwar nicht mit Ben Haskell verheiratet, weil Mrs H. ihn vor mir kennen gelernt hat«, verkündete sie, »aber ich kann Ihnen auch erklären, wie er Eiweiß quirlt und Pfannkuchen wendet. Und wenn Sie sich mit dem Tee sputen und noch ein paar Stückchen Obstkuchen lockermachen, besorge ich Ihnen vielleicht sogar ein Autogramm.«

»Was? Würden Sie das wirklich tun? Ach du liebe Zeit, da wäre ich ja im siebten Himmel!« Schnell wie der Wind zauberte Mrs Beetle Obstkuchen und einen Teller mit Scones herbei. Der Tee, den sie gekocht hatte, war kräftig und dampfte in meiner Tasse, und wie von Zauberhand tauchten eine blau-weiß gestreifte Zuckerdose mit passendem Milchkännchen vor mir auf. Hochzufrieden saß ich auf meinem Stuhl und lauschte stumm, wie Mrs Beetle sich in kulinarischen Lobgesängen auf meinen Mann erging.

»Wenn ich allein daran denke, wie er mit den Zutaten verfährt! Und wie er die Maße angibt! Bis auf den Viertel Teelöffel genau. Wenn er schreibt, es werden vier Dutzend Kekse, dann werden es auch vier Dutzend Kekse. Da muss man hinterher nichts strecken und zusehen, dass noch was rauskommt. Neulich abends, als Mr Vincent auftauchte, habe ich das Ragout von Seite dreihundertsechsunddreißig aus der *Küche der Edwardianischen Dame* zubereitet.« Mrs Beetles Gesicht glühte. »Das hatte zweieinhalb Stunden bei mittlerer Hitze geköchelt. Selbst der Queen setzt man nichts Besseres vor.« Sie reichte mir die Scones. »Es tröstet mich, dass der arme Mr Vincent vor seinem Tod wenigstens noch eine ordentliche Mahlzeit erhalten hat. Sie haben gewiss vernommen, was mit ihm passiert ist.«

Mrs Malloy und ich nickten gemeinsam.

»Er ist rausgelaufen, um nach seinem Hündchen zu suchen. Gleich nachdem ihre Ladyschaft losgefahren war.«

»Sie war zu ihrem Termin mit uns unterwegs«, bestätigte ich.

»Wegen der Innenausstattung«, fügte eine gewisse Person mit den Initialen R. M. hinzu, während sie mein Scone beäugte, vermutlich um zu prüfen, ob es größer war als das ihre.

»Der arme Vincent Winzerfreund!« Mrs Beetle bekreuzigte sich. »Nicht mal die letzte Ölung hat er empfangen. Wie denn auch, wenn er im Brunnen steckte und kein Mensch wusste, wo er war. Mrs Hasty, die im Cottage wohnt, war an dem

Nachmittag nicht da, denn Dienstagnachmittags ist sie nie da. Aber er war zum Glück nicht so katholisch wie ich, und die anderen Kirchen legen ja keinen Wert auf große Verabschiedung.« Anschließend erklärte sie uns, wie froh sie war, die Religion ihres Mannes angenommen zu haben. Denn ihre Eltern hatten sie ohne Religion aufwachsen lassen, und sie hatte stets gewusst, dass ihr etwas fehlte. Mrs Malloy erwiderte, auch sie sei zutiefst religiös und gehe jeden Mittwochabend zum Bingospielen in den Gemeindesaal.

»Wann haben Sie denn von dem Unglück erfahren, Mrs Beetle?«, fragte ich.

»Noch am selben Abend, so gegen acht oder neun. Bis dahin hatte sich niemand über sein Verschwinden aufgeregt. Mrs Edmonds ist sowieso nicht der Typ, der sich wegen anderer Leute Sorgen macht, und ich nehme an, Mr Edmonds war damit beschäftigt, auf die Rückkehr seines Tantchens zu warten. Sie können sich nicht vorstellen, wie abhängig er von ihr ist. Daisy Meeks, die so etwas wie eine Cousine ist, war ebenfalls zum Essen erschienen, das tut sie ja immer.«

»Wir haben sie vorhin getroffen«, warf Mrs Malloy ein. Mrs Beetle war allerdings mit dem Thema Abendessen noch nicht zu Ende. »Hinterher gab es einen wunderbaren Lammbraten, da muss ich mich mal selber loben – übrigens auch nach einem Rezept von Ihrem Mann, Mrs Haskell. Ach so … Miss Meeks, ja, die befindet sich ständig in einer Art Trance. Wahrscheinlich ist sie gar nicht so dumm, wie sie aussieht, sondern tut nur so, falls Sie wissen, was ich meine. Jedenfalls hatte ich mich nach dem Abwasch gerade hingesetzt, als es an der Tür läutete und Watkins losmarschierte, um aufzumachen. Wachtmeister Thatcher war gekommen. Aber was immer er auf dem Herzen hatte, mit dem Unfall konnte es nicht zusammenhängen, weil erst danach das Telefon ging. Und Watkins sagt, der

Wachtmeister wäre so verblüfft gewesen wie alle anderen. Ja, und der Anruf kam von der Wache. Offenbar hatte Mrs Hasty dort angerufen und gemeldet, dass sie beim Nachhausekommen einen Schuh aus dem Brunnen hatte ragen sehen, und ob Wachtmeister Thatcher mal nachschauen könne, ob da was nicht stimmt.«

»Schrecklich, wenn man Polizist ist.« Mrs Malloy hob ein weiteres Stück Obstkuchen auf ihren Teller. »Oder wenn man überhaupt was mit Verbrechen zu tun hat ... so wie beispielsweise Privatdetektive.« Sie seufzte. »Aber irgendjemand muss die Arbeit ja schließlich machen.«

»Ach, Wachtmeister Thatcher macht das ganz gern. Vielleicht ist er ein wenig streng, was seinen kleinen Roland anbelangt, doch das ist besser, als zu nachgiebig zu sein und zuzusehen, wie der Junge zu einer einzigen Enttäuschung heranwächst.« Mrs Beetle wischte ihre mehligen Finger an der Schürze ab. »Was bei dem Neffen unseres Vikars ja augenscheinlich der Fall ist. Schauspieler wollte der Junge werden! Tja, und nun muss er jeden Job annehmen, egal was kommt.« Sie begab sich zum Herd, um abermals Tee aufzusetzen.

»Wann ist denn das Hündchen wieder aufgetaucht?«, erkundigte ich mich.

»Am selben Abend oder am nächsten Morgen. Ein armes kleines Waisenkind.« Mrs Beetles Augen schienen feucht, doch das mochte am Dampf liegen, der aus dem Kessel stieg. »Wo steckt er überhaupt? Vor einer Viertelstunde kam er hier reingeschlichen und ich habe ihn nicht hinauslaufen sehen. Ob er im Keller eingeschlossen worden ist, als Watkins die restlichen Weinflaschen nach unten gebracht hat?« Mrs Beetle warf einen Blick auf die Tür neben dem Kamin und durchquerte entschlossen den Raum. Sie hatte die Hand gerade auf den Türknauf gelegt, als Watkins die Küche von der Halle aus betrat. »Das trifft sich ja bestens!«, rief Mrs Beetle ihm entgegen. »Wir müssen nämlich mal nachschauen, ob der Hund im Keller steckt.«

»Ich würde das als zweifelhaft erachten, Mrs Beetle. Fraglos hätte ich es bemerkt, wenn er vorhin an mir vorbeigeschlüpft wäre. Doch wenn es Sie beruhigt, werde ich nachsehen.« Watkins zog einen Schlüssel aus der Jackentasche, öffnete die Kellertür und stieg nach unten, wo seine Schritte verhallten.

»Als ich hier zu arbeiten begann, war ich beleidigt, als ich hörte, die Kellertür würde meist abgeschlossen.« Mrs Beetle schenkte uns Tee nach. »Ich dachte, Lady Krumley hätte Angst, die Dienstboten würden sich an ihrem Wein vergreifen. Da hätte sie sich bei mir nämlich keine Gedanken zu machen brauchen. Ich rühre keinen Tropfen an, es sei denn zum Kochen. Meine Eltern haben mehr als genug getrunken, und das war für mich eine Lehre. Aber der Gerechtigkeit halber muss gesagt werden, dass ihre Ladyschaft sich wahrscheinlich mehr wegen der steilen Stufen sorgt. Watkins hat genug Verstand, um die Treppe nicht rauf- und runterzurennen, doch bei den jungen Mädchen, die gelegentlich zur Aushilfe kommen, ist das nicht unbedingt vorauszusetzen. Lediglich Mrs Edmonds regt sich auf, wenn sie Watkins nicht finden und nicht in den Keller laufen kann, um sich Äpfel zu besorgen.«

»Äpfel?«, wiederholte ich verwundert.

»Gewiss. Die lagern wir normalerweise da unten.«

»Und Mrs Edmonds besitzt eine Vorliebe für Äpfel?«

»Sie besitzt eine Vorliebe für Charlie, ihr Pferd, und bringt ihm gern ein paar Äpfel mit. Den Schlüssel bekommt sie aber nicht, denn Lady Krumley macht es Spaß, ihr zu zeigen, wer hier die Chefin ist. Die beiden kommen nicht gut miteinander aus, aber ich will ja nicht tratschen.«

»Nein, natürlich nicht«, erwiderten Mrs Malloy und ich im Chor.

»Bin mal gespannt, was Madam Cynthia zu dem Renovierungsplan zu sagen hat.« Mrs Beetle fuhr sich mit dem Ärmel über die feuchten Schläfen, ehe sie sich daranmachte, das Geschirr einzusammeln und zur Spüle zu tragen.

»Nun, ich hoffe, das Ergebnis wird ihr gefallen«, entgegnete ich und setzte ein professionelles Lächeln auf. Danach stand ich auf und unternahm einen Rundgang durch die Küche. »Stört es Sie, wenn ich mir ein paar Maße notiere?« Ich hatte gerade meinen Zollstock aus dem Koffer genommen, als Watkins zurückkehrte und verkündete, im Keller befinde sich kein Hund. Nachdem er die Tür erneut versperrt und den Schlüssel in seiner Tasche verstaut hatte, hängte er die Jacke am Haken einer Nische auf, die fast aufs Haar derjenigen bei der Hintertür von Merlin's Court glich.

»Wenn Sie mir eine Tasse Tee reichen würden, Mrs Beetle, wäre das sehr freundlich. Ich werde mich dann ins Anrichtezimmer begeben, um das geputzte Silber einzuräumen.« Watkins bedachte Mrs Malloy und mich mit einem milden Blick. »Es sei denn, die beiden Damen bedürfen meiner Hilfe.«

»Danke, wir kommen zurecht«, antwortete ich.

»Lassen Sie sich durch uns von nichts abhalten«, zirpte Mrs Malloy. »Schade, dass wir nicht zusehen können, wie ein so kräftiger Mann seine Arbeit verrichtet.« Sie linste kokett unter ihrem Hut hervor und schaute ihm schmachtend hinterher. Ich fand, es war höchste Zeit, Mrs Beetle wieder ihren Kochkünsten zu überlassen. Nachdem ich mich für Kuchen und Tee bedankt hatte, taxierte ich die Küche mit sachkundigen Blicken und erklärte, meine Partnerin und ich würden erst unsere Vision für die notwendigen Veränderungen besprechen, ehe wir die Maße aufnähmen.

»Die Integrität der Strukturen ist nämlich unser Credo«, fügte Mrs Malloy so großspurig hinzu, als wäre das seit langem ihre Devise und keineswegs eine Formulierung, die sie erst vor kurzem aufgeschnappt hatte. Ehe sie noch mehr in der Art von sich geben konnte, wurde sie allerdings von Mrs Beetle unterbrochen, die entgegnete, sie glaube kaum, dass von den Bewohnern von Schimmelturm viel Integrität zu erwarten sei.

»Gut, dass Sie das erwähnen«, erwiderte meine Partnerin eifrig. »So was beeinflusst nämlich die Farbgebung und … die Vorhänge. Nicht wahr, Mrs H.? Es gibt Rottöne und Stoffe, insbesondere Satin, die das Tier im Menschen wachrufen. Ich entsinne mich da an einen meiner früheren Ehemänner …« Mrs Malloys Augen hatten einen versonnenen Ausdruck, und ich muss zugeben, dass es mir selbst kaum anders erging, denn mir fiel gerade Tante Lulu ein, die Rosarot bevorzugte und behauptete, die Farbe inspiriere sie beim Stehlen. Mrs Beetle nahm Mrs Malloys Ausführungen indes stumm zur Kenntnis. Bestimmt war ihr inzwischen eingefallen, dass die katholische Kirche etwas gegen üble Nachrede und Bestechlichkeit einzuwenden hatte. Dennoch versprach ich liebenswürdig, ihr beim nächsten Besuch eine Erstausgabe der *Küche der Edwardianischen Dame* mitzubringen.

Mrs Beetle lächelte verschämt. »Oh, nein! Das wäre wirklich zu viel. Aber … was meinen Sie, könnte Ihr Mann vielleicht … würden Sie Ihren Mann vielleicht …, würde er auch seinen Namen reinschreiben?«

»Aber mit dem größten Vergnügen.«

»Und wenn er vielleicht … nicht einfach nur seinen Namen, sondern auch … ›Für Tina‹ dazuschreiben würde?«

Ich versicherte ihr, das würde Ben nicht das Geringste ausmachen, und fragte dann, ob wir das Haus am besten durch die Hintertür verließen, um zu Mrs Hastys Cottage zu gelangen.

Mrs Beetle nickte. »Das Cottage befindet sich unten am Park, was nicht ganz so nah ist, wie es sich anhört. Das Grundstück ist groß, und zuerst müssen Sie das Wäldchen durchqueren. Wenigstens regnet es im Moment nicht, aber es sieht aus, als könnte es gleich losgehen.« Mrs Beetle schien noch immer an die Erstausgabe nebst Widmung zu denken und begleitete uns aufgeregt nach draußen. »Wir möchten etwas über die Möbel aus früheren Zeiten in Erfahrung bringen, an die Lady Krumley sich erinnert. Die Lady glaubt, Mrs Hasty wüsste vielleicht, ob sich das ein oder andere Stück noch auf dem Speicher befindet.« Die Lüge kam mir so glatt über die Lippen, dass daran nicht nur die katholische, sondern auch die anglikanische Kirche Anstoß genommen hätte. Mir drängte sich die Vorstellung auf, wie Kathleen Ambleforth sich mit Gott dem Herrn über mich unterhielt und ihn beschied, nach ihrer unmaßgeblichen Meinung verdiene ich die Möbel aus Bens Arbeitszimmer nicht zurück. Nicht dass sie ihn, Gott, bevormunden wolle, würde sie hinzufügen, doch als Frau eines Vikars wisse sie schließlich besser als jeder andere, dass er überlastet sei und hin und wieder eines handfesten Menschenurteils bedürfe.

»Mrs Hasty ist eine alte Plaudertasche«, drang Mrs Beetles Stimme an mein Ohr. »Für ein paar Lutschbonbons erzählt sie Ihnen alles.« Sie gluckste, verabschiedete sich von uns und kehrte in ihre Küche zurück. Für mich hörte sich das an, als stünden Mrs Malloy und ich im Begriff, einer bereits etwas kindisch gewordenen alten Dame wohl gehütete Geheimnisse zu entlocken. Während wir uns über Steinstufen in den parkähnlichen Garten begaben, in dem zwischen nackten Rabatten unter kahlen Zweigen die Nymphen froren, äußerte ich mich in diesem Sinn Mrs Malloys gegenüber. Sie beschuldigte mich, ich würde niemals die erforderliche Härte für den Beruf einer

Privatdetektivin aufbringen, wenn ich mich weiter in derart rührseligen Gedanken verlor. Ich entschuldigte mich zerknirscht. Stumm setzten wir unseren Weg fort und folgten Pfaden, die sich durch eine sanft gewellte Wiesenlandschaft schlängelten, aus der man einen recht anständigen Golfplatz hätte machen können.

Unterdessen wanderten meine Gedanken erneut zu Ernest dem Zweitgärtner. Seltsam, dass ihn kaum jemand erwähnte. Vor meinem geistigen Auge sah ich ihn mit dem Rücken zu mir zwischen den Sträuchern hocken und Unkraut jäten, aber für sein Gesicht fehlte mir jeder Anhaltspunkt. Vielleicht war es an der Zeit, ihn in unsere Nachforschungen einzubeziehen und ihm klarere Konturen zu verleihen. Vor uns sah ich das Wäldchen liegen, das unter dem verhangenen Himmel düster und unheimlich wirkte. Durch die vom Wind gepeitschten Zweige konnte man das Cottage erkennen. Mrs Malloy und ich blieben stehen, und irgendwie glichen wir Hänsel und Gretel. Vielleicht würden wir gleich an einer Tür anklopfen, hinter der das Böse lauerte und honigsüße Worte uns auf falsche Fährten lockten, bis wir die Wahrheit wie Brotkrumen unter unseren Füßen zertreten hätten.

14

Beim Anblick des Ziehbrunnens neben dem Cottage verstärkte sich mein Verdacht, dass wir uns in einem gruseligen Märchenwald befanden, und ich wollte mir bereits Vincents schreckliches Ende ausmalen. Dazu kam es aber nicht, denn bereits beim ersten Bild begann mein Hirn zu streiken. Meine Begleiterin war jedoch weniger zimperlich.

Mrs Malloy lief auf den Brunnen zu, beugte sich über den Rand, richtete sich auf und schüttelte mehrmals den Kopf. Ich erwartete, dass sich ihr Hut plötzlich zu den Klängen von Leierkastenmusik im Kreis drehen würde. Zögernd begab ich mich zu ihr. »Falls er tatsächlich aus Versehen in die Tiefe gestürzt ist«, erklärte sie, »muss er sich auf den hölzernen Rand gekniet haben, um nachzuschauen, ob sein Hund da unten liegt. Anders ergibt das keinen Sinn. Wenn er vor dem Brunnen gestanden und ihn jemand gestoßen hätte, wäre er bestenfalls gegen den Brunnenrand gefallen, aber nicht hinein. Der Brunnen ist zwar nicht klein, aber ein Swimmingpool ist er auch nicht. Damit will ich sagen, dass, wenn es ein Mord war, jemand mit dem armen Schlucker gerungen haben muss, jemand, der ihn dann über Bord geschafft hat.«

Ich wandte mich zu dem Cottage um. »Oder aber jemand hat so getan, als wollte er ihm bei der Suche helfen. Jemand, der Vincent ermuntert hat, sich auf den Rand zu knien und in die Tiefe zu spähen, um ihm dann einen Stoß zu versetzen.«

»Sie nehmen mir das Wort aus dem Mund.«

»Die Frage ist nur, ob der Hund zufällig ins Freie gelaufen ist oder ob man ihn als Teil des Plans nach draußen gelockt hat.«

»Genau meine Rede.«

»Hat der Mörder den Hund vielleicht irgendwo angebunden, so dass man ihn zwar wie verrückt bellen hörte, ihn aber nirgendwo entdecken konnte? Und zwar hier in der Nähe, so dass Vincent Krumley sich zwangsläufig dem Brunnen genähert hat?«

»Sag ich doch!« Hocherhobenen Hauptes folgte Mrs M. dem schmalen Pfad, der an kleinen Rasenflächen entlang zum Eingang des Cottage führte. Das Cottage selbst war entzückend, ein mit Reet gedecktes Häuschen mit Mauern aus Feldstein und unterteilten Fensterchen. Mrs Malloy konnte jedoch nicht umhin, die Vision eines finsteren Sensenmannes heraufzubeschwören. »Der arme alte Mr Vincent wurde wie ein Lamm zur Schlachtbank geführt«, bemerkte sie.

Und bestimmt hätte sie ihre Eindrücke gern noch ein wenig ausgeschmückt. Doch noch ehe ich den Türklopfer bedienen konnte, öffnete sich die Tür, und wir sahen uns einer hoch gewachsenen, schlanken Frau gegenüber, das dichte kupferrote Haar in Zöpfen um den Kopf geflochten. Ich kam zu dem Schluss, dass sie Mitte bis Ende dreißig war und wir es insofern kaum mit Mrs Hasty zu tun haben konnten, es sei denn, sie hatte sich als Testperson für Verjüngungspillen zur Verfügung gestellt. Ihren Zügen ließ sich unschwer entnehmen, dass sie uns für Zeugen Jehovas oder Hausierer hielt. Selbst als ich uns vorgestellt und erklärt hatte, aus welchem Grund wir Mrs Hasty besuchen wollten, blieb sie skeptisch und musterte uns eingehend. Dann erst trat sie einen Schritt zurück und gestattete uns, die winzige Diele zu betreten.

»Wann, sagten Sie, haben Sie zuletzt mit Lady Krumley gesprochen?«, fragte sie argwöhnisch und schien gewillt, einen Schirm aus dem Messingständer zu reißen und uns umgehend nach draußen zu prügeln, falls wir die falsche Antwort gaben.

»Gestern. Und zwar im Krankenhaus. Es war ein Beratungsgespräch wegen der neuen Innenausstattung.«

»Welchen Eindruck hatten Sie von ihr?« Der Blick aus ihren haselnussbraunen Augen durchbohrte mich.

»Einen gar nicht so schlechten«, erwiderte ich vorsichtig. »Immerhin bestand sie darauf, dass wir sie besuchen.«

»Fürchterlich deprimierend, solche Krankenhäuser. Und überhaupt der schlimmste Ort, wenn man sich nicht wohl fühlt«, schaltete Mrs Malloy sich ein, ehe ich mich weiter äußern konnte. »Wir haben dort auch Mr Edmonds getroffen, den Neffen ihrer Ladyschaft. Leider hat seine Frau unterdessen den Wagen geparkt, so dass uns das Vergnügen, sie kennen zu lernen, erst vorhin zuteil wurde. Oh, und auch der Freund von Lady Krumley war erschienen. Der Herr Vikar. Wie Sie sehen, hat ihre Ladyschaft den Tag also keineswegs mutterseelenallein auf der Bettpfanne verbracht.« Als Mrs Malloy klar wurde, dass dieser letzte Satz leicht unpassend gewesen sein könnte, zeigte sie ihr Schmetterlingslächeln und ergänzte: »Und selbst dann hätte sie noch eine gute Figur gemacht. Diese einwandfrei aufrechte Haltung wird dem Adel ja förmlich eingeimpft und in gewissen Momenten trägt das zweifellos Früchte.«

Steif erwiderte die Frau: »Der Herr Vikar begegnet Lady Krumley mit Anstand und Respekt. Sie wird seinen Besuch als tröstlich empfunden haben. Hat Lady Krumley Ihnen berichtet, was vorgestern Abend hier vorgefallen ist?«

Mrs Malloy und ich antworteten gleichzeitig, dass wir von dem tragischen Todesfall unterrichtet waren.

»Bei dem Toten handelte es sich um Mr Vincent Krumley«, wurden wir belehrt. »Ein Mitglied der Familie.«

»Und Sie? Sind Sie ebenfalls ein Mitglied der Familie?«, erkundigte sich Mrs Malloy und schaute geflissentlich auf einen kleinen Tisch neben der Treppe, als würden er und die Vase darauf ihr die Antwort liefern.

»Ich bin Lauren Phillips, das Mädchen ihrer Ladyschaft«, sagte sie streng. Sie hatte die Arme über der grauen Bluse und Strickjacke verschränkt. Darunter trug Mrs Phillips einen kohlschwarzen Rock, der sowohl ihre Uniform als auch ihre ganz normale Tageskleidung sein konnte. »Die Stelle ist neu für mich, aber die Umgebung nicht. Ich habe die meiste Zeit meines Lebens hier im Dorf verbracht.«

»Ach! Dann sind das ja Sie, die die verlorene Brosche entdeckt hat!«, rief Mrs Malloy begeistert, und ich wünschte, ich hätte ihr noch rechtzeitig warnend auf den Fuß treten können. Stattdessen versuchte ich mein Bestes, um die Situation zu retten.

»Lady Krumleys Gedanken sind während der Unterhaltung ein wenig abgeschweift … vermutlich eine Folge des Unfalls und der Arzneien, die man ihr verabreicht hat; wahrscheinlich ist ihr die Brosche eingefallen, weil wir auf die Umgestaltung ihres Schlafzimmers zu sprechen kamen. Dort wurde das Schmuckstück ja gefunden. Die meiste Zeit äußerte sich ihre Ladyschaft allerdings vollkommen klar und zusammenhängend, so zum Beispiel, als sie darum bat, wir möchten uns wegen gewisser Möbelstücke, die sie gern wieder benutzen möchte, an Mrs Hasty wenden.«

»Dann ist es wohl kaum an mir, Ihnen das zu verbieten. Ich hoffe allerdings, dass Sie nicht vorhaben, Mrs Hasty aufzuregen.« Mrs Phillips klassisch schöne Züge wurden nun weicher. »Mrs Hasty ist nämlich eine herzensgute Seele, die sich mir gegenüber stets wie eine liebevolle Tante verhalten hat. Und das bedeutet mir, die ich als Kind von Pontius zu Pilatus gereicht wurde, wirklich einiges. Kommen Sie, ich führe Sie zu ihr.« Sie öffnete eine Tür zu ihrer Rechten und dirigierte uns in ein Zimmerchen. Mein Blick erfasste einen Kamin, in dem ein gemütliches Feuer brannte, und einen Sims mit einer langen Reihe bunter Porzellanfigürchen. Der Raum war ein wenig überladen, wirkte aber freundlich und behaglich wie ein Katzenkörbchen. Und tatsächlich trat eine Katze in Erscheinung, groß und braun-schwarz getigert, vermutlich eine Verwandte derjenigen aus der Küche. Sie sprang auf den Schoß einer älteren Frau, die auf einem altmodischen Zweiersofa saß, und rollte sich in der gehäkelten Decke ein, die über deren Knie gebreitet war. Es war eine Szene wie aus einem Märchenbuch. Doch die zierliche, weißhaarige Person auf dem Sofa hatte hellblaue Augen mit einem kindlichen Ausdruck und ähnelte mitnichten einer bösen Hexe.

»Wen bringst du mir denn da, Laureen?«, erkundigte sie sich eifrig. »Sind das Reporterinnen? Möchten die Damen erfahren, wie ich die Leiche entdeckt habe? Ach herrje!, und ich bin nicht einmal richtig frisiert! Aber vermutlich will man mich auch gar nicht fotografieren.« Das klang durchaus ein wenig enttäuscht.

»Nichts dergleichen, Mrs Hasty.« Laureen Philips trat zu ihr, um die Häkeldecke zurechtzuzupfen. »Die beiden Damen sind Innenarchitektinnen und wurden von Lady Krumley gebeten, das Herrenhaus zu renovieren. Sie möchten sich lediglich nach einigen Möbelstücken erkundigen, an die Sie sich vielleicht noch erinnern. Offenbar hat Lady Krumley es sich in den Kopf gesetzt, das ein oder andere wieder zu benutzen, falls überhaupt noch etwas existiert.« Die haselnussbraunen Augen blickten nachdenklich, als sie hinzufügte: »Obwohl man dazu ja eigentlich nur auf den Speicher steigen und nachsehen müsste.«

»Oh, zuweilen geht es schneller, wenn man zuvor eine Expertin befragt«, gab ich zur Antwort. Ich klang ein wenig bemüht, doch Mrs Hasty schien das nicht so zu empfinden. Sie strahlte über das ganze Gesicht und erklärte, in ihrem Alter freue es einen, von alten Zeiten zu plaudern.

»Wie sagten Sie, lauten Ihre Namen?«, erkundigte sie sich.

Mrs Malloy und ich stellten uns vor und leisteten ihrer Aufforderung Folge, in den Sesseln ihr gegenüber Platz zu nehmen. Laureen Phillips bedachte uns mit einem letzten forschenden Blick, ehe sie verkündete, sie würde sich nach oben begeben, um ein wenig aufzuräumen und anschließend ins Herrenhaus zurückkehren.

Nachdem sich die Tür hinter ihr geschlossen hatte, bemerkte Mrs Hasty: »Ein liebes Mädchen. Sie könnte durchaus irgendwo eine gute Stelle bekleiden. Ich weiß nicht, warum sie es nicht tut.« Sie begann, den Katzenkopf auf ihrem Schoß zu kraulen. »Heutzutage gibt es nicht mehr viele junge Leute, die noch als Dienstboten arbeiten möchten. Selbst als ich jung war, haben die meisten derlei bereits abgelehnt. Bei mir war das etwas anderes. Ich bin im Dorf groß geworden und wollte nicht fort. Ich hatte auch keine Lust, Geld für den Bus auszugeben und täglich nach Mucklesby oder in eine andere Stadt zu fahren, nur um dort in einem Laden zu stehen und zu bedienen. Nicht, solange ich nur fünf Minuten bis Schimmelturm laufen musste und am Ende der Woche denselben Lohn in der Tasche hatte. Und wie meine Mutter schon immer sagte, es ist keine Schande, bei anderen Leuten im Haus zu arbeiten.«

»Da hat sie ein wahres Wort gesprochen«, erwiderte Mrs Malloy mit der Größe, die der Präsidentin des Putzfrauenvereins von Chitterton Fells anstand. »Lady Krumley hat angedeutet, dass Sie im Haus als Stubenmädchen angefangen haben«, setzte sie schlau hinzu.

»Ach wo.« Mrs Hasty schüttelte den Kopf. »Ich war eins der Küchenmädchen.«

»Ja, in der Tat …« Ich brach ab, weil mir der Gedanke, diese reizende alte Dame an der Nase herumzuführen, mit einem Mal unerträglich war. Das hier war etwas anderes, als Niles und Cynthia Edmonds oder auch Mrs Beetle durch Lügen Informationen zu entlocken. Diese liebe alte Dame mit dem Stiefmütterchengesicht hätte unsere Großmutter sein können. Es half auch nichts, dass ich mir vor Augen führte, der Zweck heilige die Mittel. Immerhin gelang es mir hinzuzufügen: »Jetzt fällt es mir wieder ein. Lady Krumley hat auch noch ein anderes Stubenmädchen erwähnt, jemanden namens Flossie Jones, glaube ich.«

»Das ist richtig! Flossie Jones war das Stubenmädchen.« Mrs Hastys Augen leuchteten. »Sie haben nicht zufällig ein Bonbon dabei?«, fragte sie. »Ich fürchte, ich bin noch immer eine schreckliche Naschkatze. Komischerweise mache ich mir aber nichts aus Schokolade. Am liebsten mag ich Lutschbonbons.«

»Na, da haben Sie aber Glück.« Mrs Malloy griff in ihre Handtasche, zückte die Tüte mit den Zitronenbonbons, stöckelte zu Mrs Hasty und überreichte sie ihr. Die alte Dame kramte ein wenig, ehe sie sich für ein Bonbon entschied und es sich genüsslich in den Mund steckte. Durch das Knistern des Papiers war die Katze aufgestört worden. Sie räkelte sich und gähnte herzhaft, ehe sie sich wieder auf der gehäkelten Schoßdecke zusammenrollte. Auf der Vitrine mir gegenüber stand eine Uhr aus den Vierziger Jahren, und Mrs Hasty lutschte ihr Bonbon zufrieden im Einklang mit deren Ticken. Mrs Malloy war zu ihrem Sessel zurückgekehrt, schlug ihre Beine mal so und dann wieder anders übereinander und klimperte ungeduldig mit den Wimpern. Ich fand allerdings, es wäre ein Fehler, Mrs Hasty zu drängen. Nach geraumer Weile angelte sie sich gemächlich das nächste Bonbon aus der Tüte und griff unseren Gesprächsfaden wieder auf.

»Flossie Jones«, begann sie. »Ja, an die erinnere ich mich noch gut. Sie nahm ihre Arbeit kurz vor meiner Hochzeit auf. Damals war ich schon fast dreißig und Flossie dürfte so um die fünfundzwanzig gewesen sein. Ich weiß noch, dass ich mich gewundert habe, weil sie keinen Ring am Finger trug. Sie war nämlich sehr hübsch. Eines Tages fragte ich sie danach, doch da lachte sie und erklärte, sie würde auf einen warten, der eine dicke Brieftasche besäße und mit einem Bein bereits im Grab stünde. Tja, um den Brei herumgeredet hat unsere Flossie nie.«

»Lebt sie noch hier in der Gegend?«, erkundigte ich mich und kam mir vor wie eine Betrügerin übelster Sorte.

Mrs Hasty verneinte kopfschüttelnd und bonbonlutschend.

»Zu dumm!«, bemerkte Mrs Malloy. »Wir hatten nämlich gehofft, nur für den Fall, dass Sie nicht mehr wissen, was aus den Möbeln geworden ist, dieses Mädchen ... Flossie könnte uns womöglich weiterhelfen.«

»Flossie Jones«, wiederholte Mrs Hasty und sog versonnen an ihrem Bonbon. »Seit Jahren habe ich nicht mehr an sie gedacht.«

»Manche Menschen verliert man einfach aus den Augen.« Ich war mir nicht sicher, ob das nur abgedroschen oder aber platterdings hohl war. Mrs Malloy hob eine gemalte Braue und setzte eine genervte Miene auf, als ich die Möbelstücke beschreiben wollte, die wir angeblich aufspüren sollten. Das hätte sie sich sparen können, denn Mrs Hasty war offenkundig daran gelegen, ihren Erinnerungen an ihre frühere Kollegin noch eine Weile nachzuhängen.

»Sie ist schon vor Urzeiten gestorben, die arme.«

»Was Sie nicht sagen!« Mrs Malloy ließ die Ringe an ihren Fingern aufblitzen und bewunderte den Lichteffekt. »Und trotzdem ist ihr Name pausenlos aufgetaucht, als wir Lady Krumley im Krankenhaus besucht haben.«

»Eigentlich war es ja weder der richtige Zeitpunkt noch der richtige Ort, um uns über die Neuausstattung des Hauses zu unterhalten«, bekräftigte ich und dachte, dass ich nun endlich einmal die Wahrheit sprach. »Doch ihre Ladyschaft hatte uns angerufen und auf einem Termin bestanden. Vielleicht war es ihrem Zustand zuzuschreiben, dass ihre Gedanken gelegentlich in die Vergangenheit schweiften.«

»Ich frage mich aber, warum ihr dabei ausgerechnet Flossie Jones in den Sinn gekommen ist.« Für ihre Unschuldsmiene hätte Mrs Malloy einen Oscar verdient.

»Es hing irgendwie mit einer Brosche zusammen …« Ich hielt inne, weil mir bewusst wurde, dass ich immer heimtückischer wurde und weil ich draußen in der Diele ein Knarren vernommen hatte. Ob Laureen an der Tür stand und lauschte? Befand sich außer ihr noch jemand im Haus? Was für ein alberner Gedanke. Es war doch allgemein bekannt, dass alte Häuser Selbstgespräche führen. Dennoch fröstelte ich bei dem Gedanken, dass jemand – jemand, der bereits einen Mord begangen hatte – mich und Mrs Malloy definitiv nicht für diejenigen hielt, als die wir uns ausgaben.

Zum Glück schien Mrs Hasty nicht misstrauisch veranlagt zu sein. »Das mit der Brosche ist kein Wunder«, sagte sie. »Die Brosche ist nämlich vor ein paar Tagen wieder aufgetaucht, fast vierzig Jahre nachdem sie verschwunden war. Laureen hat sie gefunden, und zwar hinter der Scheuerleiste im Schlafzimmer ihrer Ladyschaft.«

»Ein Wunder!« Der Ausruf von Mrs Malloy war wie ein Echo von meinem.

»Vielleicht.« Mrs Hasty schob sich ein weiteres Zitronenbonbon in den Mund. »Für ihre Ladyschaft war es gewiss wie ein Wunder, die Brosche wiederzuerlangen, aber für Flossie kam das Wunder zu spät. Sie wurde nämlich entlassen, weil man dachte, sie hätte die Brosche gestohlen. Und kurz darauf ist sie gestorben. Daran darf man gar nicht denken. Jedenfalls war es kein Wunder, dass ihre Ladyschaft kurz darauf einen Herzanfall bekommen hat. Wahrscheinlich hat sie sich die schlimmsten Vorwürfe gemacht. Aber wenn Sie mich fragen, hat diese Schlange von Mrs Snow das Unheil angerichtet. Sie hat das Feuer geschürt, weil sie Flossie Jones von Anfang an nicht mochte.«

»Mrs Snow?« Ich lauschte angestrengt nach draußen, doch aus der Diele war kein Laut zu vernehmen.

»Sie war damals die Wirtschafterin.« Mrs Hasty strich der Katze über das Rückenfell. »Eine stattliche Erscheinung, immer geschäftig und immer in Schwarz. Ob sie je verheiratet war, weiß ich nicht. Soweit ich weiß, war von einem Mr Snow nie die Rede. Sie kümmerte sich um einen Neffen … Arthur oder Archibald …, dem sie das Internat bezahlte. Ich habe den Jungen immer bedauert und mir überlegt, welche Gegenleistung er ihr dafür später wohl erbringen musste. Trotzdem wurde man es leid mit anzuhören, wie gescheit der Junge war und wie fix er Dinge im Kopf ausrechnen konnte. Flossie und ich haben uns manchmal darüber lustig gemacht. Aber so war Mrs Snow. Sie hat in jedem das Schlechte zum Vorschein gebracht. Außerdem hat sie Lady Krumley mit ihren bösen Verdächtigungen gequält und argwöhnisch gemacht, was Flossie betraf ... und ihr ... dies und das eingeflüstert.« Mrs Hasty seufzte. Das Funkeln in ihren blauen Augen verblasste.

»Schon bevor die Brosche verschwand?«, half ich ihr nach.

»Nun ja, Flossie wusste, wie man Männer behandelt. Und das hatte sie nicht nur ihrem Aussehen zu verdanken. Sie konnte sie um den kleinen Finger wickeln ... wie eine Schmusekatze. Ernest der Zweitgärtner war furchtbar vernarrt in sie und dachte, sie würde ihn heiraten. Dabei habe ich ihm mehr als einmal gesagt, er dürfe Flossie nicht ernst nehmen. Denn Flossie kokettierte zwar gern, aber sie hatte einen klaren Verstand und wusste genau, was sie wollte. Ernest hat nie auf mich gehört. Nicht auf mich und auch nicht auf Mrs Snow, wenn sie davon sprach, dass es auch noch andere gäbe und Flossie nach einem dickeren Fisch Ausschau hielt.«

»Manche Leute treibt der Neid«, entgegnete Mrs Malloy, die sich unter ihrem Hut so rechtschaffen zu empören schien wie jemand aus dem Kirchenvorstand.

»Ich sollte nicht so viel tratschen«, bemerkte Mrs Hasty dann, noch weniger überzeugend als Mrs Beetle. Und fuhr fort, ihre Katze zu kraulen.

»So dürfen Sie das nicht sehen«, tröstete ich sie. »Uns hilft es, ein Gefühl für die Menschen, die das Schicksal des Hauses geprägt haben, zu entwickeln.« Während ich diesen Unfug von mir gab, lauerte ich abermals auf verdächtige Geräusche aus der Diele. Diesmal hätte ich schwören können, dass sich dort jemand auf Zehenspitzen bewegte. Meine Hände wurden feucht und tasteten nach den Armstützen.

»Dazu muss man sagen, dass auch Sir Horace, der verstorbene Herr Gemahl ihrer Ladyschaft, Gefallen an Flossie gefunden hatte. Was nicht heißt, dass da etwas Unerlaubtes geschah. Als Flossie erzählte, sie wäre in anderen Umständen, kam für mich nur Ernest in Frage, der ja auch gleich bekannte, Vater des Kindes zu sein.«

»Und was dachte Mrs Snow?«, erkundigte ich mich.

»Sie machte weiter Andeutungen und streute viel sagende Blicke um sich. Ach, die arme Lady Krumley! Sie hat mir damals Leid getan. Denn wenn man einmal misstrauisch geworden ist, wird man das so schnell nicht wieder los. Und als sie dann ihre Brosche vermisst hat … Kann man es denn einer Ehefrau, selbst wenn sie eine Ladyschaft ist, verdenken, dass sie die Gelegenheit genutzt hat, um eine hübsche junge Frau loszuwerden, von der sie glaubte, sie hätte ihren Mann verführt? Mrs Snow hatte Lady Krumley ja erzählt, sie hätte Flossie aus einem gewissen Zimmer kommen sehen, in dem sie nichts zu suchen hatte. Mit einem Mal wirkte alles furchtbar verdächtig. Und als Flossie niemandem erklären wollte, weshalb sie dort gewesen war …« Für einen Moment schien Mrs Hastys Überzeugung ins Wanken zu geraten, doch dann setzte sie entschlossen hinzu: »Wie auch immer, sie hat nur geschwiegen, weil ihr Stolz verletzt war und sie Lady Krumleys Beschuldigungen als ungerecht empfand.«

»Wirklich traurig, wie manche Menschen ihre Dienstboten behandeln«, beteuerte Mrs Malloy mit einem vorwurfsvollen Blick in meine Richtung. »Bestimmt musste sie umgehend ihre Siebensachen packen.«

»Innerhalb einer halben Stunde war sie durch die Tür.« Mrs Hasty sah sich gezwungen, sich ein weiteres Zitronenbonbon zu Gemüte zu führen.

»Hat sie Ernest denn dann geheiratet?« Mittlerweile hätte auch ich nichts gegen etwas Süßes einzuwenden gehabt.

»Ach wo. Ich glaube, durch die Aufregung ist Flossie aus dem Gleichgewicht geraten. Sie wollte absolut nichts mehr von Ernest wissen und er war am Boden zerstört. Ein paar

Monate ist er noch in Schimmelturm geblieben ... vielleicht war es sogar noch ein Jahr, aber seine Arbeit hat gelitten. Er hat zu oft im Pub Trost gesucht, und zum Schluss hat man ihn entlassen. Ich habe immer gehofft, dass er sich mit der Zeit wieder erholt und ein Mädchen findet, das ihn gern hat, denn unansehnlich war er nicht. Er besaß die schönsten und dichtesten rot-braunen Locken, die ich je an einem Mann gesehen habe. Damit fiel er wirklich auf. Auf dem Kopf meines Mannes dagegen sah es eher dürftig aus, der Himmel sei ihm gnädig.«

»Hat Ihr Mann ebenfalls in Schimmelturm gearbeitet?«, fragte ich interessiert.

»Nein. Mr Hasty war unser Milchmann. Er verdiente gut, hatte aber dennoch nichts dagegen, dass ich nach unserer Hochzeit weiterarbeitete, zumal uns keine Kinder beschert waren. Als Mrs Snow sich zur Ruhe setzte, übernahm ich ihre Stelle, und als Mr Hasty vor zehn Jahren von mir ging, hat ihre Ladyschaft mir das Cottage überlassen. Ich komme auch immer noch ein wenig unter die Leute ... alles in allem war es gar kein schlechtes Leben.«

»Was ist denn aus der armen Flossie geworden?« Mrs Malloy wollte das Gespräch eindeutig wieder auf unseren Fall lenken und ich konnte es ihr nicht verdenken. Mittlerweile hielten wir uns seit fast einer Stunde bei Mrs Hasty auf, und Laureen konnte jeden Augenblick ihren Kopf durch die Tür strecken, um zu erfahren, dass wir noch immer nicht beim Thema Möbelstücke angelangt waren.

»Flossie?« Mrs Hasty schien sich allmählich nach einem Nickerchen zu sehnen. »Sie ist in ein kleines möbliertes Zimmer in Mucklesby gezogen. Hathaway Road einundzwanzig.«

»Na, so was nenne ich ein Gedächtnis«, lobte Mrs Malloy.

»Nicht doch. Da wohnt noch eine alte Freundin von mir«,

erklärte Mrs Hasty. »Und jedes Mal, wenn ich sie besuche, muss ich mir eine Träne aus den Augen wischen. Dort hat Flossie nämlich ihr Kind geboren, kurz bevor sie gestorben ist. Das kleine Mädchen wurde zur Adoption freigegeben. Es war alles furchtbar traurig, und ich frage mich oft, ob ich nicht etwas hätte tun müssen, um Flossie zu helfen. Ich habe ihr geschrieben … mehrmals sogar, doch Flossie hat nie geantwortet. Vielleicht war sie zu krank oder wollte mit niemandem von Schimmelturm mehr etwas zu tun haben. Was ich ihr nicht übel nehmen würde.« Mrs Hasty sank nun das Kinn auf die Brust. Doch kurz darauf murmelte sie schläfrig: »Aber um auf die Möbel zurückzukommen …, wonach suchen Sie eigentlich?«

»Nach einem Sekretär aus Rosenholz«, erwiderte ich. »Mit runden Messinggriffen. Lady Krumley glaubt, er hätte in einem der Schlafzimmer gestanden. Außerdem nach einem Eichentisch aus der Bibliothek, mit Löwenfüßen, und einem Herrenkleiderschrank mit Intarsien.«

»An diese Stücke kann ich mich nicht erinnern«, entgegnete Mrs Hasty, was mich nicht überraschte, denn schließlich hatte ich das alles frei erfunden.

»Nun, dann ziehen wir besser los und schauen uns einmal auf dem Speicher um.« Mrs Malloy erhob sich und bedeutete mir mit einer Geste, ihrem Beispiel zu folgen. Flüsternd verabschiedeten wir uns von der leise schnarchenden Mrs Hasty und verließen eilends den Raum. Wir waren im Begriff, durch die Haustür zu verschwinden, als Laureen Phillips die Treppe herunterkam. Gewiss war sie es auch gewesen, welche die Treppe zuvor benutzt hatte, um dieses oder jenes hinauf- und hinunterzutragen. Es war also wirklich lächerlich, kribbelig zu werden und zu vermuten, sie oder jemand anders hätte es darauf abgesehen, unsere Unterhaltung mit Mrs Hasty zu belauschen. Außerdem wirkte Laureen in ihrer grauen Bluse und Strickjacke derart normal und sachlich, dass sie unmöglich in etwas so Abartiges wie einen Mord verstrickt sein konnte. Mrs Malloy würde mir ganz sicher beipflichten, wenn ich ihr erklärte, dass wir unsere Zeit vertaten, wenn wir diese Frau in den Kreis der Verdächtigen aufnahmen und ihr unterstellten, in die Machenschaften von Schimmelturm verwickelt zu sein.

»Einen Moment«, rief Laureen Phillips. »Ob Sie vielleicht noch kurz Zeit für mich hätten?« Sie hielt die Tür auf und folgte uns hinaus auf den Rasenpfad. Ich fand, ihre Frage war höflich und freundlich formuliert, im Gegensatz zu den Sätzen, mit denen sie uns begrüßt hatte. Vielleicht hatte sie ja ein Anliegen in Bezug auf die Einrichtung von Häusern, suchte einen Rat für die Auswahl von Lampenschirmen oder aber einen guten Tipp fürs Tapezieren. Vielleicht wollte sie nochmals beteuern, wie gern sie Mrs Hasty hatte oder auf den Zustand von Lady Krumley zurückkommen. Ich fing jedoch einen Blick von Mrs Malloy auf und konnte nicht umhin, ihr zuzustimmen. Laureen Phillips hatte mitnichten die Absicht, mit uns am Brunnen zu stehen und zu plaudern.

15

Ich habe eine Weile oben in Mrs Hastys Schlafzimmer gesessen und überlegt, wie ich die Sache geschickt angehe«, begann Laureen Phillips. »Und dann habe ich mich entschieden. Am besten sagt man die Dinge frei heraus.«

»Welche Dinge?«, krächzte ich, weil der Wind mir die Worte in meine Kehle zurückblies. Mrs Malloy, die so tat, als merke sie nicht, dass ihr Hut von schief nach schräg geweht wurde, wiederholte meine Frage liebenswürdigerweise.

»Ich weiß, dass Sie nur vorgeben, Innenarchitektinnen zu sein«, erklärte Laureen Philipps.

»Das ist ja wohl die Höhe!« Mrs Malloy plusterte sich dermaßen auf, dass sich der Windwirbel um uns herum verstärkte. »Vielleicht sollten Sie sich mit Ihrem Allerwertesten mal auf die Couch eines Psychiaters begeben. Anderen Leuten zu misstrauen ist nämlich eine Krankheit, die heute kursiert. Paranoia nennt man das! Und nur zu Ihrer Information: Meine Partnerin und ich besitzen riesengroße Diplome, die uns die K.A.D.K. verliehen hat.«

»Das steht für Königliche Akademie der darstellenden Künste«, kommentierte Mrs Phillips.

»Ebenso wie für dekorative Künste«, erwiderte Mrs Malloy mit hocherhobenem Kopf und auf Zehenspitzen, um ihren Hut von der Gartenlaterne vor dem Cottage herunterzuangeln. Ihr blonder Schopf darunter war flach gedrückt worden und schmiegte sich wie eine Badekappe an, so dass ihr Gesicht nur noch aus nachgemalten Brauen und feuerrotem Lippenstift zu bestehen schien. Da ich vermutlich so aufgewühlt und zerrupft wirkte, wie ich mich fühlte, gab es nur eine unter uns, die gepflegte Gelassenheit ausstrahlte.

»Zufällig habe auch ich meine Ausbildung an der K.A.D.K. genossen«, informierte uns Mrs Phillips. »Und anschließend habe ich etliche Jahre auf der Bühne gestanden. Und selbst wenn man als Schauspielerin nicht unbedingt Reichtum und Berühmtheit erlangt, so lernt man zumindest, die Komödien anderer zu durchschauen.«

»Zufällig bin ich aber Innenarchitektin«, entgegnete ich trotzig.

»Mag sein. Aber das führt weder Sie noch Ihre Kollegin nach Schimmelturm.«

»Donnerwetter! Weswegen sind wir denn dann hier, Fräulein Schlaumeier?«, erkundigte sich Mrs Malloy, während sie den zurückeroberten Hut in Fasson klopfte.

»Wie wär's, wenn ich mir einfach mal ein kleines Drehbuch für Sie ausdenke?«, schlug Laureen vor. Da sie offenbar im Begriff stand, vertraulich zu werden, entschied ich mich, sie im Geist bereits bei ihrem Vornamen zu nennen. »Vor ein paar Tagen hat Lady Krumley ihren Wagen benutzt, um fortzufahren. Etwas, das sie seit Jahren nicht mehr getan hatte. Daraus könnte man schließen, dass sie ein Ziel ansteuerte, von dem niemand wissen sollte. Als ihr Neffe, Niles Edmonds, den Sie bereits kennen gelernt haben, kurz vor ihrem Aufbruch einen Asthmaanfall erlitt, regte Lady Krumley sich furchtbar auf. Da besagter Neffe derlei Anfälle jedoch häufig erleidet, stellt sich die Frage, ob Lady Krumley sich tatsächlich wegen des Asthmaanfalls aufregte oder weil sie befürchtete, zu spät an ihr Ziel zu gelangen. Können Sie mir bis dahin folgen?«

»Ebenso könnte man sich fragen«, ergänzte ich in dem Tonfall und der Art, deren sie sich befleißigt hatte, »ob Mr Edmonds einen Verdacht in Bezug auf ebenjenes Ziel hegte und sie vom Erreichen desselben abhalten wollte.«

»Welch eine interessante Überlegung! Ich gratuliere. Sie hören sich an wie der Detektiv in dem Stück, in dem ich zuletzt aufgetreten bin. Was meinen Sie? Ob das ein Zufall ist? Oder wollte Lady Krumley sich zu einem Treffen mit einem Privatdetektiv begeben? Oder noch besser: zu einem Treffen mit zwei Privatdetektivinnen?«

»Du liebe Zeit!« Mrs Malloy hatte sich den Hut auf dem Kopf zurechtgerückt und wirkte wieder kampfbereit. »Machen Sie immer einen solchen Aufstand, wenn ihre Ladyschaft sich mal wohin begibt? Kein Wunder, dass die alte Dame Angst hat, einen Fuß vor die Tür zu setzen.« Ich bewunderte sie für ihren Mut, konnte mich aber des Verdachtes nicht erwehren, dass wir uns in diesem Spiel auf der Verliererseite befanden, auch wenn oder gerade weil wir die Regeln gar nicht kannten. Für den Augenblick versuchte ich, den Ball im Auge zu behalten.

»Um auf Mr Edmonds zurückzukommen, warum hätte er sich denn Sorgen machen müssen?« Ich lächelte, um meine Wangen zu glätten, die kurz davor waren, willenlos im Wind zu flappen. Laureen hingegen ließ ihre Arme locker an den Seiten baumeln und schien über den Einfluss jedweder Naturgewalt erhaben.

»Er ist ein nervöser Typ. Vermutlich weil er als Kind sein Kinderzimmer samt Eltern in die Luft gejagt hat.«

»So sind Jungen nun einmal«, sagte Mrs Malloy leichthin. »Ich weiß, wie das ist. Fast hätte ich nämlich mal so einen verrückten Tüftler geheiratet.« Sie gestattete sich ein liebevolles

Lächeln. »Das war Chemie pur! Da sind die Funken nur so geflogen!«

»Humor kann nie schaden«, entgegnete Laureen spitz. »Und in Ihrem Metier können Sie den gewiss gut gebrauchen.« Sie hielt inne, doch da weder ich noch Mrs Malloy eine Antwort parat hatten, fuhr sie fort: »Soweit ich weiß, befasst sich Mr Edmonds vorrangig mit drei Dingen: Er achtet auf seine Gesundheit, versucht seiner Frau aus dem Weg zu gehen und regelt die Geschäfte seiner Tante Maude.«

»Das heißt, er frisiert die Bilanzen«, ergänzte Mrs Malloy, die gern unter Beweis stellte, dass sie kleine Andeutungen aufzugreifen verstand.

»Ich arbeite hier als Hausmädchen, nicht als Spionin.« Laureen wedelte hochmütig mit der Hand. »Ich schnüffle nicht in Privatdokumenten herum und horche auch nicht an Türen…, es sei denn, moralische Erwägungen zwingen mich dazu.«

»Wie vorhin im Cottage von Mrs Hasty?« Ich blickte ihr fest in die Augen.

»Was wollen Sie damit sagen? Ich bin erst die Treppe heruntergekommen, als ich hörte, dass Sie das Haus verlassen wollten. Aber es ist jetzt genug mit dem Theater.« Bis auf das kurze Handwedeln hatte Laureen ihre Haltung nicht verändert. »Sie beide wissen, was Lady Krumley an jenem Tag auf dem Herzen hatte. Sie ist nämlich losgefahren, um Sie aufzusuchen. Wir haben den Fehler begangen, ihren Privatdetektiv für männlich zu halten. Doch über das, was den Gefühlstumult ihrer Ladyschaft ausgelöst hat, herrscht keinerlei Zweifel. Das war dem Auftauchen der elenden Brosche zu verdanken.«

»Die immerhin von Ihnen entdeckt wurde!«, schleuderte Mrs Malloy Laureen entgegen, ehe sie mich zerknirscht anblickte. »Da! Nun ist es passiert, Mrs H. Nun weiß sie, dass Lady Krumley bei uns war, um uns alles zu erzählen.«

»Sie haben die Brosche vorhin schon erwähnt, insofern …«

»Oh, verflixt! Und ich dachte schon, unsere Tarnung wäre aufgeflogen! Tschuldigung. Jetzt ist es endgültig zu spät.«

»Es gibt da etwas, das Lady Krumley Ihnen nicht erzählt hat.« Laureen warf einen Blick zu dem Wäldchen hinüber und wirkte erstmalig beunruhigt. Dabei war es im höchsten Maße unwahrscheinlich, dass jemand, der dort lauschte, auch nur ein einziges Wort verstehen konnte. Wir befanden uns dicht am Cottage, und die ersten Bäume standen gut dreihundert Meter entfernt. Selbst ohne den Wind wären wir vor Mithörern sicher gewesen. Überdies hielten wir uns sichtbar im Freien auf, was kaum auf den Austausch düsterer Geheimnisse schließen ließ. Und dennoch war ich erleichtert, dass Laureen ihre Stimme senkte. »Sie hat es Ihnen nämlich nicht erzählen können, weil ich ihr es nicht erzählt habe, und zwar, dass …«

»Was?«, flüsterten Mrs Malloy und ich.

»Dass die Brosche sich, bis sie entdeckt wurde, gar nicht hinter der Scheuerleiste befunden hat.«

»Sind Sie sicher?« Abermals wurde die Frage im Duett gehaucht.

»Vollkommen.« Laureen berührte die schwere Haarrolle in ihrem Nacken. »An dem Tag war mir eine Haarnadel heruntergefallen und hinter die Scheuerleiste gerutscht. Ich habe mich gebückt und die Leiste danach abgesucht. Die Nadel habe ich gefunden, aber eine Brosche war da nicht. Die hätte ich entdeckt, das weiß ich genau. Ich habe sie ja auch entdeckt – nachdem man sie dort untergebracht hatte, so dass ich sie finden musste.«

Ich knotete den Gürtel meines Regenmantels zu. Er hatte sich gelöst und der Wind blähte mich auf wie einen Ballon. »Warum aber ausgerechnet jetzt? Warum sollte sich jemand diesen Zeitpunkt auswählen, um die Vergangenheit auferstehen zu lassen?«

»Ja, warum nicht sonst wann in den letzten vierzig Jahren?«, bekräftigte Mrs Malloy. Ihre Hand fuhr an den Hut, der sich abermals selbständig machen wollte. »Was ist denn in letzter Zeit anders geworden? Das wäre doch mal interessant zu wissen.«

Erneut huschte Laureens Blick zum Wäldchen hinüber. »Es wäre möglich, dass die Brosche jemandem in die Hände geraten ist. Vor nicht allzu langer Zeit. Man muss herausfinden, wer das war. Danach erfährt man vielleicht, was dieser Jemand sich davon verspricht.«

»Jemand, dem es nichts ausmacht, dass Lady Krumley vor Furcht außer sich gerät.« Mrs Malloy starrte so drohend drein, dass selbst Milch Krugg beeindruckt gewesen wäre.

»Eigentlich schien Lady Krumley mir gar nicht der furchtsame Typ zu sein«, bemerkte ich und rief mir das Gesicht mit den dunklen Augen, den schweren Lidern und der Adlernase in Erinnerung. »Sondern eher eine Frau, die von Reue heimgesucht wird. Insofern würde ich sagen, dass jemand mit ihren Schuldgefühlen sein Spielchen treibt, was ja auch bestens funktioniert. Immerhin ist Lady Krumley fest entschlossen, alles zu unternehmen, um Flossies Kind ausfindig zu machen. Aber warum? Warum könnte ihr Ernestine denn so ungeheuer wichtig sein?«

Laureen blickte auf ihre Armbanduhr. »Im Moment kann ich nicht weiterreden. Ich muss Mrs Hasty einen kleinen Imbiss zubereiten und anschließend zurück ins Herrenhaus. Allerdings könnte ich mir eine Ausrede einfallen lassen und vorgeben, ich hätte im Dorf etwas zu erledigen. Da Lady Krumley im Krankenhaus liegt, habe ich ja nicht allzu viel zu tun. Wir könnten uns später in einem Lokal treffen. Am besten im Kupferkessel. Das liegt gleich rechts am Marktplatz. Sie können es nicht verfehlen. In etwa einer Stunde. Wäre Ihnen das recht?« Auf mein Nicken hin wollte sie sich bereits entfernen, doch Mrs Malloy hielt sie am Ärmel fest.

»Nicht so eilig, meine Dame. Erst müssen Sie mir noch erklären, wen Sie vorhin mit ›wir‹ gemeint haben.«

»Wann vorhin?«

»Jetzt tun Sie mal nicht so scheinheilig, Fräuleinchen.« Entrüstet reckte Mrs M. ihre Nase in die Luft und konnte von Glück sagen, dass die vorbeifliegende Amsel nicht dagegen stieß. »Sie sprachen davon, dass Lady Krumley mit dem Wagen losfuhr und dass ›wir‹ den Fehler begangen hätten, den Privatdetektiv für einen Mann zu halten. Für mich sind ›wir‹ immer noch mehr als einer, mit anderen Worten, Sie und mindestens noch eine Person.« Sie warf mir einen triumphierenden Blick zu, der besagte, dass sie mir einen Punkt voraus war.

»Kommen Sie zum Kupferkessel. Dann beantworte ich Ihre Frage.« Laureen drehte sich um und verschwand im Cottage. Mrs Malloy und ich sahen uns an und zuckten die Achseln. Dann wanderten wir durch den aufsteigenden Nebel nach Schimmelturm zurück, wo wir die Küche in dem Moment betraten, in dem Mrs Beetle einen Reisauflauf aus dem Ofen zog. Sie nickte und lächelte uns zu, unternahm aber keinerlei Anstalten, uns in ein Gespräch zu verwickeln. Deshalb erklärten wir, wir seien auf dem Weg zu Mr und Mrs Edmonds, um zu fragen, ob wir uns auf dem Speicher umschauen dürften. Unterwegs waren Mrs Malloy und ich zu dem Schluss gekommen, das wäre die beste Vorgehensweise, wenn wir unsere schwindende Glaubwürdigkeit noch für eine Weile retten wollten. Außerdem war da noch die Sache mit den Vögeln zu klären. Wir befanden uns bereits in der Halle und strebten der

Tür zum Salon entgegen. Doch bevor wir anklopfen konnten, kam von irgendwoher Watkins auf uns zu. Das Licht des Deckenkandelabers verlieh seinen weißen Augenbrauen einen leicht orangefarbenen Schimmer und sein kahler Schädel glänzte, als hätte er seinen ganzen Ehrgeiz darein gelegt, ihn mitsamt dem Silber zu polieren. Und der gebeugte Rücken vermochte sein würdevolles Schreiten nicht zu beeinträchtigen.

»Ah, Mr Hopkins!« Abermals bedachte Mrs Malloy mich mit einem selbstgefälligen Blick, der besagen sollte, dass ihr so schnell kein Name entfiel.

»Watkins, Madam. Hopkins lautete der Name meines Vorgängers. Ein sehr häufiger Irrtum übrigens. Er unterlief auch Mr Vincent, als er neulich abends erschien. Hätte ich die Kürze seines Besuches geahnt, hätte ich mir die Freiheit, ihn zu verbessern, allerdings nicht herausgenommen. Vermutlich war der alte Herr erfreut, jemandem zu begegnen, den er aus der Vergangenheit zu kennen glaubte. Tja, sein Tod war eine Tragödie, trotz seines fortgeschrittenen Alters.« Watkins räusperte sich. »Darf ich Mr Edmonds melden, dass Sie ihn zu sprechen wünschen? Im Augenblick empfängt er allerdings einen Besucher. Sir Alfonse Krumley, der soeben aus Frankreich eingetroffen ist, um …«, Watkins hüstelte, »… die notwendigen Schritte für Mr Vincents Begräbnis einzuleiten. Miss Daisy leistet den Herren Gesellschaft.«

»In dem Fall wünschen wir die Herrschaften nicht zu stören.« Ich fand, es war mir hervorragend gelungen, meine Erleichterung zu verbergen.

»Das ist überaus entgegenkommend, Madam. Miss Meeks neigt bereits unter normalen Bedingungen zu Erregung, und als ich vorhin mit dem Teetablett zu ihr trat, schien sie angesichts der anstehenden gerichtlichen Untersuchung äußerst aufgewühlt. Für Biddlington am See bedeutet dergleichen natürlich ein Ereignis, und Miss Meeks sorgt sich zudem um die passende Kopfbedeckung für das Begräbnis. Ihre Suche auf dem Speicher war leider vergebens. Offenbar schwebt ihr etwas vor, das weder zu schlicht noch zu aufdringlich ist.« Sein Blick glitt zu Mrs Malloys Hut, doch wo ihr das seltene Glück gegönnt gewesen war, ein derartiges Teil zu erstehen, fragte er nicht. Vielleicht hing das damit zusammen, dass besagtes Kleidungsstück nach seiner Begegnung mit den Naturgewalten einen ramponierten Eindruck machte. Stattdessen ersuchte Mr Watkins uns um Nachsicht – seine Zunge sei mit ihm durchgegangen. Mrs Malloy entgegnete liebenswürdig, in Anbetracht der schrecklichen Umstände sei das sehr verständlich.

»Eine gerichtliche Untersuchung!«, wiederholte sie schockiert. »Das muss man sich mal vorstellen! Und womöglich sogar noch eine Obduktion. Muss furchtbar sein, sich vorzustellen, dass der arme alte Mann neulich noch fröhlich seine Mahlzeiten verzehrt hat und nun…, aber besser, man stellt sich das gar nicht vor. Die Polizei geht doch von einem Unfall aus, nicht wahr? Man wird sich doch hoffentlich nicht sonst was ausdenken, wie, dass er absichtlich in den Brunnen gesprungen ist, weil er wegen dem verschwundenen Hündchen außer sich war. Oder?«

»Wachtmeister Thatcher hat die Familie vor einer halben Stunde aufgesucht. Ich traf ihn an der Hintertür und habe mir erlaubt, das Wort an ihn zu richten. Nach seiner Aussage handelt es sich bei der gerichtlichen Untersuchung lediglich um eine Formalität. Mr Vincent war bereits über neunzig und gewiss auch ein wenig tatterig. Und er hat sich ein, zwei Gläser Brandy zu Gemüt geführt, ehe er sich anschickte, nach Pipsie Ausschau zu halten. Dabei hat Mr Vincent mir bei seiner Ankunft noch erklärt, er habe dem Alkohol entsagt und gedenke während des Abendessens lediglich Wasser zu sich zu nehmen. Womöglich hat ihm die Aufregung um den Hund doch ziemlich zugesetzt.« Er räusperte sich erneut. Ich spürte, dass ich niedergeschlagen war. Nach allem, was ich gerade vernommen hatte, sah es nicht so aus, als ob die Polizei eine große Hilfe werden würde. Im Geiste sah ich Mrs Malloy und mich auf dem Polizeirevier auftauchen und davon erzählen, dass vor vierzig Jahren jemand auf dem Sterbebett Rache geschworen hatte, dass Broschen verlegt worden waren und dass die Krumleys wie Fallobst vom Stammbaum fielen. Das Einzige, wobei Wachtmeister Thatcher vielleicht die Ohren spitzen würde, war unsere Begegnung mit Humphrey Bogart. Doch anschließend würde er bestimmt gern wissen, weshalb wir davon nicht schon früher etwas hatten verlauten lassen. Um mich herum begann sich alles zu drehen. Ich hatte kaum gefrühstückt, dann das schreckliche Erlebnis mit den Vögeln, dann ein kleines Stück Kuchen und inzwischen war es längst Mittag. Beim Gedanken an Mrs Beetles Steak- und Nierenpastete, die in der Küche vor sich hin dampfte, lief mir das Wasser im Mund zusammen. Wenn Mrs Malloy und ich uns nicht sputeten, würden wir die Mittagszeit im Kupferkessel verpassen und müssten uns abermals mit gebackenen Bohnen auf Toast zufrieden geben. Am liebsten hätte ich auf den Speicher verzichtet, doch als ich Mrs Malloy davon Mitteilung machen wollte, berichtete sie bereits ihrerseits Watkins von dort befindlichen Vogelkäfigen, die wir uns dringend ansehen müssten. Er bat uns, ihm über die Treppe nach oben zu folgen, und bedauerte, uns nicht bereits beim ersten Erkundungsgang zur Seite gestanden zu haben.

Erneut schleppten wir uns nach oben und kletterten nach dem Stockwerk, auf dem sich die Schlafzimmer befanden, weiter in die Höhe. Unterwegs begegneten wir den eisernen Blicken verblichener Krumleys, die uns aus ihren Bilderrahmen nachstarrten. Zuletzt stießen wir unter der Dachschräge auf eine niedrige Tür, die Watkins mit der Geste eines Museumskurators aufschloss. Seine Hand strich über die Innenwand und fand den Schalter. Trübes Licht fiel auf ein Labyrinth aus hölzernen Verstrebungen und Spinnwebgirlanden, unter denen diverse Kommoden, Truhen und Sessel zu erkennen waren. Unwillkürlich kam mir Kathleen Ambleforth in den Sinn. Sie hätte damit im Handumdrehen eine Reihe von Lieferwagen beladen und die Sachen Richtung Spendensammlung weggebracht.

»Ich muss die Mädchen, die zum Putzen kommen, dringend anhalten, ihre Arbeit bis zum Speicher auszudehnen«, bemerkte Watkins kopfschüttelnd. Danach verlieh er der Hoffnung Ausdruck, unsere Bemühungen möchten trotz des Staubes und der Spinnenweben von Erfolg gekrönt sein. »Wenn Lady Krumley sich erholt hat, wird es ihr gut tun, sich mit der Neugestaltung des Hauses zu befassen«, setzte er noch hinzu. »Und falls Sie mir die Einmischung gestatten, ein hübscher Sekretär für die Bibliothek würde sie ganz besonders freuen. Wenn mich nicht alles täuscht, ist das der Raum, an dem sich Sir Horace am liebsten aufhielt. Lady Krumley könnte dort sitzen und an ihn denken, während sie ihre Korrespondenz erledigt.«

Mrs Malloy und ich dankten ihm für seine Anregung. Watkins zog sich zurück und überließ uns der Angriffsfront aus spinnwebverschleierten Schränken, Ohrensesseln und Kommoden. Eine Weile standen wir lediglich da und ergingen uns in Bedauern, die Tüte mit Zitronenbonbons bei Mrs Hasty zurückgelassen zu haben, erzählten uns, wie dringend wir einer Tasse Tee bedurften und überlegten, ob Laureen uns womöglich nicht bereits im Kupferkessel erwartete. Anschließend stieg ich über mehrere Schemel und Hocker hinweg, um mich auf die Suche nach den Vogelkäfigen zu machen, während Mrs Malloy sich seelenruhig auf einem Rohrstuhl niederließ. Insofern war es nicht verwunderlich, dass ich diejenige war, welche die Vogelkäfige entdeckte. Es waren ihrer drei und sie befanden sich hinter einem Messingbett, das über und über mit Kisten und Kartons beladen war. Zweifelsohne waren die Käfige erst vor kurzem benutzt und nachher wieder an Ort und Stelle gebracht worden. Wir hatten es mit einem Mörder zu tun, der methodisch vorging, so viel stand fest.

»Wie schön, dass wir Recht hatten«, erklärte Mrs Malloy, erhob sich und steuerte die Tür an. »Wo befindet sich eigentlich Ihr Musterkoffer? Ich habe keine Lust, deswegen nochmals hierher zu kommen.«

»Den habe ich in der Halle stehen lassen.«

»Dass Sie mir bloß das Kochbuch mit dem Autogramm nicht vergessen«, hielt Mrs Malloy mich auf dem Weg nach unten an. »Und denken Sie daran, ihr Name ist Tina. Ich frage mich, wofür die Abkürzung steht. Vermutlich für Christina.«

»Ja, vermutlich.«

Wir waren auf der Etage mit den Schlafzimmern angelangt, und trotz meines knurrenden Magens verlangsamte ich meinen Schritt. Die Treppen auf und ab zu laufen war gewiss ein vorzügliches Fitnesstraining, doch leider drohten mir meine Beine allmählich den Dienst zu versagen. Dass ich abrupt innehielt, war allerdings nicht meiner Unsportlichkeit zu verdanken, sondern einer Tür, die einen Spalt offen stand.

»Was soll das?«, zischte Mrs Malloy, als sie auf mich prallte. »Sagen Sie demnächst gefälligst früher Bescheid, wenn Sie sich einbilden, Sie müssten stehen bleiben.«

»Pssst!« Ich drückte mich an die Wand und bedeutete Mrs Malloy, das Gleiche zu tun.

»Hören Sie auf, mir Vorschriften zu machen«, beschwerte sie sich. »Wir sind hier nicht in Merlin's Court.«

»Pssst!«, wiederholte ich. »Da drinnen spricht jemand … Es geht um die Brosche.«

»Das ist die Stimme von Cynthia Edmonds.«

Ich nickte, legte einen Finger auf meine Lippen und strengte mich an, den Worten zu folgen, die mit Nachdruck geäußert wurden und unsäglich boshaft klangen. An meinem Hals spürte ich Mrs Malloys Atem.

»Ich weiß genau, dass du sie dort hingetan hast.« Cynthia lachte heiser. »Schließlich habe ich sie neulich in deiner Jackentasche entdeckt. Ich würde dir auch unterstellen, dass du der leichtgläubigen Tante Maude vorgeschlagen hast, das neue Mädchen die Scheuerleisten putzen zu lassen, damit es sich gleich von Anfang an der geziemenden Sorgfalt befleißigt. Wie gerissen du bist! Trotz deiner einfältigen Miene und der Stimme, die mich halb in den Wahnsinn treibt. Und wie sehr wir dich alle unterschätzt haben, nicht wahr? Doch dafür wirst du bezahlen müssen, und zwar nicht zu knapp. Ich denke dabei an Raten, die sich nach und nach zu einem hübschen Sümmchen addieren. Du brauchst deshalb dein Sparschwein nicht zu schlachten, keine Sorge. Nein, du wirst einfach nur die Buchhaltung korrigieren.«

»Hab ich's nicht gesagt?«, wisperte Mrs Malloy in mein Ohr.

»Nichts wie weg!«, murmelte ich. »Sie laufen auf und ab und können jeden Moment …« Das Wort blieb mir im Halse stecken, als etwas Weiches um meine Knöchel strich. Ich warf einen Blick nach unten und erblickte ein Malteserhündchen, das zu mir hochsah und einen Klagelaut ausstieß. Danach lief es knurrend und schnüffelnd zu besagter Tür. Das hatte uns gerade noch gefehlt. Ich zerrte Mrs Malloy am Arm hinter mir her, rannte auf Zehenspitzen zur Treppe und wagte erst einen Blick zurück, als wir fast unten in der Halle waren. Wie es aussah, war uns niemand gefolgt. Es befand sich auch niemand in der Nähe, als ich mir meinen Koffer schnappte. Doch mein Atem beruhigte sich erst, als Mrs Malloy und ich im Auto saßen und die Einfahrt hinunterbrausten.

»Das hat Cynthia Edmonds also mit dem Plan gemeint, der klappen soll. Sie hat von Erpressung gesprochen. Was glauben Sie, wen sie da in ihren Klauen hatte?«

»Na, als Erstes fällt mir ihr Mann ein. Er ist Buchhalter und regelt die Geschäfte seiner Tante. Wer sollte denn sonst die Bilanzen fälschen?«

»Heiliger Bimbam«, erwiderte Mrs Malloy und legte frischen Lippenstift auf. »Fast könnte der Bursche einem Leid tun. Trotzdem, Cynthia Edmonds spielt mit dem Feuer. Kann ja sein, dass ihr Mann sie liebt. Aber er hat immerhin seine eigenen Eltern umgebracht, und vor seiner Ehefrau macht er auch nicht Halt.«

»Wir wissen doch gar nicht, ob er sie wirklich umgebracht hat. Das kann ebenso gut ein Unfall gewesen sein. Außerdem waren das vielleicht gar nicht Niles und Cynthia. Vielleicht war es ja nicht einmal ein Mann.« Mittlerweile hatten wir den Marktplatz von Biddlington am See erreicht und parkten vor dem Kupferkessel, der tatsächlich leicht zu finden war, direkt gegenüber dem Polizeirevier.

»Da könnten Sie Recht haben«, erwiderte Mrs Malloy abwesend.

»Es ist eine Schande, dass der kleine Hund nichts sagen kann. Irgendetwas an dem Raum hat ihm deutlich missfallen.«

»Hm.«

»Was ist denn nun schon wieder?«, erkundigte ich mich.

»Oh, nichts Besonderes.« Mrs Malloy steckte ihren Lippenstift in die Handtasche und ließ den Verschluss zuschnappen. »Mir ist nur gerade alles klar geworden, sonst nichts.«

»Wie kann Ihnen denn alles klar geworden sein? Wir wissen doch noch nicht einmal, wie wir Ernestine ausfindig machen sollen.«

»Ich rede ja auch gar nicht von unserem Fall.« Mrs Malloy schwang ihre Beine aus dem Wagen. »Ich rede von Watkins. Ich weiß jetzt, woher mir sein Gesicht so bekannt vorkommt. Er ist der Typ, von dem ich Ihnen erzählt habe. Der, mit dem ich vor ein paar Jahren gesprochen habe, als ich in Biddlington am See zum Bingospielen war.«

16

Auf Mrs Malloy war wie immer Verlass. Auf dem Weg zum Kupferkessel reihte sie Watkins bereits in die Liste der Männer ein, die sie gern unter dem Begriff »meine Vergangenheit« zusammenfasste. Ich erwiderte, dieser Umstand freue mich für sie, zumal auch ich mich vage an die Beschreibung eines alten Trottels erinnern könne, den sie an jenem Abend beim Bingospielen getroffen hatte; nur seien mir ihre tieferen Gefühle für ihn entgangen. Zur Sicherheit fragte ich nach, ob es sich um denjenigen handelte, der Gewissensbisse verspürt hatte, weil seine Frau etwas gegen Glücksspiele einzuwenden hatte.

»Nun ja, vielleicht ist er nicht vollkommen«, gab Mrs Malloy zu. »Aber bei Tageslicht betrachtet sieht er immerhin recht manierlich aus.«

»Außerdem ist er für Hausarbeit zu gebrauchen«, pflichtete ich ihr bei. »Das ist nicht zu verachten.«

Wir betraten den Kupferkessel – ein typisches Lokal mit dicht beieinander stehenden Tischen, zwischen denen sich eine Kellnerin mit höchster Konzentration hindurchschlängelte. Nur eine falsche Kopfbewegung seitens eines Gastes, ein vorgeschobener Fuß, ein Fuchteln mit dem Arm, und schon würde ihr der Tellerberg, den sie balancierte, aus den Händen fallen. Die Hängeregale an den Wänden, auf denen sich Kupferkessel befanden, stellten eine weitere Gefahrenquelle dar.

Denn jeder, der darunter saß und sich unachtsam erhob, würde eine Beule als Souvenir mit nach Hause tragen.

»Außerdem war es gar nicht eindeutig seine Frau«, erklärte Mrs Malloy und wich dem Tellerstapel aus. »Ich glaube, es ging um seine Tochter oder Enkelin ... oder um seine Nichte.«

»Oder seinen Neffen.« Ich entdeckte einen freien Tisch und trippelte durch einen schmalen Gang seitwärts darauf zu.

»Oh, da hat wohl jemand Lust, pampig zu werden.«

»Tut mir Leid«, entgegnete ich. »Ich habe Hunger. Außerdem fürchte ich, dass wir alles nur noch schlimmer machen, wenn wir unsere Nase tiefer in diese Geschichte stecken. Und wahrscheinlich wird es Ewigkeiten dauern, bis man uns hier bedient, und ein zusätzlicher Neffe hätte mir gerade noch gefehlt.«

»Ich glaube, da komme ich nicht mehr mit.« Mrs Malloy wirkte wirklich verdutzt, als sie mir gegenübersaß.

»Na ja«, setzte ich an und rückte die Ketchupflasche hin und her. »Ich will Ihnen keine Vorwürfe machen, weil Sie als Erste mit dem Neffen angefangen haben. Aber *ein* Neffe wird bei Mordfällen im Allgemeinen als ausreichend betrachtet.«

»Es gibt doch auch nur einen. Niles Edmonds.«

»Falsch.« Ich rückte den Pfefferstreuer neben die Ketchupflasche. »Mir kommen auf Anhieb schon drei in den Sinn. Mrs Beetle hat den Neffen des Vikars erwähnt, der sich als eine einzige Enttäuschung herausgestellt hat. Den, der Schauspieler werden wollte und dabei offenbar gescheitert ist. Und Mrs Hasty hat uns erzählt, dass die schreckliche Mrs Snow einem Neffen die Internatsgebühren bezahlt.«

»Wofür sich der arme Wicht inzwischen von morgens bis abends erkenntlich zeigen muss. Wahrscheinlich steht er gerade stramm und wartet, dass sie nach ihm ruft, damit er treppauf und treppab laufen kann, um ihr Tee und ein paar Kissen für ihren armen alten Rücken zu bringen..., meine Güte!« Mrs Malloy führte eine jähe Handbewegung aus und warf den Salzstreuer um, den ich gerade in die für Salzstreuer günstigste Position gerückt hatte. »Und da wäre noch Milch!« Sie seufzte und fuhr dann fort: »Milch lässt sich wenigstens wie ein richtiger Mann in Seitengassen überfallen und trinkt sich einen auf dem Barhocker an. Trotzdem..., irgendwie ist das nicht gerecht.«

»Insbesondere ist es ungerecht, dass wir Lady Krumley vorgaukeln, wir würden ihren Fall lösen. Warum warten wir nicht auf Mr Krugg? Der kennt sich gut genug aus, um die Polizei dazu zu überreden, sich ernsthaft mit Vincent Krumleys Ableben zu befassen. Und gewiss könnte er uns auch erklären, wie wir vorgehen müssen, um in null Komma nichts Ernestine zu entdecken.« Entnervt warf ich mich im Stuhl zurück und prallte gegen die Kellnerin.

»Haben Sie sich was getan, Herzchen?«, erkundigte sich Mrs Malloy bei ihr. »Hier ist es ja wirklich so eng wie in einer Sardinenbüchse.« Sie begann, ihren Regenmantel aufzuknöpfen, während die Kellnerin den Bauch einzog und sich im Krebsgang entfernte. »Wovon sprachen wir gerade?«, fragte Mrs M.

»Davon, dass wir in etwas verwickelt sind, von dem wir nicht die geringste Ahnung haben.«

»Unsinn! Wer nicht wagt, der nicht gewinnt. Denken Sie an die fünftausend Pfund, die ihre Ladyschaft uns versprochen hat. Außerdem sind wir heute früh ein ganzes Stück weitergekommen. Laureen Phillips hat sich doch regelrecht ein Bein ausgerissen, um alle möglichen Geheimnisse zu verraten. Und sicherlich kämen wir noch besser voran, wenn Sie uns nicht mit Kleinkram aufhalten und darüber nachgrübeln würden, wer welchen Neffen besitzt. Und kommen Sie mir jetzt nicht damit, dass es oft der Kleinkram ist, der in den Krimis den Mörder überführt. Das weiß ich nämlich selber. Im wirklichen Leben sind Kleinigkeiten ja manchmal auch von Bedeutung, zumindest solang man das Gesamtbild im Auge behält und sich überlegt, wie sich die Einzelheiten zusammenfügen. Falls sie sich zusammenfügen, was sie ja meistens nicht tun, denn gewöhnlich lenken sie einen nur ab – wobei mir einfällt, dass …«

»Was?« Ich beugte mich vor und hoffte, Mrs Malloy würde verkünden, sie hätte eine Erleuchtung und wisse nun, wer hinter den seltsamen Begebenheiten auf Burg Schimmelturm stand.

»Dass wir noch immer nichts gegessen haben und ich nichts gegen ein paar Spiegeleier mit Bratkartoffeln einzuwenden hätte.«

»Das war's?«

»Ja, soll ich etwa verhungert sein, bis Laureen Phillips auftaucht?«

»Falls sie überhaupt auftaucht. Vielleicht hat sie es sich ja anders überlegt.« Dem war jedoch nicht so, denn im nächsten Augenblick spürte ich buchstäblich, dass jemand das Lokal betreten hatte, und nahm kurz darauf eine dunkle Gestalt wahr. Laureen Phillips ließ sich in einem Regenmantel, der über ihrer grauen Bluse und Strickjacke offen stand, an unserem Tisch nieder.

»Tut mir Leid, dass ich zu spät komme. Aber ich bin im Laden auf Mrs Thatcher gestoßen. Sie hat nach einem Comicheft für ihren Jungen gesucht, der sich den Magen verdorben hat und zu Hause im Bett liegt.«

»Thatcher«, wiederholte Mrs Malloy derart tiefsinnig, als sei ihr gerade ein Name eingefallen, den sie vor langer, langer Zeit einmal gehört hatte. Nachzufragen, seit wie langer Zeit, war indes nicht ratsam. »Meinen Sie die Frau des Wachtmeisters?«

»So ist es.« Laureen verstummte, weil sich die Kellnerin zu uns durchgehangelt hatte und sich nach unseren Wünschen erkundigte. Mrs M. und ich wählten die Würstchen mit Bratkartoffeln und gebackenen Bohnen. Sie waren das Einzige, was es um diese Uhrzeit noch gab; und dazu eine große Kanne Tee für uns drei. Laureen verkündete, sie habe nicht genügend Zeit, um etwas Vernünftiges zu essen. »Außerdem habe ich eine Scheibe Toast geknabbert, als ich für Mrs Hasty den Lunch zubereitet habe. Ich musste ihr noch ein wenig Gesellschaft leisten, weil sie nach ihrem Nickerchen in Plauderstimmung war. Hetzen wollte ich die Gute nicht, denn schließlich hat sie gerade erst einen furchtbaren Schock erlitten, und es ist überhaupt ein Wunder, dass sie nicht wie Ronald an Albträumen leidet.«

»Ronald?« Ich versuchte, Mrs Malloys tiefsinnigen Tonfall nachzuahmen. Mrs M. wiederum war damit beschäftigt, uns aus einer Tonkanne, die kaum kleiner war als der Tisch, Tee einzuschenken.

»Ronald ist das Jüngste der Thatcherkinder. Er ist neun Jahre alt und nicht immer leicht zu bändigen, wie es bei Nesthäkchen oft der Fall ist. Vor ihm kamen drei ausgesprochen artige Jungen, die bereits erwachsen sind und nicht mehr zu Hause leben. Aber Ronald ist kein ungezogenes Kind in dem Sinne. Er kommt recht häufig, um Mrs Hasty zu besuchen, oder besser gesagt ihre Katze.« Laureen lächelte, und ich gelangte zu dem Schluss, dass ich sie mochte, was unprofessionell gedacht war. Andererseits mussten sich Privatdetektive zuweilen auch auf ihr Gefühl verlassen. »Ronald wünscht sich sehnlichst eine Katze oder einen Hund, und sein Vater will ihm das erst erlauben, wenn der Junge Reife und Verantwortungsgefühl beweist. Das liegt zurzeit noch in weiter Ferne.«

»Warum?«, fragte ich.

»Und was hat das mit unserem Fall zu tun?« Mrs Malloy runzelte dermaßen finster ihre Brauen, dass die Kellnerin mit zittriger Stimme wissen wollte, ob die Gerichte, die sie uns serviert hatte, nicht in Ordnung wären. Erst nachdem ich mich voller Entzücken über die verbrutzelten Würstchen geäußert hatte, war sie beruhigt und schlängelte sich wieder fort, woraufhin mich unglaubliches Mitleid mit ihr erfasste und es eine Weile dauerte, bis ich mich wieder auf unser Thema zu konzentrieren vermochte.

»Das weiß ich selbst nicht genau«, hörte ich Laureen murmeln. Sie trank ihren Tee in kleinen Schlückchen.

»Sie sagten vorhin, dass Ronald unter Albträumen leidet«, ergriff ich das Wort. »Und jetzt liegt er im Bett und geht nicht zur Schule, weil er es am Magen hat. Solche Symptome kenne ich aus meiner eigenen Kinderzeit. Sie traten auf, wenn ich aus irgendeinem Grund besonders unglücklich war.«

»Dazu hätte der Kleine allen Grund. Er hat sich nämlich enormen Ärger mit seinem Vater eingehandelt. Der Junge hat vorgestern mit einem Blumentopf auf Lady Krumleys Wagen gezielt, als sie hier über den Marktplatz fuhr.« Laureen warf einen Blick durch die Fensterscheibe des Lokals. »In die Sache war noch ein anderer Junge verwickelt, der mit Ronald in dieselbe Klasse geht. Offenbar haben sie sich während der Schulpause im Ort herumgetrieben. Jedenfalls hat Wachtmeister Thatcher den Vorfall mitbekommen und sich die beiden vorgeknöpft.«

»Lady Krumley hat uns das erzählt«, bemerkte ich und legte das Messer und die Gabel hin, obwohl ich sie gerade erst aufgenommen hatte. »Das war der Grund, weshalb sie zu spät zu ihrem Termin in Mucklesby erschienen ist. Sie musste ihre zerbrochene Windschutzscheibe reparieren lassen.«

»Wenn ihr Mann gewusst hätte, dass Lady Krumley am

Steuer saß, sagt Mrs Thatcher, dann hätte er sich zuerst vergewissert, ob ihr etwas zugestoßen ist, ehe er den beiden Jungen nachsetzte.« Laureen zuckte die Achseln. »Vermutlich war er aber dermaßen außer sich, dass er nicht mehr klar denken konnte.«

»Das erklärt, was Mrs Beetle uns erzählt hat.« Mrs Malloy hatte bereits ihr Würstchen, die Bratkartoffeln und fast sämtliche Bohnen vertilgt, als sie sich zu Wort meldete.

»Richtig«, bestätigte ich. »Sie hat uns berichtet, dass Wachtmeister Thatcher noch nichts von Vincent Krumleys Unfall wusste, als er in Schimmelturm erschien.«

»Er hat die Nachricht aus dem Revier nämlich erst per Telefon erhalten, nach seiner Ankunft.« Mrs Malloy spießte mit ihrer Gabel eins meiner Würstchen auf. »Demnach ist er aus einem anderen Grund in Schimmelturm aufgetaucht. Wahrscheinlich wollte er die Tat des Jungen beichten und nachforschen, wie es ihrer Ladyschaft geht. Eltern haben es wirklich nicht leicht. Was mich betrifft, ist das Grund genug, auf weiteren Nachwuchs zu verzichten.«

Laureen schmunzelte, was ich mir selbst verkniff.

»Hat der Kleine denn mitgeteilt, warum er und sein Freund mit Blumentöpfen nach dem Auto geworfen haben?«, erkundigte ich mich.

»Nein.«

»Und selbst sein Vater, der Polizist ist, kann ihm kein Geständnis entlocken?«

»Darüber regt sich Mrs Thatcher ja so auf. Normalerweise reicht ein Blick ihres Mannes, und der Junge offenbart alles. Sie glaubt, dass Ronald Angst hat ... große Angst ... vielleicht vor dem anderen Jungen, der ein Jahr älter ist und stärker als Ronald. Wie die meisten Mütter geht Mrs Thatcher davon aus, dass ihr Sohn unschuldig ist und lediglich angestiftet wurde. Andererseits fragt sie sich natürlich auch, ob das Ganze mit Vincent Krumleys Tod in Verbindung steht.«

»Wie kommt sie denn darauf?« Mrs Malloy füllte unsere Teetassen auf.

»Weil Ronald nicht nur Albträume hat, sondern auch im Schlaf redet, und zwar von einem alten Mann und einem Hund.«

»Was sagt denn sein Vater dazu?«, fragte ich.

»Dass die Albträume nach dem, was der Kleine verbrochen hat, nur gerecht sind.«

»Und der andere Junge? Spricht der nicht?«

»Er schweigt wie ein Grab. Seine Eltern behaupten, das läge an Ronald und seinem Vater, der zu streng mit dem Kleinen verfährt.« Laureen rührte Zucker in ihren Tee. »Ich habe fast den Verdacht, dass die beiden Jungen bei Mrs Hasty waren, um die Katze zu besuchen. Oder dass sie sich in dem Wäldchen aufgehalten haben, um dort zu spielen, und dabei etwas sahen, über das sie nicht zu reden wagen.«

»Haben Sie Mrs Thatcher von Ihrem Verdacht berichtet?« Inzwischen hatte ich so viel wie irgend möglich von meinem Essen zu mir genommen, denn ich wollte nicht, dass Mrs Malloy sich weiter daran bediente.

»Nein, ich wollte sie nicht noch mehr aufregen. Außerdem kann ich mich ja irren. Vielleicht vermischt der Junge im Traum das mit den Blumentöpfen mit Mr Krumleys Tod, der bei uns Tagesgespräch ist. Vielleicht hat der Kleine auch gehört, dass Vincent Krumley ziemlich viel trank und im Grunde ein Taugenichts war, und glaubt nun, dass alle Menschen, die etwas Böses tun, ein schreckliches Ende nehmen.« Wenn das der Fall wäre, fügte Laureen noch hinzu, müsste sie sich allerdings ebenfalls auf ein schreckliches Ende gefasst machen.

»Wie soll ich das verstehen, mein Fräulein?« Mrs Malloy warf ihr einen gestrengen Blick zu.

»Das ist mir so rausgerutscht«, erwiderte Laureen mit verlegenem Lächeln. »Eigentlich wappne ich mich gerade, um Ihnen das zu erzählen, weshalb ich Sie hergebeten habe. Ich will nämlich ein Geständnis ablegen.«

»Was Sie nicht sagen!« Mrs Malloy öffnete ihre Handtasche so übertrieben unauffällig wie jemand, der vorhat, seine Waffe zu ziehen. Daher war ich ein wenig enttäuscht, als sie lediglich ein Taschentuch hervorzog, um damit ihre Lippen zu betupfen. »Bekommen wir im Verlauf dieses Geständnisses auch den Namen Ihres Komplizen zu hören? Von demjenigen, der wie Sie davon ausgegangen ist, dass der Privatdetektiv, an den sich Lady Krumley wenden wollte, männlich ist? Sie brauchen nämlich nicht zu glauben, dass ich das vergessen hätte. Mrs H. und ich sind schon lange im Geschäft und können eins und eins locker zusammenzählen. Deshalb werden wir Ihnen auch lieber unsererseits mitteilen, was wir vermuten, statt dass Sie uns beichten, wie es war.«

»O ja«, bekräftigte ich. »Das ist eine prima Idee.«

»Als Erstes wäre da ein Mann, der in unserem Büro mit seiner Waffe herumgefuchtelt hat, nachdem Lady Krumley sich verabschiedet hatte.«

»Und weiter?«, wollte Laureen wissen.

»Na, wie Sie sich vorstellen können, haben Mrs H. und ich bereits des Öfteren in derartigen Situationen gesteckt. Wir riechen sofort, wenn was faul ist.« Ich fand, dass Mrs Malloy sich unerträglich aufspielte, ließ sie aber gewähren. »Deshalb haben wir auch gleich begriffen, dass uns da jemand einen Streich spielt, gewissermaßen eine Schau abzog.«

»Eine Scharade aufführte«, warf ich nun doch ein. Immerhin war ich diejenige gewesen, die Mrs Malloy darauf hingewiesen hatte, dass Humphrey Bogarts Auftritt etwas Eigentümliches und Unechtes hatte. Ein ungehaltenes Wimpernklimpern brachte mich indes umgehend zum Schweigen.

»Der Mann hat uns jedenfalls was vorgespielt«, fuhr Mrs Malloy fort. »Und Ihnen ist vorhin auch rausgeflutscht, dass Sie mal auf der Bühne gestanden haben.«

»Ich dachte eigentlich, ich hätte das offen zugegeben.« Laureen nagte an ihrer Unterlippe.

»Ja, natürlich. Das war sehr gerissen von Ihnen. Aber ich sage ja auch nicht, dass Sie es waren, die den Killer gemimt hat. Wenn Sie dermaßen gut wären, dann wären Sie inzwischen weltberühmt. Wahrscheinlich war es ein Schauspielerkollege, vielleicht ein Freund, der genau wie Sie großen Wert darauf legt, dass Lady Krumleys Gerede von Flossie Jones und dem Fluch nicht als Geschwätz einer alten Frau abgetan wird.«

»Und wer sollte dieser vermeintliche Freund oder Kollege sein?« Laureen nippte an ihrem Tee.

Mit einem drohenden Blick hielt Mrs Malloy mich davon ab, ihr zuvorzukommen. »Der Mann, der seinen lieben alten Onkel dadurch enttäuscht hat, dass er zum Theater ging. Der Neffe von Mr Featherstone und niemand anders.«

»Tom Stillwaters.«

»Ein Mann, der einiges drauf hat.«

»Aber nicht als Schauspieler.«

»Trotzdem ist er nett, und Sie mögen ihn.« Mrs Malloy unterdrückte ein zufriedenes Grinsen, denn wenn es um Liebesdinge ging, machte ihr niemand etwas vor. Auch dann nicht, wenn sie selbst überhaupt nicht zu den Beteiligten zählte.

»Er hängt sehr an Mr Featherstone.«

»Der seinerseits sehr an Lady Krumley hängt«, bemerkte ich.

»Er liebt sie. Schon immer. Ich glaube, sie ist die Einzige, die davon nichts weiß. Vielleicht liegt das daran, dass sie nie eine Schönheit oder auch nur ansatzweise als hübsch zu bezeichnen war. Es scheint ihr nicht in den Sinn zu kommen, dass sich ein Mann sein Leben lang nach ihr verzehren könnte – erst recht nicht ein Geistlicher, von dem man dergleichen ohnehin nicht vermutet.« Laureen schob ihre Teetasse zurück. »Und nach allem, was man so hört, war Sir Horace nicht gerade geeignet, ihr Selbstvertrauen zu stärken. Wie dem auch sei …, jedenfalls bekam Tom zufällig mit, dass sein Onkel und Lady Krumley sich über einen gewissen Privatdetektiv unterhielten und dass sein Onkel äußerte, Lady Krumley liefe dank ihrer schrecklichen Schuldgefühle Gefahr, erneut einen Herzanfall zu erleiden, vielleicht sogar mit tödlichem Ausgang. Und als ich Mr Featherstone später die Geschichte mit der Brosche erzählte, machte er sich noch größere Sorgen. Denn nun glaubte auch er, dass jemand insgeheim Unheilvolles plant. Also beschlossen Tom und ich etwas zu unternehmen … und dann kamen wir auf den Gedanken, dass Tom mit einer Waffe bei Ihnen auftauchen sollte …«

»Was zugleich albern und gefährlich war.« Mrs Malloy begutachtete sich im Spiegel ihrer Puderdose und rückte sich den Hut zurecht. »Wenn Mrs H. und ich nicht so erfahren und abgebrüht wären, hätten nämlich *wir* mit einem Herzanfall enden können. Weil Sie uns aber so bereitwillig Auskunft gegeben haben, würde ich sagen Schwamm drüber. Alles Weitere wird sich zeigen, vorausgesetzt, die Kellnerin lässt sich irgendwann mit der Rechnung blicken.«

Ich verstand den Hinweis und begann, nach meiner Geldbörse zu kramen, während Mrs Malloy Laureen versicherte, sie müsse sich an der Kanne Tee nicht beteiligen, da wir unsere Ausgaben als Spesen absetzen würden. Ich fand ihre Erklärung einleuchtend, bis mir einfiel, dass wir von Lady Krumley keinen Penny erhalten würden, wenn wir Ernestine nicht ausfindig machten. Und wenn wir sie entdeckten, würde uns das zu der unbekannten Gestalt führen, die im Hintergrund agierte und dort die Fäden zog?

Die Frage diskutierten Mrs Malloy und ich, während wir Biddlington am See verließen und den Weg nach Mucklesby einschlugen, der uns auf dem schnellsten Weg nach Chitterton Fells führen würde. Inzwischen war es bereits halb drei, und ich sehnte mich danach, bei Ben und den Kindern zu sein, zumal ich es nicht gewohnt war, den Großteil des Tages außer Haus zu verbringen. Als wir jedoch zu der von spätviktorianischen Häusern gesäumten Hathaway Road kamen, die gut einen Kilometer von Kruggs Detektivbüro entfernt lag, verlangsamte ich das Tempo und bog in die Straße ein.

»Wissen Sie noch, was Mrs Hasty gesagt hat?«, fragte ich. »In dieser Straße hat Flossie zuletzt gelebt.«

»Klar, weiß ich«, erwiderte sie und drückte sich die Nase an der Windschutzscheibe platt. »Schauen Sie, da drüben ist es! Nummer einundzwanzig. Herrgott, nun halten Sie doch an! Sehen Sie denn nicht, dass die Frau gerade das Haus verlässt?«

»Natürlich sehe ich das. Sie glauben aber doch nicht im Ernst, dass sie zufällig noch etwas weiß.«

»Hm. Wahrscheinlich nicht viel. Aber es könnte nichts schaden, sie mal höflich danach zu fragen, nicht wahr?« Mrs Malloy hatte sich des einschmeichelnden Tonfalls bedient, von dem sie sicher wusste, dass er wirkte. Dennoch beschlich mich ein seltsames Gefühl. Irgendwie schien eine innere Stimme mir davon abzuraten, ihr zu folgen.

17

Kann ich Ihnen vielleicht helfen?« Die Frau kam auf uns zu, weil wir auf der Schwelle des Gartentors verharrten wie zwei arme Seelen, denen der heilige Petrus jeden Moment erklären würde, sie wären falsch, und wenn sie die Beine nicht in die Hand nähmen, um sich zu verziehen, würde er eine höhere Instanz herbeirufen, um nachzuhelfen.

»Wir tappen ein wenig im Dunkeln«, begann ich und schenkte dem freundlichen Gesicht vor mir ein entschuldigendes Lächeln. »Deshalb wollten wir Sie fragen, ob Sie vielleicht diejenigen kennen, denen das Haus vor vierzig Jahren einmal gehört hat. Wir versuchen nämlich jemanden ausfindig zu machen, der damals hier gewohnt hat. Vielleicht drücke ich mich nicht sehr klar aus…, es war nur ein Zeitraum von einigen Monaten, und seinerzeit war sie noch ein Baby, wir suchen also eigentlich nach der Mutter, die vor vierzig Jahren leider gestorben ist.«

»War das zu der Zeit, als das Haus oben in einzelne Wohnungen unterteilt wurde?«, erkundigte sich die Frau.

»Richtig.« Mrs Malloy stellte ihre Handtasche auf der Gartenmauer ab.

»Wie lautete denn der Name der Mutter?«

»Flossie Jones.« Ich spürte, dass es in meiner Kehle zu kribbeln begann.

»Eigentlich hieß sie Florence«, erklärte Mrs Malloy. »Soviel wir wissen, ist sie hierher gezogen, ehe sie das Kind bekam. Das alles ist natürlich schon ewig her, und wie meine Kollegin gerade bemerkte, sind wir nicht sicher, ob Sie uns überhaupt helfen können.«

»Und um was geht es dabei?«

»Also, wir sind Privatdektivinnen. Warten Sie mal, ich zeige Ihnen meine Visitenkarte.« Mrs Malloy begann in ihrer Handtasche zu stöbern. »Wenn wir warten, bis Mrs H. die ihre gefunden hat, stehen wir nämlich noch bis Mitternacht hier. Teamarbeit ist heutzutage alles, sage ich immer, weshalb ich mich gewöhnlich um die Verwaltung kümmere und Mrs H. die Beinarbeit macht. Meine Knie sind nämlich auch nicht mehr das, was sie mal waren. In diesem Fall stelle ich mich allerdings noch einmal persönlich zur Verfügung, weil wir einer sehr kranken, alten Dame versprochen haben, die Tochter von Flossie Jones für sie zu finden. Genau genommen ist da eine Erbschaft im Spiel, und unsere Klientin kann erst in Ruhe sterben, wenn die Dinge geregelt sind.« Während ihres Geplappers hatte Mrs Malloy ihre fliederfarbene Visitenkarte hervorgezogen, die ich als Mitgliedskarte des Putzfrauenvereins von Chitterton Fells erkannte. Zum Glück unterließ es unsere neue Bekannte, das Kleingedruckte zu lesen; stattdessen hielt sie uns beeindruckt das Gartentor auf und bat uns, sie ins Haus zu begleiten.

»Und die Erbschaft, sagten Sie, gilt dem damals Neugeborenen?«

»Falls wir es wiederfinden.« Das Kribbeln in meiner Kehle verstärkte sich, denn plötzlich ahnte ich, dass die Frau tatsächlich etwas wusste. Vielleicht hatten wir Lady Krumley ja doch nicht die Zeit gestohlen, als wir uns bereit erklärten, ihren Fall zu übernehmen. Vielleicht würden wir, wenn wir

Ernestine entdeckten, sogar einen weiteren Mord verhindern. Mit aller Macht musste ich mir vor Augen halten, dass noch ein weiter Weg vor uns lag, sonst hätte ich schon jetzt einen Luftsprung getan.

»Es geht um eine beträchtliche Summe.« Mrs Malloy kniff die Lippen zusammen, als hätte sie bereits zu viel gesagt.

»Das ist ja großartig. Meine Güte, werden meine Eltern aufgeregt sein!« Die Frau führte uns auf die mit Buntglassteinen eingefasste Vordertür zu. In den Fenstern nebenan bauschten sich üppige Tüllgardinen.

»Ihre Eltern?«, wiederholte ich, als wir die Diele betraten, die von dem verschnörkelten Holzgeländer der Treppe beherrscht wurde.

»Meine Eltern haben die meiste Zeit ihrer Ehe hier verbracht ... im nächsten Monat sind es fünfundfünfzig Jahre. Nachdem unsere Kinder aus dem Haus waren, sind mein Mann und ich zu ihnen gezogen. Wir wollten ihnen ein wenig zur Seite stehen.«

»Dürften wir uns vielleicht auch mit Ihren Eltern unterhalten?«

»Meine Mutter ist im Augenblick unterwegs. Wenn Sie mit ihr sprechen möchten, müssten Sie noch einmal wiederkommen. Mein Vater ist im Garten. Da müssten Sie sich nur noch ein Weilchen gedulden, denn er übt gerade Golfschläge. Er spielt leidenschaftlich gern Golf und hätte Profi werden können. Aber als er die Schule verließ, musste er seine verwitwete Mutter unterstützen und ist Versicherungsvertreter geworden, was auch seine Höhen und Tiefen hat. Nachdem er geheiratet und eine Familie gegründet hatte – ich habe nämlich noch zwei Brüder –, brauchte er einen Nebenverdienst und ließ den Speicher zu Wohnungen umbauen. Aber den größten Teil der Umbauarbeiten hat er selbst erledigt.«

»Das ist ja allerhand.« Mrs Malloy schaute schier überwältigt die Treppe hoch. »Hat er etwa auch die Rohre und die Leitungen verlegt? Also, das nenne ich eine Leistung! Sagen Sie mal, Ihre Mutter hätte wohl nicht zufällig Lust, ihn an eine andere verdienstvolle Frau abzugeben?«

»Nie im Leben«, kam es als Antwort. »Die beiden haben mit neunzehn geheiratet und sind noch heute wie zwei Turteltäubchen. Ach, ich habe mich ja noch gar nicht vorgestellt. Janet Joritz ist mein Name, aber alle nennen mich Jan. Kommen Sie, wir setzen uns ins Vorderzimmer. Da können Sie mir dann in Ruhe erzählen, was Sie wissen wollen.«

»Und Sie selbst, erinnern Sie sich auch an die junge Frau mit dem Säugling?«, fragte ich, während wir ihr in einen Raum folgten, der voller altmodischer Möbel stand. Allerdings gab es auch ein modernes Sofa mit passenden Sesseln, die um einen großen Couchtisch gruppiert waren. Der Tisch war mit Zeitungen und Büchern übersät, auf denen ein Strickstrumpf aus hellblauer Wolle lag.

Janet Joritz forderte uns auf Platz zu nehmen und erkundigte sich, ob wir eine Tasse Tee wünschten, was wir mit dem Hinweis, dass wir gerade erst zu Mittag gegessen hatten, dankend ablehnten. Daraufhin ließ Mrs Joritz sich in einem Sessel nieder.

»Sie wollen wissen, ob ich mich an die junge Frau mit dem kleinen Kind erinnere«, wiederholte sie bedächtig.

»Und? Ist dem so?«, fragte ich eifrig. Dummerweise hatte ich den Fehler begangen, mich neben Mrs Malloy aufs Sofa zu setzen, so dass meine Frage mir nicht nur ein verächtliches Schnauben, sondern auch einen Stoß in die Rippen eintrug.

»Also wirklich, Mrs H.! Man sieht doch auf den ersten Blick, dass Jan damals selbst noch ein Säugling war.«

»Oh, das ist ausgesprochen freundlich«, kam es verschämt

zurück. »Aber ich muss damals mindestens zwölf oder dreizehn gewesen sein …, ja, das dürfte hinkommen.« Mrs Joritz nahm die Finger zu Hilfe, um zu zählen. »Jetzt bin ich zweiundfünfzig und …«

»Nein! Wer hätte das gedacht?«, fiel Mrs Malloy ihr ins Wort. »Und dabei sehen Sie keinen Tag älter aus als Mrs H. an meiner Seite.« Wie gewöhnlich übertrieb Mrs Malloy nach allen Regeln der Kunst, und ich musste mich mit aller Kraft, die mir als erwachsenem Menschen und angeblicher Privatdetektivin zu Gebote stand, beherrschen, um ihr nicht meinerseits in die Rippen zu boxen. Mag sein, dass Mrs Joritz ein wenig vertrauensselig war, doch deshalb musste sie nicht gleich eine Närrin sein.

Nun ergriff Mrs Joritz ihren Strickstrumpf und begann mit den Nadeln zu klappern, was bedeutete, dass sie nicht gesonnen war, unser Anliegen eilig abzuhandeln. Eher schien sie es als ein Ereignis zu betrachten, das es ausführlich zu bereden und in Ruhe abzuwägen galt. Vermutlich würde sie auch die Rolle, die sie selbst damals gespielt hatte, nicht über die Maßen betonen, denn Janet Joritz wirkte nicht eigensüchtig. Sie würde das Ganze eher wie eine Fernsehsendung verfolgen, zu der man gemütlich Salzstangen und Käsecracker aß.

»Mir liegt nichts an meinem Aussehen«, erklärte sie nach einer kurzen Denkpause. »Ehrlich gesagt war das in meinem Leben für mich noch nie wichtig. Für mich zählt, wie man sich inwendig fühlt. Zumindest versuche ich mir das einzureden. Vielleicht habe ich mir meine Jugendlichkeit ja durch meine Enkelkinder erhalten. Das Jäckchen, das ich gerade stricke, ist für Julie. Sie ist erst sieben, aber sie hält sich bereits für sehr erwachsen. Ihre Mutter, meine Tochter Susan, hat ihr erlaubt, sich die Ohrläppchen durchstechen zu lassen. Mein Mann hat sich darüber aufgeregt, doch ich habe ihm erklärt, dass darüber heute kein Mensch mehr nachdenkt. Wie man auch nicht mehr die Nase rümpft, wenn eine ledige Mutter ein Kind zur Welt bringt. Das ist nicht mehr wie damals. Gott sei Dank, möchte ich hinzufügen, insbesondere, wenn ich daran denke, was die Mädchen früher durchgemacht haben. Mädchen, die wie die Kleine, die hier wohnte, verstoßen wurden und dann sehen mussten, wie sie zurechtkamen. Vor allem, wenn der Bursche, der sie in Schwierigkeiten gebracht hatte, sich die Hände in Unschuld wusch und keine Verantwortung übernehmen wollte.«

»Tja, manche waren wirklich in einer schrecklichen Situation«, bemerkte ich. Ich musste an Ernest denken, der Flossie gern geheiratet hätte, und an Sir Horace, der die Verantwortung für sein Kind nicht übernehmen durfte.

»Ich weiß noch genau, wie hübsch diese Flossie war«, fuhr Mrs Joritz fort. »Und ich entsinne mich auch, dass sie krank wurde.« Mrs Joritz ließ ihr Strickzeug sinken. »Wenn ich mir das überlege, wird mir erst so richtig klar, dass es selten um Äußerlichkeiten geht. Denn selbst wenn dem armen Ding die Welt zu Füßen gelegen hätte, es hätte ihr nichts genutzt.«

Mrs M. hatte die Hand nach den Weintrauben in der Schale ausgestreckt, bis sie merkte, dass sie nicht echt waren. Nun fuhr sie lässig mit der Hand darüber hinweg. »Nette Zierde«, lobte sie. »Irgendwie witzig und ... sehr stilvoll. Ähem ... und wie würden Sie Flossie beschreiben?«

»Um das zu beantworten, habe ich sie nicht gut genug gekannt. Im Grunde sind wir uns nur im Vorbeigehen begegnet. Sie war nicht unfreundlich, aber für eine Zwölfjährige hat sie sich nicht interessiert, das wäre auch zu viel verlangt. Dass sie in ärmlichen Verhältnissen lebte, war offenkundig. Auch mit der Miete war sie öfter im Verzug. Zum Glück sind meine Eltern weichherzig. Andere hätten sie bestimmt auf die Straße gesetzt. Ich erinnere mich auch noch an die Aufregung, als es mit dem Kind so weit war und mitten in der Nacht der Arzt erschien. Und anschließend hörte ich einmal, dass meine Eltern sich über ihre Krankheit unterhielten. Dann ging alles recht schnell, wie es bei einer Lungenentzündung eben geht, und kurz darauf war derselbe Arzt wieder da – ein gewisser Dr. Green; er hat sich auch um die Adoption gekümmert.«

»Ach was!« Mrs Malloy und ich schnellten gleichzeitig vor.

»Unter seinen Patienten befand sich ein Ehepaar, das keine Kinder bekommen konnte, so etwas gibt es ja hin und wieder, nicht wahr? Leute, die keine Kinder bekommen, während andere gern auf Kinder verzichten würden.« Gleich darauf ertönte ein scharfer Knall, so dass wir zusammenfuhren und Mrs Joritz das Wort im Hals stecken blieb. Mrs Malloy nestelte an ihrem Hut und wollte gerade etwas sagen, doch in dem Moment ergriff Mrs Joritz abermals das Wort und begann zu erzählen, wie schön es gewesen war, ihre Töchter zu ordentlichen Mädchen heranwachsen zu sehen. Wenige Minuten später wurde die Tür aufgestoßen und ein athletisch gebauter Mann in eleganter Kleidung, der unternehmungslustig einen Golfschläger schwang, betrat den Raum.

»O Vati! Nicht schon wieder!«, empfing Mrs Joritz ihn ein wenig vorwurfsvoll.

»Du solltest stolz auf deinen Vater sein! Mit einem einzigen Schlag eingelocht!«

»Wieder durchs Esszimmerfenster der Nachbarn?«

»Exakt die gleiche Stelle wie beim letzten Mal.«

Mrs Joritz legte sich die Hände auf die Wangen. »Aber du hast nicht wieder die Tassen zerschmettert, die Mr Warren sammelt, oder? Du weißt, dass diese Tassen sein Ein und Alles sind und dass er ein Service mit den Frauen von Heinrich VIII. zusammen hatte.«

»Nun, eine von ihnen hat nun ein zweites Mal den Kopf verloren. Das ist aber kein Grund zur Aufregung, mein Liebes.« Er begleitete seine Aussage mit einem Grinsen. Mit einem äußerst charmanten, jungenhaften Grinsen, und da ich wusste, dass sich Mrs Malloy von gewissen Dingen leicht ablenken ließ, tippte ich an ihren Hut, so dass die Krempe ihre Augen bedeckte. »Bitte, Jan«, fuhr er fort, »du brauchst dir wirklich keine Sorgen zu machen. Mrs Warren war überhaupt nicht wütend. Sie wollte nicht einmal eine Entschädigung für die zerbrochene Fensterscheibe, sondern hat mir angeboten, auf ihrem Rasen weiterzuüben. Da gibt es einen kleinen Teich und einen Sandkasten, fast wie in meinem Club. Mrs Warren hasst die Tassensammlung ihres Mannes. Die Gesichter starren sie grimmig an und nachts träumt sie davon, als Sammeltasse zu enden. Jetzt aber genug von meinen Golfkünsten! Was sollen die beiden Damen sonst von mir denken?« Er lehnte seinen Schläger an den Tisch und reichte zuerst mir und danach Mrs Malloy die Hand. »Wir kennen uns noch nicht, oder?«

»Nein«, hauchte Mrs Malloy. »Doch für alles gibt es ein erstes Mal.« An ihrem Schmachtblick konnte ich erkennen, dass Watkins nicht mehr existierte. Schüchtern wie ein Schulmädchen sagte sie ihren Namen und schob sich den Hut zurück. Da ich wusste, dass sie als Nächstes nach ihrem Lippenstift fahnden würde, zog ich ihr die Handtasche weg.

»Bob Songer«, stellte er sich vor, ließ sich auf einem Sessel nieder, zupfte an seinen sorgsam gebügelten Hosenbeinen, enthüllte ein Stück Drosselei-blaue Socke und beugte sich augenzwinkernd vor. »Sie müssen Jans neue Bekanntschaft sein, denn sonst hätte sie uns längst miteinander bekannt gemacht, und ich würde mich an Sie erinnern. Jan bittet uns nämlich immer hinzu, wenn sie Besuch hat, damit sich ihre alten Eltern nicht überflüssig vorkommen, so wie man das oft von anderen Leuten hört.«

»Papa!«, mahnte Mrs Joritz ihn, wobei sie jedoch sein Augenzwinkern erwiderte. »Jetzt tu doch nicht so! Es ist schließlich dein Haus oder hast du das vergessen?«

»Es gibt genügend Fälle, wo das nichts zur Sache tut.« Seine Miene verdüsterte sich. »Noch heute Morgen hat mir Mrs Warren erzählt, in der Zeitung hätte sie von einem Neunzigjährigen gelesen, den man tot in einem Brunnen fand.«

»Aber doch gewiss nicht, weil er überflüssig war!«, rief Mrs Malloy entsetzt und vermied es tunlichst, in meine Richtung zu schauen.

»Angeblich war es ein Unfall«, erwiderte Mr Songer. »Doch wie Mrs Warren betonte, kann auch jemand nachgeholfen haben. ›Denk an meine Worte‹, sagte sie, ›der Bursche war jemandem im Weg. Wahrscheinlich hat er ständig von den alten Zeiten geplaudert und ist damit allen auf die Nerven gegangen. Sicher jemand, der nicht wusste, ob er schon gefrühstückt hatte, dafür aber Gott und der Welt erzählte, um welche Zeit früher der Milchmann kam.‹« Bekümmert schüttelte Mr Songer den Kopf. »Das ist wohl der Lauf der Welt, dass man der Vergangenheit nachhängt, wenn man älter wird.«

»Aber doch nicht Sie, Mr Songer!« Mrs Malloy schlug die Wimpern nieder.

Mr Songer strahlte. »Weil wir unsere Kinder bei uns haben und es immer wieder etwas zu erleben gibt. Hat Jan Ihnen von ihren Töchtern berichtet? Was sie studiert haben, was aus ihnen geworden ist, und dass sie mit sehr netten, erfolgreichen Männern verheiratet sind? Susans Mann ist Anwalt und sie hat ein Töchterchen, das blitzgescheit ist. Mit sieben Jahren in einer Klasse von Neunjährigen, aber das ist für unsere Kleine kein Problem. Letztens hat sie von allen das beste Zeugnis bekommen, stimmt's, Jan?«

»Papa, bitte!« Mrs Joritz war feuerrot geworden. »Du sollst doch nicht prahlen. Für andere ist Julie nichts weiter als ein fremdes Kind.«

»Ich kenne aber nicht viele fremde Kinder, die schon fließend Spanisch sprechen.«

»Papa! Sie kann auf Spanisch gerade mal bis zehn zählen.« Mrs Joritz nahm ihre Strickarbeit wieder auf. »Allerdings kann sie das vorwärts und rückwärts, das ist wahr. Und ihre Lehrerin sagt, ihre Aussprache ist makellos.«

»Und Sie sollten sie erst einmal tanzen sehen! Wie eine Fee!« Sein jungenhaftes Strahlen gewährte uns den Anblick von Zähnen, die für einen Mann seines Alters in der Tat eindrucksvoll waren. Mrs Malloys Geschmachte hatte nachgelassen, und als er fortfuhr, die Vorzüge der lieben, kleinen Julie aufzuzählen, gewann ich den Eindruck, dass sie sich allmählich fragte, was sie in den zehn Minuten, die ihre Beziehung gedauert hatte, bloß in ihm gesehen hatte.

»Hat Jan Ihnen verraten, wie musikalisch das Kind ist?«

»Nicht dass ich wüsste.« Mrs Malloys Blick wurde glasig.

»Sie spielt die Triangel.«

»Das ist ja fantastisch«, erwiderte ich mit aufrichtiger Bewunderung, denn ich weiß noch gut, wie stolz ich war, als Tam einem Kamm, den er mit Toilettenpapier umwickelt hatte, zwei, drei Töne entlockte, von denen ich heute noch schwören würde, dass sie aus »Alle meine Entchen« stammten.

»Das einzige Kind, das im Schulorchester Soloauftritte hat.«

»Das muss man sich mal vorstellen.« Mrs Malloy spähte umher, als hielte sie nach einem Brunnen Ausschau, um Mr Songer mit dem Kopf voran hineinzustoßen.

»Man vermutet, dass sie ganz erstaunlich begabt ist.«

»Papa, nicht doch! Das hat lediglich Julies Vater gesagt.« Über ihr Strickzeug hinweg lächelte Mrs Joritz ihren Vater liebevoll an.

»Nichts ist interessanter als Geschichten von anderer Leute Kindern«, erklärte Mrs Malloy. »Der Himmel möge die Kleinen schützen. Und wir würden gern noch mehr erfahren, aber Mrs H. und ich dürfen Ihnen nicht Ihren ganzen Nachmittag stehlen.«

»Ach, du liebe Zeit … oh, entschuldigen Sie.« Betreten ließ unsere Gastgeberin ihr Strickzeug sinken. »Papa, ich hätte es dir sagen sollen – die Damen sind Privatdetektivinnen, die das Kind von Flossie Jones ausfindig machen möchten. Weißt du noch? Der Säugling, der damals hier zur Welt kam und anschließend zur Adoption freigegeben wurde. Gerade als du kamst, war ich dabei, die Rolle von Dr. Green zu erwähnen.«

»Ein angenehmer Mann«, entgegnete Mr Songer. »Ich weiß noch, wie es war, als die junge Mutter im Sterben lag. Dr. Green wollte sich mit dem Vater des Kindes in Verbindung setzen, um ihm die Lage zu schildern und ihn zu bitten, das Kind aufzunehmen. Aber Flossie weigerte sich, den Namen zu nennen. Danach wandte Dr. Green sich an ein Ehepaar, das bereits seit einer Weile ein Kind zur Adoption suchte.«

»Wissen Sie, ob Dr. Green noch lebt?« Ich spürte, dass mein Herz schneller zu schlagen begann.

»Das ist eher unwahrscheinlich. Er war damals schon um die sechzig.«

»Tja, dann kann man wohl nichts machen.« Ich versuchte, meiner Enttäuschung Herr zu werden. »Das wäre ja auch zu schön gewesen, um wahr zu sein.«

»In der Tat.« Mrs Malloy stand auf. »Glücklicherweise sind meine Partnerin und ich stets in der Lage, eine Sackgasse …« Mrs M. stockte, ehe sie mit erhobenem Kopf ergänzte: »… in eine Abkürzung zu verwandeln.« Daraufhin begann ich hastig, Mrs Joritz und Mr Songer für die Informationen zu danken, doch Mrs Joritz fiel mir ins Wort.

»Aber wir haben Ihnen doch den Namen der Adoptiveltern noch gar nicht gesagt«, rief sie verwundert. »Das waren die Merryweathers. Allerdings haben wir die beiden erst nachher kennen gelernt, und zwar dank der Decken, die ich für unseren Kirchenbasar gestrickt hatte. In eine meiner Decken hatten wir den Säugling eingewickelt.«

»Jan konnte nämlich schon mit zwölf Jahren Muster stricken«, verkündete Mr Songer.

»Dass Sie mit den Merryweathers noch Kontakt haben, ist vermutlich unwahrscheinlich«, sagte Mrs Malloy ein wenig ungnädig.

»Da wäre ich mir nicht so sicher.« Mr Songer zeigte wieder sein jungenhaftes Grinsen und wandte sich zu seiner Tochter um. »Jan, wo hebt Mutter unser Adressbuch auf?«

18

Mrs Malloy reagierte äußerst ungehalten, als ich sie vor ihrem Haus in der Herring Street absetzte. Sie nannte mich pflichtvergessen und nachlässig, weil ich mich weigerte, umgehend mit ihr zu den Merryweathers zu fahren. Zeit sei alles, hielt sie mir salbungsvoll vor, und da konnte ich ihr nur von Herzen zustimmen. Denn inzwischen war es vier Uhr und ich musste dringend nach Hause zu meiner Familie. Morgen wäre es noch früh genug, um uns mit Ernestines Adoptiveltern in Verbindung zu setzen, hielt ich ihr entgegen, woraufhin sie viel sagend erwiderte, ich würde meine Entscheidung hoffentlich nicht bereuen.

Es dämmerte bereits, als ich meinen Wagen in den ehemaligen Ställen unterbrachte und das Haus durch die Hintertür betrat. Dabei kam ich mir albernerweise wie ein Kind vor, das sich länger als erlaubt draußen zum Spielen aufgehalten hat. Freddy war allein in der Küche. Und ich muss zugeben, dass sein Anblick mich schockierte. Normalerweise lümmelt er sich auf einem Stuhl, mit den Füßen auf dem Tisch und einem dick belegten Sandwich in den Händen. Doch das war momentan nicht der Fall. Stattdessen stand er mit dem Rücken zu mir und war dabei, Zwiebeln klein zu schneiden. Im Allgemeinen macht es mir nichts aus mit anzusehen, wie sich ein Mann in der Küche abplagt, und wenn es sich dabei um meine eigene Küche handelt, schon gar nicht. Aber dem kläglich herabhängenden Pferdeschwanz und dem einsam schaukelnden Ohrring mit Totenkopf und gekreuztem Gebein haftete so viel Traurigkeit an, dass meine Gedanken an Ernestine und die diversen Machenschaften in Schimmelturm umgehend wie weggewischt waren.

»Freddy«, begann ich. »Du machst dir wegen deiner Mutter Sorgen, nicht wahr?« Ich hing meinen Mantel an einem Haken in der Nische auf. »Hast du etwas gehört?«

»Keinen Ton.«

»Das tut mir Leid.«

»Mittlerweile ist sie seit vier Tagen verschwunden, und mein Vater überlegt, ob er sie offiziell für tot erklären lassen soll.«

»Typisch Onkel Maurice. Verbeißt sich mannhaft seinen Schmerz.« Ich stellte meine Handtasche auf die Anrichte, trat auf Freddy zu und legte einen Arm um ihn. »Es gibt sicherlich keinen Grund anzunehmen, dass ihr etwas zugestoßen ist. Sie hat solche Sachen früher auch schon getan ..., ich meine, sich auf einen Einkaufsbummel begeben und ...« Ich verstummte.

»... und die Zeit vergessen?« Freddy ließ sein Messer sinken und wandte sich zu mir um.

»Vielleicht hat sie jemanden getroffen – eine alte Schulfreundin zum Beispiel. Vielleicht hat sie beschlossen, mit ihr nach Hause zu fahren, dort ein paar Tage zu verbringen ..., dann sind die beiden ins Plaudern geraten, und Tante Lulu ist gar nicht auf die Idee gekommen, dass es vielleicht angemessen wäre, ihren Mann zu verständigen. Du weißt, dass deine Mutter manchmal ein wenig kopflos ist, wenn auch auf eine sehr liebenswürdige Weise.«

»Ja, ich weiß.« Freddy trottete zu einem Stuhl und sank darauf nieder. »Mutti hat sich immer wieder mal aus dem Staub gemacht, insbesondere wenn Vati ihr wegen der Ladendiebstähle in den Ohren gelegen und sie gebeten hat, nicht dreimal hintereinander den gleichen Hut mitzubringen.«

»Sondern lieber die Strickjacke, die sie so dringend braucht.« Ich setzte den Wasserkessel auf und nahm Tassen und Unterteller aus dem Regal. »Da würde ihm manch einer wohl Recht geben.«

»In gewisser Weise führen sie eine sehr altmodische Ehe«, sinnierte Freddy. »Mein Vater ist derjenige, der die Regeln bestimmt. Dann kommt der Moment, wo meine Mutter aufbegehrt und ...«

»Das wird es auch diesmal sein«, unterbrach ich ihn und reichte ihm einen Keks. »Wie immer. Tante Lulu will Onkel Maurice eine Lektion erteilen und ihm Zeit lassen, ihren Standpunkt zu begreifen. Und wenn sie glaubt, dass er so weit ist, kehrt sie zurück.«

»Das versuche ich mir auch einzureden.« Freddy nahm die Tasse Tee an, die ich ihm darbot, und begann daran zu nippen. Den Keks legte er jedoch achtlos auf der Tischplatte ab, was kein gutes Zeichen war, denn sonst aß er alles, was man ihm vorsetzte. »Trotzdem habe ich ein ungutes Gefühl. Ich glaube, das hängt damit zusammen, dass mein Vater mir von der Kneipe erzählt hat... Wie hieß sie gleich? ... Longfellow oder so ähnlich. Meine Mutter ist keine Kneipengängerin. Sie betrachtet Lokale als Tummelplätze für Amateure, für Leute, die damit angeben, Biergläser geklaut zu haben. Das ist nicht ihr Milieu.«

»Freddy, du hältst doch mit irgendetwas hinterm Berg.« Ich ließ mich ihm gegenüber mit meiner Tasse nieder und rührte Zucker in meinen Tee. »Heute früh hast du dir längst nicht so große Sorgen gemacht.«

Freddy strich sich eine Strähne aus dem Gesicht. »Es klingt so idiotisch.«

»Sag es trotzdem.«

»Na gut. Meine Mutter hat mir zum Gedenken an meinen ersten Zahn jedes Jahr eine Karte geschickt.«

»Och, wie süß.«

»Ich weiß, gleich kommen dir die Tränen. Trotzdem ... Sie hat den Tag nie vergessen, im Unterschied zu meinem Geburtstag, an den sie sich selten erinnert.«

»Wann hättest du die Karte denn erhalten sollen?«

»Vorgestern. Natürlich kann's an der Post liegen. Manchmal kriegt man ja einen Brief, der eigentlich noch gar nicht abgeschickt wurde, und dann wieder kommt etwas so spät, dass du glaubst, jemand hat darauf gesessen, weil er hofft, der Wert der Briefmarke würde steigen.«

»Eben. Es gibt keinen Grund zur Panik.«

Freddy stand auf und machte sich erneut daran, die Zwiebeln klein zu schneiden. »Mutti hat die Karte stets sehr früh eingeworfen. Sie wollte sichergehen, dass sie mich erreicht. Aber heute war die Karte immer noch nicht da ...« Er hackte verzweifelt drauflos. »Da ist mir plötzlich kalt ums Herz geworden.«

»Hast du mit deinem Vater darüber gesprochen?«

»Kurz bevor du kamst, habe ich mit ihm telefoniert. Er hatte aber keine Neuigkeiten, außer dass er bereits zum dritten Mal hintereinander abends verlorene Eier isst und zum Nachtisch nur noch Dosenpfirsiche hat, die nicht einmal Markenprodukte sind. Das hat ihn besonders aufgeregt. Aber auch so etwas sieht meiner Mutter überhaupt nicht ähnlich. Sie schaut nie auf den Preis, wenn sie etwas besorgt. Im Gegenteil. Eher greift sie nach dem Besten, denn sie glaubt, auf lange Sicht macht sich das bezahlt.«

»Womit sie Recht hat. Bei teuren Pfirsichen zum Beispiel braucht man nicht nachzuzuckern.« Ich beschloss, dass es besser war, ein neues Thema anzuschneiden. »Wo ist Ben?«, fragte ich. »Und wo sind die Kinder?«, setzte ich noch hinzu.

»Ben hat die Kinder vor einer halben Stunde irgendwohin mitgenommen. Kann sein zur Bücherei. Ich habe mich zum Essen eingeladen und dachte, ich fange schon mal mit den Vorbereitungen an. Es gibt Spaghetti Bolognese.«

»Sehr umsichtig von dir.« Ich schenkte mir abermals Tee ein. »Andererseits hat Ben jede Menge Spaghettisoße im Gefrierschrank, insofern kannst du dich ruhig hinsetzen und dich entspannen.«

»Danke, aber ich muss mich mit irgendwas ablenken.«

»Dann könntest du mir helfen, den Tisch zu decken. Na, wie wär's? Oder noch besser, du bereitest einen Salat zu.«

»Na gut.« Freddy legte sein Messer ab und begab sich zum Kühlschrank. Er kam mit einem Kopf Salat in der einen und ein paar Tomaten in der anderen Hand zurück. »Meinst du, ich sollte einen Privatdetektiv einschalten, der Mutti für mich ausfindig macht? Was ist zum Beispiel mit dem Typ, für den Mrs Malloy arbeitet?«

»Er ist noch immer im Urlaub und man kann ihn nicht erreichen. Hast du denn vergessen, dass Mrs Malloy und ich für ihn eingesprungen sind? Wir kümmern uns um den Fall, von dem ich dir bis in die frühen Morgenstunden erzählt habe …«

»Dass meine Mutter verschwunden ist, heißt nicht, dass ich mein Gedächtnis verloren habe. Oder meinen Verstand … oder vielleicht doch?« Er ließ den Salat und die Tomaten ins Spülbecken fallen und lehnte sich an den Rand der Spüle. »Die meisten Söhne würden so eine Mutter enterben oder vor die Tür setzen. Sie hätten sie bereits vor Jahren zum Teufel gejagt und all die Dinge getan, die sich sonst erzürnte Eltern einfallen lassen, wenn ihre Sprösslinge missraten. Eine Mutter zu haben, die selbst dem Papst, während er sie segnet, sein Käppi klauen würde, ist nämlich gar nicht so lustig, auch wenn es vielleicht so klingt. Aber sie umtauschen und eine neue Mutter verlangen, klappt ja wohl nicht.« Trübsinnig schaute er zu Boden. »Außerdem weiß ich nicht mehr, wo die Originalverpackung liegt.«

»Oh, Freddy! Wenn ich bloß wüsste, wie ich dir helfen könnte.«

»Vielleicht könntest du mit Mrs Malloy sprechen und sie fragen, ob sie einen zweiten Fall übernimmt. Er wäre ja nicht viel anders als das, was ihr gerade tut.« Er versuchte es mit einem Lächeln. »Wie läuft die Sache überhaupt?«

»Wir hatten heute erste Erfolge zu verzeichnen. Wahrscheinlich stehen wir kurz davor, Ernestine zu entdecken. Immerhin haben wir den Namen und die Adresse der Leute herausgefunden, die sie adoptiert haben.«

»Toll.«

»Na ja, war eher Glückssache. Das meiste ist uns in den Schoß gefallen. Freddy …« Ich stand auf und zog meine Kittelschürze über, geriet aber irgendwie mit dem Kopf ins Ärmelloch. »… wegen deiner Mutter – dafür fühle ich mich einfach nicht ausreichend kompetent. Du brauchst jemanden, der weiß, was er tut; nicht jemanden, der nur den Privatdetektiv spielt.« Mir wurde fast übel, als ich hörte, was ich da sagte. Offenbar war ich skrupellos genug, um mit anderer Menschen Sorgen und Nöte zu spielen, und wurde erst wach, wenn es um meine eigene Familie ging. Das letzte Restchen der Hochstimmung, die ich beim Verlassen der Hathaway Road empfunden hatte, war dahin. Es nützte mir nichts, mir vorzusagen, dass Milch Krugg abwesend war, dass Lady Krumley ohne Mrs Malloy und mich keine Menschenseele hätte, die bereit wäre, ihren fantastischen Geschichten Glauben zu schenken. In dem Moment flog jedoch die Hintertür auf und die Kinder kamen in die Küche getobt, gefolgt von Ben, der mehrere weiße Pappkartons in Händen trug und sich außerdem einen kleinen Bücherstapel unter die Achsel geklemmt hatte.

»Ich rieche … ich rieche … chinesisches Essen«, sagte ich und spürte, wie sich unwillkürlich ein Lächeln auf meinem Gesicht ausbreitete. Rose schlang mir ihre Arme um die Beine, und Tam und Abbey rannten um die Wette, um Tobias an sich zu drücken, dessen pelziges Köpfchen aus einer Ecke hervorgelugt hatte.

»Ich musste zur Bücherei und die Kinder wollten mit«, erklärte Ben und stellte seine Last auf dem Tisch ab. »Und um dich zu überraschen, haben wir unser Abendessen vom Chinesen mitgebracht.«

»Oh, herrlich! Dann muss Freddy sich auch nicht mehr mit den Zwiebeln abplagen.«

»Ach herrje! Ich dachte, ich hätte ihm gesagt …«

»Er ist wegen Tante Lulu ein wenig durch den Wind«, flüsterte ich Ben zu.

»Noch immer keine Nachricht?« Er begann seinen Mantel aufzuknöpfen. Ich erkannte die Sorge in seiner Miene und erlebte einen jener Momente, in denen meine Liebe zu ihm grenzenlos war. Ohne dass wir uns ansahen oder dass er meine Hand ergriff, fühlte ich mich durch seine Gegenwart beschützt und getröstet. Das hatte weder etwas damit zu tun, dass er gut aussah, noch mit seinen dunklen Locken oder der lässigen Eleganz, mit der er verbeulte Pullover oder abgewetzte Hosen trug. Es hing mit dem Wissen zusammen, dass er immer da sein würde, um mich zu retten, falls ich in Schwierigkeiten geriet, und dass er mir auch gestatten würde, ihn zu retten, was vielleicht noch wichtiger war.

Ich schälte die Kinder aus ihren Mänteln, während Ben sich

mit Freddy beriet. Anschließend verteilte ich Teller und Besteck auf dem Tisch und öffnete die Pappschachteln. Ben setzte einen Kessel mit frischem Wasser auf und bereitete Tee zu.

»Das ist ja ein Festschmaus!« Ich ließ meine Blicke über die Köstlichkeiten schweifen und streifte meine Schürze ab.

»Ich esse den gebratenen Hühnerreis. Den habe ich mir selber ausgesucht«, verkündete Tam und kletterte auf seinen Stuhl.

»Und mir gehören die Glühwürmchen.« Abbey tänzelte auf mich zu, um mir ein Küsschen zu geben, ehe sie ihren Platz einnahm.

»Das heißt Krabbenreis«, verbesserte ihr Bruder sie.

»Stimmt das?« Abbey schaute mich flehend an.

»Schätzchen, alles schmeckt wunderbar, und nur das ist es, was zählt.« Ich hob Rose auf ihren Kinderstuhl, während Ben Tee ausschenkte und Freddy den Kindern Milch in ihre Becher goss. Er wirkte noch immer angespannt, war aber sichtlich bemüht, sich nichts anmerken zu lassen, und erkundigte sich, welche Bücher Ben sich ausgeliehen hatte.

»Computerliteratur.«

»Oh weh! Kommst du mit dem Ding noch immer nicht zurecht?«, fragte ich und nahm mir vor, mich am nächsten Tag mit Kathleen Ambleforth in Verbindung zu setzen, um herauszufinden, wie weit ihre Nachforschungen gediehen waren. Es spielte keine Rolle, dass Ben nicht mehr aufgebracht war. Es war einfach meine Pflicht, die Angelegenheit in Ordnung zu bringen. Ehe Ben jedoch antworten konnte, ergriff Tam das Wort und erzählte uns von dem Buch, das er sich in der Bücherei ausgesucht hatte.

»In meinem Buch gibt es einen kleinen Zug, der sich verirrt hat. Und die Leute werden böse, weil sie nach London wollten. Aber da fährt der Zug nicht hin. Er bringt sie nämlich ans

Meer. Und dann schauen sie aus dem Fenster und sehen den Sand und die Kinder, die mit Eimern und Schaufeln spielen und ...«

»In meinem Buch gibt es ein kleines Kaninchen, das traurig ist, weil es seine Mami nicht mehr finden kann.« Abbey richtete ihre glänzenden blauen Augen auf Freddy. »Bist du deshalb traurig? Willst du auch deine Mami finden?«

»Suchst du deine Mami, Freddy?« Tam besprenkelte seinen gebratenen Reis mit Sojasoße. Er hatte sich den Teller bis dicht vor seine Brust gezogen, nachdem Rose hineingelangt hatte, um sich eine Hand voll Reis zu grabschen. Wie alle Zweijährigen fand sie die Gerichte auf den Tellern ihrer Geschwister interessanter als ihr eigenes Essen.

»Die haben bestimmt zugehört, als ich mit meinem Vater telefoniert habe.« Freddy stocherte in einem kleinen Hügel Krabbenreis herum und ignorierte das Rindergeschnetzelte auf seinem Teller. »Macht euch keine Sorgen«, erklärte er mit gezwungenem Lächeln. »Es ist alles bestens. Nach dem Essen müsst ihr mir unbedingt aus euren Büchern vorlesen. Wir lassen eure Eltern für ein Weilchen allein, damit sie in Ruhe abwaschen können.«

»Klingt gut«, murmelte Ben und verteilte die Reste aus den kleinen Kartons.

Und so hielten wir es. Als es auf acht Uhr zuging, wurde es Zeit, die Kinder ins Bad zu scheuchen und in die Betten zu verfrachten. Ich meldete mich freiwillig, die Arbeit zu übernehmen, denn ich spürte, dass Ben darauf brannte, sich über seine Wälzer herzumachen. Er hatte sich erkundigt, wie mein Tag verlaufen war, doch da ich den abendlichen Frieden nicht stören wollte, hatte ich entgegnet, alles wäre bestens und die Einzelheiten würde ich ihm später mitteilen. Was ich erzählen und was ich auslassen würde, überlegte ich mir, während ich die Kinder badete, sie zu Bett brachte, zudeckte, ihnen mehr oder weniger richtig »Schlafe mein Kindchen, schlaf ein« vorsang und jedem einen Gutenachtkuss aufdrückte.

Ich war halb die Treppe hinuntergegangen, als das Telefon läutete. Ich nahm den Hörer ab und Kathleen Ambleforth meldete sich.

»Alice hat es geschafft, Ellie.«

»Großartig!« Ich benötigte einen Moment, um mir zu vergegenwärtigen, von wem die Rede war.

»Du erinnerst dich doch, sie ist für die Listen zuständig.«

»Natürlich.« Wenn da nicht Tante Lulus Verschwinden und die Morde in Schimmelturm gewesen wären, hätte ich gewiss einen Freudentanz aufgeführt.

»Hast du ein Stück Papier zur Hand?«

»Ein Stück Papier und einen Bleistift.«

»Gut. Ich gebe dir den Namen des Vereins durch, der die Spende entgegengenommen hat. Außerdem die Telefonnummer ...« Anschließend fragte sie: »Hast du alles? Oder war ich zu schnell?«

»Nein, nein, ich habe alles notiert«, beteuerte ich und wiederholte zur Vorsicht noch einmal die Angaben, die mir nicht das Geringste sagten und nur aus zusammenhanglosen Buchstaben und Zahlen zu bestehen schienen. Immerhin vergaß ich nicht, mich ausgiebig zu bedanken. Anschließend legte ich auf und stopfte den Zettel in meine Rocktasche. Gleich am andern Morgen würde ich dort anrufen. Ben kam gerade aus seinem Arbeitszimmer, als ich die Halle durchquerte. Ich musste an mich halten, um ihm nicht umgehend mitzuteilen, dass er seine Sachen zurückbekommen würde. Ich schwieg, um ihn später, falls doch etwas schief ging, nicht zu enttäuschen. Ich würde geduldig abwarten und ihn dann überraschen.

»Woran denkst du?« Ben zog mich in seine Arme und küsste mich trotz der Gegenwart der beiden Ritterrüstungen. Es war ein wunderbarer Kuss, zärtlich und leidenschaftlich, und als ich ihm in die Augen schaute, erkannte ich darin etwas äußerst Verheißungsvolles. Mein meergrünes Nachthemd mit dem schaumigen Spitzenausschnitt würde zum Einsatz kommen, ebenso wie das sündhaft teure Parfum, das ich in der kleinen Schatulle aufbewahrte, in der sich auch Bens erster Brief befand, und die erste Rose, und das Papier, mit dem er meine erste Tafel Schokolade eingewickelt hatte …

»Ich denke dasselbe wie du«, flüsterte ich und schmiegte meine Wange an seinen Hals. »Aber Freddy ist noch da.«

»Nein. Er ist vorhin in sein Häuschen zurückgekehrt.«

»War er noch am Boden zerstört?«

»Na ja, er war jedenfalls nicht ganz auf der Höhe.«

Ich stieß einen Seufzer aus. »Der Arme. – Aber komm! Dann kann ich dir wenigstens in aller Ruhe erzählen, womit Mrs Malloy und ich uns gerade befassen.« Ich führte Ben an der Hand in den Salon, schaltete die Lampen ein und ließ mich neben ihm auf einem elfenbeinfarbenen Damastsofa nieder.

»Das hört sich ja so an, als ob ich mich gleich aufregen würde«, bemerkte Ben. Er nahm mein Gesicht in seine Hände und küsste mich süßer als zuvor.

»Das liegt vielleicht daran, dass ich mich selbst ein wenig aufrege. Ich bin da nämlich … in eine Sache verwickelt worden …« Na wunderbar. Schon bei den ersten Sätzen fing ich an zu stammeln. »Die Geschichte begann an dem Abend, an dem wir beide uns gestritten haben …, und danach bin ich nie dazu gekommen, dir alles zu erzählen …« Während ich mich von Punkt zu Punkt hangelte, wurde mir bewusst, wie übertrieben und weit hergeholt das alles klang. Hier und da gebot

Ben mir Einhalt, um etwas zu fragen, doch er blieb insgesamt gelassen. Seine Brauen wanderten nicht bis zur Nasenwurzel, wie sie es sonst taten, wenn ich ihn wütend machte. Er behielt auch seine Farbe im Gesicht und umschloss meinen Arm nicht mit eisernem Griff, um zu verkünden, er lasse mich nicht fort, weil er keine Lust hätte mit anzusehen, wie ich mich zum nächsten Opfer von Schimmelturm verwandelte. Eher hatte ich den Eindruck, dass er sich kolossal Mühe gab, sich ein Grinsen zu verbeißen.

»Nun, was hältst du von der Sache?«, erkundigte ich mich zuletzt.

»Ich glaube, dass du und Mrs Malloy euch prächtig amüsiert.«

»Das klingt, als würdest du mir die Wange tätscheln. Du musst mich aber nicht behandeln wie ein Kind von sechs Jahren.« Ich rückte von ihm ab, griff mir ein Kissen und drückte es an mich.

»Wie ein Kind? Ich würde dich niemals wie ein Kind behandeln.« Das war die größte Lüge, welche die Welt je vernommen hatte. »Und überhaupt, warum sollte ich dich nicht tätscheln? Immerhin versucht ihr beide, einer verängstigten alten Dame zu helfen, und wie es aussieht, wird euch das auch gelingen. Ihr werdet ihr erklären, wie sie sich mit Ernestine in Verbindung setzen kann, und anschließend trinken die beiden Damen zusammen Tee und plaudern nett über ihre Vergangenheit.«

»Und was ist mit dem Mord?«

»Mit welchem Mord?«

»Sag mal, hast du mir überhaupt zugehört? Der Mord an Vincent Krumley. Oder hast du den bereits vergessen?«

»Liebling!« Bens Lippen zuckten. »Du hast selbst gesagt, dass der Mann neunzig Jahre alt war. Ehrlich gesagt gehe ich davon aus, dass ich in dem Alter selbst ein wenig tattrig sein und nicht mehr ewig leben werde. Du glaubst doch nicht im Ernst, dass die Verwandten von Lady Wie-hieß-sie-noch absichtlich beiseite geschafft wurden.«

»N-nein. Aber die Todesfälle hätten jemanden auf eine Idee bringen können.«

»Und du glaubst auch nicht im Ernst, dass die Flüche wirken, die ein Mensch auf seinem Sterbelager ausspricht.«

»Vielleicht nicht. Aber was ist mit den anderen Dingen, von denen ich dir erzählt habe?«

»Welche anderen Dinge?«

»Na ja, warum hat zum Beispiel Ronald, der Sohn von Wachtmeister Thatcher, Lady Krumleys Wagen mit Blumentöpfen beworfen? Und warum leidet der Junge inzwischen an Albträumen, die etwas mit dem Ableben von Vincent Krumley zu schaffen haben? Ich werde das Gefühl nicht los, diese Vorkommnisse könnten sich als wichtige Puzzleteile erweisen. Und hinter dem Ganzen steckt die Brosche mit den Smaragden, da bin ich mir sicher.«

»Mit anderen Worten, du nimmst das, was diese … Laureen dir erzählt hat, für bare Münze.«

»Warum sollte sie denn lügen?«

»Um Unheil zu stiften. Um sich wichtig zu machen. Was weiß ich? Womöglich hat sie sich aber auch geirrt oder verwechselt den Tag, an dem sie die Brosche nicht gesehen hat mit einem anderen. Ellie!« Ben zerrte das Kissen aus meinen Armen und warf es in einen Sessel. »Tu einfach nur das, womit man dich beauftragt hat, und mach diese Ernestine ausfindig. Hoffentlich vermacht Lady Krumley ihr dann ein anständiges Vermögen, damit sie in ihrem Leben nicht einen Tag mehr zu arbeiten braucht. Und danach schlage ich vor, die Bewohner von Schimmelturm zu vergessen und sie ihrem Schicksal zu überlassen.«

»Du machst dir wohl überhaupt keine Sorgen, dass ich in

Gefahr schweben könnte!« Ich hörte mich an wie eine schmollende Abbey.

»Im Moment schwebst du lediglich in der Gefahr ...« Er näherte sein Gesicht dem meinen und der Blick seiner blaugrünen Augen wurde tief wie ein Abgrund, in dem man versinken konnte. »... so lange geküsst zu werden, bis dein Verstand schmilzt ... beziehungsweise erwacht.«

»Und es beunruhigt dich auch nicht, dass Mrs Malloy und ich Cynthia Edmonds belauscht haben, wie sie jemanden erpresst hat?«

»Vielleicht habt ihr etwas falsch verstanden. Ihr wart doch einige Meter von ihr entfernt. Und vielleicht ist das lediglich ihre Art, ihren Mann um Haushaltsgeld zu bitten. Und wenn er ihr keins gibt, verpetzt sie ihn bei seiner Tante.« Ben lehnte sich zurück. »Vielleicht war er auch unartig. Vielleicht hat er sich eine neue Eisenbahn gekauft.«

»Wir können nicht so ohne weiteres davon ausgehen, dass Cynthias Gesprächspartner ihr Mann war. Als Mrs Malloy und ich uns zum Speicher begaben, leistete er immerhin noch dem frisch im Salon eingetroffenen Sir Alfonse Gesellschaft. Also hätte sich auch jeder andere mit Cynthia im Schlafzimmer aufhalten können.« Ich schnappte mir ein neues Kissen. »Einschließlich Daisy Meeks.«

»Wer ist denn das schon wieder?«

»Die Frau, die nach der Vogelgeschichte so überraschend aufgetaucht ist. Eine Art Cousine.«

»Ach so. Du glaubst, sie wollte mal nachschauen, ob sie euch tatsächlich Angst eingejagt hat.«

»Hm. Besonders raffiniert wirkt sie eigentlich nicht ... andererseits ... könnte sie sich verstellt haben.«

»Ich schlage vor, wir erklären sie zur Hauptverdächtigen. Wie wäre das?«

Ich erkannte die Lachfältchen um seine Augenwinkel und warf mit dem Kissen nach ihm. Warum nahm er mich nicht ernst? Es war doch so offenkundig, dass Vincent Krumley ermordet worden war, weil er irgendwelchen Plänen im Weg gestanden hatte! Und dass Cynthia Edmonds etwas wusste, das jemand anders lieber verbergen wollte. Und dass sie Vorkehrungen getroffen hatte, um aus diesem Wissen Gewinn zu schlagen. Was steckte dahinter? Rache? Hass? Liebe? Gier? Das waren die klassischen Motive und – bei diesem Gedanken richtete ich mich unwillkürlich auf – in diesem Fall trafen sie allesamt zu. Rache und Hass waren aus den Ungerechtigkeiten entstanden, die man Flossie Jones angetan hatte…, und was die Liebe betraf, so handelte es sich um nie gefundene… Vaterliebe, die in der Tochter die Gier geweckt hatte, mit der sie sein Erbe verlangte. War etwa Ernestine diejenige, die heimlich im Hintergrund die Fäden zog? Hatte sich eine Frau mit teuflischen Absichten in Schimmelturm eingeschlichen? Jemand, dem ich bereits begegnet war … mit dem ich bereits gesprochen hatte? Den ich nicht nur für harmlos, sondern womöglich sogar für nett gehalten hatte?

Die Türklingel unterbrach den Fluss meiner Gedanken, doch bis ich mich aus meiner Starre gelöst hatte und mich erheben konnte, war Ben bereits nach draußen geeilt. Gleich darauf vernahm ich eine Frauenstimme. Mrs Malloy, die hergerast war, um mir eine neue Information vorbeizubringen. Aber Irrtum. Im Türrahmen stand niemand anderes als Tante Lulu. Für einen Moment erfasste mich unsägliche Erleichterung, doch dann nahm ich ihre ängstliche Miene wahr, und auch ihr Schritt wirkte, als sie näher kam, ein wenig unsicher. Der Anblick war umso erschütternder, als Tante Lulu sonst einer älteren Shirley Temple glich, ganz quirliges Gekicher, Löckchen und Grübchen.

Ich brachte Tante Lulu schleunigst auf dem nächstbesten Sessel unter, und sie hauchte ein zaghaftes »Hallo, Ellie!« und sah mich unglücklich an. »Ich bin von diesem schrecklichen Ort geflohen.«

»Von welchem Ort?«, erkundigte ich mich. Ben drückte Tante Lulu ein Glas Brandy in die zitternden Hände.

»Eine dieser Spezialkliniken. Ich hatte mich dort eingeliefert, weil ich dachte, eine Abwechslung könnte mir gut tun.« Tante Lulu führte das Glas zum Mund und trank ein paar Schlückchen. »Du weißt doch, dass man dort zuweilen recht berühmte und interessante Leute trifft. Stattdessen handelte es sich aber um eine Anstalt, die von einer sehr strengen Frau geführt wurde. Und die Insassen waren nicht interessant, sondern bedurften dringend der Hilfe. Ich meine, ich bedarf ja auch der Hilfe, aber nicht von heute auf morgen und auch nicht derart bedingungslos. Es war mir gänzlich unmöglich, länger dort zu bleiben. Deshalb habe ich auch gleich die Flucht ergriffen, und zwar durch mein Fenster im dritten Stock, vor dem eine alte Eiche stand. Ich dachte, ich könnte daran herunterklettern, doch einer dieser furchtbar wohlmeinenden Menschen hat mich entdeckt und vom Fensterbrett gezerrt. Und anschließend hat man mich Tag und Nacht bewacht. Erst heute früh konnte ich den nächsten Versuch wagen. Ich habe einen Feueralarm ausgelöst und in dem Tumult, der daraufhin entstand, bin ich wie der Blitz die Auffahrt hinuntergelaufen und habe auf der Straße einen Lastwagen angehalten, der mich bis zur nächsten Stadt mitgenommen hat. Danach ging es per Anhalter weiter, bis ich es schließlich zu euch geschafft habe.«

»Alle Achtung«, sagte Ben. »Wie hieß denn der Ort, an dem du warst?«

»Evangeline. Ist aber trotzdem keine kirchliche Einrichtung, obwohl es irgendwie nach Bibel klingt oder nach Engeln, die den Gestrauchelten aufrichten.«

»Freddy hat das für eine Kneipe gehalten. Er hatte Longfellow verstanden.«

Langsam kehrte Leben in Tante Lulu zurück, und als sie lächelte, traten ihre Grübchen zum Vorschein. »Mein Sohn sieht eben nicht nur großartig aus, sondern er ist auch äußerst gescheit. Longfellow hieß der Bursche, der das Gedicht Evangeline geschrieben hat.«

»Natürlich«, erwiderte ich. »Warum bin ich bloß nicht früher darauf gekommen?« Meine Worte gingen jedoch in dem Getöse unter, das Freddy veranstaltete. Er durchquerte die Halle mit Sturmschritten, kam in den Salon gerast und stürzte seiner Mutter in die Arme. Ben füllte mehrere Gläser mit Brandy. Ich griff in meine Rocktasche, um das Zettelchen hervorzuholen, auf dem ich Adresse und Telefonnummer der wohltätigen Einrichtung notiert hatte, in der die Sachen aus Bens Arbeitszimmer abgegeben worden waren.

Tatsächlich. Die Sachen waren in einem Haus namens Evangeline abgeliefert worden, in Battersea, Bottlecreek Road Nummer 109. Freddy hielt seine Mutter noch immer umschlungen. Ich nahm mir vor, Tante Lulu besser nicht als Referenz anzugeben, wenn ich am nächsten Tag dort anrief, um mein Anliegen vorzutragen.

19

Ich wünschte, Sie würden sich ein für alle Mal entscheiden.« Mrs Malloy hatte sich eine neue Tüte mit Zitronenbonbons beschafft und lutschte hingebungsvoll vor sich hin. Wir fuhren an einer grünen Ampel vorbei, die sich blass im Morgendunst abzeichnete. »Jetzt ist plötzlich Ernestine das Ungeheuer. Neulich haben Sie noch behauptet, Lady Krumley würde hinter alledem stecken und wollte die arme Ernestine gar nicht finden, um ihr zu sagen, wie Leid ihr alles tut, und dass sie ihr zum Trost eine schöne Stange Geld hinterlässt.« Mrs Malloy hatte vermutlich mehrere Bonbons im Mund, denn ich sah, dass ihre Wange sich ausbeulte. »Neulich gingen sie nämlich noch davon aus, dass Lady Krumley Ernestine beiseite schaffen will, und zwar nicht, um ihr mildtätig weiteren Ärger im Leben zu ersparen.«

»Das könnte ja noch immer der Fall sein«, entgegnete ich. »Ich habe ja lediglich vorgeschlagen, die Sache einmal von einem anderen Blickwinkel zu betrachten. Außerdem wissen wir noch immer nicht, ob Lady Krumley das Geld tatsächlich mit in die Ehe gebracht hat. Vielleicht hat sie gelogen. Vielleicht gehörte das Geld Sir Horace. Oder sie hat ihm im Lauf der Ehe ihr Vermögen überschrieben.«

»Wie bitte? Damit sie davon leben darf, aber nichts zu melden hat, wenn es ums Vererben geht?« Mrs Malloy schüttelte fassungslos den Kopf.

Der Dunst verdichtete sich langsam zu Nebel und ich stellte das Fernlicht ein. »Das würde bedeuten«, hub ich an, »dass Sir Horace in seinem Testament Ernestine als Haupterbin eingesetzt hat. Vielleicht hat er das, aber nur unter gewissen Bedingungen. Beispielsweise, dass es außer ihr keine erbberechtigten Familienmitglieder mehr gibt.«

»Oder dass sie sich das Erbe mit einem kleinen Kreis teilt«, räumte Mrs Malloy ein. »Väter können manchmal rührselig werden, wenn es um ihre Töchter geht, das stimmt.« Sie begann in ihrer Bonbontüte zu kramen. »Mein Vater wollte auch nie, dass ich etwas entbehre. Er hat mich immer als seinen Augenstern bezeichnet. Allerdings war meine Mutter der Ansicht, dass er das nur tat, weil er ständig meinen Namen vergessen hat. Irgendwie erinnert er mich an Sir Horace. Mein Vater war bei meiner Geburt ebenfalls nicht zugegen, was aber verständlich ist, wenn man meine Mutter kennt. Wahrscheinlich kamen damals gleich mehrere als Vater in Frage. Erst später, als jeder sah, dass ich meinem Vater wie aus dem Gesicht geschnitten war, ist er seiner Verantwortung nachgekommen. Übrigens war mein Vater ein ausgesprochen gut aussehender Mann.«

Ich zählte im Geist bis zehn, um sicherzugehen, dass Mrs Malloy ihre Reise in die Vergangenheit abgeschlossen hatte, ehe ich auf das Testament von Sir Horace zurückkam. »Rein theoretisch wäre es doch möglich, dass Niles Edmonds erst nach Ernestines Tod erbt. Und da wir wissen, dass Lady Krumley an ihrem Neffen hängt, könnte dieser Umstand sie bewegen, das Kind von Sir Horace ausfindig zu machen, um … nun ja, … sein Ende zu beschleunigen.«

»Allmächtiger!« Mrs Malloy kurbelte ihr Fenster herunter, um einem Fahrradfahrer, der schlingernd neben uns herfuhr, mit der Faust zu drohen. »Jetzt erzählen Sie das genaue Gegenteil. Soll mir aber recht sein. Mir persönlich würde die arme kleine Ernestine als Mörderin nämlich nicht besonders passen, nicht nach allem, was das Mädchen durchgemacht hat. Für mich kommt für den Mord nur Cynthia in Frage. Wissen Sie noch, wie diese Hyäne von ihrer Frisur palavert hat, ohne auch nur einmal darauf hinzuweisen, dass mein Hut mir gut steht? Wenn ihr Mann nicht so ein Wurm wäre, könnte er mir glatt Leid tun. Übrigens, letzte Nacht, als ich im Bett lag und meinen Gin Tonic genippt habe, da habe ich mir gesagt, dass er wahrscheinlich doch derjenige war, den Cynthia in dem Zimmer erpresst hat. Aber da ich ja nicht wie andere zur Sorte der Besserwisser gehöre, will ich mal nicht so sein. Wenn Sie mögen, können wir die Sache ruhig von Ihrem Blickwinkel aus betrachten.«

»Und welcher Blickwinkel war das?«

»Na, dass Lady Krumley uns zum Narren hält.« Mrs Malloy rollte mit den Augen. An diesem Morgen trug sie einen kirschroten Hut zu ihrem Leopardenmantel. »Vielleicht hat Cynthia ja auch mit Lady Krumley telefoniert und es war überhaupt niemand im Zimmer. Vielleicht hatte Cynthia etwas beobachtet und wollte ihre Ladyschaft nur mal höflich ins Bild setzen und gewisse Forderungen daran knüpfen.«

»Wollen Sie damit sagen, dass ihre Ladyschaft Vincent tatsächlich in den Brunnen gestoßen hat, ehe sie nach Mucklesby fuhr?«, unterbrach ich sie und bremste vor einer roten Ampel.

»Das würde die Sache mit den Blumentöpfen erklären.« Zufrieden ließ Mrs Malloy ihr Bonbon im Mund zergehen. »Die beiden Jungen – Ronald Thatcher und sein kleiner Freund – haben alles mit angesehen und sind vor Angst geflüchtet. Doch als sie kurz danach den Wagen erblickten, wurden sie wütend und sind zum Angriff übergegangen.«

»Mrs Malloy! Wenn die Kinder Zeugen der Tat geworden wären, hätten sie das doch gewiss Ronalds Vater erzählt oder vermutlich sogar dem erstbesten Erwachsenen, auf den sie gestoßen wären. Es hätte doch die Möglichkeit bestanden, Vincent Krumley noch zu retten. Woher sollten die Kinder denn wissen, dass er tot war?«

»Weil sie Kinder sind, Mrs H. Sie sind in Panik geraten und konnten nicht mehr klar denken. Deshalb leidet der kleine Thatcher vermutlich auch an Albträumen und quält sich, weil er glaubt, er hätte etwas unternehmen müssen. Ich wette, er macht den Mund nicht auf, weil er Angst hat, man gibt ihm die Schuld.«

»Liegt dann nicht die Annahme näher, dass die Kinder etwas mit angesehen haben, das sie verstört hat, dessen Ausmaß sie jedoch erst begriffen haben, nachdem nähere Einzelheiten im Dorf verbreitet worden waren?« Vorsichtig überholte ich einen Wagen, der in dem Nebel wie eine Schnecke über die Straße kroch.

»Herrgott, warum müssen Sie immer so pingelig sein?« Mrs Malloy faltete die behandschuhten Hände über ihrer Handtasche. »Wir müssen einfach mit den beiden Jungen reden, und zwar pronto. Denn wie die Dinge liegen, könnte es sein, dass Cynthia, selbst wenn sie wollte, zu ihrem nächsten Frisörtermin nicht mehr erscheint. Dann würde der Frisör zwar sicher einen Luftsprung tun, aber wir sind ja nicht unterwegs, um uns als Menschenfreunde aufzuspielen. Gefühle haben in unserem Beruf nichts zu suchen. Wir müssen knallhart sein, denn wir sind dazu da, Morde zu verhindern.«

»Vielleicht hätten wir doch zuerst nach Schimmelturm fahren sollen«, bemerkte ich, als wir nach Chandlers Point einbogen, einem Marktflecken zwischen Chitterton Fells und Mucklesby, in dem Ernestines Adoptiveltern wohnten. Beim

Einsteigen in den Wagen hatte Mrs Malloy mir mitgeteilt, dass sie am Vorabend mit ihnen telefoniert hatte. »Mr Merryweather war anfänglich total perplex, als ich ihm sagte, ich wäre Privatdetektivin und wollte mich mit ihm und seiner Frau über seine Tochter unterhalten. Aber dann wurde er sehr zuvorkommend und hat mir sehr nett erklärt, wie man zu ihrem Haus gelangt.« Als Nächstes wiederholte Mrs Malloy Mr Merryweathers Anweisungen, untermalt von wirrem Händegefuchtel.

»Geradeaus habe ich gesagt, Mrs H. Fahren Sie die High Street einfach weiter geradeaus, bis wir an einen Woolworth kommen; da vorn ist er ja ... danach geht's rechts ab ... oder links ..., das weiß ich jetzt nicht mehr, ist aber auch egal, eins von beiden muss es ja sein. Danach stoßen wir auf einen Blumenladen ... halt, ich seh ihn. Herrgott, jetzt sind wir dran vorbei. Nein, Sie sollen nicht rückwärts fahren! Ich sagte doch, geradeaus! Noch ungefähr dreihundert Meter. So, und jetzt biegen Sie links in eine Straße ein, die Seashell Crescent heißt, ... na bitte, heißt sie auch ... und da ist auch schon das Haus. Nein, nicht das mit der grünen Eingangstür, das daneben. Es ist die Nummer siebzehn. Meine Güte, die Vorhänge sehen ja aus wie Petticoats. Gottchen, wie süß! Und der ganze Garten voller Zwerge! Warum gucken Sie denn so belämmert, Mrs H.? Dass Sie mir da jetzt bloß nicht reinsegeln und so tun, als wären Sie die neue Innenarchitektin!«

»Nein, tue ich nicht«, versprach ich kleinlaut und stellte den Motor ab.

»Wissen Sie was, Mrs H.«, begann Mrs Malloy, nachdem sie den Wagen umrundet hatte. »Mir wär's im Grunde wirklich lieber, Ernestine wäre nicht die Mörderin.« Ihre Blicke wanderten zu den Gartenzwergen. »Ich sehe sie eben immer noch als kleines unschuldiges Baby, was aber nicht bedeutet, dass mein knallharter Blick flöten gegangen ist.« Unter den neongrell bemalten Augenlidern zuckte mir ein knallharter Blick entgegen. »Außerdem bin ich schon so lange im Geschäft, dass ich genau weiß, nicht die kleinste Möglichkeit darf außer Acht gelassen werden. Für uns bleibt jeder verdächtig. Wir sollten auch die Zahlen nicht vergessen. Je mehr Verdächtige, desto besser. Deshalb schlage ich vor, wir rechnen auch Mrs Beetle und Laureen Phillips mit dazu.«

Inzwischen waren wir an der Haustür angelangt, und ich betätigte die Klingel. Noch ehe Mrs Malloy zu weiteren Ausführungen ausholen konnte, fanden wir uns in einer Eingangsdiele wieder, die ich im ersten Moment für ein Spiegelkabinett hielt. Insofern dauerte es eine Weile, bis ich inmitten der Vielfalt der zurückgeworfenen Bilder die Orientierung hatte und wusste, wo ich mich befand. Verstärkt wurde der kaleidoskopartige Effekt noch durch das Hawaiihemd, das Mr Merryweather trug. Es war leuchtend blau und übersät mit Paradiesvögeln und teetassengroßen Blüten. Mr Merryweather war von kleiner, kräftiger Statur, mit einem Kranz krauser Haarfusseln um den kahlen Schädel. Sein Gesicht erfreute sich einer gesunden Röte, und er strahlte wie beim ersten Wiedersehen seit Jahren.

»Welch ein Vergnügen! Treten Sie ein! Meine Frau ist schon ganz aus dem Häuschen und bereitet bereits seit sechs Uhr alles für Sie vor. Es gibt nämlich Scones und Pflaumenwecken. Sie ist eine vorzügliche Köchin. Sehen Sie, ich bin der beste Beweis.« Er tätschelte seinen Bauch. »Kommen Sie, ich führe Sie ins Wohnzimmer. Vermutlich ist sie noch dabei, die Kissen aufzuklopfen. Sie wissen ja, wie Frauen sind … natürlich … wie auch nicht?« Mr Merryweather lachte glucksend und kurzatmig, woraufhin mir ein leichter Zigarrenduft in die Nase stieg, durchsetzt mit etwas, das Vikar Ambleforth bekümmert und mit gesenkter Stimme als »geistiges Getränk« bezeichnet hätte. Die Miene von Mrs Malloy hingegen verklärte sich hoffnungsfroh, vielleicht weil ihr Bild mannigfach von den Spiegeln zurückgeworfen wurde. Wenn mich nicht alles täuschte, hellte sich ihre Miene noch weiter auf, als Mrs Merryweather uns mit ausgestreckten Armen und einem Lächeln, breiter als die Themse, entgegenkam. Vermutlich hatte auch Mrs Malloy begriffen, dass sich die kugelrunde Frau mit der rotgerahmten Brille und dem hawaiischen Gewand, das das Hemd ihres Mannes bei weitem übertraf, als Gastgeberin gewiss nicht auf Tee, Scones und Pflaumenwecken beschränken würde. Und tatsächlich wurde das Wohnzimmer, das wir betraten, von einer großen Glasvitrine mit einer eindrucksvollen Sammlung von Flaschen und Gläsern beherrscht.

»Es ist überaus freundlich von Ihnen, uns zu empfangen«, erklärte ich. Das Lächeln, das sich sowohl an Mr als auch an Mrs Merryweather richtete, kostete mich allerdings einiges. Denn Mrs Merryweather hielt unterdessen meine Hand mit eisernem Griff umklammert, der im krassen Widerspruch zum hawaiischen Outfit und den fliederfarbenen Löckchen stand. Andererseits ließ ihre wundervolle Bräune wahrscheinlich darauf schließen, dass sie sich viel im Freien bewegte. Womöglich war sie sogar eine passionierte Reiterin, wie Cynthia Edmonds. Der Vergleich machte mir offenbar zu schaffen, denn bei dem Gedanken an Cynthia hatte ich plötzlich das dringende Bedürfnis, unseren Besuch bei den Merryweathers abzukürzen. Sobald wir von hier verschwunden waren, würden Mrs Malloy und ich unsere Eindrücke umgehend an …, ja, an wen eigentlich, weitergeben. An Lady Krumley? Inzwischen befanden wir uns im Wohnzimmer. Meine Blicke wanderten über die limonengrünen Wände und blieben an einem üppigen weiblichen Akt mit verruchtem Lächeln hängen, der gewiss nicht ... oder doch? ... Mrs Merryweather darstellte. Mag sein, dass ich erstarrte. Gleich darauf hatte ich nur noch einen Wunsch, dass nämlich die Tür aufgetreten würde und Milch Krugg hereinspaziert käme, um den Fall zu übernehmen, ohne dass ihm blutige Anfänger dazwischenfunkten. Ein äußerst tröstlicher Gedanke.

»Das muss man sich mal vorstellen! Da sind Sie beide doch tatsächlich Privatdetektivinnen!« Mr Merryweather hatte einen Teewagen ans Sofa gerollt und bot uns kleine Teller und Papierservietten an. »Keine Minute Langeweile, wie? Fälle lösen, bei denen die Polizei versagt! Familien wieder zusammenführen!« Er stieß einen tiefen Seufzer aus. »Was darf es denn sein? Scones oder Pflaumenwecken?«

»Frank! Also wirklich!« Mrs Merryweather wedelte mit einem Händchen in die Richtung ihres Mannes, während sie Mrs Malloy und mir zuzwinkerte. »Beides natürlich! Und dass Sie mir ja nicht bei einer Portion bleiben! Und streichen Sie nur ordentlich dick Butter auf die Scones! Bei uns im Haus wird keine Margarine gegessen, jedenfalls nicht mehr, seit ...« Sie brach ab und sah schuldbewusst aus. »Marmelade befindet sich in dem Töpfchen, wenn Sie welche möchten«, fügte sie leise hinzu.

Mr Merryweather begab sich zur Glasvitrine. »Wie wär's, wenn wir uns ein Tröpfchen genehmigen? Zur Feier des Tages.« Wie mir schien, zwinkerte er seiner Frau aufmunternd zu oder aber er hatte etwas im Auge. »Es sei denn, die Damen hegen da gewisse Ansichten, was den Genuss von Alkohol betrifft. Das wäre für uns kein Problem. Wir haben nichts gegen Leute, die nicht trinken. Einige unserer besten Freunde sind Nichttrinker. Niemand soll Ethel und mich als engstirnig bezeichnen, nicht wahr, mein Schatz?«

»Jeder soll nach seiner Fasson selig werden, lautet unsere Devise«, kam es von Mrs Merryweather.

Mr Merryweather schaute uns erwartungsvoll an. »Oder hätten die Damen lieber eine Tasse Tee? Das würde überhaupt keine Umstände machen. Ich glaube, wir haben auch Kaffee. Wie wär's mit einer Tasse Kaffee? Oder trinken Sie nur koffeinfreien? Den Koffeinfreien mussten wir irgendwann leider entsorgen, weil das Verfallsdatum abgelaufen war.«

Auf den Gesichtern von Mr und Mrs Merryweather hatte sich ein Schweißfilm gebildet, was dank der hawaiischen Bekleidung dazu führte, dass sie einander erstaunlich ähnelten, wie das nach Jahren gemeinsamen Ehelebens bei Paaren vorkommt. Ich griff nach dem Scone auf meinem Teller und biss hinein. Ohne es zu wollen, stahl sich mein Blick zu dem Akt an der Wand. Zugegeben, ein diskreter Schattenwurf hätte die Integrität der Strukturen gestört, doch so wie es war, vermittelte das Bild mir das seltsame Gefühl, ihm mit abgewandtem Blick einen Umhang reichen zu müssen, oder die beschämende Einsicht, dass ich zumindest hätte anklopfen sollen, ehe ich den Raum betrat. Es ist übrigens nicht zu leugnen, dass meine Vorliebe eher Landschaften gilt und der Art von Familienfotos, mit denen man an Weihnachten liebe Verwandte und Bekannte beglückt. Fotos! Mir fiel auf, dass auf den Fotos, die ich ringsumher erblickte, lediglich Mr und Mrs Merryweather abgebildet waren. Ich fragte mich zwangsläufig, ob Ernestine ein kamerascheues Mädchen gewesen war. Inmitten meiner Gedanken hörte ich Mrs Malloy sagen: »Ach was. Mit Teekannen und Kaffeetassen müssen Sie sich nicht aufhalten. Mrs H. und ich möchten Ihnen keine unnötige Arbeit machen.« Ich spürte einen ermunternden Bleistiftabsatz auf meinen Zehen.

»Na-natürlich nicht«, stieß ich mit dem Mund voller Scone hervor.

»Was hätten Sie denn anzubieten?« Mrs Malloy hatte ihre Aufmerksamkeit voll und ganz auf die Glasvitrine konzentriert.

»Mehr oder weniger alles.«

»Was das Herz begehrt.«

Die Merryweathers hatten im Chor gesprochen und sich dann erleichtert die Stirn getrocknet. Ihr strahlendes Lächeln zeugte von wiederhergestelltem Vertrauen in die Menschheit.

»Dann nehme ich einen Gin«, erwiderte Mrs Malloy gnädig. »Mit einem winzig kleinen Spritzer Tonic, wenn es gestattet ist. Wir wollen ja die Integrität des Getränkes nicht zerstören«, schloss sie mit einem triumphierenden Blick in meine Richtung.

Na, herrlich. Inwendig begann ich zu sieden. Hatte sie vergessen, dass sie außerhalb von Schimmelturm keine Innenarchitektin war? Und was war aus unseren Prioritäten geworden? Unsere Aufgabe lautete, Ernestine zu finden, und nicht, uns frühmorgens einen hinter die Binde zu gießen. Geflissentlich sah ich darüber hinweg, dass ich bereits bei meinem zweiten Scone angelangt war und den Pflaumenwecken lüsterne Blicke zuwarf in der Hoffnung, einer von ihnen möge sich ein Herz fassen und auf meinen Teller hopsen. Sich nach einer kräftigen Tasse Tee zu sehnen, war eigentlich auch nicht verwerflich, doch in offenkundiger Ermanglung derselben willigte ich ein, einen kleinen Sherry zu trinken.

»Sherry haben wir leider nicht.« Mr Merryweather hatte in seinem Regal mit Flaschen gestöbert. »Ein feines Getränk zwar, bringt aber nicht viel für sein Geld.« Abermals ertönte sein kurzatmiges Glucksen. »Was halten Sie von einem schönen Pfefferminzlikör? Den haben Ethel und ich erstmalig in Florida getrunken.«

»Das war in Las Vegas, Frank. Weißt du noch? Der Abend

im Kasino.« Mrs Merryweather wandte sich zu ihrem Mann und ihr Händchen krabbelte kitzelnd über seinen Arm. »Und später im Hotel, ich in meinem rosa Negligé und du mit der Schlafanzugsjacke? Wir beide auf dem Balkon, und wie die Leute aus dem Nachbarzimmer den Empfang angerufen haben?« Mrs Merryweather schaute Mrs Malloy und mich bekümmert an. »Immer gibt es irgendwo Spielverderber. Menschen ohne Sinn für Abenteuer. So was geht mir richtig ans Gemüt. Wie wär's denn mit einem Gläschen Wein?«

Aus Angst, dass sie andernfalls in Tränen ausbrechen würde, entschied ich mich, ihr Angebot anzunehmen. Du lieber Himmel, schoss es mir durch den Kopf, wohin waren wir da geraten? Das Bild, das ich mir von Ernestine gemacht hatte, wandelte sich langsam, aber sicher von einer vierzigjährigen Frau mit rundem Babygesicht zu einer schrillen Blondine, die in schrägen Absteigen auf Tischen tanzte, an Orten, wo der Alkohol in Strömen floss und man harmlos aussehenden Männern einredete, sie wären sexy, ihnen das Geld aus der Tasche zog oder sie wegen ihres Geldes heiraten wollte. Ich grübelte noch darüber nach und wurde plötzlich stutzig. Was, wenn man einen solchen Mann ergattert hatte und feststellte, dass er finanziell von seiner alten Tante abhängig war? Und dass man diesen Umstand nur ändern konnte, indem man die Sache selbst tatkräftig in die Hand nahm? Mein Puls ging schneller, als mir die Anspielung einfiel, die Vincent Krumley in Bezug auf Cynthia Edmonds gemacht hatte. Hatte sie tatsächlich einmal in einem Nachtclub getanzt? Doch wenn Cynthia Vincent Krumley umgebracht hatte, womit wollte sie dann jemand anderen erpressen? Oder hatte sie Niles zur Mordtat angestiftet und benutzte die Beweise, um ihn zu belasten?

»Hören Sie, sind Sie irgendwie in Trance?«, raunte Mrs

Malloy an meinem Ohr. »Wir werden nicht nach Stunde bezahlt. Wollen Sie jetzt ein Glas Wein oder nicht?«

»Oh ja, ein Glas Wein wäre wundervoll.« Ich rang mir ein Lächeln ab.

»Irgendeinen speziellen?« Ethel lächelte zurück. »Eine bestimmte Farbe oder Geschmack? Wir haben alle Sorten.«

»Wir stellen unseren Wein selbst her«, erläuterte Mr Merryweather. »Damit haben wir im vergangenen Jahr angefangen, nachdem Ethel sich in Hawaii beim Limbotanzen den Rücken ausgerenkt hat.« Er wiegte sich in den Hüften. »Hat uns der Arzt empfohlen. Es kräftigt die Wirbelsäule, auf Weintrauben oder Stachelbeeren zu stampfen oder was immer einem in die Finger kommt – oder in diesem Fall unter die Füße.« Mr Merryweather hatte inzwischen auf dem Sofa neben seiner Frau Platz genommen und drückte ihr einen schmatzenden Kuss auf die Wange.

»Kräftigt auch das Bouquet, würde ich sagen«, erwiderte Mrs Malloy und nippte mit vorbildlicher Damenhaftigkeit an ihrem Gin.

»Wir haben eine eigene Sorte kreiert. Château Frankethel. Witzig, nicht wahr?«

»Sehr witzig«, beteuerte Mrs Malloy. »Vermutlich muss ich noch bis spät in die Nacht darüber lachen.«

»Hier, meine Dame.« Mr Merryweather füllte ein Glas mit einer trüben Flüssigkeit und kredenzte es mir. »Probieren Sie mal. Das ist der vom April.«

»Schönen Dank.« Ich tat, als würde ich einen Schluck kosten. »Dürften wir denn auf den Anlass unseres Besuches zurückkommen und uns …«, setzte ich an.

»Oh ja, nur zu. Bitte erzählen Sie uns alles, was Sie über unser liebes kleines Mädchen erfahren haben.« Mrs Merryweather lehnte sich an die Schulter ihres Mannes. Er ergriff ihre

Hände, und nun sahen die beiden aus, als befänden sie sich auf einem Floß und rechneten damit, jeden Augenblick unterzugehen.

»Nun, es handelt sich um eine äußerst erfreuliche Nachricht, wie ich am Telefon bereits gesagt habe.« Mrs Malloy hatte sich ein Stück vorgesetzt und behinderte mich unfair mit dem Ellbogen. »Mr Songer und seine Tochter Mrs Joritz waren uns freundlicherweise behilflich und haben uns Ihre Adresse gegeben. Zwar war einiges an Beinarbeit zu erledigen, doch das sind ich und Mrs H. gewohnt. Jedenfalls haben wir erfahren, dass Sie sich über ein Häkeldeckenmuster kennen gelernt haben.«

»Jawohl«, bestätigte Mrs Merryweather und betupfte sich mit einer verknitterten Serviette die Augen. »Eine wundervoll gestrickte Decke im niedlichsten Rosa, das man sich vorstellen kann. Es war alles, was Ernestine bei sich hatte, als sie zu uns kam. Mehr wussten wir von dem Kind nicht. Und eines Morgens schob ich Ernestine mit dieser Decke im Kinderwagen über die High Street und ging plötzlich neben einer Frau, die ebenfalls ein Baby im Wagen schob, und ob Sie es glauben oder nicht, sie besaß die gleiche Decke. Es war ein ungewöhnliches Muster und der Saum bestand aus ganz entzückenden Fransen, und ich fragte sie nach der Herkunft der Decke. Das stimmt doch, Frank, nicht wahr? Ich habe dir gleich anschließend davon erzählt.«

»Genau so war es, mein Täubchen.« Mr Merryweather drückte seiner Frau die Hand und kämpfte gegen die Tränen. »Die Frau sagte, sie hätte die Decke auf einem Kirchenbasar in Mucklesby erstanden. Daraufhin erinnerte ich dich daran, dass unsere Kleine ja aus dieser Gegend stammte, und wir überlegten, ob da vielleicht eine Verbindung bestand. Also stellten wir Nachforschungen an und fanden heraus, dass die

Decke von einem Mädchen namens Janet Songer gestrickt worden war. Dann besorgten wir uns die Adresse und suchten ihre Eltern auf. Ein unvergesslicher Tag! Mrs Songer und ihr Mann erzählten uns, dass Ernestine die ersten Monate ihres Lebens in dieser winzig kleinen Kammer verbracht hatte.«

»Selbst dem hartherzigsten Menschen hätte es das Herz gebrochen«, fuhr Mr Merryweather fort, nachdem Ethel ihm eine Serviette zum Naseputzen gereicht hatte. »Danke, mein Liebes …, schrecklich, wie die arme, junge Mutter gestorben ist. Ernestine war ganz allein auf der Welt, der Vater ist nicht in Erscheinung getreten.«

»Die Mutter war entlassen worden, weil sie angeblich eine Brosche gestohlen hatte. Dafür gab es aber keinerlei Beweise, wenn ich das richtig verstanden habe. Ich habe mich immer gefragt, warum sie die Brosche nicht verkauft hat, wenn sie sie doch in Besitz hatte. Die Frage hätte ich ihrer Herrschaft gern einmal gestellt.« Mrs Merryweather entzog ihrem Mann ihre Hand und ballte sie zur Faust. »Solche Leute sollten sich was schämen.«

»Die besagte Dame möchte den Fehler wieder gutmachen.« Ich brachte das Glas Wein, das ich nicht angerührt hatte, auf einem Beistelltisch unter.

»Damit kommt sie leider ein bisschen spät.« Mr Merryweather verstaute die Serviette in der Brusttasche seines Hawaiihemdes. »Wenn ich daran denke, wie viel Schatten dadurch auf dem Leben unserer Ernestine gelegen hat … und an all die Auswirkungen, die das gehabt hat, dann könnte ich heulen wie ein Schlosshund.«

»Haben Sie Ernestine denn davon unterrichtet?«, erkundigte ich mich entsetzt.

»Zuerst wollten wir das nicht«, antwortete Mrs Merryweather. »Doch Ernestine hat bereits sehr früh Fragen gestellt.

Es kam uns nicht recht vor, sie zu belügen. Wir wohnen ja in einer kleinen Stadt, in der die Leute reden, und am Ende kommt doch immer alles heraus. Wir wollten nicht, dass sie uns eines Tages vorhält, wir hätten ihr ein Märchen aufgetischt.«

Als Adoptivmutter von Rose konnte ich ihren Konflikt verstehen. Ben und ich zerbrachen uns ebenfalls den Kopf darüber, wie wir der Kleinen erklären sollten, dass Vanessa ihre Mutter war, und dass wir sie, Rose, im Alter von drei Monaten bei uns aufgenommen hatten. Um die Stimmung aufzuhellen, fragte Mrs Malloy die Merryweathers, ob sie nie mit dem Gedanken gespielt hätten, Ernestines Vornamen zu ändern.

»Das haben wir uns des Öfteren überlegt.« Mr Merryweather gab seiner Frau ein Küsschen auf die Wange. »Wir hätten sie gern Gloria genannt oder vielleicht Darlene. Irgendwas, das lustiger klingt.«

»Ernestine«, sagte seine Frau und warf die Hände in die Luft. »Das klingt so ... so ernst, nicht wahr? Und sie war so hinreißend als Baby. Gleich vom ersten Tag an waren wir in sie vernarrt.«

»Wie wundervoll!« Mrs Malloys Augen glänzten ebenfalls verdächtig.

»Wir haben immer gehofft ... wir haben uns solche Mühe gegeben, für sie die richtige Art von Eltern zu sein, doch es sollte irgendwie nicht sein. Und es nützt auch nichts, sich die Frage zu stellen, an welchem Punkt man versagt hat. Manchmal reißt man sich ein Bein aus, und es ist doch nicht genug. Kinder werden so, wie sie werden wollen, und man muss sie einfach weiterhin lieben.« Mrs Merryweathers Stimme brach. »Man hält sich eben an den kleinen Dingen fest. Bei Ernestine war es das Kochen. Sie kochte für ihr Leben gern. Das hatte sie von mir. Es ist das, was uns verbindet, und daran halte ich mich fest, wenn ich mitten in der Nacht aufwache und an sie denke. Vielleicht hat sie sich ja inzwischen geändert, denn sonst würde sie gewiss nicht nach Hause kommen wollen. Darauf wollen wir bauen, nicht wahr, Frank?« Sie sank erneut an die Schulter ihres Mannes.

»Nach Hause kommen?« Mrs Malloy griff in ihre Handtasche und zückte Block und Bleistift. »Wo wohnt sie denn im Augenblick?«

Mr und Mrs Merryweather blickten uns entgeistert an. Schließlich ergriff Mr Merryweather das Wort. »Aber das ist doch das, was Sie und die andere Dame«, er wedelte in meine Richtung, »uns mitteilen wollen! Deshalb sind Sie doch gekommen, oder etwa nicht?«

»Wie?« Vermutlich wirkten Mrs Malloy und ich nun nicht weniger entgeistert.

»Sie meinen ..., aber wir dachten ...« Mr Merryweather verstummte und musste sich räuspern, ehe er weitersprechen konnte. »Wir hatten den Eindruck, Ernestine hätte beschlossen, erneut Kontakt mit uns aufzunehmen. Sie hat sich vor etwa zwanzig Jahren von uns losgesagt und nicht einmal ihre neue Adresse hinterlassen. Und weil wir seitdem mehrmals umgezogen sind und sogar mehrmals den Ort gewechselt haben, fanden wir es einleuchtend, dass sie Privatdetektive eingeschaltet hat. Ethel und ich haben angenommen, dass Sie beide ausloten wollten, ob wir bereit wären, Ernestine wieder bei uns aufzunehmen. Ehrlich gesagt, waren wir uns darüber noch nicht vollkommen im Klaren. Wir lieben Ernestine, und daran wird sich auch nichts ändern. Aber wir wissen nicht, ob wir in der Lage sind, wieder wie früher die Butter zu verstecken, weil es sonst ellenlange Vorträge über unseren Cholesterinspiegel gibt, oder ob wir um des lieben Friedens willen abermals nichts Stärkeres als koffeinfreien Kaffee zu uns nehmen wollen – oder ob wir uns die Verunglimpfungen gefallen lassen wollen, weil wir nun mal gern Rockmusik hören.«

»Als Ernestine ihre Koffer packte, um uns zu verlassen, haben wir bittere Tränen vergossen.« Mrs Merryweather blinzelte ihre Tränen fort.

»Aber wissen Sie, was wir anschließend getan haben?« Mr Merryweather schlang einen Arm um die Schultern seiner Frau und drückte sie an sich. »Dieses liebe Frauchen und ich sind ins Leben zurückgekehrt. Mrs Merryweather hat sich porträtieren lassen. Wir haben unsere erste Kreuzfahrt unternommen. Und wissen Sie, was uns am meisten geholfen hat? Uns mit anderen Eltern auszusprechen, die ebenfalls damit leben, dass ihre Kinder sie als eine Enttäuschung empfinden.« Er holte tief Luft. »So, und nun verraten Sie uns doch, was Sie zu uns führt.«

»Die Dame, die Flossie Jones Unrecht getan hat, möchte ihren Irrtum wieder gutmachen, indem sie Ernestine ein Vermögen hinterlässt.«

»Ach, das ist wirklich wunderbar!« Mrs Merryweather fuhr sich über die Augen. »Ich glaube, darauf sollten wir etwas trinken. Wie wär's mit einem kleinen Stachelbeerlikör?«

20

Nach unserem Abschied von den Merryweathers fuhren Mrs Malloy und ich zum Cottage Hospital, pilgerten durch die Flure und hofften, auf einen Aufzug zu stoßen, noch ehe unser Proviant an Zitronenbonbons und einer halben Tafel Schokolade, die in meiner Tasche steckte, zur Neige ging.

»Beim nächsten Mal bringen Sie besser einen Lageplan mit«, kam es von Mrs Malloy. Sie wandte sich um und spähte zurück. »Allmählich kapiere ich, wie Mose vierzig Jahre lang durch die Wüste irren konnte. Na gut, ich will Ihnen keine Vorwürfe machen, Mrs H. Nach unserem Vormittag bei den Merryweathers bin ich selbst ein bisschen von der Rolle. Limbotanzen! Heiliger Bimbam! Wie soll denn da ein Kind aufwachsen? Wie die Kleine sich wohl vorgekommen ist? Wahrscheinlich war sie mit vier bereits mit den Nerven fertig und mit zwölf reif für den Rollstuhl. Na gut, andere Gören wären vielleicht dankbar gewesen und hätten mitsamt ihren Eltern auf den Pudding gehauen. Oder es war wirklich so, wie die Merryweathers gesagt haben, und sie haben ihr wildes Treiben erst nach dem Verschwinden der Kleinen aufgenommen. Wie hat Ihnen übrigens das neckische Bildchen von Mrs Merryweather gefallen?«

»Ich fand es sehr realistisch.«

»Mann, das können Sie laut sagen! Man hat ja schon von

Bildern gehört, bei denen die Augenpaare den Betrachter verfolgen, aber das ist ja ein Pappenstiel im Vergleich zu dem, was wir gesehen haben. Mrs Merryweathers Augen haben mich jedenfalls nicht verfolgt, sondern eher diverse Hügel, Wellen und Knubbel. Selbst wenn ich die Augen zugekniffen hatte, starrte mich das Ding noch an. Wenn das Bild in meinem Wohnzimmer hängen würde, dann würde ich ihm erst mal eine Unterhose anmalen und einen ordentlichen Büstenhalter überziehen, und wenn Sie hundertmal behaupten, das würde die Integrität der Struktur ruinieren. Aber ich will ja nicht ungerecht sein. Immerhin hat Mr Merryweather uns versichert, dass Ernestine nicht mehr im Haus war, als seine Frau porträtiert wurde. Das war ein Sichauflehnen gegen die Autorität. Ich glaube, so nennt man das.«

»Gegen welche Autorität?«

»Gegen die von Ernestine. Nach allem, was wir gehört haben, hat die Kleine ein strenges Regiment geführt. Schrecklich, wenn jemand fortwährend alles kritisiert. So was kann einen total auf den Hund bringen. Mein George war so ein Typ. Mal hieß es, ich soll mich meinem Alter entsprechend kleiden, mal sollte ich weniger Bingo spielen, dann wieder sollte ich mir die paar Gläschen, die ich hebe, verkneifen. Lieber Himmel, da war er bei mir aber an der falschen Adresse! Dem hatte ich schnell erklärt, wohin er sich seinen Rat stecken konnte, und glauben Sie nicht, ich hätte ihm dafür seine Strickjacke empfohlen. Vielleicht sind die Merryweathers aber nicht so standhaft wie ich.«

»Ich finde es traurig, wenn Eltern zwanzig Jahre lang keinen Kontakt mehr zu ihrer Tochter haben«, erwiderte ich im Weitergehen. Mrs Malloy stöckelte neben mir entlang. Ich warf ihr einen Blick zu und entdeckte das Verständnis in ihren Augen.

»Herrgott, Mrs H., jetzt ist es aber gut. Sie können ruhig damit aufhören. Und zwar sofort.«

»Womit?«

»Sich wegen der kleinen Rose Gedanken zu machen. Was bei den Merryweathers abgelaufen ist, hat nichts mit Ernestines Adoption zu tun. Kinder sind Kinder, ganz gleich, auf welche Weise man zu ihnen gekommen ist.«

»Vielleicht war Ernestine dadurch doch belastet«, gab ich zu bedenken. »Und Sie wissen ja, wie das ist: Wenn ein Adoptivkind in Schwierigkeiten gerät, nicken die Leute gleich mit dem Kopf und sagen, sie hätten es von Anfang an gewusst, etwas anderes sei gar nicht zu erwarten gewesen.« Unwillkürlich schritt ich hektischer aus.

»Welche Leute denn, Mrs H.? Sie meinen wohl die, die mit dem Finger auf andere zeigen, weil die eigene Brut missraten ist?«

»Mag sein.« Nach der feuchten Kälte draußen kam mir das Krankenhaus mit einem Mal stickig vor. Mrs Malloy schien ebenfalls davon beeinträchtigt, denn mit einem Mal blieb sie stehen und rief: »Heda! Bleib stehen, Rollstuhl! Ich erkenne deine Griffe.«

»Ich sehe zwar keinen«, antwortete ich, »aber wenn Sie möchten, nehmen Sie ruhig darauf Platz. Ich werde Sie schieben.«

Mrs Malloy stieß genervt einen Seufzer aus. »Meine Güte, ich wollte Sie doch bloß ein bisschen aufheitern und habe einen auf Shakespeare gemacht. Weil Sie mir so was nicht zutrauen. Aber man darf eben nicht so schnell urteilen, Mrs H. Das ist ein großer Fehler.« Sie sprach mit einem besänftigenden Unterton weiter. »Jetzt hören Sie mir mal gut zu, Mrs H. Wir sind beide ein wenig angeschlagen. Wir dachten, die Merryweathers würden uns erzählen, wo Ernestine steckt und wie wir uns mit ihr in Verbindung setzen können. Wer hätte auch geahnt, was das für ein Reinfall wird?«

»Wir haben uns eben Illusionen gemacht.« Mein Blick fiel auf einen Trinkbehälter, doch ich kam zu dem Schluss, dass es sich dabei um ein Trugbild handeln musste. »Wenn jemanden aufzuspüren dermaßen einfach wäre, würde ja jeder gern Privatdetektiv werden. Und das wäre für Leute wie Milch Krugg eine Katastrophe.«

»Das wollen wir natürlich nicht.« Mrs Malloy klang nicht sehr überzeugt. »Aber es hat auch sein Gutes, wenn man als Neuling anfängt und nicht nur der Routine folgt, wie Milch das tun würde.«

»Und worin besteht dieses Gute, wenn man wie wir nur im Dunkeln tappt?«

»Wir tappen nicht im Dunkeln. Wir schlagen neue Wege ein.« Mrs Malloy warf mir einen tadelnden Blick zu. »Wenn Milch an unserer Stelle gewesen wäre, hätte er nur dagesessen und sich mit Scones und Wecken voll gestopft, während ihm die Merryweathers alles Mögliche erzählt hätten. Mrs Joritz hätte er noch am Gartentor abgefertigt und sie gewiss nicht noch stundenlang beim Stricken bewundert. Überall hätte er ein, zwei Fragen gestellt, wäre dann verschwunden und hätte sich um den nächsten Fall gekümmert. So und nicht anders hat er das gelernt. Sie und ich waren aber nicht auf der Detektivschule. Wir lassen uns Zeit, wenn wir die Leute besuchen, ermuntern sie zum Reden und hören ihnen aufmerksam zu. Und am Ende stellt sich heraus, dass genau diese Leute hilfreich waren und wir das, was wir herausgefunden haben, nicht mit ein, zwei Fragen herausgefunden hätten.«

»Weil es die kleinen Dinge sind ... die scheinbar unwichtigen Einzelheiten, aus denen wir unser Gesamtbild entweder zusammenbauen oder es verändern. Ich weiß, worauf Sie hinauswollen, Mrs Malloy. Etwas in der Art ist mir nämlich vorhin widerfahren. Allerdings nicht bei den Merryweathers, sondern als Sie etwas ganz Bestimmtes gesagt haben ...« Ich verstummte, weil wir uns plötzlich direkt vor einem Aufzug befanden. Die Tür glitt auf, Leute stiegen aus. Wir betraten die leere Kabine und drückten auf den Knopf, der uns zu der Station, auf der Lady Krumley lag, befördern würde.

»He! Was soll das heißen? Bin ich jetzt der Schafskopf, der nicht mal kapiert, wie er geholfen hat, während sein Meister dasteht und wichtig in die Ferne blickt?« Mrs Malloy schürzte beleidigt ihre Schmetterlingslippen.

»Natürlich nicht! Aber jetzt ist nicht der geeignete Zeitpunkt, um Ihnen das im Einzelnen zu erklären. Wir können diesen Gedanken später aufgreifen. Im Moment müssen wir uns überlegen, was wir ihrer Ladyschaft mitteilen wollen.«

»Ich dachte, das Thema wäre erledigt«, schmollte Mrs Malloy. »Wir erklären Lady Krumley, dass wir Ernestines Adoptiveltern aufgespürt haben und dass man Vincent Krumley ermordet hat.«

»Und zwar nicht mit einem Fluch allein. Ich bin mir aber noch nicht sicher, wie wir in Bezug auf Cynthia Edmonds verfahren sollen. Wie schätzen Sie die Chancen ein, dass sie das mit der Erpressung zugibt, wenn Lady Krumley ihr droht, sie könnte das nächste Mordopfer werden?«

»Als gering bis nicht vorhanden.«

»Hm. Vielleicht sollten wir doch lieber die Polizei zur Zusammenarbeit mit uns bewegen.«

»Träumen Sie weiter, Mrs H.«

Die Aufzugstür öffnete sich. Wir fanden uns nur wenige Meter von der Schwesternstation entfernt wieder. Es dauerte eine Weile, bis Mrs Malloy die Aufmerksamkeit einer Schwester ergattert hatte, die uns nun mit mütterlichem Lächeln entgegentrat. Als wir uns nach Lady Krumley erkundigten, veränderte sich ihre Miene jedoch, und mir schwante Fürchterliches.

»Es tut mir Leid, Lady Krumley ist nicht mehr bei uns.«

»Heißt das, Sie wurde entlassen?«

»Nein, ich fürchte, das heißt es nicht.«

»Mein Gott, es ist wohl sehr plötzlich geschehen?« Mrs Malloy klammerte sich an meinen Arm, was ihr vielleicht Halt verlieh, mich dagegen beinahe umwarf.

»Das könnte man so sagen. Eine unserer Schwestern befand sich bei Lady Krumley im Zimmer, als ihre Ladyschaft einen Anruf erhielt. Um nicht zu stören, zog die Schwester sich zurück, um fünf Minuten später feststellen zu müssen, dass ihre Patientin sich aus dem Staub gemacht hatte.«

»Ich finde, derlei sollte man pietätvoller ausdrücken«, empörte sich Mrs Malloy. »Können Sie nicht etwas zartfühlender andeuten, die Dame wurde ›abberufen‹?«

»Können schon. Und ich würde wohl sogar, wenn die Betreffende gestorben wäre.« Auf der Miene der Schwester malte sich Verärgerung ab. »Davon kann aber nicht die Rede sein …« Mit einem Mal schien ihr ein Licht aufzugehen. »Ach so, Sie glauben … Nein, Lady Krumleys Zustand hat sich nicht verschlechtert. Im Gegenteil, die Ärzte waren äußerst zufrieden, denn die Untersuchungsergebnisse schließen einen neuen Herzinfarkt aus. Man geht davon aus, dass ihre Ohnmacht im Wagen durch Stress verursacht wurde. Morgen hätten wir Lady Krumley entlassen. Weshalb sie sich so mir nichts, dir nichts davongemacht hat, ist uns ein Rätsel. Aber vielleicht hatte das mit dem Telefonat zu tun.«

»Davon gehe ich aus«, sagte ich an Mrs Malloy gewandt.

»Wissen Sie, eigentlich dürfte ich Ihnen das gar nicht erzählen«, warf die Schwester ein. Auf ihrer mütterlichen Stirn bildeten sich Sorgenfalten. »In welcher Beziehung stehen Sie zu Lady Krumley, wenn ich fragen darf? Über die Patienten dürfen wir nur mit den nächsten Verwandten reden.«

»Dazu gehören wir«, tröstete Mrs Malloy sie.

»Na, dann bin ich beruhigt!« Die Sorgenfalten glätteten sich. »Wir sind angehalten, unsere Gefühle während der Arbeit zurückzuhalten, aber ich habe selbst eine Großmutter und wäre fix und fertig, wenn die plötzlich auf solche Schnapsideen käme. Selbstverständlich haben wir uns sogleich mit Mr Edmonds in Verbindung gesetzt. Er hat versprochen, uns zu verständigen, falls sie zu Hause auftaucht – was sie bestimmt beabsichtigt.«

»Wir werden uns umgehend nach Schimmelturm begeben«, fiel ich ihr ins Wort. Mrs Malloy und ich bedankten uns für die Auskunft, schworen, wir würden alles für uns behalten und eilten zum Aufzug, der netterweise auf uns gewartet hatte. In demselben Erdgeschoss, in dem wir vorhin umhergeirrt waren, befand sich nun der Ausgang genau vor unserer Nase. Auch der Wagen hatte sich nicht wie üblich auf dem Parkplatz versteckt, so dass wir Mucklesby im Nu hinter uns ließen und Biddlington am See entgegenstrebten.

»Ich wette mit Ihnen um meinen Anteil an den fünftausend Pfund, dass Lady Krumley schlechte Nachrichten erhalten hat. Und ich wette außerdem, dass es dabei um Cynthia Edmonds ging.« Mrs Malloy zog ihre Tüte hervor und bot mir erstmalig ein Zitronenbonbon an. »Entweder ist sie einem Unfall zum Opfer gefallen oder man hat ihr Giftpilze ins Essen gemischt. Eigentlich geschieht ihr das ja recht, aber das ist unchristlich gedacht und verstößt außerdem gegen unser Berufsethos.«

»Ich denke, wir sind Amateure? Zumindest haben Sie sich vorhin so geäußert.«

»Das Wort ›Amateure‹ ist nie über meine Lippen gekommen. Ich habe lediglich betont, dass wir am Anfang stehen, wo uns weder Regeln noch Vorschriften die Sicht verstellen.« Genüsslich schlossen sich Mrs Malloys Lippen um ein Zitronenbonbon, und bis wir die Ausläufer von Biddlington am See erreichten, schwiegen wir. Als wir in die Straße zum Dorf einbogen, erklärte Mrs Malloy: »Ich habe nachgedacht.«

»Aha.«

»Sie sind nämlich nicht die Einzige, die das kann. Und ich gehöre auch nicht zu den Typen, die ihre Einfälle für sich behalten, bis sie eines fernen Tages bereit sind, darüber zu reden. Halten Sie vor dem Lokal, in dem wir uns mit Laureen Phillips getroffen haben. Da! Mann, machen Sie doch die Augen auf! Da vorn ist es schon.«

»Darf man denn fragen, um was es geht?«, erkundigte ich mich, während ich versuchte einzuparken.

»Man darf. Fakt ist, wir können die Sache nicht länger schleifen lassen. Nicht wenn sich links und rechts die Leichen türmen. Wenn wir den Fall lösen wollen, müssen wir uns mit dem Sohn von Wachtmeister Thatcher unterhalten. Ich vermute, das ist Ihnen auch schon durch den Kopf gegangen, nicht wahr?« Sie warf einen Blick in den Seitenspiegel und kontrollierte den Abstand zwischen Reifen und Bordsteinkante. »Die Frage ist nur, wie gehen wir vor?«

»Und? Haben Sie zufällig eine Idee?«

»Zufällig habe ich das. Ich werde nämlich so tun, als käme ich von der Jugendbehörde, um mich mal zu erkundigen, warum der Junge schwänzt.«

»Aber wir wissen doch gar nicht, ob der Junge schwänzt. Vielleicht …«

»Mrs H.!«, unterbrach sie mich. »Ich glaube kaum, dass Ronald Thatcher pünktlich wieder auf seiner Schulbank saß, nachdem er Lady Krumleys Wagen mit Blumentöpfen beworfen und weiß der Kuckuck was sonst noch alles mitgekriegt hat. Deshalb werde ich jetzt mal horchen, wo die Thatchers wohnen. Anschließend begebe ich mich dorthin und bestehe darauf, mit Ronald persönlich zu sprechen. Wenn er gestern krank war, liegt er heute wahrscheinlich immer noch im Bett. Jedenfalls gehe ich der Sache auf den Grund … und sollte der Kleine weiterhin schweigen, erwähne ich angelegentlich den Schuldirektor und lasse die Möglichkeit einer Erziehungsanstalt anklingen.«

»Aber der Junge spricht nicht einmal mit seinen Eltern!«

»Das ist ja auch was anderes. Ich erscheine in amtlicher Funktion. Und ich werde weder wie der gestrenge Herr Wachtmeister auftreten noch wie die weichherzige Mutter, die ihrem Lämmchen, nach allem, was es angerichtet hat, Comic-Hefte besorgt. Verlassen Sie sich auf mich, Mrs H. Der Junge wird schon kapieren, dass er mit mir am besten fährt, vorausgesetzt ich muss nicht dasitzen und Däumchen drehen, während er mir einen Bären nach dem anderen aufzubinden versucht. Mein George hat jedenfalls immer gewusst, wann der Spaß zu Ende ist. Vielleicht ist Ronald ja auch nicht auf den Kopf gefallen. Ich wette, am Schluss sitzt der Kleine auf meinem Schoß und ist überglücklich, weil er sich endlich mal alles von der Seele reden konnte.«

Ihr Selbstvertrauen wirkte dermaßen ansteckend, dass ich diesem Plan ohne weiteres zustimmte. Wir vereinbarten, dass sie sich anschließend zu Fuß auf den Weg nach Schimmelturm machen würde, um zu mir aufzuschließen. Sie kletterte aus dem Wagen und betrat den Kupferkessel, um sich nach der Adresse der Thatchers zu erkundigen.

Als ich weiterfuhr, zogen sich Wolken zusammen, und es wurde plötzlich so finster, als wäre es bereits Abend.

Ich bog in die Einfahrt von Schimmelturm ein. Das Herrenhaus ragte dunkel und abweisend vor mir auf. Ich stellte meinen Wagen ab und lief die Freitreppe hinauf. Nachdem ich auf den Klingelknopf gedrückt hatte, krampfte sich mein Magen zusammen. Die schlimmsten Vorahnungen plagten mich. Cynthia Edmonds war gewiss keine angenehme Zeitgenossin. Dennoch wollte ich lieber nicht vernehmen, dass ihr etwas Schreckliches zugestoßen war.

Ich hatte mich noch immer nicht beruhigt, als ich in die Halle gebeten wurde, allerdings nicht von Watkins, sondern von Mr Featherstone. In überaus freundlichem Ton teilte er mir mit, er erinnere sich an unsere Begegnung im Krankenhaus. Anschließend fügte er hinzu, er habe durch Laureen Phillips erfahren, dass Lady Krumley mich als Privatdetektivin und nicht als Innenarchitektin angestellt hatte, und sie demzufolge auf dem Nachhauseweg gebeten, sie möge ihn als eingeweiht betrachten.

Noch ehe ich einen Ton hervorbringen konnte, erkundigte Mr Featherstone sich fürsorglich: »Wo ist denn Ihre Partnerin? Werden Sie heute nicht begleitet?«

Ich schluckte ein paar Mal, ehe ich erwiderte: »Sie trifft in Kürze ein.« Danach räusperte ich mich und fragte: »Was ist mit ihrer Ladyschaft? Was ist passiert?«

Über Mr Featherstones würdevolle Miene huschte ein Lächeln. »Oh, Maude! Tja, unter anderen Bedingungen hätte es ihr gewiss diebische Freude bereitet, sich heimlich aus dem Staub zu machen – sie war schon immer äußerst unternehmungslustig. Heute hat sie mich ziemlich panisch vom Kiosk neben dem Krankenhaus angerufen und darum gebeten, dass ich sie umgehend abhole. Zuvor hatte Niles mit ihr telefoniert und Cynthias Zustand als bedenklich geschildert, was ein wenig übertrieben war, doch vonseiten eines aufgeregten Ehemannes vielleicht verständlich … Ich wünschte nur, er würde sich nicht bei jeder Bagatelle an Tantchens Rockschoß klammern. Maude hat die jüngste Episode zwar gut überstanden, aber immerhin hatte sie zuvor einen Infarkt und …«

»Ich habe mit dem Schlimmsten gerechnet«, platzte ich heraus. »Ich dachte, Cynthia wäre tot.«

»Ach wo. Sie hat nicht einmal eine Verletzung davongetragen. Hatten Sie denn erwartet, sie würde das nächste Opfer?« Es war zwar niemand in der Nähe, aber Mr Featherstone bedeutete mir, ihm in ein Zimmer zu folgen, das wie ein kleiner Nebensalon ausgestattet war. »Hier sind wir besser aufgehoben«, bemerkte er. »Und geschützt vor fremden Ohren. Sie müssen nämlich wissen, dass ich in diesem Haus bereits seit einiger Zeit etwas spüre … wie die Anwesenheit eines gestörten oder bösen Wesens. Natürlich kann das meinem Unterbewusstsein entspringen, das gebe ich gern zu. Vielleicht wird dieser Eindruck aber auch durch etwas ausgelöst, das ich schemenhaft wahrgenommen habe. Ich bin noch nicht ganz dahinter gekommen, Mrs Haskell – so war doch Ihr Name, oder?«

»Oh, durchaus. Mr Featherstone, bitte sagen Sie mir, was Cynthia Edmonds zugestoßen ist.«

»Sie ist gegen Mittag ausgeritten. Nur wenige Meilen von hier ist ihr Pferd durchgegangen und bis zur großen Hauptstraße vorgeprescht, was es noch nie getan hat. Nun ist Cynthia zwar eine erfahrene und äußerst geschickte Reiterin, doch das hätte sie nicht gerettet, denn auf der Straße herrscht gewöhnlich lebhafter Verkehr. Aber der liebe Gott hat schützend seine Hand über sie gehalten, denn ausnahmsweise war die Straße einmal nicht befahren.«

»Reitet sie denn immer zur gleichen Zeit in derselben Gegend aus?«

»Ich glaube schon. Deshalb bezeichnet Maude Cynthia ja

auch als Gewohnheitstier. Ich persönlich würde sogar noch weitergehen und Cynthia in vielfacher Hinsicht als besessen bezeichnen.« Mr Featherstone erwiderte standhaft meinen fragenden Blick. »Ich sage das nur«, setzte er hinzu, »weil Sie bei dem, was Sie vorhaben, den Charakter aller Beteiligten kennen müssen.«

»Das ist richtig«, bestätigte ich. Besessen, das traf vermutlich den Kern. Es passte zu dem Aufstand, den sie um ihre Haarfarbe gemacht hatte. Und falls man den Begriff noch dehnte, wäre damit auch ihre Rücksichtslosigkeit der Erpresserin zu erklären. »Welche Art von Verletzung hat sie denn davongetragen?«, fragte ich.

»Ein, zwei Prellungen und einen aufgeschürften Ellbogen. Am schlimmsten wurde sie in ihrem Stolz getroffen, denn sie ist es nicht gewohnt, vom Pferd zu fallen.«

»Glauben Sie, sie wird es an dem Tier auslassen?«

»Nein.« Abermals huschte ein Lächeln über seine Züge. »Cynthia liebt ihr Pferd. Das Tier bringt das einzig Gute in ihr zum Vorschein. Wir besitzen ja alle etwas in der Art. Etwas, das versöhnlich auf uns wirkt. Zuweilen reicht es sogar aus, um das Finstere zu bekämpfen.«

Ich war versucht anzumerken, dann wäre es wohl besser, wenn Cynthia nie vom Pferd stiege, doch ich verkniff mir das. Stattdessen erkundigte ich mich, ob ich recht in der Annahme ging, dass er, Mr Featherstone, Cynthia nicht als Urheberin des Bösen auf Schimmelturm betrachtete. Er stimmte mir zu und wandte sich anschließend dem Thema von Laureen Phillips und seinem Neffen zu.

»Ich weiß, dass die beiden Ihnen und Ihrer Partnerin einen großen Schrecken eingejagt haben, und ich bedauere den Vorfall zutiefst. Ehrlich gesagt kann ich es kaum fassen, dass Tom tatsächlich mit einer Waffe bei Ihnen aufgetaucht ist.«

»Na ja, wir hätten eigentlich erkennen müssen, dass sie nicht echt war.«

»Das tut nichts zur Sache. Die Idee an sich ist ausgesprochen skandalös.«

»Ach, nicht doch. Ihr Neffe hat doch keinen Schaden angerichtet. Im Gegenteil. Der Vorfall hat sowohl mich als auch meine Partnerin davon überzeugt, Lady Krumleys Geschichte ernst zu nehmen und weitere Nachforschungen anzustellen.«

»Sie sind sehr großmütig, Mrs Haskell.« Mr Featherstone schmunzelte plötzlich. »Wenn man so will, hatte die Sache noch etwas Gutes. Seit diesem Auftritt hat mein Neffe nämlich begriffen, dass er die Schauspielerei besser an den Nagel hängt. Er ist nun bereit, sein Studium zu beenden und eine Kirchenlaufbahn einzuschlagen. Auch Laureen scheint ihre wahre Berufung entdeckt zu haben, denn seit sie sich um Mrs Hasty kümmert, hat sie entschieden, sich zukünftig ausschließlich der Altenpflege zu widmen.«

»Das ist wundervoll«, erklärte ich, und es war mir sogar ernst damit. Danach konnte ich aber nicht umhin zu fragen: »Läuten denn im Hintergrund schon die Hochzeitsglocken?«

»Die Verlobung steht kurz bevor.«

Es war bewundernswert, wie selbstlos dieser Mann sich an der Liebe anderer freute, wo sich seine eigenen Hoffnungen doch nie erfüllt hatten. Aber vielleicht würde sein Sehnen ja doch noch erhört. Vielleicht würde Lady Krumley, nachdem sie die Geschichte mit Flossie Jones und Ernestine hinter sich gebracht hatte, erkennen, dass es noch nicht zu spät war, das Glück mit dem Mann, der sie liebte, zu genießen. Ich dachte an meine Großmutter, die vor nicht allzu langer Zeit die Liebe ihres Lebens geheiratet hatte, und wünschte mir das Gleiche für Mr Featherstone und Lady Krumley. Dabei entfiel mir offenbar, dass ich Letztere noch bis vorhin als Mörderin verdächtigt hatte, und es fiel mir auch nicht wieder ein, als ich fragte, ob es möglich wäre, mit Lady Krumley zu sprechen. »Oder hat sie sich zu Bett begeben?«, setzte ich noch hinzu.

»Ach, du liebe Zeit, niemals! Davon wollte sie absolut nichts wissen. Sie drohte sogar mit einem Rückfall, sollte jemand in dem Punkt Druck auf sie ausüben. Sie finden ihre Ladyschaft im großen Salon, wohin sie sich mit Sir Alfonse zurückgezogen hat. Niles und Cynthia halten sich oben in ihren Zimmern auf. Ich glaube, Daisy Meeks leistet Lady Krumley Gesellschaft. Überdies möchte sie gewiss auch Sir Alfonse kennen lernen. Daisy Meeks ist sozusagen neu in der Familie, denn bis sie vor einigen Jahren hier erschien, wusste niemand von ihrer Existenz.«

Mr Featherstone führte mich durch die Halle in den großen Salon. Wie bei meinem ersten Besuch blieb mein Blick an den ausgestopften Köpfen an den Wänden hängen, die noch immer vorwurfsvoll auf mich herabstarrten. Im Vergleich dazu wirkten die Menschen in ihren Sesseln klein und putzig, und mit einem Mal schien mir das gesamte Tableau wie ein Mahnmal, das der Tierschutzverein in Auftrag gegeben hatte. Als vom Kamin her eine Stimme ertönte, machte ich einen kleinen Satz.

»Bewundern Sie die Familienporträts?« Ein Mann erhob sich. Er war von mittlerem Wuchs und stattlichem Leibesumfang, trug einen eindrucksvollen Schnurrbart und hatte glänzende schwarze Locken. In seiner Aussprache schwang ein leicht kontinentaler Einschlag mit. Auch seine Aufmachung – eine gelb-blau getupfte Fliege zum beigefarbenen Leinenanzug – verriet den Nicht-Engländer – oder deutete auf einen Engländer hin, der Wert darauf legt, als weit gereist und weltmännisch zu gelten. Das also war Sir Alfonse Krumley, derjenige, der den Adelstitel geerbt hatte.

Nun schien auch der Rest des Raumes zum Leben zu erwachen. Ich erblickte Lady Krumley, die mich majestätisch zu sich winkte. Neben ihr auf dem Sofa saß Daisy Meeks. Ihre schlechte Dauerwelle hätte ihr weiß Gott das Recht gegeben, sich über ihren Frisör zu beklagen, doch ihr Kleid war so unförmig, dass sie vermutlich keinen Wert auf Äußerlichkeiten legte. Lady Krumley stellte mich ihren Gästen vor, wobei sie sehr laut sprach. Gleich darauf fand ich mich in dem Sessel wieder, den Sir Alfonse gerade geräumt hatte. Er selbst zog es vor zu stehen. Mr Featherstone verabschiedete sich mit der Begründung, das Amt rufe. Als sich die Tür hinter ihm geschlossen hatte, versanken wir in unbehaglichem Schweigen. Auf dem großen Kaminrost brannte ein Feuer, und als ein Holzscheit laut knackend auseinander brach, zuckten wir zusammen. Nun richtete Lady Krumley mit ihrer volltönenden Stimme das Wort an mich, wobei sie aus ihren schwarzen Augen viel sagende Blicke zu Sir Alfonse und Daisy Meeks schickte.

»Nun, Mrs Haskell, sind Sie mit Ihren Plänen zur Umgestaltung weitergekommen?«

»Wir haben einige Ideen entwickelt, doch es ist noch ein wenig zu früh, um darüber zu sprechen. Und gewiss belastet Sie der Tod Ihres lieben Verwandten.« Hatte Lady Krumley meine Anspielung begriffen und verstanden, dass ich nur unter vier Augen mit ihr sprechen konnte?

»Ach ja, der arme Vincent! Er wurde in Schimmelturm von seinem Schicksal heimgesucht.« Der Blick ihrer Ladyschaft ruhte besorgt auf Sir Alfonse, dem man zu seinem Ausdruck eleganter Betrübnis nur gratulieren konnte.

»Ich mochte den alten Halunken«, bekannte Sir Alfonse. Sein Akzent hatte sich verstärkt, seine Schnurrbartenden bebten und die leicht vorstehenden dunklen Augen hatten einen feuchten Schimmer. »Wie viele Nächte haben wir in Pariser Nachtclubs durchzecht und über Gott und die Welt gesprochen … über russische Malerei, die Zukunft des Esperanto, die Kunst, englisches Porridge zu kochen. Vincent war sehr vielseitig. Da stellt sich die Frage, als wen wir ihn in Erinnerung behalten. Als Trinker? Als Spieler? Oder werden wir uns seiner erhabenen Gefühle entsinnen? Seiner Liebe für seinen kleinen Hund?«

Als hätte man ihn herbeizitiert, tauchte Pipsie auf, sprang an ein leinengewandetes Bein und begann an etwas zu kauen, das sich angesichts der Reaktion darauf als offenbar äußerst wertvoller Hosenaufschlag erwies. Statt Vincent Krumleys Hündchen nämlich liebevoll wehmütig über den Kopf zu streichen, schleuderte Sir Alfonse das Tierchen angewidert fort, und wenn mich nicht alles täuscht, vernahm ich sogar den Ausdruck »ekelhafte Töle«. Daraufhin schaltete sich Daisy Meeks in die Unterhaltung ein, mit dieser leisen, nichts sagenden Stimme, die einen zwang, die Ohren zu spitzen.

»Mich tröstet der Gedanke, dass wir zusammensaßen, als Vincent von uns ging.«

»Wir saßen nicht zusammen«, widersprach Lady Krumley. »Und Vincent ist nicht von uns gegangen, sondern in einen Brunnen gefallen.«

»Ich meine doch nur, dass wir in der Nacht, bevor er unsere Welt verließ, bei ihm waren.« Daisy brachte ihre Füße vor Pipsie, der unter das Sofa gekrochen war, in Sicherheit.

»Er hat unsere Welt noch nicht verlassen.« Lady Krumleys Unmut nahm sichtlich zu. »Vincent liegt noch immer auf einer Bahre im Leichenschauhaus. Genau deshalb sitzen wir hier zusammen und überlegen, wie wir ihn bestatten.«

»Ehe er es sich auf seiner Bahre gemütlich macht und nicht mehr fortwill.« Sir Alfonse lächelte maliziös. Vermutlich war er auf seinen Sinn für Humor ebenso stolz wie auf seine Hosenaufschläge. Bestimmt gab es irgendwo auf der Welt Frauen, die ihn unwiderstehlich fanden, aber ich selbst zählte nicht dazu.

»Herrgott, Alfonse! Sag mir lieber, welche Lieder wir für Vincents Gottesdienst aussuchen sollen«, herrschte Lady Krumley ihn an.

»Es tröstet mich auch zu wissen, wie sehr er seine letzte Mahlzeit genossen hat. Das Gulasch von Mrs Beetle«, plapperte Daisy Meeks weiter. Sie wandte sich zu mir um. »Wissen Sie, wie man Gulasch kocht?«

»Ja.«

»Wir müssen einen Sarg aussuchen«, sagte Lady Krumley zu Sir Alfonse.

»Darf ich dich von dieser Sorge befreien, Tante Maude?«, erwiderte dieser. »Ich glaube, ich weiß sehr gut, was Vincent gefallen hätte.«

»Das glaube ich dir aufs Wort. Ich finde aber nicht, dass wir Vincent in einem Cognacfass bestatten sollten.« Lady Krumleys schwere Lider schienen langsam zuzufallen.

»Ich gebe immer Rüben hinzu.«

»Alfonse, wenn du schon dabei bist, dann denk bitte auch daran, für die Blumengebinde zu sorgen.«

»Und natürlich ein paar Lorbeerblätter.«

»Der Gottesdienst ist für die Mittagszeit angesetzt. Anschließend findet die Beisetzung in der Familiengruft statt.« Die Stimme ihrer Ladyschaft war brüchig geworden.

»Es muss alles sehr würdevoll sein. So hätte Vincent es sich gewünscht.« Sir Alfonse wandte sein Gesicht ab, vermutlich um seine Bewegung zu verbergen.

»Und nicht zu vergessen eine Prise Knoblauch.«

Ich hatte Vincent Krumley nicht gekannt und wusste nicht,

wie er sich sein Begräbnis gewünscht hätte. Aber unwillkürlich begann ich mich zu fragen, ob er tatsächlich der tattrige Greis gewesen war, als den Lady Krumley ihn hingestellt hatte. Vielleicht war seine Wahrnehmung gar nicht getrübt. Immerhin hätte Cynthia durchaus eine Nachtclubtänzerin sein können. Und was hatte er in Bezug auf Daisy Meeks geäußert? Dass sie einen Zwilling hatte oder dass er hoffe, sie besitze keinen? Die Äußerungen eines anderen werden ja gern verdreht, wenn man sie weitererzählt, oft sogar ohne böse Absicht.

Gerade als ich erkannte, dass Lady Krumley eingeschlafen war, betrat Watkins den Raum, um zu verkünden, dass Mrs Malloy in der Halle auf mich wartete. Ich verabschiedete mich von Sir Alfonse und Daisy Meeks. Kurz darauf eilten Mrs Malloy und ich aus dem Haus und stiegen in den Wagen.

»Na?«, begann ich, als wir die Einfahrt hinunterrollten. »Haben Sie mit Ronald Thatcher gesprochen?«

»Was glauben Sie eigentlich, zu welchem Zweck ich unterwegs war?«

»Und?«

»Was und?«

»Konnten Sie ihm etwas Brauchbares entlocken?«

»Genug, um mich zu fragen, ob wir nicht vielleicht den Mörder entdeckt haben. Aber heute möchte ich mich dazu noch nicht äußern, Mrs H. Lieber warte ich den richtigen Zeitpunkt ab.« Mit großer Umständlichkeit begann Mrs Malloy in ihrer Handtasche zu kramen, bis sie die Tüte mit den Zitronenbonbons gefunden hatte. Ich muss wohl nicht betonen, dass ich vor Neugier halb umkam; aber wenn Mrs Malloy gemein war, konnte ich es erst recht sein.

»Ich hoffe, Ronald wusste auch, wo sich Ernestine zurzeit aufhält.« Dafür verdiente ich eine gerechte Strafe, aber Gott der Herr ist barmherzig. Als ich nach Hause zurückkehrte, kam mir nämlich Ben aus seinem Arbeitszimmer entgegen und fragte, ob ich etwas erfahren wollte, das er beim Üben auf seinem Computer im Internet entdeckt hätte.

»Gewiss, Liebling.« Ich gab mir alle Mühe, interessiert zu klingen. »Was hast du denn entdeckt?«

»Ich habe nachgeschaut, ob eine Institution namens Evangeline eine Homepage hat oder wie man das nennt. Und siehe da, vor meinen Augen tauchte der Name Ernestine Merryweather auf. Sie leitet diesen Laden. Vermutlich handelt es sich um die Frau, die Tante Lulu bekehren wollte.« Er legte mir den Arm um die Schultern. »Was meinst du? Ist das die Ernestine, die du suchst?«

»Dazu würde ich ihr dringend raten«, entgegnete ich. »Denn sonst hetze ich ihr Pipsie auf den Hals. Das ist Vincent Krumleys Hund, der danach lechzt, sein Herrchen zu rächen. Und ich möchte nicht, dass er mir oder Mrs Malloy an die Gurgel geht.«

21

Am folgenden Abend nahmen Mrs Malloy und ich eine letzte Tasse Tee ein, ehe wir zur hoffentlich letzten Szene des Dramas von Schimmelturm aufbrachen. Wir saßen in Mrs Malloys Küche. Ein Vorhang aus Perlenschnüren verbarg die Waschmaschine, eine Lampe mit rotem Schirm und langen Fransen stand auf der Tischdecke. Ich musste bei diesem Anblick immer an das Hinterzimmer einer Wahrsagerin denken. Dass die Kristallkugel fehlte, machte mir gewöhnlich nichts aus, doch an diesem Abend hätte ich etwas dafür gegeben, wenn diese Kugel vor mir auf dem Küchentisch gelegen hätte. Tagsüber hatten wir allerlei Vorbereitungen getroffen und uns auf die Mithilfe derjenigen verlassen, die wir als Inspizienten auserkoren hatten. Den Löwenanteil der Arbeit hatten wir jedoch selbst erledigt und im Moment gingen wir davon aus, dass wir nichts vergessen hatten. Zum Glück hatte sich Lady Krumley zuletzt unserer Hypothese – denn bisher war es bloß eine Hypothese – angeschlossen. Dank der Aussage von Ronald Thatcher waren Mrs Malloy und ich uns in Bezug auf die Person des Täters einig. Am gestrigen Abend hatten wir sein Motiv zusammengepuzzelt, doch von schlagkräftiger Beweisführung konnte nicht die Rede sein. Insofern waren wir darauf angewiesen, jemandem ein Geständnis zu entlocken. Und genau dieser Punkt hatte zu den anfänglichen Schwierigkeiten mit ihrer Ladyschaft geführt. Es war nicht einfach gewesen, sie davon zu überzeugen, dass die dunklen Mächte, an die sie glaubte, in Wahrheit aus Fleisch und Blut bestanden. Da ich nicht angenommen hatte, dass Mrs Malloy oder ich sie erfolgreich überreden konnten, war ich an Mr Featherstone herangetreten und hatte ihn um Unterstützung gebeten. Als Gentleman, der er war, hatte er versprochen, sein Bestes zu geben. Es dauerte tatsächlich keine zwei Stunden, bis er mich anrief und erklärte, Lady Krumley hätte geäußert, dass die zwei Schnüffelhunde, die sie angeheuert hatte, in Gottes Namen auch bellen sollten. Mr Featherstone wollte jedoch nicht beschwören, dass Lady Krumley die Geschichte mit Flossies Racheschwur gänzlich zu den Akten gelegt hatte. Immerhin war Lady Krumley einverstanden, dass wir uns um acht Uhr abends im Salon von Schimmelturm einfinden und mit unserer Aufführung beginnen würden.

»War echt nett von dem Vikar, für uns einzuspringen«, erklärte Mrs Malloy und rührte in ihrem Tee. Mit ihrem perlenbesetzten schwarzen Taftkleid glich sie einer Wahrsagerin eigentlich bis aufs i-Tüpfelchen. Auch der Seidenturban auf dem blonden Haar passte dazu. »Aber er ist ja auch verliebt und in dem Zustand tut man einfach alles. Da war Wachtmeister Thatcher schon ein anderes Kaliber. Den musste ich mit meinem ganzen Charme zur Einsicht zwingen. Täte mir aufrichtig Leid, wenn Lady Krumley die beiden Jungs wegen der Blumentöpfe gerichtlich belangen würde, habe ich ihm erklärt, und da ist der Groschen endlich gefallen. Er glaubt zwar immer noch nicht, dass sein Sohn den Mörder sozusagen bei den Vorarbeiten erwischt hat, aber ich wette, in seinem Kopf ist zumindest ein Fragezeichen aufgetaucht. Ich wünschte nur, es würde auch aufleuchten und ab und zu pling pling machen, aber so weit ist die Medizin offenbar noch nicht.

Dazu fehlt denen vermutlich die Zeit. Erst müssen nämlich Schafe geklont und andere Fisimatentchen erledigt werden.«

»Haben Sie Wachtmeister Thatcher seine Anweisungen erteilt?«

»Ich habe ihm alles erklärt und es ihm außerdem noch aufgeschrieben. Er wird warten, bis jeder eingetrudelt ist, und sich dann wie eine Eiche vor der Salontür aufpflanzen. Und ehe wir beginnen, schleicht sich der Vikar zur Tür und tut, als wolle er nachschauen, ob noch jemand kommt. Danach lässt er die Tür einen Spalt offen, so dass unser guter Wachtmeister hört, was drinnen geplaudert wird und alles in sein schönes Notizbuch eintragen kann. Männer!«, ergänzte sie mit mildem Lächeln. »Müssen sich unentwegt mit ihrem Spielkram wichtig tun. Aber bitte, wenn es sie glücklich macht, warum nicht? Wissen Sie noch, wie Sie anfänglich dachten, Mr H. will sie verlassen, weil sie sein Arbeitszimmer umgemodelt haben? Und nun sitzt er da wie ein Kind mit seinem Rasselchen und trennt sich überhaupt nicht mehr von seinem Computer.«

Ich rieb an einem Teetropfen herum, der auf meinem salbeigrünen Pullover gelandet war. »Ben und ich haben uns total missverstanden. Ich dachte, er wäre noch wütend, weil ich seine alte Schreibmaschine verschenkt habe, dabei hatte er bereits Gewissensbisse, weil er einen solchen Aufstand veranstaltet hat. Anschließend hat er sich in den Computer verliebt, und weil er von dem Ding nicht mehr loskam, wuchs sein Schuldbewusstsein noch. Inzwischen gibt er sogar zu, dass ihm sein neues Arbeitszimmer gefällt und dass er jetzt mehr Platz für seine Unterlagen hat. Vorher ist er sich eigentlich immer vorgekommen, als hätte man ihn in ein kleines Kämmerchen unter der Treppe abgeschoben. Jetzt hat er das Gefühl, endlich so etwas wie einen eigenen Raum zu besitzen.«

»Dafür hätten Sie ihm eins mit der Bratpfanne überziehen

sollen. Ein Wunder, dass Sie's nicht getan haben.« Mrs Malloy beäugte die Kuckucksuhr, die nicht gerade für ihre Zuverlässigkeit bekannt war. Offenbar kam sie zu dem Schluss, dass sie heute vor- und nicht wie sonst nachging, denn anschließend setzte sie sich nicht nur auf ihrem Stuhl zurecht, sondern schenkte sich überdies eine frische Tasse Tee ein.

»Wer hätte auch geahnt, dass meine Spende derartige Auswirkungen haben würde?«, murmelte ich und betrachtete den Teefleck auf meinem Pullover. Ich hatte es tatsächlich geschafft, ihn zu vergrößern. »Wenn ich mich nicht mit Ben gestritten hätte, wäre ich in jener Nacht nicht nach Mucklesby gefahren, um Ihnen Ihren Lippenstift zu bringen.«

»Das haben Sie wirklich nett gesagt.«

»Ich wäre nicht niedergeschlagen gewesen. Ich hätte nicht geraucht und Whisky getrunken. Ich wäre nicht beduselt gewesen. Sie hätten mich nicht beschwatzt, mit Ihnen an diesem Fall zu arbeiten. Und wenn ich nicht dermaßen verzweifelt versucht hätte, Bens Sachen zurückzuerlangen, hätte ich Kathleen nicht gepiesackt, bis sie mir den Namen der Institution mitteilt, bei der Bens Kram gelandet war. Und Kathleen hätte mir nicht gesagt, dass es sich um ein Haus namens Evangeline handeln würde. Und wenn Tante Lulu nicht mit ihrer Horrorgeschichte bei uns angetanzt wäre, wenn Freddy nicht an dem Namen herumgerätselt und Tante Lulu das Rätsel nicht aufgeklärt hätte, hätte Ben den Namen nie gehört und ihn nicht im Computer nachgeschlagen oder wie man das nennt.«

»Momentchen«, fiel Mrs Malloy mir ins Wort. »Sie dürfen nicht vergessen, dass ich die Visitenkarte in der Brieftasche von Vincent Krumley gefunden habe und wir auf die Art erfahren haben, dass er das Haus ebenfalls kannte.« Mrs Malloy gähnte hinter ihrer stark beringten Hand. »Passen Sie lieber auf, dass Mr H. seine Entdeckung nicht zu Kopf steigt, sonst erwartet er womöglich noch einen Anteil von unserem Honorar. Und Sie wissen ja, was das bedeutet. Von dem Geld kauft er sich nämlich einen Laptop und den nimmt er mit ins Bett, und das ist dann das Ende Ihrer Ehe. Da kommt mir ein Gedanke.« Mrs Malloy goss einen kleinen Tropfen Tee in meine Tasse. »Ich schicke Mr H. eine nette Dankeskarte. Und damit hat sich's. Am besten tun Sie das Gleiche bei Mr Featherstone. Für einen viel beschäftigten Mann seines Alters hat er sich heute mächtig ins Zeug gelegt. Wenn ihre Ladyschaft ihn nach alledem noch immer nicht zu schätzen weiß, kann ich ihr auch nicht helfen. Allerdings könnten Sie sich dann scheiden lassen und Mr Featherstone heiraten. Oder ich heirate ihn. Das würde allerdings nicht auf eine Dankeskarte passen.« Mrs Malloy erhob sich umständlich und warf einen weiteren Blick auf ihre Uhr. »Sie haben doch mit Laureen gesprochen, oder nicht?«

»Wie wir es vereinbart hatten.«

»In dem Beruf wird es einem nie langweilig.« Mrs Malloys Miene verfinsterte sich. »Irgendwie schade, wenn bald alles vorbei ist.«

»Falls wir das Ende noch erleben.«

»Was soll das nun wieder heißen?«

»Wir wissen schließlich nicht, ob die Dinge heute Abend außer Kontrolle geraten. Vielleicht döst Wachtmeister Thatcher an der Tür ein. Vielleicht passt es unserem Mörder nicht, entlarvt zu werden. Zum Glück habe ich zu Hause nichts von der Gefahr verlauten lassen, in der wir schweben. Ich habe Ben sogar geschworen, dass uns nichts passieren wird.«

»Was haben Sie ihm denn gesagt, wie viele Polizisten bereitstehen, um uns zu beschützen?«

»Mehrere.«

Mrs M. zog ihre Puderdose hervor und bestäubte sich die

Nase. »Mrs H.! Ich bin schockiert! Wie kann man nur seinen eigenen Ehemann belügen.«

»War ja nur eine kleine Lüge … allenfalls eine mittelgroße. Wachtmeister Thatcher könnte zum Beispiel ein sehr beleibter Hüne sein und für drei zählen.«

»Das ist er aber nicht. Wachtmeister Thatcher ist lediglich ansehnlich und stattlich, genau richtig. Außerdem ist er, im Unterschied zu dem, was wir über ihn gehört haben, ausgesprochen nett und lustig. Er hat mich gefragt, ob ich nie daran gedacht habe, mich der Polizei anzuschließen, und dabei hat er mich äußerst viel sagend angeblickt.«

»Hat er denn noch hinzugefügt, dass Sie, wo Sie doch so schnell Mordfälle lösen, inzwischen gewiss schon Polizeichef wären?« Da Mrs Malloy mich keiner Antwort würdigte, folgte ich ihr in die Diele, wo wir unsere Mäntel anlegten, unsere Handtaschen ergriffen und durch die Tür in den mildesten Abend hinaustraten, den wir seit Wochen erlebt hatten.

Die Fahrt nach Biddlington am See kam mir kürzer vor als sonst, vermutlich, weil sie mir inzwischen vertraut war. Eine Weile blieben wir stumm oder vielleicht sollte ich lieber sagen, wir sprachen nicht laut. Ich sagte nämlich im Geiste meine Zeilen für die anstehende Aufführung auf und Mrs Malloy schien das Gleiche zu tun, denn sie bewegte ihre Lippen und hielt zuweilen inne, um die Stirn zu runzeln. Es dauerte jedoch nicht lang, da drängten sich mir gewisse Gedanken auf. Gewiss war es gut gewesen, dass Mrs Malloy und ich tagsüber, wann immer wir Zeit hatten, unsere Rollen geprobt hatten. Doch hatten unsere Mitspieler dabei stets nur das geäußert, was wir uns zurechtlegten, wenn wir ersatzweise deren Rolle übernahmen. In Wirklichkeit würde kaum alles dermaßen glatt verlaufen. Und überhaupt – was würden wir tun, wenn das Ganze am Ende zu nichts führte? Mrs

Malloys Gedanken hatten offensichtlich eine ähnliche Richtung eingeschlagen.

»Wissen Sie, wovor ich am meisten Bammel habe?«, begann sie. »Dass das Geständnis gar nicht gilt, ganz gleich, wie viele Leute zugehört haben. Ich meine, Sie kennen doch diesen Unfug, wenn Richter darauf bestehen, dass man dem Verbrecher erst mal seine Rechte vorlesen muss, weil sonst alles für die Katz ist. Und was ist, wenn unser Mörder überhaupt nicht gesteht? Was ist, wenn niemand sagt: ›Okay, ich war's. Ich weiß zwar, dass man alte Damen nicht vor Angst um den Verstand bringen und ganz generell nicht andere Leute ermorden darf, aber ein Vögelchen hat mir zugeflüstert, ich soll es trotzdem tun‹?«

»Wir haben dennoch etwas erreicht, Mrs Malloy. Immerhin werden wir einen Plan durchkreuzen und weitere Schritte, die den Krumleys schaden könnten, verhindern. Natürlich wäre ein Geständnis besser, weil wir dann wüssten, dass wir Recht haben, und das auch den anderen klar würde. Aber was soll's? Wir müssen es einfach nehmen, wie es kommt.«

»Hm. Stimmt.«

»Wir beide halten jedenfalls zusammen, und das ist die Hauptsache.« Ich wandte mich zu Mrs Malloy um und lächelte. Sie schniefte in ein Taschentuch.

»Vielleicht habe ich nur so eine Art Lampenfieber. Meine Knie schlackern nämlich. Genau wie damals, als ich in dem Stück in der Kirche auftreten sollte.«

»Damals haben Sie sich vorher auch mit einer Flasche Gin gestärkt. Diesmal haben Sie nur Tee zu sich genommen.«

Inzwischen hatten wir Biddlington am See erreicht, das mir im Schein der Straßenlaternen wie die Kulisse für einen Dickens-Roman vorkam. Hier wohnte nicht einmal jemand, der bei Rot die Straße überquerte, geschweige denn, dass jemand herumlief, der andere Leute umbrachte. Doch gleich darauf ragte Schimmelturm vor uns auf, und in der stillen, mondlosen Nacht hätte es mich nicht gewundert, auf ein Hinweisschild mit der Aufschrift ›Mörder sind willkommen‹ zu stoßen. Ich parkte meinen Wagen unter einem Baum, dessen Äste in dem Licht, das aus dem Haus fiel, wie Skeletthände in den Nachthimmel ragten. Beklommen stiegen wir aus. Ich umklammerte Mrs Malloys Arm und hoffte, eine von uns würde umknicken, sich den Knöchel verstauchen, würde sich hinlegen müssen und ärztliche Hilfe brauchen ... Doch nichts dergleichen geschah, es gab also kein Entrinnen.

Watkins öffnete die Tür, führte uns in die Halle und half uns aus den Mänteln. Dann bat er uns auf seine herrschaftliche Weise in den Salon, in dem Lady Krumley auf einem Sessel mit hoher Lehne im Kreis ihrer Familienmitglieder thronte. Die Uhr auf dem Kaminsims gab leise acht Glockenschläge von sich. Sir Alfonse und Niles Edmonds erhoben sich, um Mrs Malloy und mich zu begrüßen. Im Übrigen entstand leises Raunen, doch darüber hinaus konnte ich keinerlei Gemütsregungen feststellen. Cynthia war wie üblich missgestimmt und räkelte sich ohne das geringste Anzeichen eines kürzlich erlittenen Reitunfalls gelangweilt in einem Sessel, in einiger Entfernung von ihrem Mann. Niles hatte sich wieder auf seinen Sitz fallen lassen und blickte wie versteinert vor sich hin. Lebensecht wirkte lediglich seine Brille. Sir Alfonse trug einen hellblauen Anzug und dazu eine rosa- und lavendelfarben getupfte Fliege. Sofern man bereit war, ihn attraktiv zu finden – er selbst war dazu eindeutig bereit –, betonte sein Aufzug wunderbar seine stattliche Figur, die schwarzen Locken und den eindrucksvollen Schnurrbart. Daisy Meeks hockte unförmig und unauffällig da, ließ aber als Einzige ihre Stimme ertönen.

»Der Eierpudding zum Nachtisch war sehr lecker. Mrs Beetle hat ihn als Crème Caramel bezeichnet. Ich bereite ihn stets mit einem kleinen Stück Zitronenschale zu.« Niemand beachtete sie, was vielleicht daran lag, dass im selben Augenblick Mr Featherstone den Raum betrat.

»Jetzt sind wir also endlich vollständig.« Cynthia Edmonds führte eine lässige Handbewegung aus. »Ehrlich gesagt finde ich das Ganze ausgesprochen lächerlich. Erst sind diese beiden Frauen Innenarchitektinnen und dann hören wir mit einem Mal, dass sie Privatdetektivinnen sind.« Ihr manikürter Finger deutete in unsere Richtung. »Und zu allem Überfluss sollen wir ihnen nun auch noch andächtig lauschen, um zu erfahren, dass einer von uns ein Mörder ist.«

»Noch nicht«, erwiderte ich. »Noch sind nicht alle da.«

»Wo steckt der kleine Hund?«, wollte ihre Ladyschaft wissen. »Tiere reagieren äußerst feinfühlig auf finstere Mächte.« Mir fiel das Herz in die Schuhe. Anscheinend war es Mr Featherstone tatsächlich nicht gelungen, ihr die Existenz böser Geister auszureden. Sie richtete unter schweren Lidern den Blick auf Mrs Malloy und mich. »Ich spreche natürlich von der Finsternis im Herzen gewisser Menschen, die ihre Zwecke ohne jeden Skrupel verfolgen.« Mir wurde ein wenig leichter ums Herz.

Einen Augenblick lang befürchtete ich, Mrs Malloy würde Beifall klatschen, doch offenbar hielt sie sich im letzten Augenblick zurück. Als sich die Tür erneut öffnete, trat Laureen Phillips über die Schwelle, gefolgt von Mrs Beetle und Watkins, der ein Silbertablett mit Gläsern trug. Nun waren wir vollzählig. Cynthia Edmonds hob angewidert ihre Brauen.

»Was hat das Dienstpersonal hier zu suchen?«

»Mrs Malloy und Mrs Haskell haben um seine Anwesenheit gebeten und ich habe dem zugestimmt.« Lady Krumley hatte zu niemandem im Besonderen gesprochen. »Sobald Watkins jedermann, einschließlich des Personals und sich selbst, ein Glas Wein eingeschenkt hat, werden wir mit der Angelegenheit beginnen. Verflixt!«, setzte sie leiser hinzu, »ich gäbe etwas für eine Zigarette. Selbst wenn es meine letzte wäre.«

22

Draußen vor dem Salon knarrte ein Dielenbrett. Mir wurde fast übel bei der Vorstellung, einer der Anwesenden würde sich erheben, um nachzusehen, was das gewesen war, und gleich darauf Wachtmeister Thatcher entdecken, der sein Ohr ans Holz gepresst hielt, um zu lauschen.

»Ich fürchte, der Abend wird im höchsten Maße nervenaufreibend«, begann Lady Krumley. »Und bestimmt empfinden wir das alle so. Da ich im Mittelpunkt dieser elenden Geschichte stehe, werde ich mir erlauben, etwas Beruhigendes zu mir nehmen. Laureen«, wandte sie sich an ihr Mädchen. »Bitte reichen Sie mir eine der Nervenpillen, die man mir im Krankenhaus verschrieben hat. Das Fläschchen steht hinter Ihnen auf dem Tisch … oder auf der Bücherkommode … Ich weiß nicht, wo ich es abgestellt habe.«

Noch war alles im grünen Bereich, redete ich mir zu. Mr Featherstone war zur Tür gegangen und spähte in die Halle. Wie verabredet, ließ er die Tür einen Spalt offen stehen, ehe er zurückkam und sich neben Lady Krumleys Sessel aufbaute. Laureen entdeckte die Tabletten auf dem Sekretär und reichte Lady Krumley eine, dazu ein Glas Wasser.

»Na, wunderbar«, begann Mrs Malloy und drängte sich an mir vorbei nach vorn. »Jetzt hat offenbar jeder genug herumgefuhrwerkt und wir können endlich zur Sache kommen. Ich und Mrs H. neben mir sind Privatdetektivinnen, die den Auftrag erhalten haben, sich als Innenarchitektinnen auszugeben und Nachforschungen über die jüngsten Vorkommnisse in diesem Haus anzustellen.« Mrs Beetle ließ ein entrüstetes Schnauben vernehmen. »Machen Sie sich nicht gleich ins Hemd, Schätzchen«, beschied Mrs Malloy sie liebenswürdig. »Niemand wirft Ihnen vor, die Teelöffel gestohlen oder für den Kuchen Margarine statt Butter verwendet zu haben.«

»Weswegen bin ich dann hier? Das wüsste ich nun doch zu gern. Ich habe das nämlich nicht richtig begriffen, als Watkins vorhin mit mir darüber sprach.«

»Du bist nicht die Einzige, die zum Personal gehört, Tina«, beruhigte Laureen sie. »Watkins ist ebenfalls hier, genau wie ich.« Mrs Beetle überging ihre Bemerkung.

»Watkins hat gesagt, es gäbe noch etwas zu tun und ich müsste Überstunden machen.«

»So lautete der Auftrag ihrer Ladyschaft, und es war nicht an mir, ihn auszuschmücken«, wies Watkins die Köchin zurecht.

»Das wird meinem Mann aber nicht behagen. Er erwartet sein Essen Punkt sechs auf dem Teller. Außerdem sollte es heute Abend sein Leibgericht geben. Ein Rinderragout. Das Gleiche, das ich am Abend von Mr Vincents Ankunft zubereitet habe. Aus einem Kochbuch, von dem eine gewisse Dame behauptet, ihr Mann hätte es geschrieben«, fügte sie mit einem vernichtenden Blick in meine Richtung hinzu.

»Tina, wenn man einen Mordfall lösen will, kommt man manchmal nicht drum herum, zu Lügen Zuflucht zu nehmen«, versuchte Laureen sie zu besänftigen.

Mrs Beetle hatte die Wangen vor Empörung aufgeblasen. Nun fielen sie in sich zusammen. »Ach, darum geht es also! Es hat etwas mit dem Tod von Mr Vincent zu tun!«

»Sie haben den Nagel auf den Kopf getroffen, Mrs Beetle«, bemerkte ich.

»Wurde er etwa im Garten ermordet, während ich in der Küche gewirtschaftet habe?« Mrs Beetle begab sich zu einem Sessel und ließ sich, ohne um Erlaubnis zu fragen, hineinfallen. »Und Sie möchten nun erfahren, wer was weiß? Da sind Sie bei mir an der falschen Adresse. Ich habe nichts gesehen, was auch nur im Entferntesten hilfreich sein könnte.«

»So dürfen Sie nicht denken«, entgegnete Mrs Malloy. »Sie haben uns bereits kolossal geholfen.«

»Ach ja? Wann denn? Und womit?«

»Wir kommen in Kürze darauf zurück«, erklärte ich.

»In Ihrer unwiderstehlichen Art, wie ich vermute«, säuselte Sir Alfonse.

»Wir wären insbesondere dankbar, wenn es bald vorüber wäre.« Cynthia Edmonds hielt sich geziert die Hand vor den Mund, wie um einen Gähnen zu verbergen. »Oder bin ich die Einzige, die sich halb zu Tode langweilt?«

»Meine Liebe«, bemerkte ihr Mann und verkroch sich tiefer in seinem Sessel. »Tante Maude ist verständlicherweise aufgebracht, und wenn es sie beruhigt, dass wir diesen beiden Frauen unsere Aufmerksamkeit schenken, sollten wir das tun.«

Cynthia stieß ein höhnisches Lachen hervor. »Meine Güte, Niles, manchmal kannst du richtig amüsant sein. Wenn man dich so hört, könnte man meinen, wir wären hier auf einer Tupperparty.«

»Sind wir das?« Daisy Meeks klatschte in die Hände und ihr trüber Blick hellte sich auf. »Ich habe den Deckel von meiner Salatschüssel verloren.«

»Das macht uns alle sehr betroffen, Daisy.« Sir Alfonse drehte sein Weinglas zwischen den Fingern.

»Vielleicht ist es auch eher ein Salatsieb. Aber wie dem auch sei, ist es möglich, dass ich einen Ersatzdeckel bekomme?«

»Das weiß ich nicht genau«, erwiderte Mrs Malloy ausdruckslos.

Mit einem ungeduldigen Wink bedeutete Lady Krumley Mrs Malloy, in der Sache fortzufahren.

»Aber Tante Maude«, wandte Cynthia mit hintertückischem Blick ein. »Sollte der liebe Herr Vikar nicht zuerst ein Gebet sprechen … oder zumindest etwas in der Art?«

»Ich habe bereits den Gott der Wahrheit, Gerechtigkeit und Gnade angerufen.« Mr Featherstone senkte den silberhaarigen Kopf, so dass man seine Züge nicht sehen konnte. Aber ich erkannte an seiner steifen Haltung, dass er ungehalten war. Gewiss wünschte er, das Ganze möge ihrer Ladyschaft – und vielleicht auch dem Schuldigen in unserer Mitte – zuliebe bald vorüber sein. Der Vikar war nämlich kein Typ, dem es Spaß machte, andere auf die Folter zu spannen. Eigentlich bereitete auch mir so etwas kein Vergnügen, doch bisher hatte ich gegen die Unterbrechungen nichts einzuwenden. Ich hoffte, dass eine gewisse Person dadurch kribbelig werden und schließlich vor lauter Nervosität mit einem Geständnis herausplatzen würde. Mrs Malloy warf mir einen todesmutigen Blick zu und ergriff dann das Wort.

»Also, meine Herrschaften«, begann sie und verschränkte die Arme vor der Brust. »An dem Tag, an dem Vincent Krumley ins Gras gebissen hat … will sagen verstorben ist, hat Lady Krumley sich mit mir und meiner Partnerin zusammengetan. Sie hat uns den Auftrag erteilt, Ernestine zu finden. Das ist der Name von Flossie Jones' kleiner Tochter. Flossie Jones hat früher einmal hier gearbeitet. Lady Krumleys Entscheidung war aufgrund der Todesfälle zustande gekommen, von denen die Familie Krumley seit kurzem heimgesucht wird. Zwar waren die Verblichenen allesamt in fortgeschrittenem Alter, aber dennoch fiel ihrer Ladyschaft auf, dass einige von ihnen auf höchst eigentümliche Weise abtraten beziehungsweise verstarben. Zum Beispiel wurden sie von einem Känguru zerfleischt oder sind nach dem Bungeejumping … verblichen und was dergleichen Fälle sonst noch waren. Tattrige Menschen, die nachts ihr Gebiss im Wasserglas aufheben, pflegen nämlich normalerweise anders zu sterben. Wenig später erinnerte Lady Krumley sich an die Geschichte, nach der besagte Flossie Jones die Familie Krumley auf ihrem Sterbebett verflucht hat und …«

»Und Sie sind dumm genug, diesen Unfug zu glauben.« Geschmeidig wie eine Schlange entrollte sich Cynthia Edmonds auf ihrem Sessel.

»Was wir geglaubt haben«, schaltete ich mich ein, ehe Mrs Malloy zu einer Antwort ansetzen konnte, »ist, dass sich jemand große Mühe gegeben hat, Lady Krumley dermaßen zu ängstigen, dass sie jeden Zweifel an der Wirkung des Fluches hinter sich gelassen hat; und dass dieser jemand dafür gesorgt hat, dass eine Brosche, die Flossie angeblich gestohlen hatte, nach fast vierzig Jahren plötzlich wieder auftauchte. Und ganz so, wie es beabsichtigt war, nahm Lady Krumley an, dass die Brosche während all der Jahre hinter einer Scheuerleiste in ihrem Schlafzimmer verborgen gewesen war. Ihre Reaktion auf diese Entdeckung war dann genau die erwünschte. Lady Krumley wurde nämlich von großer Reue übermannt, da sie nun sicher war, dass sie Flossie voreilig des Diebstahls beschuldigt und entlassen hatte. Dazu muss man sagen, dass Flossie ein Verhältnis mit Sir Horace hatte und Ernestine vermutlich aus dieser Verbindung stammte. Lady Krumley musste demnach davon ausgehen, nicht nur die Mutter, sondern auch das Kind ungerechterweise dem Elend überantwortet zu haben.«

»So ist es«, murmelte Lady Krumley und nippte angeekelt an ihrem Wasserglas. »Ich hatte meinem Mann untersagt, sich mit Flossie oder dem Kind in Verbindung zu setzen, und habe Horace mit der Scheidung gedroht, falls er sich meinem Wunsch widersetzt. Für ihn hätte das den Verlust meines Vermögens bedeutet, und er wäre nicht mehr in der Lage gewesen, Schimmelturm zu unterhalten.«

Ihre Ladyschaft bedachte die Versammelten mit einem düsteren Blick. Sir Alfonse hob verwundert die Brauen. Niles Edmonds rutschte unbehaglich in seinem Sessel umher. Cynthia lehnte sich zurück und bettete den Kopf in ihr aufgefächertes blondes Haar. Mr Featherstone schien tief in Gedanken versunken. Das Hauspersonal – Watkins, Laureen und Mrs Beetle – hatte ein Grüppchen gebildet. Die toten Tieraugen an der Wand verfolgten jede Bewegung mit Interesse. Daisy Meeks bemerkte, dass die Tupperschüssel zwar grün, der Deckel jedoch durchsichtig gewesen sei.

»Gewiss war das seinerzeit für alle Beteiligten eine äußerst unangenehme Situation«, sprach ich weiter. »Richtig scheußlich wurde es aber erst, nachdem sich die damalige Wirtschafterin, Mrs Snow, eingeschaltet hatte. Bevor sie ihr böswilliges Mundwerk in Gang setzte, nahm man nämlich an, dass Ernest der Zweitgärtner der Vater von Flossies Kind war – der Mann, nach dem Flossie ihr Kind getauft hat. Und ehrlich gesagt, ich frage mich noch immer, warum sie das getan hat.«

»Natürlich um Horace eins auszuwischen, weil er sie im Stich gelassen hat.« Cynthia warf mir einen Blick zu, dem ich entnehmen konnte, dass sie mich für vollkommen unterbelichtet hielt. »Deshalb hätte ich es jedenfalls getan.«

»Das nehme ich Ihnen ohne weiteres ab«, sagte Mrs Malloy. »Trotzdem könnte es noch eine andere Erklärung geben. Zum Beispiel die, dass Ernest tatsächlich der Vater war und Flossie ihm zu verstehen geben wollte, dass ihre Pläne in Bezug auf Sir Horace und das süße Leben gescheitert waren. Die Kleine hatte es faustdick hinter den Ohren, wenn man mich fragt. Und meiner Meinung nach hatte sie jede Menge Gründe, wenn auch keine guten, sich um eine Versöhnung mit Ernest zu bemühen.« Mit einer flotten Drehung auf ihren Bleistiftabsätzen kehrte sich Mrs Malloy zu Mr Featherstone um. »Nun sagen Sie es schon«, bat sie.

»Was?«

»Na das, was Ihnen auf der Seele brennt.«

»Hm.« Der Vikar faltete seine Hände und straffte seinen Oberkörper, als müsse er all seine Kraft zusammennehmen. »Es ist nicht leicht, ein Geheimnis zu verraten, das jemand, der inzwischen verstorben ist, seinem Geistlichen anvertraut hat. Doch ich fürchte, unter den gegebenen Umständen bin ich dazu gezwungen. Ich hatte Horace angefleht, dich vor eurer Ehe einzuweihen, liebe Maude«, wandte er sich an Lady Krumley.

Lady Krumley richtete sich auf und schaute zu ihm hoch. »In was denn, Cyril?«

»Maude, du musst wissen, dass Horace gar nicht in der Lage war, Kinder zu zeugen. Er war als Kind an einer schlimmen Form von Mumps erkrankt. Ich nahm an, ich hätte ihn von seiner Verpflichtung, dich vor eurer Hochzeit davon zu unterrichten, überzeugt. Aber ganz offensichtlich ist mir das nicht geglückt.«

»Er hat das nie erwähnt.« Lady Krumleys Augen glänzten schwärzer als die in den toten Tierköpfen. »Wahrscheinlich hatte er Angst, ich würde ihn nicht heiraten und er käme nicht in den Genuss meines Vermögens. Ich habe immer geglaubt, unsere Kinderlosigkeit wäre eine Folge meines Alters. Wir haben etliche Male darüber gesprochen, und er hat mich glauben lassen …, du meine Güte, nicht einmal, um mich von dem Verdacht in Bezug auf Flossies Kind zu befreien, war er bereit, die Wahrheit zu sagen. Vermutlich kannte er mich gut genug, um zu wissen, dass ich ihm seine Untreue vielleicht nachsehen würde, einen derartigen Betrug jedoch nicht.«

Im Raum breitete sich Stille aus. Es war, als hätten wir uns versammelt, um einer landesweiten Katastrophe zu gedenken. Mr Featherstone wirkte äußerst unglücklich, Cynthia extrem gelangweilt, Sir Alfonse leicht gequält und der Rest, insbesondere das Personal mit Watkins an der Spitze, sehr betreten.

»Ich hänge ganz furchtbar an dieser Tupperschüssel.« Die tonlose Stimme von Daisy Meeks unterbrach die Stille. »Seit sechzehn Jahren bereite ich darin meine Salate zu.«

»So was nenne ich ein Familienstück.« Mrs Malloy triefte vor Ironie. »Ich schlage vor, Sie hinterlassen die Schüssel jemandem, der Ihnen wirklich am Herzen liegt. Auch ohne Deckel. Mrs H. und ich sind in unserem Metier bereits auf eine ganze Reihe erstaunlicher Testamente gestoßen, nicht wahr, Mrs H.?« Mein Nicken trug mir ein feuerrotes Schmetterlingslächeln ein. »Deshalb haben wir auch die Ohren gespitzt, als ihre Ladyschaft uns mitteilte, dass sie den Großteil ihres Vermögens Ernestine hinterlassen wollte. Da hätte es uns nicht gewundert, wenn jemand, den diese Entscheidung auch betrifft, Ernestine ausfindig gemacht hätte, um sie anschließend aus dem Weg zu räumen. Nur schade, dass der Mord an Mr Vincent Krumley leider nicht ins Bild passte. Infolgedessen haben ich und Mrs H. die ganze Sache umgedreht und sie von einem anderen Blickwinkel aus beleuchtet.«

»Was heißt das?«, krächzte Niles.

»Jemand hat dafür gesorgt«, erwiderte ich, »dass niemand, auch Mr Vincent Krumley nicht, verhindern konnte, dass Ernestine tatsächlich in den Genuss ihrer Erbschaft gelangt.«

»Warum sollte sie denn erben?«, erkundigte sich Cynthia mit gerümpfter Nase. »Wo sie doch gar nicht das Kind von Horace war.«

»Wenn Sie mir gestatten, mich zu äußern.« Watkins räusperte sich unterwürfig. »Damit wäre auch die Sache mit der Brosche noch immer nicht geklärt.«

»Das war nämlich ungerecht!« Mrs Beetle war offenbar zu dem Schluss gekommen, dass sie nun lange genug geschwiegen hatte. »Ich weiß nicht, ob ich jemals darüber wegkäme, wenn mich jemand fälschlicherweise bezichtigt hätte, meinen Arbeitgeber bestohlen zu haben. Und wenn mein Mann dächte, für solche Leute würde ich arbeiten, wäre die Hölle los.« Sie warf Lady Krumley einen ehernen Blick zu.

Laureen schwieg vor sich hin. Nicht eine einzige Locke ihres kastanienbraunen Haars war in Unordnung geraten.

»Tja, die Brosche«, setzte ich wieder an. »Gehen wir einmal davon aus, dass Flossie nicht fälschlich beschuldigt wurde, sondern die Brosche wahrhaftig an sich genommen und irgendwo versteckt hat, weil man sie und ihre Habseligkeiten durchsuchen würde, bevor man sie aus dem Haus schickte. In dem Fall lautet die Frage: Wen hätte sie beauftragt, ihr die Brosche zu verschaffen?« Ich ließ mir Zeit, während ich die Gesichter der Reihe nach studierte. »Gewiss nicht Sir Horace. Und ihre Freundin, die ordentliche und ehrenhafte Mrs Hasty auch nicht.«

»Dem wird wohl niemand widersprechen«, entgegnete Mrs Beetle. »Dennoch möchte ich gern wissen, warum sie nicht, wie alle anderen, hier sitzt?«

»Sie ist alt und hat sich von dem Schock, Vincent Krumley entdeckt zu haben, noch nicht erholt«, gab Laureen zurück. »Warum hast du Mrs Haskell nicht ausreden lassen, Tina? Dann wüsstest du nämlich, dass Mrs Hasty Flossie gar nicht geholfen haben kann. Hätte sie es getan, hätte Flossie nämlich nachher nicht am Hungertuch genagt. Sie hätte die Brosche verkauft und von dem Erlös gelebt.«

»Meinetwegen.« Mrs Beetle plusterte erneut ihre Wangen auf. »Ich verstehe ja, dass Mrs Hasty eigentlich nicht mehr zum Personal zählt…, trotzdem, sie wohnt hier und sie war damals anwesend, als alles passiert ist, was man von mir und Watkins nicht behaupten kann… und von dir auch nicht.«

»Vielleicht darf ich auch mal was verlauten lassen.« Mrs Malloy lächelte bescheiden. »Es kommt mir nämlich so vor, dass Sie ein bisschen viel als selbstverständlich annehmen, Mrs Beetle. Klar waren Sie und Laureen Phillips damals nicht da, es sei denn als Säuglinge. Aber das muss noch lange nicht für Mr Watkins gelten, oder?«

Watkins wirkte verdutzt. »Hat ihre Ladyschaft Ihnen denn nicht erklärt, dass ich erst vor fünf Jahren eingestellt wurde?«

»Aber ganz gewiss habe ich das.« Lady Krumley stärkte sich mit einem winzigen Schluck Wasser.

»Als Mr Watkins sind Sie neu«, bemerkte ich. »Als Ernest sieht die Sache indes ein wenig anders aus.«

»Es ist nämlich so«, begann Mrs M. und riss die Zügel gnadenlos wieder an sich. »Als Sie uns am ersten Tag, an dem Mrs H. und ich hier erschienen sind, ins Haus ließen, da hatte ich gleich den Verdacht, ich hätte Sie schon einmal irgendwo gesehen. Es hat eine Weile gedauert, bis ich darauf gekommen bin. Aber dann fiel mir ein, dass wir uns vor Jahren in Biddlington am See schon mal beim Bingospielen begegnet waren. Und als wir uns unterhielten, erzählten Sie mir, Ihre Tochter hätte etwas dagegen, dass ihr Vater sich an Glücksspielen beteiligt. Tja«, setzte Mrs Malloy mit einem Klimpern ihrer Wimpern hinzu, »so wirke ich nun mal auf Männer. In null Komma nichts verraten sie mir Dinge, die sie gar nicht sagen wollten.«

»Eine Tochter?« Niles reckte seinen Kopf ein wenig empor. »Sie meinen, Ernestine?«

»Warum nicht?«, entgegnete Mrs Malloy. »Ich und Mrs H. haben mit den Adoptiveltern des Mädchens gesprochen und erfahren, wie prüde die Kleine geworden ist. Könnte sein, dass es eine Reaktion auf das war, was sie über ihre Mutter erfahren hat, aber wer kann so was schon mit Sicherheit sagen?«

»Ich besitze keine Tochter«, bemerkte Watkins gelassen.

»Außer wenn Sie sich bei fremden Damen verplappern.« Mrs Malloy gluckste. »Zum Glück ist Ihnen das Haar ja auch fast vollständig ausgefallen. Als Sie sich dafür entschieden haben, unerkannt nach Schimmelturm zurückzukehren, war das natürlich von Vorteil. Mrs Hasty erinnert sich nämlich noch an einen Ernest mit schönen rot-braunen Locken. ›Damit fiel er wirklich auf‹, erzählte sie uns. Schon eigenartig, wie einen zuletzt so winzige Kleinigkeiten überführen können, nicht wahr, Mr Watkins? Mrs H. zum Beispiel hat einen orangefarbenen Schimmer an Ihren Augenbrauen entdeckt, als Sie in der Halle unter dem Deckenleuchter standen. Also hat sie überlegt, ob Sie früher rothaarig gewesen sind. Und noch etwas: Als Sie uns die Treppe hinauf zum Dachboden geführt haben, haben Sie ein Möbelstück erwähnt, einen Sekretär.«

»Und was ist daran bedeutsam, Madam?«

»Dass wir einen Sekretär erwähnten, als wir mit Mrs Hasty sprachen und behaupteten, wir wären auf der Suche danach. Leider hatte Mrs H. sich den Sekretär nur ausgedacht. Lediglich der Lauscher an der Wand hätte davon erfahren können. Natürlich hätte es sich bei diesem Lauscher um Laureen Phillips handeln können, die zu der Zeit bei Mrs Hasty aufräumte, aber Sie hätten es ebenfalls sein können, Mr Watkins.«

»Ich finde es unchristlich, so auf ihm herumzuhacken«, wandte Mrs Beetle ein. »Selbst wenn er dieser Bursche … dieser Ernest war, warum sollte er denn einen klapprigen Greis wie Mr Vincent ermorden?«

»Sie sind dran.« Mrs Malloy stieß mich mit dem Ellbogen an.

»Weil Vincent ihn als Ernest erkannt hat.«

»Ausgerechnet der! Und nach so langer Zeit!«, spottete Cynthia.

»Vielleicht hatten sich die beiden ja vor gar nicht so langer Zeit getroffen.« Mehr wollte ich aus einem ganz bestimmten Grund dazu nicht sagen. Ich betrachtete Watkins' ausdruckslose Miene. »Außerdem wurde Mrs Malloy und mir berichtet, dass Mr Watkins derjenige war, der Lady Krumley auf Mr Vincents verwirrten Geisteszustand hingewiesen hat. Mr Vincent hatte ihn angeblich mit Hopkins, dem früheren Butler, verwechselt. Da die beiden Namen ähnlich klingen, würde diese Erklärung auch jedem einleuchten, der den Wortwechsel der beiden Männer bei Mr Vincents Ankunft mitbekommen hat. Doch je mehr meine Partnerin und ich die weiteren, scheinbar konfusen Äußerungen von Mr Vincent hinterfragt haben, desto mehr hat sich unser Verdacht verstärkt, dass er trotz seines ausgiebigen Alkoholgenusses und trotz seiner fortgeschrittenen Jahre noch einen überraschend, ja sogar gefährlich klaren Verstand besaß.«

»Womöglich sollte ich doch lieber eine neue Schüssel erstehen als zu versuchen, an einen Ersatzdeckel zu gelangen«, sinnierte Daisy Meeks, die nach wie vor unförmig auf ihrem Sessel hockte.

»Herrgott noch mal, jetzt schweig doch endlich!«, fuhr Cynthia sie an. Ihr gelangweiltes Gehabe hatte sie inzwischen abgelegt. Vielleicht ahnte sie bereits, was als Nächstes kommen würde.

»Hm«, griente Mrs Malloy. »Eine Schande, dass Sie selbst

nicht genug Verstand besessen haben, um zu schweigen, Herzchen. Erpressung ist nämlich ein riskantes Spiel. Und das ist Ihnen gewiss klar geworden, als Ihr Pferd Sie aus dem Sattel geworfen hat. Natürlich wissen Sie viel besser als Mrs H. oder ich, weshalb das Tier sich aufgebäumt hat oder durchging oder was immer es getan hat. Vielleicht wurde es von einem merkwürdigen Geräusch erschreckt oder jemand hat ihm einen Pfeil in den Hintern geschossen; und das nur, weil Sie mit Ihren gierigen Fingern nach einem Batzen Bargeld langen wollten.«

»Niles!« Mit wütendem Zischen wandte Cynthia sich an ihren Mann. »Willst du weiter so stumm dasitzen und zulassen, dass mich diese … Figuren hier beleidigen?«

»Ich weiß nicht.« Niles zitterte am ganzen Leib. »Was meinst du dazu, Tante Maude?«

»Ich hoffe, dass du nicht in die Machenschaften deiner Frau verstrickt bist. Eine Neffe, der möglicherweise seine Eltern in die Luft gejagt hat, ist eine Sache, aber Erpressung ist eine andere … Nun ja, vielleicht bin ich in letzter Zeit auch ein wenig zynisch geworden. Wie dem auch sei, Erpressung empfinde ich jedenfalls als … vulgär. Doch nun bitte ich meine beiden Privatdetektivinnen, mit ihrer Geschichte fortzufahren.« Die hochherrschaftliche Nase richtete sich auf uns, woraufhin ich Mrs Malloys Ellbogen erneut in meinen Rippen spürte und sie raunen hörte, ich solle ruhig am Ball bleiben. In Wirklichkeit war ihr vermutlich der Text entfallen, oder sie hielt sich bereit für den Fall, dass Watkins einen Fluchtversuch unternahm. Bisher hatte er unsere Aussage allerdings mit stoischer Gelassenheit hingenommen.

»Im ersten Verdachtsmoment haben wir geglaubt, Mr Edmonds wäre von seiner Frau erpresst worden, denn immerhin führt er die Bücher ihrer Ladyschaft. Doch als wir uns auf Mr Watkins konzentrierten, entsannen wir uns, dass jemand – ich glaube, es war Mr Edmonds – erwähnt hatte, dass Mr Watkins im Rahmen allgemeiner Besorgungen auch die Bankbesuche für ihre Ladyschaft erledigt. Wem wäre es also aufgefallen, wenn er zuweilen den ein oder anderen Scheck mit Mr Edmonds Unterschrift versah und Summen abhob, die er als Haushaltsgeld deklarierte? Summen, die er anschließend an Mrs Edmonds weiterreichte. Und wie wahrscheinlich wäre es, dass Mr Edmonds, der sich vielleicht für Eisenbahnzüge, jedoch nicht für Zahlen interessierte, die Unregelmäßigkeiten erkennen würde?«

»Ich bitte um Verzeihung, doch wenn Sie mir abermals gestatten, mich einzuschalten: Auf welcher Grundlage hätte Mrs Edmonds mich denn erpressen können?« Watkins klang so gleichmütig, als würde er sich erkundigen, ob er das Essen auftragen solle.

»Die Antwort verdanken wir Mrs Beetle.« Ich nickte der verwirrt dreinschauenden Köchin zu. »Als wir neulich in der Küche plauderten, bezog sie sich darauf, dass die Kellertür stets verschlossen bleibt und nur mit dem Schlüssel aus Ihrer Jackentasche, Mr Watkins, geöffnet werden kann. Kurz darauf haben wir jedoch beobachtet, wie Sie Ihre Jacke an einen Haken in der Küche gehängt haben und verschwunden sind, so dass jeder, der den Schlüssel brauchte, Zugriff darauf hatte. Von Mrs Beetle erfuhren wir außerdem, dass im Keller nicht nur Wein, sondern auch Äpfel aufbewahrt werden.« Mein Blick wanderte zu Cynthia, die nun im höchsten Maße verdrossen wirkte. »Und dass Mrs Edmonds sich täglich Äpfel für ihr Pferd aus dem Keller holt, was dann problematisch wird, wenn Sie, Mr Watkins, und der Schlüssel nicht greifbar sind.«

»Sehr richtig, Madam. Ich nehme an, Ihre Anmerkungen laufen darauf hinaus, dass Mrs Edmonds eines Tages in meine Jackentasche gegriffen hat.«

»Und die Brosche gewahrte, die wenig später hinter der Scheuerleiste ihrer Ladyschaft steckte.«

»War dem so, Cynthia?« Niles knabberte an seinen Fingernägeln.

»Und wenn schon?«

»Du hast meine liebe Tante Maude glauben lassen, die Brosche hätte dort während der letzten vierzig Jahre gesteckt und Flossie Jones Grund für ihren Fluch geliefert?«

»Was kann ich dafür, wenn sie noch an Märchen glaubt?«

»Cynthia, ich würde sagen, das reicht«, protestierte Sir Alfonse.

»Mrs H. vertritt die Ansicht, dass es keinen Fluch gab«, erklärte Mrs Malloy. »Nach ihrem Dafürhalten handelte es sich um eine Geschichte, die Mr Watkins erfunden hat. Er hat sie noch seinerzeit als Ernest verbreitet, um sich an den Krumleys zu rächen. Gefühlsmäßig waren Sie total durcheinander«, wandte Mrs Malloy sich an den Butler, wobei sie seinem Blick unerschrocken standhielt. »So schätzen jedenfalls Mrs H. und ich die Lage ein. Sie hatten eine Mordswut auf Sir Horace, weil er eine Affäre mit Flossie hatte, und was Flossie betraf, so waren Sie verbittert, weil sie Ihnen eingeredet hatte, das Kind wäre nicht von Ihnen. Erst später, nachdem Sie sich ausgiebig Ihrer Trunksucht gewidmet hatten – womit ich nicht sagen will, ich hätte etwas einzuwenden gegen ein Gläschen dann und wann –, da wurde Ihnen klar, dass man Sie getäuscht hat. Das wiederum geschah, als sie Ernestine von Angesicht zu Angesicht gegenüberstanden. Ganz ähnlich erging es nämlich meinem Vater, was ich Mrs H. erzählt habe, die daraufhin ins Grübeln geriet. Mein Vater wollte ebenfalls nicht glauben, dass ich seine Tochter bin. Erst als er sah, dass ich sein Ebenbild war, hat er seine Meinung geändert. Das Gleiche ist Ihnen widerfahren, Mr Watkins. Und das hat Sie auf einen Gedanken gebracht.«

»Und der wäre?«

»Nun, die Stelle des Butlers anzunehmen, die in Schimmelturm angeboten wurde, und nach der Brosche zu fahnden. Vermutlich hatte Flossie Ihnen verraten, dass sie die Brosche hier irgendwo versteckt hatte. Wir nehmen an, dass Sie in den vergangenen fünf Jahren danach gesucht haben. Vielleicht hatte Flossie die Brosche im Garten vergraben, vielleicht hatten Sie daher Schwierigkeiten, sie gleich zu entdecken. Eine andere Möglichkeit wäre, dass Sie dachten, einen günstigen Moment abwarten zu müssen, ehe Sie Ihren Plan in die Tat umsetzen konnten. Insofern kam es Ihnen gewiss gelegen, dass etliche der Krumleys der Reihe nach starben und ihre Ladyschaft bereit war zu glauben, Flossies Fluch entfalte seine Wirkung. In gewisser Weise sind Sie äußerst schlau vorgegangen, Mr Watkins. Vor allem die Sache mit den Vögeln hat dem Ganzen einen netten gruseligen Effekt gegeben. Andererseits sind Ihnen auch Fehler unterlaufen. Zum Beispiel haben Sie die Brosche nicht gründlich gereinigt, nachdem sie ausgegraben war. Vielleicht lässt Ihr Augenlicht inzwischen zu wünschen übrig. Wir haben ja auch angenommen, der Kerzenleuchter, der Ihnen offenbar recht manierlich vorkam, wäre noch gar nicht geputzt. Sie erinnern sich bestimmt.«

Das war der Moment, an dem ich meinen Trumpf auszuspielen hatte. »Ich weiß nicht, ob es richtig ist, Mr Watkins allein die Schuld zuzuweisen, Mrs Malloy«, bemerkte ich. »Vielleicht hätte er seine Absichten nie verwirklicht, wenn Ernestine ihn nicht dazu ermuntert hätte. Das Mädchen taugt ja offenbar nicht viel. Es hatte ja auch nichts dagegen, sich das Vermögen der Krumleys unrechtmäßig einzuverleiben und Lady Krumleys Ableben voranzutreiben. Und bei der seelischen Belastung ihrer Ladyschaft hätte sie nach einem nächsten Herzinfarkt leicht Erfolg haben können.«

»Ich habe den Eindruck, Sie sind tatsächlich wahnsinnig.« Seine Gelassenheit war verflogen.

»Oh weh! Als Nächstes werden Sie mich noch der Lüge bezichtigen«, erwiderte ich. »Nämlich wenn ich behaupte, dass Ernestine sich unter uns befindet.« Betont langsam ließ ich meinen Blick von einem zum anderen wandern. »In diesem Augenblick, genau in diesem Raum.«

»Verdammt noch mal! Sie lügen tatsächlich wie gedruckt! Genau wie Ihre Partnerin, dieses fürchterliche Weibsbild!« Watkins hatte offenbar auch seine gepflegte Ausdrucksweise verloren.

»Warum betrachten wir Mrs Beetle nicht als Ernestine?«, schlug ich vor.

»Wie? Mich?« Es klang wie ein Quieken.

»Dafür spricht einiges.« Mrs Malloy begann die Angelegenheit eindeutig Spaß zu machen. »Zum Beispiel Ihr Mitleid für Mr Vincents Hündchen, das Sie als kleine Waise bezeichnet haben, so wie es jemand tun würde, der selbst einmal ein Waisenkind war. Darüber hinaus haben sie Mrs H. und mich auf Ihren religiösen Glauben hingewiesen – Sie sind katholisch, wenn ich mich nicht irre. Zwar haben die Merryweathers, die Ernestine adoptierten, nicht erwähnt, das Kind habe einem bestimmten Glauben angehangen, aber sie gaben uns zu verstehen, dass es in allem und jedem Sündhaftes wähnte. Zugegeben, junge Menschen durchlaufen mitunter eigentümliche Phasen ... und schließlich haben Sie sich ja davon befreit, nicht wahr? Sie haben sich mit Ihrem Vater zusammengeschlossen ...«

»Watkins ist nicht mein Vater!« Mrs Beetle stampfte mit dem Fuß auf.

»Na gut, Sie ähneln ihm nicht, dass will ich Ihnen zu Gute halten«, räumte Mrs Malloy ein. »Und man muss auch bedenken, dass Katholiken nichts gegen Bingo einzuwenden haben. Also dürfte es Sie eigentlich nicht stören, wenn Ihr alter Daddy sich damit gelegentlich amüsiert. Aber lassen wir das. Ich merke nämlich, dass Mrs H. bereits ganz hibbelig wird und unbedingt mit einer weiteren Kandidatin herausrücken will. Ich werde ihr das aber entgegenkommenderweise abnehmen.« Genüsslich wartete sie einen Moment und zeigte dann mit dem Finger auf Daisy Meeks.

»Huch! Habe ich etwas gesagt?« Daisy Meeks blinzelte, als würde sie aus einem Traum erwachen, in dem jede Menge Tuppertöpfe vorkamen. »Warum starren mich alle so an?«

»Weil wir uns fragen, welches Leben Sie geführt haben, ehe Sie plötzlich in Schimmelturm aufgetaucht sind und vorgaben, eine verloren geglaubte Verwandte zu sein und anschließend im Dorf ein Haus erworben haben«, antwortete ich. »Heutzutage ist es ja nicht mehr ganz einfach, das Alter einer Frau zu bestimmen. Mit geschickter Schminke oder indem man darauf verzichtet, ist es leicht möglich, zehn Jahre wegzustreichen oder hinzuzuaddieren, ganz wie man will.«

»Ich bin fünfzig.«

»An schlechten Tagen bin ich das auch«, gab Mrs Malloy zu. »Ansonsten gilt für mich neunundzwanzig, weshalb ich Ihnen die vierzig glatt abkaufe. Insofern könnten Sie gut Ernestine sein.«

»Ich glaube, da komme ich nicht mit.«

»Vielleicht tun Sie auch nur so, Schätzchen. Vielleicht mimen Sie die Transuse ja nur, damit jedermann die Geduld verliert und Sie nicht weiter beachtet, und in Wahrheit hegen Sie äußerst …«, Mrs Malloy machte eine Kunstpause, »… verzwickte Gedanken.«

»Meinen Sie wirklich?«, fragte Daisy Meeks und ein Anflug verschämter Freude glitt über ihr Gesicht.

»Schluss jetzt! Mach dem Katz-und-Maus-Spiel ein Ende, Vater!« Der Ausruf stammte von Laureen Phillips, die nun auf Watkins zustürzte. »Sie haben es durchschaut!« Sie zerrte an ihrem kastanienbraunen Haar, das sich daraufhin aus ihrem sorgfältig zusammengesteckten Knoten löste und sich über ihre Schultern ergoss. »Sie wissen, dass ich deine Tochter bin.«

»Nein!« Watkins rang um seine Fassung. Als würde ein Teufel ihn bedrängen, wich er vor Laureen zurück. »Sie sind nicht meine Ernestine.«

»Wovor hast du Angst?« Laureens Stimme wurde schrill. »Dass ich dich zurückweise, so wie meine Mutter? Ha! Ich habe mir noch ganz andere Dinge erlaubt! Ich habe diesen beiden Frauen, diesen beiden Privatdetektivinnen nämlich geholfen, dich zu überführen! Ich wollte, dass jemand für meine Kindheit bei den Merryweathers büßt. Und deshalb ist es mir auch gar nicht schwer gefallen, dich mit reinzureiten.«

»Betrügerin! Sie bedeuten mir nicht das Geringste! Sie sind nicht meine Ernestine. Meine Ernestine ist freundlich und sanft ...« Watkins war aufgesprungen und an Mr Featherstone geraten, der ihn nun am Arm ergriff. Lady Krumley verharrte wie gelähmt auf ihrem Platz. Der Rest der Versammelten wirkte eher wie ein unscharfes Gruppenfoto.

Laureen schwenkte ihren Arm in unsere Richtung. »Ich habe die Aufmerksamkeit dieser beiden Frauen auf Ronald gelenkt, den Sohn von Wachtmeister Thatcher. Zuvor hatte ich von Mrs Hasty kleine Bruchstücke erfahren. Ich wusste, der Junge hatte etwas gesehen, das den Unfalltod von Mr Vincents in Frage stellte. Und als diese Dame hier«, der Arm verharrte bei Mrs Malloy, »Ronald zum Reden brachte, hat er gestanden, er und sein Freund hätten dich mit Pipsie gesehen. Du hast das Hündchen zum Wäldchen gezerrt und es geschlagen, als es gejault hat. Ronald liebt Tiere über alles. Deshalb liefen er und sein Freund los, um Pipsie zu helfen, aber dann stolperten sie und fielen hin. Als sie sich aufrappelten, warst du verschwunden, und auch Pipsie war nicht mehr zu sehen. Zuerst glaubten die beiden, du hättest das Tier getötet, aber später stellten sie fest, dass du den Hund in Mrs Hastys Wohnung eingesperrt hattest.« Laureen schöpfte Atem. »Dein Plan war, Vincent auf die Spur des bellenden Hundes zu locken und ihn, sobald er ankam, in den Brunnen zu stoßen.« Laureen wandte sich um und warf sich Lady Krumley zu Füßen. »Deshalb haben die Jungen mit Blumentöpfen nach Ihrem Wagen geworfen. Die beiden haben geglaubt, dass Watkins, mein Vater, am Steuer säße, denn sonst fuhr ja er den Wagen. Sie wollten Ihnen kein Leid zufügen. Ebenso wenig wie ich. Natürlich wusste ich, was er vorhatte, und habe bei seinem Spiel mitgemacht. Aber nur, um ihn in die Falle zu locken. Ich wusste von seinem Trick mit der Brosche, aber ich wollte ihn entlarven. Glauben Sie mir, ich habe niemals gewollt, dass ein Mord geschieht.«

»Jetzt halt aber mal die Luft an!« Cynthia war wieder ganz die Alte. »Du warst über beide Ohren in die Sache verstrickt, weil du dir das Vermögen unter den Nagel reißen wolltest.«

»Den Eindruck habe ich auch gewonnen.« Seit sich die Aufmerksamkeit auf Watkins und Laureen gerichtet hatte, schien Niles aufzublühen. »Wie siehst du das, Tante Maude?«

»Meine Liebe«, murmelte Mr Featherstone teilnahmsvoll in Lady Krumleys Ohr. »Hältst du durch?« Lady Krumleys Erwiderung ging in dem Gebrüll von Watkins unter, dessen Lautstärke die Geweihe an den Wänden erzittern ließ. Watkins hatte sich von Mr Featherstone losgerissen und fuchtelte mit den Fäusten in der Luft.

»Sie da!«, schrie er mit wildem Blick auf Laureens gebeugten Rücken, »Sie sind es nicht wert, den Namen meiner Ernestine im Mund zu führen, geschweige denn vorzugeben, sie zu sein. Ernestine ist ein makelloses Wesen. Sie hat nicht das Geringste von ihrer Mutter geerbt. Es hat mir fast das Herz gebrochen, als ich sie nach all den Jahren, in denen man sie mir vorenthalten hat, erblickt habe. Das war der Augenblick, in dem ich mich entschied, ihr Gerechtigkeit widerfahren zu lassen. Da erschien es mir wie ein Zeichen, als ich ein paar Monate später erfuhr, dass man in Schimmelturm einen Butler suchte. Es hat mich nicht gestört, dass ich die Brosche nicht sogleich entdeckt habe, denn tief im Inneren«, Watkins schlug auf seine Brust, »wusste ich, wenn die Zeit reif ist, werde ich darauf stoßen. Und genau so war es. Aber Ernestine habe ich davon nie etwas erzählt. Nicht einmal, dass ich ihr Vater bin. Für sie bin ich lediglich einer von den Gestrauchelten, die ihren Weg zu dem Heim finden, das sie ins Leben gerufen hat. Sie hat das Haus Evangeline genannt. Ich habe mich dorthin begeben, weil ich erkannt habe, dass ich Hilfe brauchte, um meiner Trunksucht Herr zu werden. Das war der Ort, an dem ich Vincent Krumley wiedertraf. Er erinnerte sich nicht mehr an mich. Wie auch? Ich war ja nur der Gärtnerbursche gewesen. Doch dumm wie ich war, musste ich ihm das selbst auf die Nase binden. Das war zu der Zeit, als ich noch nicht genug ausgenüchtert war, um klar zu denken.« Wie unter Schmerzen hielt Watkins seinen kahlen Schädel umklammert. »Und in all den Jahren, seit ich wieder in Schimmelturm bin, ist der Trottel nie aufgetaucht, bis er es sich mit einem Mal anders überlegt hat. Der Teufel soll mich holen, da habe ich beschlossen, nicht zuzulassen, dass Vincent Krumley mir alles verdirbt!«

In dem Moment wurde die Tür zum Salon aufgestoßen und ein beleibter Mann in Polizeiuniform stand auf der Schwelle. Vermutlich war es Wachtmeister Thatcher. Neben ihm stand eine Frau, die ich auf Ende dreißig, Anfang vierzig schätzte. Sie war hübsch, trotz des strengen Haarschnitts und der etwas nonnenhaften Kleidung. Fast hatte ich den Eindruck, sie war von einer gewissen Aura umgeben, aber vielleicht lag das an der Atmosphäre im Raum, die sich spürbar aufgeladen hatte.

»Vater«, begann sie mit sanfter, einnehmender Stimme. »Man hat mir alles erklärt, und ich bin gekommen, um dir zu helfen.« Sie breitete die Arme aus. Watkins taumelte und sank ihr in die Arme, wobei er herzzerreißend schluchzte. Während die Frau ihm über den Nacken strich, glitt ihr Blick über ihn hinweg durch den Raum und blieb wie von einem Magneten angezogen an Sir Alfonse haften. Ich hatte schon gehört, dass derlei Dinge geschehen ..., doch gerade als ich darüber staunen und mich daran weiden wollte, es nun persönlich miterlebt zu haben, erhob Laureen sich sehr langsam, kalkweiß im Gesicht. Im ersten Augenblick hielt ich ihre Blässe für Erschöpfung. Vielleicht hatte sie sich übernommen. Doch als ich merkte, wie sie Lady Krumleys leblose Hand ergriff, packte mich das kalte Grausen. Die Pille, die sie eingenommen hatte!, schoss es mir durch den Kopf. Warum, oh, warum nur hatten Mrs Malloy und ich nicht begriffen, auf welche Weise Watkins den Mord, den er bereits so lange plante, begehen würde?

23

Und weißt du, wer Watkins schließlich endgültig überführt hat?«, fragte ich Freddy am folgenden Morgen, während ich das Frühstücksgeschirr abwusch und er mir dabei zuschaute. »Es war Pipsie, das Hündchen von Vincent. Er kam mit einem Mal wie ein Racheengel in den Raum gefegt und schnappte knurrend nach Watkins' Hosenbeinen. Wahrscheinlich wäre er ihm lieber an die Kehle gesprungen, doch die war für das Tierchen so weit entfernt wie für unsereinen der Himalaja.«

»Das heißt, die Polizei hat sein Geständnis.«

»Unterschrieben und beglaubigt.«

»Gut gemacht, Ellie!« Freddy beugte sich vor, drückte mir einen Kuss auf die Wange und angelte sich anschließend das letzte Stück gebratenen Schinkenspeck aus der Pfanne. »Und wie sieht es mit dir und Mrs Malloy aus? Bleibt ihr in dem Geschäft? Arbeitet ihr weiter als Privatdetektivinnen?«

»Hm. Keine Ahnung.« Ich spülte einen Teller ab. »Milch Krugg wird nach seiner Rückkehr wieder Anspruch auf sein Büro erheben ... und Mrs Malloys Herz erobern oder sie das seine. Wer weiß, wie viel Zeit sie dann noch für mich übrig hat. Abgesehen davon geht einem der Job ganz schön an die Nieren. Was glaubst du, wie ich mich gefühlt habe, als ich dachte, Lady Krumley würde Vincent im Jenseits Gesellschaft leisten? Ich habe mir schreckliche Vorwürfe gemacht. Das hätte ich doch wissen müssen, dass Watkins sich möglicherweise an ihren Pillen zu schaffen macht.«

»Hat er aber nicht.«

»Zum Glück nicht. Es war lediglich ein ziemlich starkes Beruhigungsmittel. Eine Tablette davon war ausreichend, um Lady Krumley in Tiefschlaf zu versetzen. Ich war ja auch nicht die Einzige, die sie für tot hielt. Mindestens fünf Minuten haben wir gebraucht, um Laureen davon zu überzeugen, dass sie ihre Ladyschaft nicht auf dem Gewissen hat. Obwohl Laureens Auftritt wirklich sehr eindrucksvoll war.«

»Diese Laureen scheint eine bemerkenswerte Frau zu sein. Hoffentlich weiß der Neffe des Vikars sie zu schätzen.«

»Ja, hoffentlich, … und hoffentlich bereut es keiner der beiden, die Schauspielerei aufgegeben zu haben. Laureen ist äußerst begabt, das habe ich selbst erlebt. Andererseits war auch die Vorstellung von Watkins nicht von Pappe. Zumindest als Butler war er dermaßen perfekt, dass ich eine Weile nicht genau wusste, ob er echt war oder ob er jemanden aus dem Fernsehen oder dem Theater imitierte.«

»Ich frage mich, warum Flossie das Kind nach ihm benannt hat.«

»Vielleicht aus Reue, weil sie ihn hintergangen hat. Oder um ihn zu verspotten und ihn an sein Versagen zu erinnern, weil er ihr die Brosche nicht beschafft hatte – was weiß ich. Der Witz ist ja, dass Ernestine ihm nicht einmal besonders ähnlich sieht. Vielleicht hat sie ihn an Flossie erinnert und er hat sich da etwas zusammengereimt. Vielleicht wollte er einfach glauben, dass Ernestine seine Tochter ist.«

»Was ja offenbar auch der Fall ist.« Freddy öffnete die Tür zum Kühlschrank und spähte hinein. Er nahm den Orangensaft heraus und schenkte sich ein Glas ein.

»Nach dem zu urteilen, was Mr Featherstone über Sir Horace erzählt hat, kann man wohl davon ausgehen.«

»Was meinst du, hat Mr Featherstone die Geschichte erfunden, um Lady Krumley zu trösten?«

»Niemals. Mr Featherstone lügt nicht.« Ich lehnte mich an das Spülbecken und trocknete mir die Hände an einem Küchentuch ab. »Natürlich gibt es Fälle, wo Männer, bei denen man das nicht für möglich gehalten hat, Kinder gezeugt haben. Falls Ernestine Genaueres wissen will, kann sie Tests durchführen und feststellen lassen, ob Watkins ihr Vater ist. Ich glaube aber nicht, dass sie das tut. Sie hat ja auch vorher nie versucht festzustellen, wer ihr Vater ist. Das hat sie zumindest zu Mr Featherstone gesagt. Dabei wären die Nachforschungen nicht schwierig gewesen. Für Watkins war es ja auch kein Problem herauszufinden, dass es sich bei der Heimleiterin Ernestine um Flossies Tochter handelte. Er brauchte lediglich ein paar Fragen zu stellen. Überleg doch mal, wie schnell Mrs Malloy und ich die Wahrheit ans Licht gebracht haben!«

»Ellie, irre ich mich, oder hörst du dich tatsächlich ein wenig niedergeschlagen an?« Freddy trank seinen Saft aus und füllte das Glas auf.

»Na ja, eigentlich hätte ich heute früh ganz gern mit Mrs Malloy noch ein wenig über den Fall geplaudert. Ich habe schon mindestens zehn Mal versucht, sie zu erreichen. Es meldet sich aber niemand. Und zu allem Überfluss hat Ben die Kinder versorgt und fortgebracht, hat anschließend sein Kochbuch signiert und ist dann ohne mich zu Mrs Beetle nach Schimmelturm gefahren, was natürlich furchtbar nett von ihm ist, aber jetzt weiß ich rein gar nichts mit mir anzufangen und habe nur noch …«

»… dich zur Gesellschaft – sprich es ruhig aus!«

»Auf Freddy, den letzten Mohikaner!« Ich grinste, goss den

restlichen Orangensaft in ein Glas und stieß mit ihm an. Ich hatte gerade zwei Schlucke getrunken, da flog die Hintertür auf und Mrs Malloy stand im Türrahmen. Sie marschierte in die Küche und stellte mit einem Knall ihre Tasche auf den Tisch. Freddy und ich wechselten verwunderte Blicke, wagten aber keinen Ton zu sagen. Mrs Malloy riss sich die Handschuhe von den Händen, befreite sich von ihrem Mantel aus falschem Leopard und pfefferte ein Teil nach dem anderen auf den Küchentisch.

»So tief bin ich gesunken!«, erklärte sie und warf ihren Hut zuoberst auf den Stapel. »Hierhin muss ich zurückkehren, um wieder für Sie zu putzen, Mrs H. Und obendrein noch die anzüglichen Blicke von diesem umgedrehten Wischmopp ertragen, den Sie als Ihren Cousin bezeichnen.«

»Mrs Malloy, ich bin geblendet von Ihrem blonden Haar!« Freddy legte eine Hand auf seine Brust und seufzte.

»Na, dann genieß den Anblick mal ordentlich, mein Junge, denn heute ist mein letzter blonder Tag. Ab morgen ist wieder schwarz an der Reihe ... meine Zeiten als rechte Hand sind nämlich vorbei.«

»Sagten Sie ›rächende‹ Hand, Mrs Malloy?«

»Komm mir bloß nicht frech, Bürschchen, sonst gibt's eins hinter die Löffel!« Mrs Malloy bedachte Freddy mit warnenden Blicken. »Ich warte förmlich auf jemanden, an dem ich mich abreagieren kann.«

»Haben Sie etwa mit Mr Krugg gesprochen?«, erkundigte ich mich. »Hat es ihn gestört, dass wir den Fall Krumley übernommen haben?« Ich drückte Mrs Malloy behutsam auf einen Stuhl und befahl Freddy, Wasser aufzusetzen und Tee zuzubereiten.

»Er ist zurückgekommen«, zischte Mrs Malloy. »Ist einfach in sein Büro geplatzt, als ich mich gerade um die Blumen gekümmert habe.«

»Die Blumen in Mr Kruggs Büro sind aus Plastik«, entgegnete ich.

»Das spielt keine Rolle. Auch mit Plastikblumen muss man sprechen, wenn man will, dass sie gedeihen«, gab Mrs Malloy giftig zurück.

»Gewiss«, beschwichtigte ich sie und stellte Tasse und Untertasse vor ihr ab.

»Der Mann hat wirklich keine Manieren, Mrs H.«, schnaubte Mrs Malloy. »Jeder andere wäre für unseren Einsatz dankbar gewesen. Schließlich haben wir in Schimmelturm wieder für Ordnung gesorgt, oder etwa nicht? Und was tut Mr Krugg? Regt sich tierisch auf und erklärt, sein Tantchen würde ihm nie verzeihen, dass er den Fall nicht selbst aufgeklärt hat. Wie kann ein Mann in seinem Alter noch von seinem ›Tantchen‹ sprechen, frage ich Sie? Damit war er für mich jedenfalls unten durch. Eiskalt bin ich geworden … so wie demnächst der Teekessel, den Mr Freddy gerade vom Herd genommen hat.«

»Ich wollte nicht, dass er Sie mit seinem Pfeifen stört«, erklärte Freddy. »Außerdem hätte ich dann vielleicht nicht alles mitgekriegt.«

»Typisch!« Mrs Malloy reckte die Nase in die Höhe. »So sind die Männer! Immer nur auf den eigenen Vorteil bedacht, und wenn's brenzlig wird …«

»… flüchten sie nach Hause zu ihrer Mama«, vollendete Freddy ihren Satz, machte kehrt und verschwand.

»Was ist denn mit dem los?«, fragte Mrs Malloy leicht verdutzt.

»Er tut genau das, was er gesagt hat«, erwiderte ich. »Er läuft zu seiner Mutter, die zurzeit unten bei ihm in seinem Häuschen wohnt. Vermutlich ist ihm eingefallen, dass sie noch nicht vollkommen gefestigt ist. Vielleicht hat er Angst, dass sie in der

Zwischenzeit seine Wohnung ausräumt und einen Lieferwagen für den Abtransport bestellt. Aber zurück zu Mr Krugg. Ist das etwa noch so ein übler Neffe?«

»Ha! Wenn's doch nur das wäre! Seine Tante zählt selbst zur schlimmsten Sorte, die man sich denken kann.«

»Und die wäre?«

»Jemand wie Mrs Snow.«

»Die heimtückische Schlange von Wirtschafterin?«

»Genau die. Sie war diejenige, die Lady Krumley geraten hat, sich an Mr Krugg zu wenden. Und deshalb haben wir jetzt ein Problem. Mr Krugg behauptet nämlich, er denkt nicht im Traum daran, von der früheren Arbeitgeberin seines lieben Tantchens Geld anzunehmen. Er würde nicht einmal fünf Pfund akzeptieren, geschweige denn fünftausend. Und wenn wir ihn umgehen, verklagt er uns. Ich bin echt ausgerastet, wie Sie sich denken können. Der hätte den Fall doch niemals gelöst ... das habe ich ihm auch klar gemacht. Immerhin war ja der Butler der Täter und nicht irgendein Gangster aus der Unterwelt. Obwohl ich inzwischen bezweifle, dass Mr Krugg überhaupt jemanden schnappen könnte oder auch nur im Entferntesten weiß, wo die Unterwelt ist. Ich habe mich eben einfach von ihm einwickeln lassen ..., aber das passiert mir nicht noch mal, Mrs H. Jetzt bin ich wieder da, wo ich hingehöre, nämlich bei Ihnen. Ab jetzt führe ich wieder das Regiment in Merlin's Court.«

»Sie machen mich überglücklich«, beteuerte ich.

»So ein Glück hat Ernestine auch gehabt«, fuhr Mrs Malloy fort. »Heute früh, ehe Milch – was ist das überhaupt für ein idiotischer Name! Ehe er also in sein Büro marschiert kam, habe ich mit den Merryweathers telefoniert. Ernestine hat sich bei ihnen gemeldet. Die beiden waren total aus dem Häuschen.«

»Na, das ist doch prima.«

»Offenbar hatten sie deswegen auch schon gepichelt und daher womöglich das ein oder andere verwechselt. Jedenfalls haben sie behauptet, Ernestine würde nach Frankreich reisen, sobald sie weiß, was mit ihrem Vater geschieht. Angeblich hat Sir Alfonse ihr einen Auftrag angeboten, von dem er glaubt, er könne sie interessieren. Wenn Sie mich fragen, hat er nichts anderes im Sinn, als ihr seine Briefmarkensammlung zu zeigen. Die Merryweathers waren übrigens der gleichen Ansicht und hoffen inständig, dass er sie bekehrt, damit sie von ihrem soliden Lebenswandel abkommt. Was glauben Sie, ob Lady Krumley Ernestine tatsächlich den versprochenen Batzen Geld vermacht?«

»Vielleicht. Andererseits ist es vermutlich nicht mehr besonders wichtig. Zwischen Ernestine und Sir Alfonse hat es gefunkt, das habe ich selbst gesehen. Und falls es mit den beiden nicht klappt, könnte Ernestine in Frankreich neue Gerichte kochen lernen und sie später in ihrem Heim anbieten. Tante Lulu würde sich bestimmt wieder dort einfinden, wenn man ihr abends Schnecken serviert.«

Mrs Malloy schien mir schon nicht mehr zuzuhören. Schon seit einer Weile starrte sie aus dem Fenster. »Haben Sie das eben eigentlich ernst gemeint, Mrs H.?«

»Was?«

»Dass Freddys Mutter einen Lieferwagen bestellt hat.«

»Wie kommen Sie darauf?«

»Weil gerade eine Art Lastwagen in die Einfahrt biegt.«

»Oh nein, bitte nicht!« Ich seufzte. »Das sind vermutlich Bens Möbel. Ich habe den Fehler begangen, sie Ernestine gegenüber zu erwähnen ... offenbar hat sie den Rücktransport umgehend in Auftrag gegeben.« Ich zerrte an Mrs Malloys Ärmel. »Kommen Sie! Schnell! Wir müssen los, ehe die Leute mit dem Ausladen beginnen.«

Im Hinauslaufen hörte ich, dass die Vordertür ging. Gleich darauf ertönte Bens Stimme; er rief aus der Halle nach mir. »Mrs Malloy«, begann ich hastig. »Ich zahle Ihnen den doppelten Stundenlohn … und ich arbeite auch wieder mit Ihnen als Privatdetektivin, wenn es sein muss, aber ich flehe Sie an, mir jetzt einen großen Gefallen zu tun. Sehen Sie die beiden Männer dort? Die kräftigen Typen? Soweit ich erkennen kann, besitzen sie auch noch ihre eigenen Zähne. Könnten Sie, liebe Mrs Malloy, sich zu ihnen begeben und irgendetwas sagen oder tun, damit sie die Möbel nicht ausladen?«

»Verlangen Sie etwa von mir, dass ich meinen Leib opfere?«, fragte Mrs Malloy mit einem Augenzwinkern.

»Ganz recht. Und dass Sie sich dabei so viel Zeit nehmen, wie Sie möchten. Denn sonst müssen Sie zur Strafe auf den Knien liegen und in Merlin's Court die Böden schrubben.« Ich gab ihr einen Kuss auf die Wange, flitzte zurück in die Küche, schlug die Tür zu und betrat dann, als wäre nichts geschehen, die Halle.

»Hallo, Liebling«, sagte ich und ließ mich in Bens Arme sinken. »Hat Mrs Beetle sich über dein Buch gefreut?«

»Es hat ihr vor Glück fast die Sprache verschlagen.«

»Dafür hast du eine Belohnung verdient«, flüsterte ich an seinem Mund.

»Etwa noch mehr neue Möbel?«

»Etwas viel Schöneres. Mrs Malloy hat mir nämlich neulich einen Schrecken eingejagt und behauptet, du könntest dermaßen verrückt nach Computern werden, dass du dir einen Laptop kaufst, den du dann mit ins Bett nimmst, und ich werde dir jetzt zeigen, weshalb das überflüssig ist.«

»Aber … ist Mrs Malloy nicht im Haus? Ich dachte, ich hätte dich eben mit ihr reden hören.« Hätte er mich unterdessen nicht auf jene gewisse Art angelächelt und dabei nicht auf diese unwiderstehliche Weise eine Braue gehoben, wäre ich vielleicht stark genug gewesen, um ihm die Wahrheit zu sagen. Immerhin hatte ich mir vorgenommen, in Zukunft offen und ehrlich zu sein. Andererseits fragte ich mich, warum Ernestine die einzige Frau auf der Welt sein sollte, deren Vorsätze durch den Blick eines Mannes – des richtigen Mannes – ins Wanken gerieten.

»Mrs Malloy? Hier … in unserem Haus …?« Ich ergriff Ben an der Hand und führte ihn zur Treppe. »Glaub mir, Liebling, die Dame hat an einem so wunderschönen Tag wie diesem weiß Gott Besseres zu tun, als mit mir zu reden.«

»Ein wunderschöner Tag? Draußen ist es kalt und es fängt gleich an zu regnen.«

»Weiß ich.« Für einen kurzen, süßen Moment schmiegte ich mich erneut in seine Arme, ehe ich die Treppe hinaufrannte und dabei drei Stufen auf einmal nahm. »Was kriege ich, wenn ich vor dir unter der Decke liege?«, rief ich zurück.

»Ich lass dich mit meinem Computer spielen.«

»Abgemacht«, jubelte ich. Und was könnte eine Ehefrau Schöneres erwarten? Hoffentlich waren andere Frauen genauso glücklich wie ich.

süß!

taschenbücher für jeden geschmack

ISBN 3-548-25925-1

ISBN 3-548-25923-5

ISBN 3-548-25924-3

ISBN 3-548-25927-8

ISBN 3-548-25926-X

ISBN 3-548-25928-6

ULLSTEIN